캣칭파이어

CATCHING FIRE 캣칭 파이어

수잔 콜린스 지음 | 이원열 옮김

북폴리오

캣칭파이어

초판 1쇄 발행 2010년 9월 15일 | 초판 37쇄 발행 2024년 5월 31일

지은이 수잔 콜린스 | 옮긴이 이원열

펴낸이 신광수
CS본부장 강윤구 | 출판개발실장 위귀영 | 디자인실장 손현지
단행본팀 김혜연, 권병규, 조문채, 정혜리
출판디자인팀 최진아, 당승근 | 저작권 김마이, 이아람
출판사업팀 이용복, 민현기, 우광일, 김선영, 신지애, 허성배, 이강원, 정유, 정슬기, 정재욱, 박세화, 김종민, 전지현
영업관리파트 홍주희, 이은비, 정은정
CS지원팀 강승훈, 봉대중, 이주연, 이형배, 이우성, 전효정, 장현우, 정보길

펴낸곳 (주)미래엔 | 등록 1950년 11월 1일(제16-67호)
주소 137-905 서울특별시 서초구 신반포로 321
미래엔 고객센터 1800-8890
팩스 (02)541-8248 | 이메일 bookfolio@mirae-n.com

ISBN 978-89-378-3299-4 03840

* 북폴리오는 ㈜미래엔의 성인단행본 브랜드입니다.
* 책값은 뒤표지에 있습니다.
* 잘못 만들어진 책은 구입처에서 교환해 드립니다.

북폴리오는 참신한 시각, 독창적인 아이디어를 환영합니다.
기획 취지와 개요, 연락처를 bookfolio@mirae-n.com으로 보내주십시오.
북폴리오와 함께 새로운 문화를 창조할 여러분의 많은 투고를 기다립니다.

어머니 제인 콜린스, 아버지 마이클 콜린스와

시부모님 딕시 프라이어, 찰스 프라이어에게 바칩니다.

일러두기

그동안 유전자를 조작해 만든 가상의 새인 Jabberjay와 그 후속인 Mockingjay를 재잘어치, 흉내어치라고 써 왔습니다. 이후 헝거게임 시리즈 3권의 제목이 '모킹제이'로 결정된 후 본문의 흉내어치를 모킹제이로 수정하였습니다.

PART 1

불꽃

1

차(茶)의 온기는 얼어붙은 공기 속으로 사라진 지 오래지만 그래도 병을 양손으로 움켜쥔다. 추위 때문에 내 근육은 바짝 긴장되어 있다. 지금 이 순간 들개가 한 무리 나타난다면, 공격당하기 전에 나무에 올라갈 수 있을 확률은 높지 않을 것이다. 일어나서 돌아다니며 뻣뻣해진 팔다리를 풀어야 한다. 하지만 그러는 대신 나는 지금 내가 깔고 앉은 바위처럼 꼼짝 않고 앉아만 있다. 새벽을 맞아 숲은 밝아지기 시작했다. 태양과는 싸울 수 없다. 태양이 내가 몇 달 동안 두려워했던 이날로 나를 끌고 들어가는 것을 그저 무력하게 바라볼 수밖에 없다.

자정이 되면 그들은 우승자 마을에 있는 내 새 집으로 모여들 것이다. 리포터들, 카메라 팀, 심지어 나를 에스코트했던 에피 트링켓까지 캐피톨에서 12번 구역으로 찾아오리라. 에피가 아직도 그 바보 같은 핑크색 가발을 쓰고 있을지, 아니면 우승자 투어를 위해 마련한 다른 부자연스러운 색의 가발을 쓸지 궁금하다. 다른 사람들도 있을 것이다. 장거리 기차 여행을 하는 동안 내가 원하는 모든 것을 제공해 줄 직원. 사람들 앞에 나설 때 예쁘게 보이도록 꾸며 줄 준비 팀. 내 스타일리스트이자 친구인 시나. 그는 헝거 게임에서 관객들이 나를 주목하도록 만들어 준 눈부신 의상을 디자인한 장본인이다.

내 마음대로 할 수 있다면 나는, 헝거 게임을 완전히 잊어버리려고 노력할 것이다. 입에 담지도 않을 거다. 그냥 악몽에 불과했던 걸로 치부해 버릴 것이다. 하지만 우승자 투어가 있어서 그것은 불가능하다. 매년 헝거 게임이 개최되는 날들의 중간쯤에 교묘하게 자리 잡은 우승자 투어는, 두려움을 눈앞의 것으로 생생히 되살아나게 하는 캐피톨의 고안품이다. 우리는 캐피톨의 권력에 철저히 구속되어 있다는 걸 매년 상기해야 할 뿐 아니라, 그 사실을 찬미까지 하도록 강요당하는 곳에 살고 있다. 그리고 올해는 내가 그 쇼의 주인공 중 한 명이다. 나는 이 구역 저 구역을 돌아다니며 겉으로는 내게 환호하지만 속으로는 환멸을 느끼는 관중들 앞에 서고, 내가 죽인 아이들의 가족들의 얼굴을 봐야 한다.

태양이 좀처럼 뜨지 않아 몸을 일으킨다. 온몸의 관절이 쑤시고, 왼쪽 다리는 오랫동안 저린 상태였던 터라 몇 분이 지나고 나서야 감각을 되찾는다. 숲에 세 시간 동안 있었지만, 사냥이라 할 만한 것을 하지 않았기 때문에 손에 넣은 것은 아무 것도 없다. 그래도 엄마와 내 여동생 프림은 더 이상 상관하지 않을 것이다. 우리 가족은 마을의 정육점에서 고기를 살 수 있으니까. 사냥으로 잡은 신선한 고기보다 정육점 고기를 더 좋아하는 사람은 우리 중에 아무도 없지만 말이다.

하지만 내 제일 친한 친구인 게일 호손과 게일의 가족은 오늘 잡을 사냥감에 의존하고 있고, 그들을 실망시킬 수는 없다. 나는 놓아 둔 덫을 살펴보는 한 시간 반 코스를 돌기 시작한다. 우리가 학생이었던 시절엔 오후에 함께 덫을 살피고, 사냥과 채집을 마치고 나서도 마을로 돌아와 거래할 시간이 있었다. 하지만 이제 게일은 탄광에서 일해야 하고, 나는 하루 종일 할 일이 아무 것도 없기 때문에 내가 전부 떠맡았다.

지금쯤 게일은 탄광에 가서 출근시간을 기록한 후, 엘리베이터를 타고 속이 뒤집힐 것 같이 깊은 땅속으로 내려가서 곡괭이로 탄층을 내려찍고 있을 것이다. 땅속이 어떤지는 나도 안다. 학교에서 매년 훈련의 일부로 탄광 견학을 가야 했기 때문이다. 어렸을 때는 그냥 불쾌한 정도였다. 하지만 아빠와 다른 광부들이 폭발 사고로 돌아가신 다음에는 엘리베이터에 타기조차 힘들었다. 매년 찾아오는 견학은 내게 엄청난 불안을 느끼게 했다. 생각만으로도 몸이 안 좋아져서, 엄마가 감기에 걸린 줄 알고 날 견학 가는 대신 집에 있게 한 적이 두 번이나 있었다.

신선한 공기와 햇빛이 있고, 깨끗한 물이 흐르는 숲 속에서만 진정으로 살아 있는 사람이 되는 게일을 생각해 본다. 어떻게 견디는지 모르겠다. 사실은…… 알고 있다. 자신이 견뎌야 어머니와 남동생 둘과 여동생이 먹고 살 수 있으니 참는 거다. 이제 내게는 돈이 넘쳐나서, 우리 가족과 게일 가족을 먹여 살리고도 남을 만큼 있는데 게일은 동전 한 닢 받으려 하지 않는다. 내가 게임에서 죽었더라면 게일이 우리 엄마와 프림에게 먹을 것을 갖다 주었을 게 확실하지만, 고기를 받는 것조차 게일에겐 힘든 일이었다. 나는 그게 나를 돕는 일이라고, 하루 종일 앉아만 있으면 난 아마 미쳐 버릴 거라고 말하곤 한다. 그렇지만 사냥감을 들고 갈 때는 게일이 있을 때를 피한다. 게일은 하루에 12시간씩 일하니까 피하기가 어렵지는 않다.

이제 나와 게일이 정말로 만나는 것은 숲에서 만나 함께 사냥하는 일요일뿐이다. 지금도 일요일이 일주일 중 제일 좋은 날이지만, 서로 무슨 이야기든 할 수 있었던 예전과는 다르다. 헝거 게임은 그것마저 망쳐 버렸다. 시간이 더 지나면 예전처럼 자연스러운 사이가 될 거라고 바라고 있지만, 마음 한구석에서는 헛된 바람이란 것을 알고 있다. 이제는 예전으로 돌아갈 수 없다.

덫에서 제법 수확을 올린다. 토끼 여덟 마리, 다람쥐 두 마리, 그리고 게일이 철사를 가지고 직접 만든 덫으로 헤엄쳐 들어온 비버 한 마리. 게일은 덫 놓는 데는 천재적이다. 나뭇가지를 휜 다음 덫을 달아서 육식 동물이 덫에 걸린 동물에 손대지 못하게 한다든가, 막대기로 만든 정교한 덫에 통나무를 교묘하게 균형을 맞춰 올려놓는다든가, 물고기가 한번 들어오면 나가지 못하는 바구니를 짠다든가 하는 것. 숲을 돌면서 조심스레 덫을 다시 설치하지만, 균형을 맞추는 게일의 눈썰미, 사냥감이 지나갈 곳을 예측하는 게일의 본능을 나는 절대 따라 할 수 없음을 느낀다. 그런 건 경험만으로 되는 것이 아니다. 타고난 재능이다. 내가 빛이 거의 없는 어둠 속에서 화살 단 하나로 동물을 죽일 수 있는 것과 마찬가지다.

12번 구역을 둘러싼 울타리에 돌아올 때쯤에는 이미 해가 떠 있다. 늘 하듯 잠시 귀를 기울여 봐도 쇠사슬 울타리에 전기가 흐르고 있다는 증거인 '웅' 하는 소리는 들리지 않는다. 규칙대로라면 하루 24시간 전기가 흘러야 하지만, 전기가 들어오는 일은 거의 없다. 울타리 아래의 개구멍으로 기어 나와, 우리가 전에 살던 집에서 돌을 던지면 닿을 거리인 초원으로 나선다. 원칙적으로 한다면 엄마와 프림은 거기 살아야 하기 때문에 아직도 우리 집이다. 내가 만약 지금 죽게 된다면, 두 사람은 그 집으로 돌아가야 한다. 하지만 현재로선 모두 우승자 마을의 새 집에서 행복하게 살고 있고, 내가 자란 작고 초라한 집을 사용하는 사람은 나뿐이다. 내게는 거기가 진짜 집이다.

요즘은 옷을 갈아입으러 그 집에 간다. 아빠가 입으시던 낡은 가죽 재킷을 벗고 어깨 부분이 꽉 끼는 것 같은 고급 양털 코트를 입는다. 해져서 부드러운 사냥용 장화를 벗은 뒤, 나 정도 지위에 오른 사람에게 더 적합하다고 엄마가 생각하시는 비싼 공장제 구두를 신는다. 활과 화살은 이미 숲 속의 빈 통나무 속에 감춰두었다. 시간이 없지만 몇 분 정도 부엌에 앉아 있는다. 벽난로에는 불기가 없고, 식탁에는 식탁보가 없어서 버려진 곳 같은 느낌이 난다. 나는 이곳에 앉아 예전의 삶을 생각하며 슬퍼한다. 우리는 간신히 먹고 살았지만 그때 나는 내 자리가 어디인지 알고 있었다. 천처럼 촘촘히 짜인 우리 삶 속에서, 내 자리가 어디인지 나는 알고 있었다. 그때로 돌아가고 싶다. 이제 와서 생각하니 그때는 지금에 비해 훨씬 안전했던 것 같다. 지금의 나는 너무나 돈이 많고 유명하고, 캐피톨의 권력자들에게 너무 많이 미움 받고 있다.

뒷문 쪽에서 우는 소리가 나서 돌아본다. 문을 열어 보니 프림의 꾀죄죄한 수고양이 버터컵이었다. 버터컵은 나만큼이나 우리의 새 집을 싫어해서 동생이 학교에 가면 늘 여기로 온다. 나와 버터컵은 서로 좋아해 본 적이 없었지만, 이것이 우리 사이의 새로운 공통점이다. 나는 버터컵을 집으로 들여서 비버의 지방 덩어리를 주고, 귀 사이를 잠시 문질러 주기까지 한다.

"너 진짜 못생겼다. 너도 알지?"

이렇게 물어 보자 버터컵은 더 문질러 달라고 내 손을 쿡 찌른다. 하지만 이제 가야할 때다.

"가자."

나는 한 손으로 버터컵을 안아 들고 다른 손으로는 사냥감이 담긴 자루를 든 채 거리로 나선다. 고양이는 뛰쳐나가 덤불 아래로 사라진다.

거리에 깔린 재를 으드득 밟으며 걷노라니 구두 때문에 발가락이 아프다. 뒷골목을 통해 가니 몇 분 만에 게일의 집에 도착한다. 게일의 엄마인 헤이즐은 싱크대 위에 몸을 숙이고 있다가 창밖으로 나를 본다. 앞치마에 손을 닦은 그녀가 문을 열어 주기 위해 창문 뒤에서 모습을 감춘다.

나는 헤이즐이 좋다. 헤이즐에 대해 존경심을 품고 있다. 우리 아빠가 돌아가셨던 폭발 사고로 헤이즐의 남편도 목숨을 잃었고, 헤이즐은 혼자서 아들 셋과 새로 태어날 아기까지 돌봐야 했다. 아이를 낳은 지 일주일도 되기 전에 헤이즐은 일거리를 찾아 거리를 헤맸다. 아기를 돌봐야 하니 탄광에서 일할 수는 없었지만, 동네의 상인들에게서 빨래 일을 얻었다. 맏이인 게일은 열네 살 때 가장이 되었다. 그때부터 게일은 알량한 곡물과 기름을 받기 위해 배급표에 이름을 써넣고 헝거 게임의 조공인으로 뽑힐 확률을 몇 배나 높였다. 그 뿐 아니라 게일은 그때도 이미 덫 놓는 솜씨가 좋았다. 하지만 헤이즐이 빨래판에서 손가락이 부서져라 일하지 않고서 게일 혼자 힘으로 다섯 가족을 부양할 수는 없었다. 겨울이면 헤이즐의 손은 새빨개졌고 갈라져서 조그만 자극에도 피가 났다. 우리 엄마가 만드신 연고가 아니었다면 지금도 피가 날 것이다. 하지만 열두 살짜리 로리, 열 살짜리 빅, 그때 태어나 지금 네 살이 된 포시의 이름을 배급표와 바꾸지 않겠다는 헤이즐과 게일의 결심은 확고했다.

사냥감을 보자 헤이즐은 미소를 지으며, 비버 꼬리를 잡고 들어 올려 무게를 가늠해 본다.

"스튜로 만들면 맛있겠구나."

게일과 달리, 헤이즐은 사냥감을 가져가면 선뜻 받는다.

"가죽도 좋아요."

내가 대답한다. 헤이즐과 있으면 마음이 편하다. 늘 하는 대로 사냥감의 가치를 함께 의논해 본다. 헤이즐이 머그컵에 허브 차를 따라주어서 찬 손가락으로 감사히 컵을 감싼다.

"있잖아요, 투어 끝나고 돌아오면 가끔 로리를 데리고 나갈까 봐요. 학교 다녀오면 활 쏘는 법을 가르칠게요."

헤이즐은 고개를 끄덕인다.

"그러면 좋겠네. 게일도 가르쳐 주려고 했지만 일요일밖에 시간이 없어서 말이야. 기꺼이 너한테 맡길 것 같아."

볼이 빨개지는 것을 어쩔 수 없다. 이런 내가 바보 같다는 건 안다. 헤이즐보다 나를 잘 아는 사람은 거의 없다. 나와 게일 사이의 끈끈함을 알고 있다. 나는 생각도 해 본 적 없지만, 나와 게일이 나중에 결혼할 거라고 생각한 사람이 많았을 것이다. 하지만 그건 게임 전의 이야기다. 나와 함께 조공인으로 뽑혔던 피타 멜라크가 나를 미칠 듯이 사랑한다고 선언하기 전의 일이다. 우리의 로맨스는 우리가 경기장에서 살아남는 데 주요한 전략이 되었다. 그러나 피타에게는 전략이 아니었다. 나에게는…… 뭐였는지 잘 모르겠다. 하지만 게일에게는 그게 너무나 고통스러운 일이었다는 것을 이제는 알고 있다. 우승자 투어에서 피타와 내가 다시 연인인 것처럼 행동해야 할 것을 생각하니 가슴이 조여 든다.

차가 아직 뜨겁지만 꿀꺽 마시고 식탁을 짚고 일어선다.

"가 봐야겠어요. 카메라 앞에 설 준비를 해야 되거든요."

헤이즐은 나를 안아준다.

"맛있는 것 많이 먹고 와."

"물론이죠."

다음에 들를 곳은 호브다. 내가 물물교환을 하던 곳이다. 몇 년 전에는 석탄을 보관하는 창고였지만, 사용하지 않게 되면서 불법 거래를 하는 장소가 되었고 암시장이 번성했다. 범죄의 성격이 없지 않지만 그런 점도 나와 어울리는 것 같다. 12번 구역을 둘러싼 숲에서 사냥하는 것은 최소 열두 개 정도의 법을 어기는 행위이고, 사형을 당할 수도 있다.

대놓고 말하는 사람은 없지만 호브에 자주 들르는 사람들에게 나는 빚을 진 셈이다. 수프를 파는 나이 지긋한 그리지 세이 아줌마가 게임 중에 나와 피타를 도울 돈을 모금했다고 게일은 말했었다. 호브 안에서만 은밀히 진행된 일이었지만 소문을 듣고 돈을 보탠 사람들이 많았다고 한다. 그 금액이 정확히 얼마인지는 모르겠고, 경기장에서 받게 되는 선물의 가격은 어마어마하다. 그 사람들 덕에 내 생사가 바뀌었다.

거래할 물건도 없이 빈 자루를 들고, 대신 바지 뒷주머니에 동전을 잔뜩 넣은 채 호브의 문을 밀어 여는 기분은 아직도 낯설다. 최대한 많은 좌판에서 돈을 쓰려고 노력하며 여기저기서 커피, 빵, 달걀, 실, 기름을 산다. 뒤늦게 생각이 떠올라 외팔이 리퍼 아줌마 좌판에서 투명한 독주 세 병도 산다. 리퍼 아줌마는 탄광 사고로 팔을 잃었지만 머리를 써서 살아갈 방법을 찾은 사람이다.

술은 우리 가족이 마실 것이 아니다. 헝거 게임에서 피타와 나의 멘터였던 헤이미치에게 줄 것이다. 헤이미치는 성질이 더럽고 폭력적이며 거의 언제나 취해 있다. 하지만 사상 최초로 조공인 두 명이 살아남았으니 자기 일, 아니 그 이상을 해낸 사람이다. 그러니까 헤이미치가 어떤 인간이든 간에 나는 그에게 빚을 진 셈이다. 그건 영원히 변치 않을 사실이다. 몇 주 전에 술이 떨어졌는데 살 수가 없어서 그는 금단 증상을 보였는데, 몸을 벌벌 떨면서 자기 눈에만 보이는 끔찍한 것들을 향해 소리를 질렀다. 프림이 잔뜩 겁을 먹었고, 솔직히 나로서도 보기 좋은 광경은 아니었다. 그 후로 나는 술이 또 떨어질 경우를 대비해 모아 두고 있다.

평화유지군 대장인 크레이가 내가 술병을 든 것을 보고 얼굴을 찌푸린다. 선명한 붉은 색 얼굴 위로 몇 가닥 없는 백발을 옆으로 빗어 넘긴 나이 든 사람이다.

"여자애가 마시기엔 너무 센데."

실은 다 알고 하는 말일 것이다. 내가 아는 사람 중 헤이미치 다음으로 술을 많이 마시는 사람이 크레이다.

"아, 엄마가 약 만드실 때 쓰세요."

나는 무관심하게 대답한다.

"세균은 확실하게 죽이겠구나."

크레이는 그렇게 말하며 술 한 병 값으로 동전을 내려놓는다.

그리지 세이 아줌마 좌판으로 가서 카운터 앞에 앉아 수프를 주문한다. 콩과 박을 섞은 것 같아 보인다. 내가 수프를 먹고 있는데 다리우스라는 평화유지군이 와서 한 그릇을 주문한다. 군인 중에서는 제일 마음에 드는 사람 중 하나다. 권력을 멋대로 휘두르는 일도 없고, 보통 그냥 농담이나 주고받는다. 이십 대겠지만 나보다 별로 나이 들어 보이지 않는다. 미소나 멋대로 뻗친 붉은 머리를 보면 소년 같은 구석이 있었다.

"지금쯤 기차 타고 있어야 되는 거 아닌가?"

다리우스가 그렇게 물어서 나는 대답했다.

"열두 시에 데리러 온대요."

"좀 더 예쁘게 하고 있어야 되는 거 아냐? 머리에 리본을 단다든가 말이지."

다리우스가 그렇게 말하며 내 땋은 머리를 툭툭 치기에 손을 밀쳐냈다. 기분이 좋지 않은데도 나는 그 놀리는 말에 미소를 짓고 만다.

"걱정 마세요. 그 사람들이 손대고 나면 못 알아보게 될 테니까요."

"잘됐군. 구역의 자존심을 세워 보자고, 에버딘 양."

다리우스는 짐짓 탐탁지 않은 양 그리지 세이 아줌마에게 머리를 흔들어 보이고는 자기 친구들에게로 걸어갔다.

"그 그릇은 돌려 줘야지."

그리지 세이 아줌마가 다리우스 뒤통수에 대고 부르지만, 웃으면서 말하는 터라 그다지 진지하게 들리지 않는다.

"게일이 배웅해 준다던?"

그리지 세이 아줌마가 내게 물으신다.

"아뇨, 명단에 없었어요. 일요일에 보긴 했지만요."

"게일도 명단에 있을 줄 알았지, 사촌이고 하니."

비꼬는 말투였다.

이건 캐피톨에서 지어낸 또 하나의 거짓말이다. 헝거 게임 생존자가 여덟 명으로 줄었을 때, 캐피톨에서는 리포터들을 보내 나와 피타를 소개하기 위한 취재를 하도록 했다. 내 친구가 누구냐고 물었을 때 모든 사람들은 게일을 지목했다. 하지만 내가 경기장에서 피타와 벌이고 있는 로맨스를 생각했을 때 게일을 내 친구로 소개할 수는 없었다. 게일은 너무 잘생겼고 남자답고, 카메라 앞에서 웃으며 연기할 생각이 조금도 없었기 때문이다. 하지만 나와 게일은 꽤 닮았다. 우린 둘 다 경계 사람의 특징을 뚜렷이 지니고 있다. 색이 짙은 직모, 올리브 빛 피부, 회색 눈. 그래서 어느 머리 좋은 사람이 게일을 내 사촌으로 만들어 버렸다. 집에 돌아올 때까지도 나는 모르고 있었다. 그런데 기차역 플랫폼에 내렸을 때 엄마가 그런 말을 하셨다.

"사촌들도 널 얼마나 보고 싶어 했다고!"

고개를 돌려 보니 게일과 헤이즐, 그리고 꼬마들이 나를 기다리고 있었다. 나로선 그에 맞춰 연기를 하지 않을 도리가 없었다.

그리지 세이 아줌마는 우리가 친척이 아니라는 걸 알고 계시지만, 여러 해 동안 우리를 알고 지냈던 사람들 중에서도 그 사실을 벌써 잊어버린 것 같은 사람들이 있다.

"이 모든 게 빨리 끝났으면 좋겠어요."

내가 속삭인다.

"나도 알아. 하지만 시작을 해야 끝이 나지. 늦지 않게 가렴."

우승자 마을로 가는데 눈이 조금씩 내리기 시작한다. 마을 중심지의 광장에서는 1킬로미터도 되지 않는 거리지만, 완전히 다른 세상 같다. 아름다운 녹지대 주위에 지은 독립된 단지로, 곳곳에 꽃이 피는 덤불이 있다. 집 열두 채가 있는데, 집 하나의 크기가 내가 자란 집의 열 배는 된다. 아홉 채는 지어진 이래 한 번도 사람이 산 적이 없다. 다른 세 채는 헤이미치, 피타, 그리고 내 것이다.

우리 가족과 피타의 가족이 사는 집에는 생활의 따뜻한 빛이 있다. 창문에서는 불빛이 새 나오고 굴뚝에선 연기가 피어오른다. 다가오는 추수 축제용 장식으로 밝은 색 옥수수를 정문에 달아 놓았다. 하지만 집을 관리해 주는 사람이 있는데도 헤이미치의 집에서는 버려진 듯한 느낌이 난다. 집 안이 더럽다는 것을 아는 나는 문 앞에서 각오를 단단히 하고는 문을 밀고 들어간다.

역한 냄새에 코가 저절로 찌푸려진다. 헤이미치는 청소부를 집 안에 들이지 않고, 스스로도 거의 청소를 하지 않는다. 술과 토사물, 삶은 양배추와 불에 탄 고기, 더러운 옷과 쥐똥의 냄새가 수년간에 걸쳐 쌓이고 섞여 묘한 악취를 풍긴다. 눈물이 핑 돈다. 내던진 포장지와 깨진 잔, 뼈다귀를 헤치고 들어가 헤이미치가 있을 곳으로 향한다. 헤이미치는 식탁에 앉아 팔을 식탁에 얹은 채 흘러나온 술 속에 얼굴을 묻고 요란하게 코를 골고 있다.

내가 헤이미치의 어깨를 쿡 찌른다.

"일어나요!"

얌전하게 깨워서는 일어날 리 없다는 것을 알기 때문에 나는 큰 소리로 말한다. 코 고는 소리가 수상쩍다는 듯 잠시 멈추더니 다시 이어진다. 더 세게 밀었다.

"일어나요, 헤이미치. 투어 날이에요!"

나는 창문을 억지로 밀어 열고 바깥의 깨끗한 공기를 한껏 들이마신다. 발로 바닥의 쓰레기를 이리저리 치운 후 커피 주전자를 찾아내 물을 채웠다. 난로에는 아직 불기가 조금 있어서, 불이 붙은 탄 덩어리 몇 개의 불길을 좀 더 키운다. 그러고 나서 나는 진한 커피가 되도록 주전자에 커피 간 것을 넉넉히 넣고는 난로 위에 얹는다.

헤이미치는 아직도 세상모르고 자고 있다. 다른 수가 없어서 나는 대야에 얼음처럼 찬 물을 담아 온다. 그것을 헤이미치 머리 위에 끼얹고 뒤로 펄쩍 물러선다. 헤이미치 목에서 짐승 같은 으르렁거리는 소리가 났다. 벌떡 일어나 의자를 뒤로 3미터 정도 차 던지고는 칼을 휘두른다. 손에서 칼을 미리 빼 놓았어야 했지만 다른 일에 정신이 팔려 있었다. 욕설을 내뱉으며 칼로 공중을 몇 번 가르더니 정신을 차린다. 헤이미치가 셔츠 소맷자락으로 얼굴을 닦더니 내 쪽으로 고개를 돌린다. 나는 급히 도망가야 할 경우에 대비해 창틀에 앉아 있었다.

"뭐하는 거냐?"

헤이미치가 내뱉는다.

"카메라 오기 한 시간 전에 깨워 달라고 하셨잖아요."

"뭐?"

"아저씨가 그랬어요."

그제야 기억이 나는 모양이다. 헤이미치가 묻는다.

"내가 왜 젖어 있지?"

"흔들어도 안 일어나시더라고요. 응석부리고 싶었으면 피타한테 시키셨어야죠."

"나한테 뭘 시켜?"

이 목소리만 들어도 내 위장은 죄책감, 슬픔, 공포 같은 불쾌한 감정들로 뒤틀린다. 그리고 그리움. 그리움 역시 느껴진다는 걸 나는 인정해야만 한다. 그저 그 밖의 다른 감정이 너무 많을 뿐.

피타가 방을 가로질러 식탁으로 오는 모습을 바라본다. 피타의 금발 머리에 묻은 녹지 않은 눈이 창문으로 들어오는 햇빛을 받아 빛난다. 내가 경기장에서 알았던 아프고 굶주린 소년과는 너무나 다른, 강하고 건강한 모습이다. 다리를 저는 것도 거의 티가 나지 않는다. 피타는 방금 구운 빵

한 덩어리를 식탁에 놓더니 헤이미치에게 손을 내민다.

"폐렴은 걸리지 않고 일어날 수 있게 해 달라고 시킬걸 그랬지."

헤이미치가 칼을 건네주며 대답한다. 그는 더러운 셔츠를 벗어서 마른 부분으로 몸을 닦는다. 속옷 역시 셔츠만큼이나 더럽다.

피타는 미소를 지으며 바닥에 놓인 독주 병을 집어 들고 칼을 담근다. 그러곤 셔츠 자락으로 칼날을 닦은 후 빵을 썬다. 피타는 언제나 우리 모두에게 갓 구운 빵을 가져다 준다. 나는 사냥을 한다. 피타는 빵을 굽는다. 헤이미치는 술을 마신다. 우리는 각자의 방식으로 바쁘게 지내며, 헝거 게임의 출연자로 보냈던 시간을 생각하지 않으려 애쓴다. 헤이미치에게 칼을 돌려주고 나서야 피타는 처음으로 나를 바라본다.

"한 조각 먹을래?"

"고맙지만 사양할게. 호브에서 먹었어."

격식을 차린 목소리는 내 목소리 같지가 않다. 우리의 행복한 귀환을 찍는 카메라가 사라지고 진짜 우리 생활로 돌아온 후, 피타에게 말할 때면 늘 그렇다.

"천만에."

피타가 딱딱하게 대답한다.

헤이미치는 어질러진 집 안 어딘가로 셔츠를 집어던진다.

"아, 추워. 너희들 방송 전에 좀 많이 친해져야겠다."

물론 헤이미치의 말이 맞다. 관객들은 서로 눈도 못 맞추는 두 사람이 아닌, 헝거 게임에서 승리한 한 쌍의 다정한 연인을 보고 싶어 할 것이다. 하지만 나는 "목욕해요, 헤이미치."라고만 말하고 창밖으로 뛰어내린 후 풀밭을 가로질러 집으로 간다.

눈이 조금 쌓여 발자국이 찍힌다. 문을 열고 들어가기 전 구두에서 물기를 털었다. 엄마는 촬영에 대비해 밤낮으로 일하셨으니, 반짝이는 바닥에 발자국을 남겨선 안 된다. 집으로 들어가자마자 엄마가 나타나 마치 나를 말리듯 팔을 잡으신다.

"걱정 마요, 여기서 벗을 거니까."

매트 위에 구두를 벗으며 내가 말한다. 엄마는 숨소리가 섞인 이상한 웃음소리를 내며 장 본 물건이 든 사냥감 자루를 내 어깨에서 받아 드신다.

"그냥 눈인데 뭐. 산책 잘했니?"

"산책이요?"

무슨 뜻일까. 내가 이른 새벽부터 숲에 있었다는 걸 아시는데. 그 순간 엄마 뒤로 부엌 입구 쪽에 서 있는 남자가 보인다. 맞춤 양복, 성형 수술로 완벽하게 다듬은 외모를 보자마자 캐피톨 사람임을 알 수 있다. 뭔가 일이 잘못되었다.

"스케이트 타는 것 같던데요. 밖이 아주 미끄러워요."

"널 보러 온 분이 계셔."

엄마가 말씀하신다. 얼굴이 지나치게 창백하고, 불안함을 숨기려고 하지만 목소리에서 드러난다.

"열두 시는 되어야 오는 줄 알았는데. 시나가 준비 때문에 미리 왔어요?"

나는 엄마 기분을 눈치 못 챈 척한다.

"아니, 캣니스, 누구냐면……."

"이쪽으로 오시죠, 에버딘 양."

남자가 말한다. 남자는 복도 쪽으로 손짓을 한다. 자기 집에서 이래라 저래라 안내를 받다니 이상하지만 바보같이 이렇다 저렇다 불평하지는 않는다.

나는 그 쪽으로 걸어가며 어깨 너머로 엄마에게 안심하라는 뜻의 미소를 지어 보인다.

"아마 투어 설명을 추가로 하나 보죠."

그들은 그간 일정이나 각 구역에서 지켜야 할 관례에 대해 온갖 자료를 보내 왔었다. 하지만 이제까지 한 번도 닫혀 있는 모습을 본 적이 없던 서재 문으로 걸어가면서, 마음속으로 온갖 생각이 떠올랐다. 누가 온 거지? 뭘 원하는 거야? 엄마는 왜 저렇게 창백해진 거지?

"바로 들어가시죠."

나를 따라온 캐피톨 남자가 말한다.

윤기 나는 놋쇠 손잡이를 돌려 열고 방 안으로 들어간다. 두 가지 상반된 냄새가 난다. 장미와 피. 눈에 익은 모습의 작은 백발 남자가 책을 읽고 있다. 남자는 "잠깐만."이라고 말하는 듯 손가락 하나를 들어 보인다. 그가 몸을 돌려 나를 향하자 심장이 덜컥 내려앉는다.

나는 스노우 대통령의 뱀 같은 눈을 바라보고 있다.

2

스노우 대통령을 생각하면 늘 거대한 깃발이 걸린 대리석 기둥 앞에 선 모습이 떠올랐다. 방에 있는 일상적인 물건들에 둘러싸인 그의 모습을 보니 어울리지 않는다. 마치 냄비 뚜껑을 열었는데 스튜 대신 이를 드러낸 독사가 있는 것 같다.

여기서 뭘 하는 거지? 나는 다른 우승자 투어 첫날을 열심히 떠올려 본다. 우승한 조공인이 멘터, 스타일리스트와 함께 등장하는 것을 본 기억이 난다. 고위 공직자도 가끔 등장했다. 하지만 스노우 대통령은 한 번도 본 적이 없었다. 스노우 대통령은 캐피톨의 축하 행사에만 나타날 뿐이었다.

대통령이 캐피톨에서 여기까지 왔다니, 큰 위험에 처했다고밖에 생각할 수 없다. 내가 위험에 처했다면 내 가족도 위험한 것이다. 나를 경멸하는 이 사람과 내 엄마, 내 동생이 얼마나 가까운 곳에 있는지 생각하자 전율이 일었다. 그는 나를 언제까지나 혐오하겠지. 나는 꾀를 내어 그의 가학적인 헝거 게임을 망쳐 버렸고, 캐피톨을 바보로 보이게 만들어서 결과적으로 그의 통제력을 약화시켰으니까.

나로선 피타와 함께 살아남기 위해서 했던 행동이었을 뿐이다. 반항적인 요소는 모두 우연이었다. 하지만 캐피톨이 단 한 명의 조공인만 살아남을 수 있다고 발표했는데 감히 그것에 도전했다는 것 자체가 반란이었으리라. 내가 할 수 있는 유일한 변명은 피타에 대한 열정적인 사랑 때문에 거의 정신이 나갔다는 것이었다. 그래서 우리는 살 수 있도록 허락 받았고, 우승자의 왕관을 쓰게 되었다. 그들은 우리가 집으로 돌아가 우승을 축하하고 카메라에게 작별 인사를 하고 난 후에는 우리 마음대로 살도록 내버려 두었다. 지금까지는.

이 집이 아직 낯설다는 사실, 그를 만난 충격, 또는 그가 마음만 먹으면 나를 1초 안에 죽일 수 있다는 것을 나와 대통령 둘 다 알고 있다는 점 등이 더해져 오히려 내가 불청객처럼 느껴졌다. 마치 여기가 그의 집이고 내가 불쑥 찾아온 것 같았다. 그래서 어서 오시라는 말도, 앉으라는 말도 하지 않았다. 아무 말도 하지 않았다. 사실 나는 그가 진짜 독사인 것처럼 대하고 있다. 나는 시선을 그에게 고정한 채 도망갈 방법을 찾으며 꼼짝 않고 서 있다.

"서로 거짓말을 하지 않기로 하면 상황이 훨씬 단순해질 것 같은데. 어떻게 생각하나?"

대통령이 말한다. 혀가 얼어붙어 말을 할 수 없을 것 같았기 때문에, 차분하게 나오는 내 목소리에 스스로 놀라지 않을 수 없었다.

"네, 그러면 시간이 절약되겠죠."

스노우 대통령이 미소를 지었다. 나는 처음으로 그의 입술을 살펴본다. 뱀처럼 입술이 거의 없을 것 같았지만, 실은 도톰하고 피부가 팽팽하다. 더 매력적으로 보이게 하려고 수술을 받았나 하는 생각이 들 수밖에 없었다. 만약 그랬다면, 시간 낭비이자 돈 낭비였다. 조금도 매력적이지 않기 때문이다.

"내 자문들은 네가 다루기 어려울 거라고 걱정했지만, 다루기 어렵게 굴 생각은 아니겠지?"

"아닙니다."

"나도 그럴 거라고 했지. 자기 목숨을 지키기 위해 그런 짓까지 했던 여자아이가 목숨을 쉽게 포기하지는 않을 거라고 말이야. 게다가 가족도 생각해야 하니까. 엄마, 여동생, 그리고 그…… 사촌들."

'사촌' 이라는 말을 하면서 뜸을 들이는 걸 보니 게일과 내가 친척이 아니라는 사실을 이미 알고 있다는 걸 알 수 있었다. 이제 모든 카드가 공개되었다. 차라리 그게 나을지도 모른다. 나는 애매한 협박은 잘 받아들이지 못한다. 어떤 상황인지 똑똑히 아는 편이 낫다.

"앉지."

스노우 대통령은 프림이 숙제를 하고 엄마가 가계부를 쓰시는 커다랗고 반질반질한 나무 책상 앞에 앉는다. 우리 집과 마찬가지로 스노우 대통령이 앉을 권리가 없는 자리지만, 궁극적으로는 그에겐 그럴 권리가 있는 셈이다. 나는 책상 앞에 놓인 등받이가 곧은 세공 의자 중 하나에 앉는다. 나보다 키 큰 사람에 맞춰 만든 의자라, 내 발가락 끝만이 땅에 닿는다.

"문제가 있어, 에버딘 양. 자네가 경기장에서 독 딸기를 꺼낸 순간 시작된 문제지."

그 순간은 내가 게임 운영자들이 피타와 내가 자살하는 것(그렇게 되면 우승자가 없어진다.)을 그냥 지켜보느냐, 우리 둘 다 살게 해 주느냐 중에서 후자를 선택할 거라고 생각했던 순간이다.

"만약 최고 게임 운영자인 세네카 크레인이 조금이라도 생각할 머리가 있었다면 그 순간 자네를 날려 버렸을 텐데. 불운하게도 감상적인 생각이 벌컥 들었던 거지. 그래서 자네가 지금 여기 있는 걸세. 세네카 크레인이 지금 어디 있는지 알겠나?"

고개를 끄덕인다. 그가 말하는 태도를 보았을 때, 세네카 크레인은 처형당한 게 분명하다. 책상 하나만을 사이에 두고 앉으니 장미와 피 냄새가 더 강해졌다. 스노우 대통령의 옷깃에 장미가 한 송이 꽂혀 있으니 꽃향기는 어디서 나는지 알 것도 같지만, 저렇게 향이 강한 장미는 없으니 유전자를 조작해 만든 장미인 것 같다. 피는…… 모르겠다.

"그 이후로는 자네가 자네 시나리오대로 움직이는 걸 그냥 내버려 두는 수밖에 없었지. 사랑에 빠진 여학생 흉내가 제법 괜찮기도 했어. 캐피톨 사람들은 꽤들 속아 넘어갔지. 하지만 불행히도 다른 구역 사람들 전부가 자네 연기에 속지는 않았어."

그가 곧 이어 하는 말을 듣자니, 내 얼굴에 놀란 기색이 비쳤나 보다.

"물론 자네는 몰랐겠지. 다른 구역 분위기가 어떤지 따위의 정보를 알 수 없으니까. 하지만 몇몇 구역에서는 자네가 딸기를 가지고 했던 속임수가 사랑이 아니라 반항심에서 나온 행동이라고 받아들였어. 그리고 딴 곳도 아니고 12번 구역에서 온 여자애가 캐피톨에게 반항하고도 다치지 않을 수 있다면, 그 사람들이 같은 짓을 하지 못할 이유가 있겠나? 말하자면, 반란을 일으키지 못할 이유가 뭐란 말인가?"

마지막 문장을 이해하는 데 시간이 좀 걸린다. 충격은 뒤늦게 찾아왔다.

"반란이 있었어요?"

겁도 나지만 그 가능성에 약간 신이 나기도 한다.

"아직은 없었어. 하지만 상황이 바뀌지 않으면 일어날 걸세. 반란은 보통 혁명으로 이어지지."

스노우 대통령은 왼쪽 눈썹 위를 문지른다. 내가 두통이 날 때 통증을 느끼는 곳이다. 대통령이 말을 이었다.

"그게 무슨 뜻인지 알기는 하나? 얼마나 많은 사람이 죽게 되겠어? 또 살아남은 사람들은 어떤 지경이 될 거고? 누가 캐피톨에게 어떤 불만을 품을지 몰라도, 잠시라도 구역들의 통제를 느슨히 한다면 체제 전체가 붕괴될 걸세. 이 말은 믿어도 좋아."

심지어 진심까지 담겨 있는 그의 직설적인 화법에 나는 놀란다. 마치 자신의 최대 관심사가 판엠 국민들의 복지인 것처럼 말하고 있으니까. 하지만 그보다 더 진실과 먼 이야기는 없을 텐데. 어디서 그런 용기가 났는지 몰라도 나는 이렇게 말해 버린다.

"딸기 한 줌으로 붕괴되다니 아주 약한 체제인가 보네요."

스노우 대통령은 한동안 나를 살펴보더니 간단하게 대답한다.

"약하지만 자네가 생각하는 것과는 다르다네."

노크 소리가 나더니 캐피톨 남자가 고개를 들이민다.

"캣니스의 어머님이 차를 드시겠느냐고 합니다."

"들겠네. 가져다 주게."

문이 좀 더 열리더니 엄마가 결혼하실 때 경계로 가져 온 도자기 다기 세트를 얹은 쟁반을 들고 들어오신다.

"여기 놔 주세요."

대통령은 책을 책상 구석으로 옮기고 책상 가운데를 두드린다.

엄마가 쟁반을 책상에 내려놓는다. 쟁반 위에는 도자기 찻주전자, 컵 두 개, 크림과 설탕, 쿠키 한 접시가 있다. 부드러운 색의 꽃이 설탕으로 그려진 쿠키다. 피타만 할 수 있는 솜씨다.

"이것 참 반갑군요. 사람들은 대통령도 먹어야 살 수 있다는 걸 자주 잊는다니까요."

스노우 대통령이 매력적인 말투로 말한다. 그 덕에 엄마가 조금 긴장을 푸시는 것 같긴 하다.

"다른 것도 가져다 드릴까요? 시장하시면 더 든든한 음식도 만들어 드릴 수 있어요."

"아뇨, 이거면 완벽합니다. 고맙습니다."

그 말에는 이제 나가라는 뜻이 담겨 있었다. 엄마는 고개를 끄덕이고, 나를 한 번 힐끗 본 후 방을 나간다. 스노우 대통령은 찻잔 두 개에 차를 따르고 자기 잔에 크림과 설탕을 넣더니 한참이나 젓는다. 그가 할 말을 다 했고, 내 대답을 기다리고 있다는 것을 눈치 챈다.

"저는 반란을 일으킬 생각은 없었어요."

"그 말은 믿네. 하지만 상관없어. 자네의 스타일리스트는 마치 그 후에 일어날 일을 예측한 것 같은 옷을 만들었더군. 캣니스 에버딘, 불타는 소녀. 자네는 불꽃을 일으켰어. 그냥 내버려 두면 판엠을 무너뜨릴 화재로 번질 수 있는 불꽃이지."

"그냥 지금 죽여 버리지 그러세요?"

나는 불쑥 말해 버린다.

"대놓고? 그랬다간 불에 기름을 붓는 격이지."

"사고로 위장하세요."

"그걸 누가 믿겠나? 자네가 시청자라도 안 믿을 걸."

"그러면 원하는 게 뭔지 말씀하세요. 시키시는 대로 할게요."

"그렇게 간단한 일이라면 좋으련만."

그는 꽃이 그려진 쿠키 하나를 집어서 살펴본다.

"아름답군. 엄마가 만드셨나?"

"피타요."

이렇게 말하고 나자 처음으로 그의 눈을 똑바로 바라볼 수 없게 된다. 찻잔을 잡았지만 받침 접시 위에서 달각거리는 소리가 나서 그냥 다시 내려놓는다. 손이 떨리는 것을 감추려고 재빨리 쿠키를 집는다.

"피타라! 자네 애인은 어떻게 지내나?"

"잘 있어요."

"자네가 자기한테 마음이 없다는 걸 언제 깨닫던가?"

그가 쿠키를 찻잔에 담그며 묻는다.

"마음 없지 않아요."

"자네가 그 젊은이에게 빠져 있다고 이 나라 전체가 믿기를 바라겠지만, 실제로 그 정도로 빠져 있지는 않겠지."

"제가 안 그렇다고 누가 그래요?"

"나. 그리고 의심하는 사람이 나 하나뿐이었다면 여기 오지도 않았을 걸세. 잘생긴 사촌은 어떻게 지내나?"

"몰라요……, 전……."

내가 가장 아끼는 사람 중 둘에 대해 스노우 대통령과 이야기하고 있다니, 공포에 숨이 막혀온다.

"말하게, 에버딘 양. 만족할 만한 결론이 나지 않을 경우 우린 그를 쉽게 죽여 버릴 수 있으니까. 자네가 일요일마다 그와 함께 숲 속으로 사라져서 그에게 좋을 것은 아무 것도 없어."

이것까지 알고 있다면, 다른 것은 또 얼마나 알고 있을까? 어떻게 알았지? 게일과 내가 일요일에 함께 사냥을 한다고 말해 줄 사람은 많다. 일요일 저녁때마다 사냥감을 잔뜩 들고 나타났잖아? 몇 년 동안이나 그래 왔잖아? 진짜 문제는 대통령이 12번 구역 너머의 숲에서 무슨 일이 있었을 거라고 생각하느냐다. 숲까지 따라 오지는 않았겠지? 따라 왔으려나? 미행했나? 그건 불가능할 것 같다. 적어도 사람이 뒤쫓아 온 것 같지는 않다. 카메라? 지금 이 순간까지 생각조차 하지 못했다. 숲은 언제나 우리에게 있어 안전한 곳, 캐피톨의 손길이 닿지 않는 곳이었다. 느끼는 것들을 자유롭게 이야기할 수 있고, 우리가 우리 자신일 수 있는 곳이었다. 게임 전에는 그랬다. 그 이후에 감시당했다면, 그들은 무엇을 보았을까? 사냥을 하는 두 사람, 캐피톨에 대해 반역적인 이야기를 하는 두 사람을 보았을 것이다. 하지만 스노우 대통령이 암시하는 것처럼 사랑에 빠진 두 사람을 보지는 못했을 것이다. 그런 혐의로부터는 안전하다. 다만……, 다만…….

딱 한 번이었다. 순식간에 일어났고 예상하지도 못했지만, 분명 일어났던 일이었다.

게임이 끝나고 피타와 내가 집으로 돌아온 뒤, 몇 주 후에야 게일과 따로 만날 수 있었다. 우선은 꼭 참석해야 하는 축하 행사가 있었다. 가장 지위가 높은 사람들만 초대받을 수 있는 우승자 만찬이 있었다. 구역 전체에 공짜 음식이 넘쳐나고 캐피톨에서 연예인들이 오는 휴일도 있었다. 또 열두 번의 '선물 날' 중 첫 번째 선물 날도 있었다. 구역 주민 모두가 음식을 받는 날이었다. 그날이 나는 가장 좋았다. 굶주린 경계의 아이들이 사과 소스 깡통, 고기 통조림, 심지어 사탕을 들고 뛰어다니는 모습을 보았다. 집집마다 무거워서 들 수도 없는 곡물 자루와 기름이 든 깡통이 있었다. 앞으로 일 년 간 한 달에 한 번씩 다들 선물을 받을 것이다. 게임에서 우승했다는 사실이 진심으로 기뻤던 몇 안 되는 순간 중 하나였다.

온갖 의식과 행사를 치르고, 무대에 서서 감사 인사를 하며 피타에게 키스하는 내 일거수일투족을 취재하는 리포터들에 둘러싸여 지내느라 내게 사생활이란 없었다. 몇 주 지나자 마침내 소란은 좀 가라앉았다. 촬영팀과 리포터들은 집으로 돌아갔다. 피타와 나는 그 이후 서먹한 관계를 유지하고 있다. 우리 가족은 우승자 마을의 새 집으로 이사했다. 12번 구역의 일상은 평소 리듬을 되찾았고, 광부들은 탄광으로, 아이들은 학교로 돌아갔다. 모든 것이 다 조용해졌다는 확신이 들 때까지 기다렸다가, 아무에게도 말하지 않고 새벽이 되기 몇 시간 전에 일어나 숲으로 갔다.

아직 날씨가 따뜻해서 재킷이 필요 없었다. 나는 가방에 특별한 음식을 넣어 가져갔다. 차가운 닭고기와 치즈, 빵집에서 파는 빵과 오렌지였다. 옛날 집에 가서 사냥용 장화를 신었다. 평소처럼 울타리에 전기는 흐르지 않았고, 쉽게 숲으로 빠져 나가 활과 화살을 찾을 수 있었다. 게일과 내가 만나는 장소, 내가 헝거 게임에 끌려가던 그 추첨 날 아침을 함께 먹었던 곳으로 갔다.

적어도 두 시간은 기다렸던 것 같다. 그러다 지난 몇 주 동안 게일이 숲에서 나를 만나리라는 기대를 버렸나 보다, 하는 생각이 들기 시작했다. 아니면 이제 내게 관심이 없어졌거나. 어쩜 싫어하게 됐는지도 몰라. 내 가장 친한 친구, 내 비밀을 털어놓던 유일한 사람을 영영 잃어버렸다는 생각이 들자 너무 고통스러워서 참을 수 없었다. 이보다 더 심한 일들도 겪어 온 나다. 그런데도 기분이 상할 때면 늘 그렇듯, 눈물이 차오르고 목이 메어 오는 것이 느껴졌다.

그 순간 고개를 들자 세 발자국 앞에 게일이 서서 나를 바라보고 있었다. 뭔가 생각할 겨를도 없이 나는 웃음과 숨 막힘, 울음이 섞인 이상한 소리를 내면서 달려들어 와락 껴안았다. 게일이 나를 하도 꽉 끌어안아서 얼굴은 보이지 않았지만, 게일은 한참이나 날 안고 있다가 겨우 놔 주었다. 내가 요란하게 딸꾹질을 하기 시작했기 때문에 물을 마시도록 놓아 주는 수밖에 없었다.

그날 우리는 늘 하던 대로 했다. 아침을 먹은 후, 사냥하고 낚시하고 채집도 했다. 마을 사람들에 대한 이야길 했다. 하지만 우리 이야기는 하지 않았다. 탄광에서 일하게 된 이야기, 내가 경기장에 있었을 때의 이야기는 하지 않았다. 계속 다른 이야기만 했다. 호브에서 가장 가까운 개구멍까지 왔을 때쯤 나는, 우리가 예전으로 돌아갈 수 있다고 진심으로 믿었던 것 같다. 전처럼 계속 같이 해 나갈 수 있을 거라고. 우리 집에는 이제 음식이 아주 많기 때문에 잡은 것은 죄다 게일에게 주었다. 호브에 가고 싶기는 했지만, 엄마와 동생은 사냥하러 왔다는 것도 모르고 내가 어디 갔는지 궁금해 하고 있을 테니 바로 집으로 가겠다고 했다. 그런데 갑자기, 앞으로 내가 매일 덫을 점검하겠다는 이야기를 하고 있을 때 게일이 양손으로 내 얼굴을 잡고 키스했다.

나는 준비가 전혀 되어 있지 않았다. 그동안 게일과 긴 시간을 보내며 말하고 웃고 찡그리는 모습들을 보았으니, 게일의 입술에 대해 이미 다 안다고 생각했다. 하지만 내 입술에 대고 누른 게일의 입술이 그렇게 따뜻할 줄은 몰랐다. 복잡한 덫을 놓는 그 손이 그렇게 쉽게 나를 붙잡아 둘 줄은 몰랐다. 난 목구멍 안쪽에서 뭔가 소리를 냈던 것 같다. 손가락을 단단히 말아 쥐고 게일 가슴팍에 손을 얹었던 것 같다. 게일은 나를 놔주더니 이렇게 말했다.

"이렇게 할 수밖에 없었어. 적어도 한 번은."

그리고 그는 가버렸다.

해가 지고 있었고 가족들이 걱정할 테지만, 나는 울타리 앞 나무 옆에 앉았다. 키스한 기분이 어떤지 알고 싶었다. 좋았나, 화가 났나? 하지만 기억나는 것은 게일의 입술이 눌러 오던 느낌과 게일의 피부에 감돌던 오렌지 향뿐이었다. 피타와 여러 번 했던 키스와 비교하는 것은 무의미했다. 그 키스 중 하나라도 의미가 있었는지조차 아직 알 수 없는걸. 그러다 마침내 나는 집으로 돌아왔다.

그 주에 나는 덫을 살피고 헤이즐에게 고기를 가져다 주었다. 하지만 일요일까지 게일은 보지 못했다. 나는 남자친구를 사귀고 싶지 않고 결혼할 마음도 전혀 없다는 긴 이야기를 준비했지만 써먹을 일은 없었다. 게일은 키스한 적이 없는 것처럼 행동했다. 내가 먼저 말하기를 기다렸는지도 모른다. 아니면 내가 키스를 하거나. 그러는 대신 나 역시 아무 일도 없었던 것처럼 행동했다. 하지만 그 키스는 분명히 일어난 일이었다. 게일은 우리 사이에 있던 눈에 보이지 않는 장벽을 허물어 버렸고, 그와 함께 우리가 예전에 나눴던 복잡하지 않은 우정을 되찾을 일체의 희망도 부서졌다. 어떻게 행동해도, 게일의 입술은 예전과 다르게 보였다.

게일을 죽이겠다고 위협하는 스노우 대통령의 눈을 보자 이 모든 기억이 머릿속을 스치고 지나갔다. 집에 돌아오면 캐피톨이 나를 못 본 체 할 거라고 생각했다니, 얼마나 어리석었나! 반란의 가능성은 몰랐을 수도 있다. 하지만 그들이 나에게 화가 났다는 것은 알고 있었다. 상황이 이러니 극도로 경계했어야 하는데, 난 무슨 짓을 한 거지? 대통령의 시각에서는 내가 피타를 무시하고 게일이 더 좋다고 온 구역 앞에서 과시한 것처럼 보일 것이다. 또 내가 실은 캐피톨을 속여 넘긴 데 불과하다는 사실을 드러내는 셈이기도 하고. 나 때문에, 내가 부주의해서 이제 게일과 게일의 가족, 내 가족과 피타까지도 위험해졌다.

"게일을 해치지 마세요. 걘 그냥 친구예요. 여러 해 된 친구요. 그것뿐이에요. 게다가 이젠 다들 우리가 사촌이라고 생각하는 걸요."

내가 속삭인다.

"내 관심은 그게 피타와의 관계에 어떤 영향을 미치는가, 그래서 다른 구역들의 분위기에 어떤 영향을 미치는가 하는 것뿐일세."

"피타와는 투어 중에도 똑같을 거예요. 전에 그랬던 것처럼 피타를 사랑할게요."

"지금 그러는 것처럼, 이겠지."

스노우 대통령이 내 말을 정정한다.

"네, 지금처럼요."

내가 다짐한다.

"반란을 막으려면 더 잘해야 할 걸세. 이번 투어가 상황을 바꿔 놓을 유일한 기회야."

"알아요. 잘할 거예요. 제가 캐피톨에 반항했던 게 아니라 사랑에 미쳐 이성을 잃었던 거라고 다른 구역 모든 사람들이 믿게 할게요."

스노우 대통령은 자리에서 일어나 냅킨으로 도톰한 입술을 톡톡 두드린다.

"혹시 모르니 목표를 더 높이 잡게."

"무슨 말씀이세요? 어떻게 더 높게 잡아요?"

"내가 확신을 갖게 해 줘."

그는 냅킨을 내려놓고 책을 다시 집어 든다. 문으로 걸어가는 모습을 보고 있지 않았기 때문에, 그가 내 귓가에 속삭이자 움찔하게 된다.

"그나저나 말이야, 키스한 것 알고 있다네."

그의 등 뒤로 문이 철컥 닫힌다.

3

피 냄새……. 피 냄새는 그의 숨결에서 나는 것이었다.

'어떻게 하는 거지? 마시나?' 나는 생각했다. 그가 찻잔에 피를 담아 마시는 것을 상상해 본다. 쿠키를 그 속에 담갔다가 꺼내면 붉은 피가 뚝뚝 떨어지겠지.

창 밖에서 고양이가 가르랑거리는 것처럼 부드럽고 조용한 자동차 시동

소리가 들리더니 멀리 사라진다. 왔을 때처럼 그는 조용히 가 버렸다.

방이 한쪽으로 기운 채 천천히 빙글빙글 도는 것 같다. 이대로 정신을 잃게 되는 건 아닐까. 앞으로 기대고 한 손으로 책상을 움켜잡는다. 다른 손에는 아직도 피타가 만든 아름다운 쿠키가 들려 있다. 참나리꽃이 그려져 있었던 것 같지만, 이제는 내 주먹 안에서 바스러졌다. 쿠키를 바스러뜨린 것도 몰랐다. 나의 세상이 걷잡을 수 없게 틀어지는 그 순간, 무엇이라도 붙들고 있어야 했던 모양이다.

스노우 대통령의 방문. 반란이 일어나기 일보 직전의 구역들. 게일을 죽이겠다는 직접적인 협박. 곧 다른 협박도 들어오겠지. 내가 사랑하는 사람 모두에게 재앙이 닥쳤다. 만약 내가 이번 투어에서 상황을 바꿔 놓지 못한다면, 내 행동 때문에 또 누가 비싼 대가를 치러야 할지 장담할 수 없다. 일단 불만을 잠재우고 대통령이 안심하도록 해야 한다. 어떻게? 전국의 모든 사람들이 내가 피타 멜라크를 사랑한다는 것에 대해 일말의 의심도 품지 않도록 해야 한다.

'난 못해, 난 그렇게 연기력이 좋지 않아.' 연기를 잘하고 호감이 가는 사람은 내가 아니라 피타다. 피타는 사람들에게 무엇이든 믿게 할 수 있다. 나는 입 닥치고 뒤에 앉아 피타가 최대한 말을 많이 하도록 하는 사람이다. 하지만 지금 자신의 사랑을 입증해야 하는 사람은 피타가 아니라 바로 나다.

엄마가 잰 걸음으로 걸어오는 소리가 복도에서 들린다. '엄마가 알게 해선 안 돼. 아무 것도 알면 안 돼.' 나는 접시 위에서 손 안의 쿠키 조각을 재빨리 털어 낸다. 벌벌 떨며 차를 한 모금 마신다.

"괜찮은 거니, 캣니스?"

"네. 텔레비전에는 안 나오지만, 투어 전에는 원래 대통령이 우승자를 찾아와서 행운을 빌어 줘요."

나는 밝게 대답한다. 엄마의 얼굴에 안도감이 넘친다.

"아, 뭔가 문제가 있는 줄 알았지."

"아뇨, 아무 일 없어요. 문제는 준비 팀이 제 눈썹이 다시 자란 걸 보고 난 후에 시작될 거예요."

엄마가 웃으시고, 나는 열한 살 때 가장이 된 이후 달라진 것이 없다는 생각을 했다. 앞으로도 나는 늘 엄마를 보호해야 하겠지.

"목욕 준비 해 줄까?"

"좋죠."

엄마가 내 대답을 듣고 몹시 기뻐하시는 게 보인다.

집에 돌아온 뒤로 엄마와의 관계를 회복하려고 많은 노력을 했다. 전에는 수년간 쌓인 분노 때문에 도와준다고 할 때마다 밀쳐냈지만, 이제는 엄마에게 이것저것 해 달라고 부탁하곤 한다. 내가 번 돈의 관리도 전부 엄마에게 맡겼다. 엄마가 나를 안을 때면 꾹 참는 대신 나도 같이 안아드렸다. 경기장에서 시간을 보낸 경험으로, 엄마 스스로도 어쩔 수 없었던 일로 벌을 주는 것은 그만해야겠다고 깨달았다. 특히 아빠가 돌아가신 뒤 치명적인 우울증에 빠졌던 일이 그렇다. 사람에게는 자기가 감당할 수 없는 일이 일어날 때도 있으니 말이다.

예를 들면, 바로 지금의 나처럼.

게다가 내가 12번 구역에 돌아왔을 때 엄마는 나를 위해 근사한 일을 하나 해 주셨다. 기차역에서 가족과 친구들이 피타와 나를 마중 나왔을 때, 리포터들은 질문 몇 개를 해도 좋다고 허락받았다. 누가 엄마에게 새로 사귄 내 남자친구를 어떻게 생각하느냐고 묻자, 엄마는 '피타는 모범적인 젊은이지만, 아직 남자친구를 사귀기에는 너무 어리다' 고 대답하셨다. 엄마는 대답 후 날카로운 눈으로 피타를 바라보셨다. 다들 웃었고 어떤 기자들은 "누구는 이제 큰일났네."라는 말을 하기도 했다. 피타는 내 손을 놓고 한 걸음 물러섰다. 오래 가지는 않았지만(떨어져 있기엔 압박이 너무 심했다.) 엄마의 말은 캐피톨에 있을 때보다 행동을 삼갈 핑계가 되어주었다. 카메라가 사라진 후 피타와 같이 있는 모습을 별로 보이지 않은 것에 대한 핑계도 될지 모른다.

위층 목욕탕에 올라가니 김이 무럭무럭 나는 욕조가 나를 기다리고 있다. 엄마가 말린꽃이 든 작은 주머니를 넣어 두셔서 향기가 난다. 우리 가족은 수도꼭지만 돌리면 더운 물이 바로 쏟아지는 사치에 익숙하지 않다. 경계에 있는 집에서는 찬 물만 나왔고, 목욕을 하려면 물을 불 위에 올려 끓여야 했다. 옷을 벗고 비단결 같은 물(엄마가 기름도 좀 부어 두셨다.)에 몸을 담근 후 사태를 파악해 보려 애쓴다.

첫 번째 질문은 만약 다른 사람에게 이야기를 한다면 누구한테 하느냐 하는 것이다. 물론 엄마나 프림은 안 된다. 걱정 때문에 속이 안 좋아질 뿐일 테니. 게일도 안 된다. 게일과 이야기를 나눌 수 있다 해도 그래선 안 된다. 게일이 그걸 듣고 뭘 어떻게 하겠어? 그가 홀몸이었다면 도망가라고 설득할 수도 있을 것이다. 게일이라면 당연히 숲에서 살아남을 수 있을 테니. 하지만 게일은 혼자의 몸이 아니고, 절대 가족을 버리고 떠나지 않을 것이다. 나를 떠나지도 않을 거고. 일요일의 만남은 이제 모두 지나간 일이 되었다고 설명해 줘야겠지만, 지금 당장은 '이제 어떻게 해야 하나' 하는 생각만 들 뿐이다. 게다가 게일은 캐피톨에 대해 이미 엄청난 분노와 좌절을 느끼고 있기 때문에, 가끔은 그 스스로 반란을 시작할 것 같다는 생각마저 든다. 절대로 부추길 필요는 없다. 내가 12번 구역에 남겨두고 갈 사람에게는 말할 수 없다.

그래도 비밀을 털어 놓을 수 있는 사람이 있다. 우선 내 스타일리스트 시나. 하지만 내 추측으로 시나는 이미 위험에 처해 있는 것 같은데, 나와의 관계를 더 가깝게 해서 더 위험하게 할 수는 없다. 이번 속임수의 파트

너가 될 피타도 있지만, 어떻게 대화를 시작해야 할까? '야, 피타, 내가 전에 너랑 사랑에 빠진 척 속였던 거 기억나? 음, 지금은 그걸 잊고 나랑 정말 진심으로 사랑하는 것처럼 행동하지 않으면 대통령이 게일을 죽일지도 몰라.' 그렇게는 못한다. 게다가 어떤 위험이 있는지 알든 모르든 피타는 연기를 잘해 낼 것이다. 그러면 헤이미치가 남는다. 술에 취한, 짜증스러운, 싸움 걸기 좋아하는 헤이미치. 내가 방금 얼음물 한 대야를 끼얹은 헤이미치. 게임에서 내 멘터를 맡았던 헤이미치의 임무는 나를 살려 두는 것이었다. 이번에도 그 임무를 맡아 주기를 바랄 뿐이다.

물속에 들어가 주위의 소리를 차단한다. 욕조가 커져서 수영을 할 수 있었으면 좋겠다. 더운 여름, 일요일에 아빠를 따라 숲에 가서 수영을 했다. 그런 날은 특별한 날이었다. 아침 일찍 출발해서 평소보다 더 깊은 숲 속으로 들어가 아빠가 사냥하다 발견하신 작은 호수로 갔다. 내가 아빠에게 수영을 배운 건 워낙 어렸을 때 일이라, 내겐 기억조차 거의 없다. 물속에 잠수해서 한 바퀴 돌고는 첨벙거리며 돌아다녔던 생각만 난다. 진흙으로 된 호수 바닥이 발가락에 닿았던 것도 기억난다. 꽃과 나뭇잎의 냄새. 지금처럼 물 위에 누워 떠다니며, 숲이 재잘거리는 소리를 물로 차단한 채 푸른 하늘을 바라보았다. 아빠는 호숫가에 둥지를 튼 물새를 잡으셨고, 나는 풀숲에서 새 알을 찾아다녔다. 우리는 얕은 곳에서 함께 개박하 뿌리를 캤다. 아빠가 내 이름을 따오신 그 식물이다. 밤에 집에 돌아오면 엄마는 내가 너무 깨끗해졌다고 못 알아보는 척하셨다. 그리고는 새고기를 굽고 그레이비소스를 곁들인 개박하 덩이뿌리로 굉장한 저녁 식사를 차려 주셨다.

게일을 데리고 호수에 간 적은 없다. 하려고만 했으면 그럴 수도 있었을 텐데. 호수까지 가려면 시간이 걸리지만, 물새는 정말 잡기 쉬워서 잃어버린 사냥 시간을 벌충할 수 있다. 하지만 그곳은 아빠와 나 둘만의 장소, 다른 누구와도 공유하고 싶지 않은 곳이었다. 게임 이후 시간을 보낼 거리가 많지 않았을 때 몇 번 가 보았다. 수영은 여전히 즐거웠지만 그곳에 다녀오면 우울해졌다. 최근 5년간 호수는 거의 변하지 않은 반면 나는 몰라보게 달라져 있다.

물속에 잠겨 있는데도 바깥의 소리가 들렸다. 자동차 경적 소리, 소리쳐 인사하는 소리, 쾅하고 문이 닫히는 소리. 내 수행단이 왔다는 뜻이다. 수건으로 몸을 닦고 가운을 입자마자 준비 팀이 목욕탕 문을 젖히고 들어온다. 사생활 따위는 없다. 내 몸에 관한 한 우리에게 비밀은 없다. 저 세 사람과 나 사이에 비밀은 없다.

"캣니스, 네 눈썹!"

베니아가 곧바로 비명을 질렀다. 내 위를 떠도는 검은 구름에도 불구하고 나는 웃을 수밖에 없다. 청록색 머리가 사방으로 뾰족하게 뻗쳐 있고, 눈썹 위에 있던 금색 문신을 눈 아래까지 곡선 모양으로 해 놓은 모습 때문에 내가 충격을 주었다는 인상이 한층 더해졌다.

옥타비아가 다가와서 달래듯 베니아의 등을 두드렸다. 베니아의 마르고 각진 몸 옆에 서자 굴곡 있는 옥타비아의 몸이 평소보다 더 통통해 보였다.

"진정해. 눈썹은 금세 고칠 수 있으니까. 하지만 저 손톱은 어쩐다니?"

옥타비아는 내 손을 잡더니 자신의 황록색 양손 사이에 끼운다. 아니 엄밀히 말해 지금은 황록색은 아니고, 밝은 녹색에 더 가까웠다. 피부색을 바꾼 것은 캐피톨의 변덕스러운 유행에 앞서 가려는 노력임이 분명하다.

"정말, 캣니스, 내가 손봐 줄 손톱은 남겨 뒀어야지!"

옥타비아가 슬픈 듯 소리친다.

사실이다. 최근 몇 달 간 손톱을 바짝 물어뜯었다. 손톱을 물어뜯는 버릇을 고칠 생각은 해봤지만 그래야 할 합당한 이유를 찾을 수 없었다. 나는 "미안해요."라고 웅얼거린다. 손톱을 물어뜯는 것이 내 준비 팀에게 어떤 영향을 줄지에 대해선 걱정해 본 일이 없었다.

플라비우스는 내 젖은 머리 몇 가닥을 들어본다. 그가 마음에 들지 않는다는 듯 고개를 젓자 와인 따개처럼 파마한 오렌지색 머리칼이 튀듯이 흔들린다.

"네가 마지막으로 우리를 본 이후에 손댄 사람 있니? 네 머리에 손대지 말라고 우리가 콕 집어서 얘기했던 건 기억하겠지."

엄격한 말투로 묻는다.

"네! 제 말은, 아뇨. 자른 적 없다고요. 그건 기억해요."

준비 팀을 완전히 무시하지 않았음을 보여 줄 수 있게 되었으므로 나는 고마운 마음으로 대답했다. 하지만 사실은 잊고 있었다. 그냥 머리를 자를 생각조차 하지 않은 것에 가까웠다. 집에 돌아온 이후로는 그냥 예전처럼 땋아서 늘어뜨리고 다녔을 뿐이었다.

그 말을 듣자 좀 진정이 되는 것 같다. 셋은 모두 내게 입을 맞추고, 침실 의자에 나를 앉히더니 평소처럼 내가 듣는지 안 듣는지는 신경도 쓰지 않고 쉴 새 없이 헛소리를 한다. 베니아가 내 눈썹을 매만지고 옥타비아가 가짜 손톱을 붙이고 플라비우스가 내 두피에 무언가 찐득거리는 것을 바르고 마사지하는 동안 나는 캐피톨 소식을 듣는다. 이번 헝거 게임이 엄청나게 히트했다는 것, 그 이후로 얼마나 지루했는지, 피타와 내가 우승자 투어의 말미에 캐피톨에 다시 오기를 모두 애타게 기다리고 있다는 것 등이다. 그러고 나면 캐피톨은 얼마 지나지 않아 25주년 특집 준비를 시작할 것이다.

"짜릿하지 않니?"

"너 정말 행운인 것 같지 않아?"

"우승자가 된 첫 해에 25주년 특집 멘터가 되다니!"

흥분해서 떠드는 말이 서로 겹쳐져 흐릿해진다.

"아, 네."

나는 중립적으로 대답한다. 그게 내가 할 수 있는 최선이다. 보통 해에도 조공인의 멘터가 되는 일은 악몽이다. 이제 나는 학교 앞을 지날 때마다 내가 어떤 아이를 가르쳐야 할까 하는 생각을 하게 된다. 하지만 더 나쁜 것은 올해는 75회 헝거 게임이 열리고, 그래서 25주년 특집이기도 하다는 점이다. 25년마다 한 번씩 있는 특집을 할 때는 요란한 축하 행사를 하고, 재미를 더하기 위해 조공인 선정에 뭔가 끔찍한 변화를 주곤 한다. 물론 내 눈으로 직접 본 적은 없다. 하지만 학교에서 듣기로 두 번째 25주년 특집 때는 조공인 수를 평소의 두 배로 늘렸다고 했다. 선생들은 더 자세하게 이야기하지는 않았는데, 그 해에 12번 구역의 헤이미치 애버내시가 우승했으니 놀랄 일이다.

"헤이미치는 관심 잔뜩 받을 준비를 해 둬야 할 거야!"

옥타비아가 깍깍거린다.

헤이미치는 경기장에서 자신이 겪었던 개인적인 이야기를 내게 한 적이 없다. 나 역시 묻지 않을 것이다. 헤이미치가 출전했던 게임 재방송을 봤는지는 모르겠다. 봤다면 아마 너무 어릴 때라 기억이 나지 않는 것이리라. 하지만 캐피톨은 올해 헤이미치가 절대 잊지 못하게 할 것이다. 어찌 보면 이번 특집 때 나와 피타 모두 멘터라는 것은 다행스러운 일이다. 헤이미치는 분명 잔뜩 취할 테니까.

25주년 특집에 대한 화제가 다 떨어지고 나자 준비 팀은 이해하기 힘든 자기들의 바보 같은 인생에 대한 이야기를 잔뜩 늘어놓는다. 나로선 들어본 적도 없는 누가 뭐라고 했다는 둥, 어떤 구두를 샀다는 둥, 옥타비아가 자기 생일 파티에 모두 깃털 옷을 입고 오라고 했는데 그건 실수였다는 긴 이야기 등이었다.

곧 눈썹이 따끔거렸고, 머리는 비단처럼 부드러워졌고, 손톱은 색칠할 준비를 마쳤다. 내 손과 얼굴만 준비하라는 지침이 있었던 모양이다. 날씨가 추워서 다른 부분은 다 가려지기 때문일 거다. 이제 얼굴과 손톱에 색조 화장을 하기 시작했다. 플라비우스는 자기가 즐겨 쓰는 보라색 립스틱을 내게 바르고 싶어 했지만 꾹 참고 핑크색으로 만족했다. 시나가 고른 색상들을 보니 섹시한 이미지가 아니라 소녀 같은 이미지로 결정했음을 알 수 있었다. 잘됐다. 도발적인 이미지를 추구한다면 누구도, 아무 것도 믿지 않을 것이다. 헤이미치는 게임 인터뷰 지도를 할 때 그 점을 단단히 일렀다.

엄마가 약간 부끄러운 듯 들어와, 추첨 날 내 머리를 어떻게 땋았는지 시나가 보여 주라고 했다고 전한다. 준비 팀은 열광적으로 반응하고, 엄마가 머리를 정교하게 땋는 과정을 보여 주는 동안 완전히 몰두하여 지켜본다. 거울을 통해 준비 팀이 진지한 얼굴로 엄마 몸짓 하나하나를 따라가고, 자기들이 따라 할 차례가 되면 몹시 열중하는 것을 볼 수 있다. 세 명 모두 엄마를 너무나 존중하고 살갑게 대하는 것을 보니 내가 그들에게 우월감을 느꼈던 게 후회될 지경이었다. 내가 캐피톨에서 자랐다면 어떤 사람이 되었을지, 어떤 이야기를 하고 있을지 어떻게 알겠어? 내가 가장 후회하는 일이 생일 파티에 깃털 옷을 입고 오라고 한 것이었을지도 모르는 일이다.

머리 땋기를 마치고 아래층 거실에 내려가자 시나가 있다. 시나를 보는 것만으로도 조금 더 희망적인 기분이 된다. 시나는 언제나처럼 단순한 옷을 입고 있고, 짧은 갈색 머리에 금색 아이라이너를 아주 옅게 바른 것뿐이다. 그를 끌어안자 스노우 대통령과 있었던 일을 통째로 쏟아 놓고 싶은 마음을 참기가 힘들다. 하지만 안 된다. 헤이미치에게 먼저 말하기로 결심했다. 그 이야기를 듣는 짐을 누구에게 지워야 할지 헤이미치가 가장 잘 알 것이다. 하지만 시나에게는 말하기가 정말 쉽다. 요즘 들어 집에 설치된 전화로 시나와 이야기를 많이 나누었다. 우리에게 전화가 있다는 사실을 아는 사람이 거의 없기 때문에 전화는 농담거리에 가깝다. 피타가 있긴 하지만 물론 그에게는 전화 걸지 않는다. 헤이미치는 몇 년 전에 전화를 벽에서 뜯어내 버렸다. 시장의 딸인 내 친구 매지에게는 전화가 있지만, 말하고 싶으면 우리는 만나서 이야기한다. 처음에는 전화를 쓰는 일이 거의 없었다. 그런데 시나가 내 재능을 만드는 일 때문에 전화를 하기 시작했다.

우승자는 모두 재능을 하나씩 키워야 한다. 학교에서 공부를 하거나 각 구역의 산업에 종사할 필요가 없기 때문에, 그 대신으로 재능을 하나씩 갖는 것이다. 인터뷰거리로 적당한 것이라면 무엇이든 상관없다. 피타에게는 알고 보니 재능이 있었는데, 그림 그리는 것이었다. 자기 가족의 빵집에서 케이크와 쿠키의 설탕 장식을 몇 년째 해 온 아이였다. 하지만 이제는 돈이 많으니까 캔버스에 진짜 물감으로 그림을 그릴 수 있다. 나는 불법 사냥을 제외하면 재능이 없다. 노래는 할 수 있을지 모르지만, 백만 년이 지난대도 캐피톨을 위해 노래할 생각은 없다. 엄마는 에피 트링켓이 보내온 여러 가지 재능의 명단에서 내가 할 만한 것을 찾아서 관심을 갖게 하려고 애썼다. 요리, 꽃꽂이, 플루트 연주 등. 프림은 셋 다 소질이 있었지만 나는 그중 어느 것도 잘하지 못했다. 마침내 시나가 끼어들어 옷 디자인에 대한 열정을 키워 주겠다고 했다. 물론 열정 자체가 없었으니 키우기 힘들었다. 하지만 나는 시나와 이야기할 수 있다는 이유로 승낙했고, 시나는 자기가 다 알아서 하겠다고 했다.

지금 시나는 거실에서 물건을 정리하고 있다. 옷, 천, 자기가 디자인한 옷을 그린 스케치북 등이다. 스케치북 하나를 집어 들고 내가 그렸다고 둘러댈 그림을 살펴보았다.

"제가 보기엔 저한테 소질이 좀 있는 것 같아요."

"옷이나 입어, 쓸모없는 것아."

시나는 내게 옷 뭉치를 던지며 말한다.

옷 디자인에는 흥미가 없지만 시나가 만들어 주는 옷은 정말 좋다. 지금 이 옷도 마음에 든다. 두껍고 따뜻한 천으로 된 흐르는 듯한 검은 바지. 편한 흰색 셔츠. 새끼고양이털처럼 부드러운 녹색, 파란색, 회색 양모로 짠 스웨터. 발가락이 아프지 않은 끈 달린 가죽 장화.

"제가 디자인한 의상인가요?"

"아니, 넌 지금 네 의상을 스스로 디자인하고, 네 패션 스승인 나처럼 되기를 열망하고 있는 상태지. 옷을 촬영할 때 카메라를 보고 이걸 읽어. 진심인 것처럼 말해야 해."

시나는 카드를 한 움큼 준다.

그 순간 호박색 가발을 쓴 에피 트링켓이 들어와 모두에게 "일정이 있어요!"라고 외친다. 에피는 내 양 볼에 입을 맞추며 촬영 팀에게 손을 흔들고, 내게 자세를 취하라고 명령한다. 캐피톨에서 시간을 맞출 수 있는 것은 오직 에피의 덕이기에 나는 고분고분 따르려고 노력한다. 나는 꼭두각시처럼 뛰어다니며 옷을 들고 "정말 멋지지 않아요?" 따위의 의미 없는 말을 한다. 음향팀은 나중에 삽입하기 위해 밝은 목소리로 카드를 읽는 내 멘트를 녹음하고, 내가(사실은 시나가) 만든 옷을 조용히 촬영하려고 나를 방 밖으로 내쫓는다.

프림은 이 행사 때문에 학교에서 조퇴했다. 지금 프림은 부엌에 서서 다른 팀의 인터뷰에 응하고 있다. 눈빛이 도드라져 보이게 하는 하늘색 드레스를 입은 모습이 사랑스럽다. 금발머리를 같은 색 리본으로 묶고 있다. 빛나는 흰색 장화를 신고 살짝 앞으로 기대 선 모습이 마치 날아갈 것 같다, 마치…….

쾅! 누가 내 가슴팍을 실제로 때린 것만 같다. 물론 그런 사람은 없지만, 고통이 너무나 생생해서 뒤로 한 걸음 물러선다. 눈을 가늘게 뜨자 프림이 아니라 루의 모습이 보인다. 경기장에서 내 동맹이었던, 11번 구역에서 온 열두 살짜리 여자아이. 루는 아주 가냘픈 가지에도 매달리며 이 나무에서 저 나무로 새처럼 날아갈 수 있었다. 루, 내가 구하지 못한 아이. 죽게 내버려 둔 아이. 나는 창이 배에 꽂힌 채 땅에 누워있는 루의 모습을 그려 본다…….

캐피톨의 복수에서 내가 구하지 못한 사람이 또 누가 있더라? 내가 스노우 대통령을 만족시키지 못하면 또 누가 죽게 되지?

시나가 코트를 입혀 주려 하는 것을 깨닫고 팔을 든다. 안팎으로 둘린 모피가 내 몸을 감싸는 게 느껴진다. 내가 본 적이 없는 동물의 모피다.

"북방 족제비야. 너는 귀마개를 다시 유행시킬 거야."

흰 소매를 쓰다듬자 시나가 말해준다. 가죽 장갑. 밝은 빨간 색 스카프. 그러고는 뭔가 북슬북슬한 것으로 귀를 감싼다.

'나는 귀마개 싫은데.' 귀마개를 하면 소리가 잘 들리지 않는다. 게다가 경기장에서 한쪽 귀가 멀었었기 때문에 귀마개가 더 싫어졌다. 우승한 후 캐피톨은 내 귀를 고쳐주었지만 나는 아직도 잘 들리는지 시험해 보곤 한다.

엄마가 손에 뭔가를 감싸고 서둘러 내게로 오신다.

"행운을 위해서."

내가 경기에 참가하러 떠나기 전 매지가 줬던 핀이었다. 하늘을 나는 모킹제이가 금으로 된 원 안에 들어있는 핀이다. 루에게 주려 했지만 받지 않았다. 루는 그 핀을 보고 나를 믿기로 했다고 했다. 시나는 스카프 매듭에 핀을 달아준다.

에피 트링켓은 근처에서 손뼉을 치고 있다.

"다들 여기 보세요! 야외 촬영을 시작할 거예요. 멋진 여행을 떠나기 전 우승자들이 만나는 장면이에요. 좋아, 캣니스, 활짝 웃으렴. 넌 아주 신이 나 있으니까, 그렇지?”

에피가 나를 문 밖으로 떠민다. 떠민다는 말은 조금도 과장이 아니다.

눈이 펑펑 내려서 잠시 세상이 제대로 보이지 않는다. 겨우 적응하자 집 문을 열고 나오는 피타가 보인다. 머릿속에서 스노우 대통령의 명령이 들린다.

“내가 확신을 갖게 해라.”

나 역시 그래야 한다는 걸 알고 있다.

나는 활짝 미소를 짓고 피타 쪽으로 걸음을 뗀다. 1초도 참을 수 없다는 듯 뛰기 시작한다. 피타는 나를 잡고 한 바퀴 돌다가 미끄러진다. 아직 의족에 완전히 익숙해지지는 않았다. 우리는 눈 속으로 쓰러진다. 내가 피타 위로 쓰러지고, 몇 달 만에 처음으로 키스를 한다. 모피와 눈과 립스틱으로 엉망이 되지만, 그 밑으로 피타가 있으니 모든 것이 안정된 것처럼 느껴진다. 나는 혼자가 아니다. 내가 피타에게 그렇게 상처를 줬는데도, 피타는 카메라 앞에서 내 본모습을 드러내지 않는다. 건성으로 입맞춤을 해서 나를 난처하게 하지 않는다. 피타는 지금도 나를 지켜 주고 있다. 경기장에서 그랬던 것처럼. 그 생각을 하니 어쩐지 울고 싶어진다. 울음을 터뜨리는 대신 피타를 일으켜 세운 후, 장갑 낀 손으로 팔짱을 끼고는 발랄하게 데리고 걷는다.

역으로 향하고, 모두에게 작별 인사를 하고, 기차가 출발하고, 다시 뭉친 팀(피타와 나, 에피와 헤이미치, 시나, 피타의 스타일리스트 포샤)이 기억은 나지 않지만 설명할 수 없을 정도로 맛있는 식사를 함께 하는 등 그날 하루는 정신없이 지나간다. 잠옷과 큼직한 가운을 입고 호화로운 객실에 앉아 다른 사람들이 잠들기를 기다린다. 헤이미치는 어두울 때 자는 것을 좋아하지 않기 때문에 몇 시간은 더 깨어 있을 것이다.

기차가 조용해지자 슬리퍼를 신고 조용히 헤이미치의 방으로 향했다. 노크를 몇 번이나 하고 나서야 헤이미치는 문을 열고, 내가 나쁜 소식을 가져왔다는 걸 알기라도 하는 양 나를 쏘아보았다.

"원하는 게 뭐냐?"

와인 냄새가 구름처럼 풍겨와 쓰러질 것 같다.

"할 말이 있어요."

내가 속삭인다.

"지금?"

나는 고개를 끄덕인다.

"중요한 일 아니기만 해 봐."

헤이미치는 내 말을 기다리지만, 캐피톨의 기차에서 나누는 모든 말은 다 녹음될 것 같다.

"뭔데?"

헤이미치가 짖듯이 나를 재촉한다.

기차가 멈추자 잠시 스노우 대통령이 나를 지켜보고 있고, 헤이미치에게 털어놓으려는 게 마음에 들지 않아 나를 곧바로 죽이려고 한다는 생각이 든다. 하지만 연료 보충을 하러 멈춘 것뿐이었다.

"기차 안은 너무 답답해요."

이 말은 위험한 대사가 아니었지만, 헤이미치의 눈이 알겠다는 듯 날카로워지는 것이 보인다.

"네가 필요한 게 뭔지 알겠다."

헤이미치는 나를 제치고 비틀거리며 복도를 통해 문으로 간다. 문을 비틀어 열자 눈보라가 쏟아졌다. 헤이미치는 땅으로 내려선다.

캐피톨 직원이 도와주려고 달려오지만, 헤이미치는 괜찮다는 듯 사람 좋게 손을 흔들어 보이고는 갈지(之)자로 걸어간다.

"그냥 바람 좀 쐴 거요. 잠시만."

"죄송해요, 취했거든요. 제가 잡을게요."

나는 미안하다는 듯 말하고, 그대로 뛰어내려 철길을 따라 헤이미치 뒤로 걸어간다. 슬리퍼에 눈이 녹아 스며든다. 헤이미치는 남들이 엿듣지 못하게 기차 끝까지 나를 데리고 간 다음 내게 고개를 돌렸다.

"뭐냐?"

나는 모든 것을 털어놓는다. 대통령이 온 것, 게일 이야기, 내가 실패하면 다 죽게 된다는 이야기.

헤이미치의 얼굴에서 술기운이 사라지더니, 기차의 붉은 색 미등 빛 속에서 갑자기 나이 든 것처럼 보였다.

"그럼 실패하면 안 되겠군."

"이번 여행만 잘 마칠 수 있게 도와주면……."

"아니, 캣니스, 이번 여행만이 아니다."

헤이미치가 내 말을 자른다.

"무슨 뜻이에요?"

"이번 여행을 잘 마친다 해도, 몇 달 지나면 우리를 다 게임으로 다시 데리고 갈 거다. 너와 피타는 이제 해마다 멘터가 될 거야. 매년 로맨스를 다시 보여주고 너희들 사생활을 시시콜콜한 것까지 방송하겠지. 그러니 너는 저 남자애랑 영원히 행복하게 사는 것 외에는 다른 수가 없어."

헤이미치가 한 말이 무슨 뜻인지 이해하고 압도되었다. 나는 아무리 원한다 해도 게일과 인생을 함께 할 수 없다. 절대 혼자 살 수도 없을 거다. 나는 영원히 피타와 사랑에 빠져 있어야 할 것이다. 캐피톨이 그렇게 하라고 강요하겠지. 아직 열여섯 살이니까 몇 년은 버틸 수 있을지 모른다. 앞으로 몇 년은 엄마와 프림과 함께 살 수 있을 것이다. 그러고 나면…… 그러고 나면…….

"무슨 말인지 알겠니?"

헤이미치가 힘주어 말한다.

나는 고개를 끄덕인다. 내가 사랑하는 사람들의 목숨을 지키고 나 역시 살아남으려면 단 하나의 미래만이 존재한다는 뜻이다. 나는 피타와 결혼해야 한다.

4

우리는 침묵한 채 힘겹게 기차로 돌아온다. 복도를 걷다 내 방문 앞에 다다르자, 헤이미치는 내 어깨를 두드리며 말한다.

"너도 알겠지만, 훨씬 더 나쁘게 될 수도 있었다."

헤이미치는 자기 방으로 걸어가고, 와인 냄새도 그를 따라 사라진다.

방에 들어와 젖은 슬리퍼, 젖은 가운과 잠옷을 벗는다. 서랍장 안에 여벌의 옷이 있지만 나는 속옷 차림으로 침대 안으로 기어든다. 어둠 속을 노려보며 헤이미치와 했던 대화를 생각한다. 캐피톨에서 원하는 것, 피타와 함께 해야 할 나의 미래, 심지어 마지막 말까지도 전부 사실이었다. 물론 피타보다 나쁜 상대와 엮일 수도 있었다. 하지만 중요한 건 그게 아니잖아? 12번 구역에서 누리는 몇 안 되는 자유 중 하나는 자기 마음에 드는 사람과 결혼할 수 있는 것, 아니면 결혼하지 않을 수 있는 것이었다. 이제 그들은 내게서 그것마저 앗아갔다. 스노우 대통령이 아이를 낳으라고 할지 궁금했다. 만약 아이를 낳는다면 매년 추첨을 당해야 할 것이다. 한 명도 아니고 두 명의 우승자가 낳은 아이가 경기장에 들어가는 모습은 정말 좋은 구경거리 아니겠어? 우승자의 아이가 조공인이 된 사례가 있다. 그러면 사람들은 늘 흥분하고, 확률의 신이 그 가족 편이 아니라고들 수군거린다. 하지만 그저 확률로 보기에는 너무 자주 일어나는 일이었다. 게일은 캐피톨이 추첨을 더 흥미진진하게 하려고 일부러 조작한다고 믿었다. 내가 일으킨 말썽을 생각해 볼 때, 내가 낳은 아이라면 반드시 헝거 게임의 조공인으로 뽑힐 것이다.

결혼하지 않고, 가족도 없이 술로 세상을 잊고 사는 헤이미치를 생각해 본다. 우리 구역의 여자라면 누구라도 가질 수 있었지만 고독을 선택했다. 아니, 고독은 아니다. 고독은 너무나 평화로운 단어다. 독방 감금에 더 가깝다. 경기장에 있어 봤기 때문에 그게 다른 선택보다 더 낫다고 생각한 걸까? 그 다른 선택이 어떤 것인지 나는 추첨 날 프림의 이름이 뽑혀서, 죽음이 기다리는 무대로 걸어가는 그 애의 모습을 보았을 때 맛보았다. 하지만 언니인 나는 프림 대신 출전할 수 있었다. 엄마는 할 수 없는 일이었다.

미친 듯이 빠져나갈 방법을 생각한다. 스노우 대통령이 내게 이런 짓을 하게 할 수는 없어. 내 목숨이 달린 일이라고 해도 말이야. 하지만 그 손에 죽기 전에 달아나려고 해 볼 수는 있을 거야. 내가 그냥 사라져 버리면 어떻게 될까? 숲으로 들어가서 다시는 나오지 않는다면? 내가 사랑하는 사람들을 모두 데리고 가서, 야생 속에서 새 인생을 시작할 수 있을까? 가능성은 희박하지만 불가능한 건 아니잖아.

그 생각을 떨치려 머리를 흔든다. 지금은 야생으로 탈출하는 계획을 짜고 있을 때가 아니다. 우승자 투어에 집중해야 한다. 내가 훌륭한 쇼를 보여 줄 수 있는지에 너무 많은 사람들의 운명이 달려 있다.

새벽까지도 잠들 수 없었다. 에피가 내 방에 와서 문을 두드린다. 서랍장 제일 위 서랍에 있는 옷을 집히는 대로 꿰어 입고 식당차로 간다. 오늘은 이동하는 날이니까 몇 시에 일어나든 상관이 없을 줄 알았지만, 알고 보니 어제 단장했던 것은 기차역까지 가는 것을 촬영하기 위해 했던 것뿐이었다. 준비 팀은 오늘도 작업을 한다고 한다.

"왜요? 추워서 몸을 드러내는 일도 없을 텐데."

내가 투덜거린다.

"11번 구역은 안 추워."

에피가 말한다.

11번 구역. 우리의 첫 번째 목적지다. 루의 고향. 11번 구역이 아닌 다른 곳에서 시작했으면 좋겠다. 하지만 우승자 투어는 그런 식으로 운영되지 않는다. 보통은 12번 구역에서 시작해서 점점 내려가서, 1구역까지 돌고 나면 캐피톨로 간다. 우승자의 구역은 건너뛰었다가 맨 마지막에 간다. 12번 구역의 축하 행사가 제일 시시하기 때문에(조공인을 위한 만찬 한 번, 광장에서 집회 한 번 정도가 보통인데, 즐거워 보이는 사람은 한 명도 없다.) 가능한 한 빨리 우리를 밀어 내는 것이 좋겠다고 생각한 모양이다. 올해는 헤이미치의 우승 이후 처음으로 12번 구역이 투어의 마지막 순서가 될 거고, 파티 비용은 캐피톨에서 댈 것이다.

헤이즐의 말처럼 음식을 즐겨 보려 노력한다. 주방 직원들은 나를 기쁘게 해 주고 싶은 모양이다. 내가 제일 좋아하는 말린 자두를 넣은 양고기 스튜가 나왔다. 오렌지 주스와 김이 나는 핫 초콜릿 한 주전자가 식탁 내 자리에서 나를 기다리고 있다. 그래서 잔뜩 먹는다. 음식은 나무랄 데가 없지만 즐기고 있다고는 말 못하겠다. 식당차에 온 사람이 에피와 나뿐이라는 것도 화가 난다.

"다른 사람들은요?"

"아, 헤이미치가 어디 있는지 알게 뭐람."

헤이미치는 아마 잠자리에 든 지 얼마 안 되었을 테니 아침 먹으러 올 거라고 생각하지도 않았다.

"시나는 네 의상 차를 꾸미느라 늦게까지 일했어. 널 위해 만든 의상이 백 개도 넘을 걸. 저녁에 입을 옷이 정말 아름다워. 피타네 팀은 아마 아직 자고 있을 거야."

"피타는 준비 안 해도 돼요?"

"너처럼은 아니지."

그게 무슨 뜻이지? 나는 아침부터 온몸의 털을 뽑혀야 하는 반면 피타는 더 잘 수 있다는 뜻일 거다. 깊이 생각해 본 건 아니지만, 경기장에 들어가기 전 남자애들 중에는 체모를 그대로 둔 애들이 그나마 몇 명 있었다. 반면 여자애들은 체모를 죄다 제거했다. 냇가에서 씻겨줄 때 피타의 몸을 본 기억이 난다. 진흙이랑 피를 씻어내고 나서 햇빛을 받으니 털이 밝은 금색으로 보였다. 얼굴에 털은 전혀 없었다. 출전했던 남자애들 중 수염을 기른 아이는 없었는데, 수염이 날 나이인 애들도 있었다. 무슨 짓을 했던 걸까 궁금하다.

나도 피곤을 느끼지만, 준비 팀은 나보다도 상태가 더 안 좋은지 커피를 들이켜며 작고 알록달록한 알약을 나누어 먹는다. 내가 아는 한, 그들은 국가적 차원의 비상사태가 없는 이상 절대 정오 전에 일어나지 않는다. 국가적 차원의 비상사태란 내 다리에 털이 나는 것과 같은 일이다. 다리털이 다시 자랐을 때 너무나 기뻤는데. 마치 생활이 정상으로 돌아갈 거라는 신호인 것 같았었다. 다리에 난 부드럽고 곱슬곱슬한 털을 손가락으로 쓸어 보고는 준비 팀에 내 몸을 맡긴다. 평소처럼 수다를 떠는 사람이 없어서, 한 가닥 한 가닥이 모낭에서 뜯겨 나가는 소리가 다 들린다. 다음에는 걸쭉하고 불쾌한 냄새가 나는 용액이 가득 찬 욕조에 몸을 담가야 한다. 얼굴과 머리에는 크림을 잔뜩 바른 채다. 조금 덜 기분 나쁜 용액 두 가지로 목욕을 두 번 더 한다. 털을 뽑고 박박 문질러 닦은 후, 마사지를 하고 기름을 바르고 나니 몸이 따갑다.

플라비우스는 내 턱을 들어 올리며 한숨을 쉰다.

"시나가 너한테 수술을 못 시키게 해서 너무 아쉽다."

"그러게, 우린 널 정말 특별하게 만들어 줄 수 있는데."

옥타비아가 말한다.

"나이가 좀 더 들면 허락해 줘야 할 거야."

베니아의 말투는 약간 으스스하기까지 하다.

어떻게 하려고? 내 입술을 스노우 대통령 입술처럼 부풀리려고? 내 가슴에 문신을 하려나? 피부를 붉게 물들이고 보석을 박으려는 걸까? 얼굴에 패턴 장식을 넣을까? 구부러진 발톱을 달까? 구레나룻? 이 모든 것은 내가 캐피톨에서 실제로 본 사례들이고, 더한 것도 많았다. 다른 곳 사람들에게 얼마나 이상해 보이는지 정말 모르는 걸까?

잔뜩 쌓인 골칫거리들이 서로 내 주의를 끌려고 경쟁이라도 하는 것 같은데, 내 준비 팀의 변덕스러운 패션 취향에 휘둘린다고 생각하니 머리가 더 아파온다. 몸은 혹사당했지, 잠은 못 잤지, 거기다 의무적으로 결혼까지 해야 한다. 또 한 가지, 스노우 대통령의 요구를 만족시키지 못하면 어쩌나 하는 두려움. 에피, 시나, 포샤, 헤이미치, 피타가 나 없이 먼저 먹기 시작한 점심 식사 자리에 가서 앉았을 때는 부담이 너무 심해서 이야기도 할 수가 없다. 다들 요란하게 음식 칭찬을 하고, 기차에서 편하게 잤다고 이야기한다. 모두 투어 때문에 잔뜩 흥분해 있다. 음, 헤이미치는 빼고. 숙취를 달래며 머핀을 조금씩 먹고 있다. 나도 별로 배가 고프지 않다. 아침에 든든한 음식을 잔뜩 먹은 탓인지 기분이 너무 안 좋기 때문인지는 모르겠지만. 나는 국물이 담긴 대접을 앞에 놓고 한두 순갈 떠먹고 만다. 미래의 내 남편으로 예정된 피타는 바라보지도 못하겠다. 물론 피타가 잘못한 것은 아무 것도 없다.

사람들이 눈치를 채고 나를 대화에 끌어들이려 하지만, 나는 손을 내젓고 만다. 그러다 기차가 멈춘다. 음식을 나르던 사람이 연료 보충하러 선 것은 아니고, 오작동한 부품이 있어서 교체해야 한다고 알린다. 적어도 한 시간은 걸린다고 한다. 에피는 그 말을 듣자 잔뜩 긴장한다. 일정표를 꺼내서 기차가 늦어지면 우리 전원의 인생의 모든 사건들에 어떤 영향을 미치게 될지 알아보기 시작한다. 도저히 더 이상 에피 말을 참고들을 수가 없다.

"아무도 신경 안 써요, 에피!"

식탁 주위의 사람들이 전부 나를 노려본다. 심지어 헤이미치까지도. 헤이미치는 에피 때문에 돌아버릴 것 같다고 생각하는 사람이라 이런 일에선 내 편을 들 줄 알았는데. 나는 즉각 방어 태세를 취한다.

"신경 쓰는 사람 없다고요!"

나는 다시 그렇게 외치고 일어나서 식당차를 나온다.

갑자기 기차 안이 답답하게 느껴지고 메스꺼운 기분이 든다. 출입문을 찾아서 억지로 열자 알람 소리가 나지만 무시해 버리고 땅으로 뛰어내린다. 눈 위에 착지할 줄 알았는데 피부에 닿는 공기가 따뜻하고 훈훈하다. 나무에는 아직 녹색 나뭇잎이 달려 있다. 하루 만에 얼마나 남쪽으로 온 걸까? 햇빛이 밝아서 눈을 찌푸린 채 기차 길을 따라 걷는다. 에피에게 그렇게 말한 것이 벌써 후회된다. 지금 내가 곤경에 처한 것은 에피와는 아무 상관없는데. 돌아가서 사과해야 한다. 아까 내가 폭발한 것은 최악의 매너였고, 에피는 매너를 아주 중요하게 생각한다. 하지만 내 발은 계속 움직여서 기차를 벗어난 곳까지 온다. 한 시간 늦어진다고 했으니까, 아무 방향으로나 적어도 이십 분은 걸어갔다가 여유 있게 돌아올 수 있다. 하지만 그러는 대신 나는 몇 백 미터 걸은 뒤 땅에 앉아 먼 곳을 바라본다. 지금 활과 화살이 있었다면 그냥 계속 걸어갔을까?

잠시 후 뒤에서 발자국 소리가 들린다. 헤이미치가 잔소리를 하러 오는 거겠지. 잔소리 들을 짓을 하긴 했지만, 듣고 싶지 않았다.

"설교 들을 기분 아니에요."

나는 그렇게 말하며 구두 신은 발로 잡초 덤불을 툭툭 쳤다.

"짧게 얘기할게."

피타가 내 옆에 앉는다.

"헤이미치인 줄 알았어."

"아니, 헤이미치는 아직 그 머핀 먹는 중. 오늘 안 좋은 일 있었니?"

나는 피타가 의족을 움직이는 것을 바라본다. 그러고는 대답한다.

"아무 것도 아니야."

피타는 숨을 길게 들이쉬었다.

"이봐, 캣니스, 내가 기차에서 행동했던 것에 대해 이야기하고 싶었어. 내 말은, 지난번에 탔던 기차. 집으로 돌아올 때 말이야. 너랑 게일 사이에 뭔가가 있다는 건 알고 있었어. 나는 너랑 처음 얘기해 보기 전부터도 그를 질투했어. 게임 중에 있었던 일을 가지고 너한테 책임지라고 하는 건 불공평하지. 미안해."

피타에게 사과를 들으니 놀라게 된다. 게임 중 내가 사랑에 빠진 모습을 보였던 건 일종의 연기라고 고백했을 때 피타가 쌀쌀맞게 대한 것은 사실이다. 하지만 그렇다고 피타를 비난할 수는 없다. 경기장에서 나는 로맨스라는 설정을 최대한 활용했다. 피타에 대한 내 감정이 어떤지 나 스스로도 알 수 없는 때도 있었다. 지금도 잘 모르겠다.

"나도 미안해."

뭐가 미안하다는 건지 나도 잘 모르겠다. 내가 피타를 정말로 파멸시킬 가능성이 있어서 미안하다는 걸까.

"네가 미안할 일은 없지. 너는 우리 둘의 목숨을 구하려 했던 것뿐이잖아. 하지만 우리가 계속 이러지는 않았으면 좋겠어. 현실에서는 서로 못 본 척하고, 카메라가 있을 때면 눈 속에 쓰러지고. 그래서 내가…… 뭐랄까, 상처 받은 행세를 그만하면 우리가 친구로 지낼 수 있지 않을까 생각했어."

어차피 내 친구란 친구는 다 죽을 테지만, 이 말을 거절한다고 해서 피타가 안전해지지는 않을 것이다.

"좋아."

피타의 제안을 들으니 기분이 나아진다. 사기꾼 같은 기분이 좀 덜 들게 되었다. 피타가 좀 더 일찍 이렇게 말해 줬다면 좋았을 것이다. 스노우 대통령에게 꿍꿍이가 있고, 그냥 친구로 지내는 건 불가능하다는 걸 알게 되기 전에. 하지만 어쨌든 다시 이야기를 나누니 좋다.

"그래서, 뭐가 잘못된 거야?"

피타가 묻는다. 말할 수 없다. 나는 잡초 덤불을 뽑는다.

"좀 기본적인 것부터 시작하자. 이상하지 않니? 나는 네가 내 생명을 구하기 위해 네 생명도 걸 거라는 사실은 알고 있지만…… 네가 제일 좋아하는 색깔이 뭔지는 모른다는 사실이."

피타가 말한다. 내 입술에 미소가 번진다.

"녹색이야. 너는?"

"오렌지."

"오렌지? 에피 머리색 같은?"

"그보다 좀 더 얌전한 색. 좀 더…… 노을에 가까운."

노을. 그 말을 듣자 바로 떠오른다. 가라앉는 태양의 가장자리, 부드러운 오렌지색으로 물든 하늘. 아름답다. 나리꽃 쿠키가 생각난다. 피타와 다시 대화를 시작하고 나니 스노우 대통령에 대한 이야기 전체를 들려주고 싶지만, 헤이미치가 허락하지 않을 것이다. 그러니 사소한 잡담만 해야 한다.

"있잖아, 다들 네 그림을 엄청 칭찬하던데. 아직 나는 못 봐서 아쉬워."

"음, 기차의 내 방 안에 잔뜩 있어. 따라와."

피타는 일어나더니 손을 뻗는다.

내 손가락을 감싼 피타의 손가락을 다시 느끼니 기분이 좋다. 남들에게 보여주기 위해서가 아니라 진짜 우정으로 잡은 손이다. 우리는 손을 잡은 채 기차로 돌아온다. 문 앞에서 생각이 난다.

"나 에피한테 사과부터 해야 해."

"마구 과장해서 얘기해."

피타가 말한다.

그래서 식당차로 돌아가니 다른 사람들은 아직 식사 중이었다. 에피에게 좀 지나치다 싶도록 정중하게 사과한다. 에피 생각에는 내가 에티켓을 어긴 것을 간신히 벌충할 정도의 사과인 것 같다. 하지만 에피는 상냥하게 받아 준다. 내가 부담이 심할 거라고 하며, '누군가'는 일정을 살펴야 하지 않겠느냐는 말은 5분으로 끝낸다. 정말 쉽게 넘어갔다.

에피의 말이 끝나자, 피타는 나를 데리고 몇 량인가를 지나쳐 그림을 보여주러 간다. 내가 어떤 그림을 예상했는지 모르겠다. 꽃이 그려진 쿠키를 크게 만든 그림일까. 하지만 전혀 다른 그림이다. 피타는 게임을 그렸다.

경기장에 피타와 함께 있었던 사람이 아니라면 한 눈에 알아볼 수 없는 그림도 있었다. 우리가 있던 동굴의 바위틈을 뚫고 떨어지던 물. 말라 버린 연못 바닥. 양손. 뿌리를 파내는 피타 자신의 손 등. 다른 그림들은 시청자들도 쉽게 알아볼 것이다. 코뉴코피아라고 불리는 황금 뿔. 재킷 안에 칼을 정돈해서 꽂는 클로브. 우리에게 다가오며 으르렁대는 머테이션(muttation, 저자가 만든 말로, 인위적으로 만든 돌연변이 생물을 의미함: 옮긴이) 하나. 금빛 털과 녹색 눈을 보니 글리머가 분명하다. 내가 알아볼 수 없는 그림이 하나 있다. 열이 높았을 때 피타의 눈에 비친 내 모습일지도 모르겠다. 은회색 안개 속에서 내 눈과 꼭 닮은 눈이 나타나고 있는 그림이다.

"어떻게 생각해?"

"싫어. 나는 언제나 경기장을 잊으려고 애쓰는데, 너는 그걸 현실에 재현해 놨네. 어떻게 저렇게 잘 기억해?"

그의 그림에선 피, 먼지, 머테이션의 부자연스러운 숨결 냄새가 나는 것만 같다.

"밤마다 보거든."

무슨 말인지 알고 있다. 게임 전에도 악몽은 꾸었지만, 이제는 잘 때면 늘 악몽을 꾼다. 하지만 예전에 자주 꾸던, 아빠가 탄광에서 산산조각 나는 꿈을 꾸는 일은 드물다. 대신에 나는 경기장에서 있었던 일을 다시 겪곤 한다. 루를 구하려던 헛된 노력. 과다출혈로 죽어가는 피타. 글리머의 부풀어 오른 몸이 내 손에서 부서지던 것. 머테이션들에 의해 끔찍하게 죽은 카토. 이런 꿈이 제일 잦다.

"나도 그래. 도움이 되니? 그림으로 해소하면?"

"모르겠어. 밤에 잠들기가 좀 덜 무서워진 것 같아. 그냥 그렇게 생각하는 것뿐일 수도 있어. 하지만 사라지지는 않았어."

"사라지지 않을지도 몰라. 헤이미치도 아직 악몽을 꾸잖아."

헤이미치가 그렇게 말하지는 않지만, 어두운 곳에서 자기 싫어하는 것이 악몽 때문이라고 나는 확신한다.

"그렇지. 하지만 난 일어나서 칼을 잡는 것보다는 붓을 잡는 편이 더 낫거든. 정말로 이 그림들이 싫어?"

"응. 하지만 대단하다. 정말로."

정말 대단하다. 하지만 더 이상 보고 싶지는 않다.

"내 재능 볼래? 시나가 아주 멋지게 해 줬어."

피타는 웃는다.

“나중에. 이리 와, 11번 구역에 거의 다 왔으니 어떻게 생겼나 구경하자.”

기차가 앞으로 내달리고, 창밖으로 땅이 뒤로 움직이는 것이 보인다.

우리는 기차 맨 뒤의 차량으로 간다. 앉을 수 있는 의자와 소파가 있는데, 멋진 것은 뒤 유리창이 천장 안으로 들어가기 때문에 바깥 공기를 마시며 여행할 수 있고, 시야가 넓어서 경치 구경을 할 수 있다는 점이다. 광활한 들판 위에서 젖소들이 풀을 뜯고 있다. 나무가 많은 우리 고향과는 너무나 다르다. 속도가 조금 떨어져서 또 기차를 세우려나 보다 생각하고 있는데 높은 울타리가 나타난다. 높이가 최소 10미터는 되어 보이고 꼭대기에는 가시철조망을 둥글게 말아 올려두었다. 12번 구역의 울타리는 저것에 비하면 유치하게 느껴진다. 저런 울타리 밑에는 개구멍도 없을 거고, 빠져나가 사냥할 수도 없을 것이다. 다음 순간 일정한 간격을 두고 서 있는 감시탑이 눈에 들어온다. 무장한 경비원이 지키고 서 있다. 야생화가 핀 주위의 들판과는 너무나 어울리지 않는 모습이었다.

“저런 건 우리랑 다르네.”

피타가 말한다. 루의 말을 듣고 11번 구역의 지배는 더 가혹하다는 인상을 받기는 했다. 하지만 이런 것은 상상도 못했었다.

이제 경작지로 들어선다. 눈에 보이는 땅은 전부 다 경작지다. 햇빛을 가리려 밀짚모자를 쓴 남자, 여자, 어린아이들이 몸을 일으켜 우리 쪽을 돌아보고, 우리 기차가 지나가는 것을 보며 잠시 허리를 쭉 편다. 먼 곳에 과수원이 있는 것이 보여서, 저기가 루가 일하던 곳인가 생각한다. 나무 꼭대기의 가냘픈 가지에 열린 과일까지 그 애 손으로 땄을 것이다. 판잣집들이 모여 있는 곳이 드문드문 있는데, 그에 비하면 경계에 있는 집들이 더 낫다. 그러나 그쪽에는 인기척이 없었다. 모든 일손을 추수에 동원한 것이리라.

계속 그런 식이다. 11번 구역의 엄청난 크기를 믿을 수가 없다.

"여기 인구가 몇 명일까?"

피타가 묻는다. 나는 고개를 가로젓는다. 학교에서는 큰 구역이라고만 들었다. 실제 인구가 몇 명인지는 가르쳐 주지 않았다. 하지만 매년 추첨 때 텔레비전에서 보이는 아이들은 실제로 여기 사는 아이들일 것이다. 어떻게 하는 거지? 미리 추첨을 하나? 미리 출연자를 정해 놓고 반드시 관중 속에 있도록 하나? 어쩌다 루가 뽑혀서, 대신 자원하겠다는 소리는 없고 바람 소리만 들리는 무대 위로 올라간 걸까?

이 광활함, 이 지역의 끝없음에 지치기 시작한다. 에피가 와서 옷을 입으라고 해서 순순히 따른다. 내 방으로 가서 준비 팀에게 머리와 화장을 맡긴다. 시나는 낙엽 모양 패턴이 있는 예쁜 오렌지색 드레스를 가져온다. 피타가 색깔을 마음에 들어 하겠구나 하는 생각이 든다.

에피는 나와 피타를 불러다 놓고 오늘의 프로그램을 마지막으로 쭉 일러 준다. 어떤 구역에서는 우승자가 차를 타고 도시를 돌면 주민들이 나와서 환호한다. 하지만 11번 구역에서 청중 앞에 서는 행사는 광장에 나갈 때뿐이다. 도시라고 할 만한 것이 없기 때문이거나, 너무 넓게 흩어져 살기 때문이거나, 추수기에 노동력을 낭비하고 싶지 않아서일 것이다. 이 행사는 거대한 대리석 건물인 11번 구역 법원 앞에서 열린다. 한때는 아름다운 건물이었겠지만, 시간의 힘은 어쩔 수 없다. 텔레비전으로 봐도 허물어져 가는 벽을 담쟁이가 뒤덮은 것, 지붕이 처진 것이 보였다. 광장 주위에는 허름한 가게들이 들어서 있었고, 상당수는 버려진 채였다. 11번 구역에서 잘 사는 사람들이 어디 사는지는 몰라도 여기는 절대 아니다.

이 행사는 에피가 '베란다'라고 부르는 곳에서 진행될 예정이다. 건물 입구와 계단 사이에 있는 타일이 깔린 넓은 공간인데, 큰 기둥들이 있고 머리 위에는 지붕이 있다. 피타와 나를 소개하고 나면 11번 구역 시장이 우리를 칭송하는 연설을 할 거고, 우리는 캐피톨에서 작성해 준 대본을 가지고 감사 인사를 하게 된다. 우승자가 죽은 조공인과 어떤 특별한 동맹을 맺었다면 개인적으로 한두 마디 덧붙이는 것도 좋다. 루와 스레쉬에 대해 뭐든 꼭 말해야 한다고 생각했지만, 집에서 감사 인사를 써 보려고 해도 늘 나를 쏘아보는 백지를 바라보다 포기하곤 했다. 그 애들을 생각하면 감정이 쉽게 격해졌다. 다행히 피타가 좀 써온 것이 있으니, 조금 바꾸면 우리 둘을 대표해서 하는 말로 만들 수 있을 것이다. 행사가 끝날 때쯤에 감사패 같은 것을 받으면 법원 건물 안으로 철수할 수 있다. 그런 뒤엔 특별 만찬이 이어질 것이다.

기차가 11번 구역 역으로 들어가는 동안 시나는 내 옷차림을 마무리한다. 오렌지색 헤어밴드를 금속 같은 느낌의 금색 밴드로 바꾸고, 경기장에서 달았던 모킹제이 핀을 드레스에 달아 준다. 플랫폼에 환영하러 나온 사람들은 없고, 평화유지군 8명이 기다리고 있다가 우리를 무장 트럭 뒤로 데리고 가 태웠다. 문이 철컹 닫히자 에피는 코웃음을 쳤다.

"누가 보면 우리가 죄다 범죄자인 줄 알겠다."

나는 생각한다. '우리 죄다가 아니에요, 에피. 범죄자는 나뿐이에요.'

트럭은 우리를 법원 뒤편에 내려 주었다. 서둘러 들어간다. 훌륭한 음식을 준비하고 있는 냄새가 나지만, 흰곰팡이 냄새와 썩은 냄새는 그 냄새로도 가려지지 않는다. 둘러볼 시간은 없다. 건물 앞의 출입구를 향해 직선으로 걸어가는데, 광장에서 국가 연주를 시작하는 소리가 들린다. 누군가 내 몸에 마이크를 달았다. 피타가 내 왼손을 잡는다. 시장이 우리를 소개하는 것에 맞추어 거대한 문이 소리를 내며 열린다.

"미소 활짝!"

에피는 우리를 쿡 찌른다. 우리는 걸음을 옮긴다.

'지금이야. 바로 여기서 내가 피타를 열렬히 사랑한다고 모두 믿게 해야 해.' 하고 생각한다. 엄숙한 행사 순서는 빡빡하게 짜여 있어, 어떻게 해야 할지 잘 모르겠다. 키스하기에 적당한 때는 아니지만 어떻게 한 번쯤 끼워 넣을 수 있을지도 몰라.

박수 소리는 요란하지만 캐피톨에서 듣던 환호, 함성, 휘파람 소리는 들리지 않는다. 우리는 그늘진 베란다를 가로질러 지붕이 없는 곳까지 와서, 쏟아지는 햇빛을 받으며 커다란 대리석 계단 꼭대기에 선다. 눈이 빛에 적응하자 버려져서 황폐해진 모습을 광장의 건물들에 현수막을 걸어 가렸음을 알 수 있다. 광장에는 사람이 가득하지만, 여기 인구에 비하면 극히 일부에 불과할 것이다.

늘 그렇듯, 무대 아래에는 죽은 조공인의 가족들을 위한 특별석이 마련되어 있다. 스레쉬 쪽에는 등이 굽은 할머니 한 분과 스레쉬의 여동생으로 보이는 키 큰 근육질 소녀 한 명이 앉아 있을 뿐이다. 루 쪽에는…… 나는 루의 가족을 볼 준비가 되어 있지 않다. 부모님의 얼굴에는 아직도 슬픔이 생생하다. 루의 다섯 동생은 루와 많이 닮았다. 작은 체구, 반짝이는 갈색 눈. 색이 짙은 한 무리의 새를 보는 것 같다.

박수 소리가 잦아들고 시장이 우리를 기리는 연설을 한다. 작은 소녀 두 명이 엄청나게 큰 꽃다발 두 개를 들고 무대로 올라온다. 어느새 피타는 자기 대본을 다 읽었고, 내가 마무리 말을 하고 있음을 깨닫는다. 다행히 엄마와 프림이 내게 강훈련을 시켜서 자면서도 연설할 수 있을 정도다.

피타는 카드에 자기가 할 말을 적어왔지만 꺼내지 않았다. 그 대신 피타는 자기만의 쉬우면서도 듣는 사람을 빨아들이는 화술을 발휘해 스레쉬와 루가 최후 생존자 여덟 명 안에 들었다는 것, 둘 다 캣니스가 살 수 있게 해 주어서 결과적으로 자기도 살 수 있게 되었다는 것, 그것은 우리가 절대 갚을 수 없는 빚이라는 것을 이야기한다. 그리고 카드에 써 두지 않았던 말을 덧붙이려다 잠시 망설인다. 에피가 봤다면 지우라고 했을 거라는 생각을 하는 모양이다.

“여러분의 희생을 되갚기에는 턱없이 부족하지만, 감사의 뜻으로 11번 구역 두 조공인의 가족들에게 앞으로 평생 동안 매년 저희가 받는 상금의 1개월 치를 드리고 싶습니다.”

관중들은 참지 못하고 헉, 하는 소리, 수군대는 소리를 낸다. 피타가 한 것 같은 일은 이전까지 단 한 번도 없었다. 합법적인지조차 모르겠다. 피타 자신도 아마 모를 것이다. 불법일까 봐 미리 물어보지 않았을 것이다. 가족들은 충격을 받은 모습으로 우리를 바라볼 뿐이다. 스레쉬와 루가 죽었을 때 그들의 삶은 영영 달라지고 말았지만, 이 선물로 그들의 삶은 또다시 달라질 것이다. 우승한 조공인의 1개월 치 상금은 한 가족이 일 년 동안 생계를 유지하기에 충분한 금액이다. 우리가 살아 있는 한 그들은 굶는 일이 없을 것이다.

피타를 바라보자 슬픈 미소를 지어 보인다. 그때 헤이미치의 목소리가 들렸다.

“훨씬 나쁘게 될 수도 있었다.”

지금 이 순간으로서는 더 좋게 될 수 있었으리란 걸 상상조차 할 수 없다. 이 선물…… 완벽해. 그래서 너무도 자연스럽게 뒤꿈치를 들어 올리고 피타에게 키스할 수 있다.

시장이 앞으로 걸어 나와 우리에게 감사패를 하나씩 주는데, 너무 커서 꽃다발을 바닥에 내려놓았다. 행사가 끝나려는 참에 루의 여동생 하나가 나를 빤히 바라보는 것을 눈치 챈다. 아홉 살 정도 되었을 그 아이는 루와 너무나 비슷하다. 팔을 옆으로 약간 들어 올리고 선 모습까지 똑같다. 상금을 나눠준다는 기쁜 소식을 듣고도 행복한 표정이 아니다. 오히려 나를 나무라는 표정이다. 내가 루를 구하지 못해서일까?

‘아냐, 아직 고맙다고 하지 않았기 때문이야.’

수치의 물결이 나를 뚫고 지나간다. 저 애 생각이 옳아. 난 지금까지 뭘 하고 있었을까. 그냥 가만히 서서 입을 굳게 다문 채 피타 혼자만 말하도록 두고 있다니. 루가 이겼다면, 루는 내 죽음을 언급하지 않고 넘어가지는 않았을 거야. 루의 죽음이 주목받지 않고 넘어가게 하지 않으려고 경기장에서 루를 꽃으로 덮은 기억이 난다. 하지만 지금 다시 말하지 않으면 그 행동은 아무 의미도 없는 행동이 될 거야.

"잠깐만요!"

나는 감사패를 가슴에 대고 누른 채 비틀거리며 앞으로 나선다. 내가 연설할 수 있는 시간은 이미 지나갔지만, 뭐든 말해야 한다. 너무 큰 빚을 졌으니까. 루의 가족에게 내 상금 전부를 준다 해도 오늘 침묵을 지킬 명분은 되지 못한다.

"잠시만 기다려 주세요."

어떻게 시작해야 할지 모르겠지만, 입을 열기 시작하니 오랫동안 깊이 생각했던 것처럼 말이 마구 흘러나온다.

"11번 구역 조공인들에게 감사하고 싶습니다."

나는 스레쉬 쪽에 앉은 두 여인을 바라보며 말을 잇는다.

"스레쉬와 이야기를 나눠 본 것은 단 한 번입니다. 아주 짧은 순간이었지만 스레쉬는 저를 살려 주었습니다. 스레쉬를 알지는 못했지만 늘 대단한 아이라고 생각했습니다. 힘이 셌습니다. 그 누구도 따르지 않고, 자기만의 방식으로 헝거 게임에 참여했습니다. 프로들은 처음부터 스레쉬와 동맹을 맺고 싶어 했지만 스레쉬는 그들과 어울리지 않았습니다. 그 점을 존경했습니다."

등이 굽은 할머니(스레쉬의 할머니일까?)가 처음으로 고개를 들었고, 입술에 가냘픈 미소가 떠올랐다.

관중은 잠잠해졌다. 너무 조용해서 어떻게 이렇게까지 할 수 있나 싶을 정도다. 숨소리조차 죽이고 있으리라.

이제 나는 루의 가족 쪽을 향해 말한다.

"하지만 루와는 잘 아는 사이 같은 기분이었고, 루는 언제나 저와 함께 할 겁니다. 아름다운 것을 보면 언제나 루가 떠오릅니다. 저희 집 근처 초원에 자라는 노란 꽃을 보면 루가 보입니다. 숲에서 노래하는 모킹제이를 보면 루가 보입니다. 하지만 무엇보다, 저는 제 여동생 프림에게서 루를 봅니다."

목소리가 떨렸지만, 이제 거의 끝나간다.

"여러분의 자녀들을 보내 주셔서 감사합니다. 빵을 보내 주셔서 모두 고맙습니다."

턱을 들고 관중을 바라본다. 수천 명의 시선을 받으며 나는 이 자리에 서 있다. 내가 작아진 기분이다. 마음이 아프다. 긴 침묵이 흐른다. 관중 속 누군가가 루가 모킹제이에게 불던 네 개의 음으로 구성된 멜로디를 휘파람으로 분다. 과수원에서 일이 끝났다는 신호로 불던 멜로디다. 경기장에서는 안전함을 의미했던 멜로디. 휘파람 소리가 그칠 때쯤 휘파람 분 사람을 찾아낸다. 빛바랜 붉은 셔츠와 작업복을 입은, 주름이 많이 잡힌 노인이다. 그와 나의 눈이 마주친다.

그 다음에 일어나는 일은 사고가 아니다. 모든 사람이 동시에 딱 맞춰 행동하는 걸 보니 우연히 맞은 거라고 할 수는 없을 것 같다. 관중들은 모두 왼손 가운데의 손가락 세 개를 입술에 댄 다음 내 쪽으로 팔을 뻗는다. 12번 구역의 관습이고, 내가 경기장에서 루에게 마지막 작별 인사로 했던 동작이다.

스노우 대통령과 대화를 나누지 않았더라면 눈물을 터뜨렸을지도 모른다. 하지만 구역들을 잠잠하게 하라는 명령이 아직도 귀에 생생한 터라 오싹 겁이 난다. 캐피톨에게 반항했던 여자애한테 사람들이 드러내 놓고 경의를 표하는 걸 어떻게 생각할까?

내 행동이 어떤 결과를 낳았는지 이제야 실감이 난다. 일부러 그런 건 아니었고, 그저 고마운 마음을 표현하고 싶었을 뿐이었다. 하지만 나는 뭔가 위험한 것을 끌어냈다. 11번 구역 사람들은 캐피톨에 대한 반대를 행동으로 표현한 것이다. 내가 막아야 할 상황이 바로 그런 것이었는데!

방금 일어난 일을 약화시킬 만한 말, 그 일을 무력화시킬 말을 찾으려고 생각해 보지만, 내 마이크가 픽하고 꺼지는 작은 소리가 들린다. 시장이 말할 차례다. 피타와 나는 마지막으로 한 번 박수를 받는다. 피타는 뭔가 잘못되었다는 걸 전혀 모르는 채, 나를 데리고 문 쪽으로 간다.

기분이 이상해서 잠시 멈춰 선다. 밝은 햇빛이 작은 조각처럼 내 눈앞에서 춤춘다.

"괜찮아?"

피타가 묻는다.

"그냥 어지러워서. 햇빛이 너무 밝았어."

피타가 꽃다발을 든 것이 보인다.

"꽃 두고 왔다."

내가 중얼거린다.

"가져올게."

"내가 할게."

내가 걸음을 멈추지 않았더라면, 꽃을 놔두고 오지 않았더라면 우리는 지금쯤 안전하게 법원 건물 안에 들어가 있었을 것이다. 하지만 베란다 그늘 깊숙한 곳에서 우리는 전부 목격하고 만다.

평화유지군 두 명이 휘파람을 불었던 노인을 계단 꼭대기로 끌고 와서 관중을 보며 무릎을 꿇려 앉힌다. 그러고는 노인의 머리에 총알을 쏴 넣는다.

5

노인이 바닥에 쓰러지자마자 흰 제복을 입은 평화유지군 한 무리가 나타나 우리 시야를 막고 문 쪽으로 밀어 넣는다. 군인 중 몇 명은 자동 화기(일반적으로 기관총이나 기관포, 자동소총 등을 가리키며, 방아쇠를 당기고 있는 동안 탄창이 다 빌 때까지 자동으로 계속 탄환이 발사되는 무기를 말한다: 편집자)를 가로로 들고 있다.

"우리 들어가요! 알았다고요, 네? 가자, 캣니스."

피타가 나를 미는 평화유지군을 밀어붙이며 말한다.

피타는 팔로 나를 감싸 안고 법원 안으로 데리고 간다. 평화유지군은 한두 발자국 뒤에서 우리를 따라온다. 우리가 건물 안으로 들어가자마자 문이 쾅 닫히고, 관중 쪽으로 돌아가는 평화유지군의 군화 발자국 소리가 들린다.

헤이미치, 에피, 포샤, 시나는 벽에 달린 스크린 아래서 불안함으로 얼굴을 굳힌 채 기다리고 있었다. 스크린은 텅 비어 있다.

"무슨 일 있었니? 캣니스의 아름다운 연설 직후에 중계가 끊겼어. 헤이미치는 총소리가 들린 것 같다고 하기에, 말도 안 된다고 했지. 하지만 혹시 모르잖아? 어딜 가나 정신 나간 사람들은 있으니까!"

에피가 급히 물어왔다.

"아무 일 없었어요, 에피. 낡은 트럭 한 대가 폭발했어요."

피타가 평탄한 목소리로 대답한다.

총성이 두 발 더 들린다. 문이 닫혀 있지만 그다지 방음 효과가 없다. 누구였을까. 스레쉬 할머니? 루 여동생?

"둘 다 날 따라와."

헤이미치가 말한다. 피타와 나는 다른 사람들을 내버려 두고 헤이미치를 따라간다. 법원 건물 주위를 둘러싼 평화유지군들은 우리가 안전하게 건물 안으로 들어가고 나자 우리 움직임에 별 관심이 없다. 우리는 대리석으로 된 거대한 계단 위로 올라간다. 꼭대기에는 낡은 카펫이 깔린 긴 복도가 있다. 양 쪽으로 열린 문이 우리를 맞고, 우리는 그 문을 통해 가장 먼저 눈에 띈 방으로 들어간다. 천장 높이가 6미터는 될 것 같다. 벽에는 과일과 꽃이 조각되어 있고, 어디를 보나 작고 통통한 날개 달린 아이가 우리를 내려다보고 있다. 꽃이 꽂힌 꽃병에서 풍기는 향이 너무 달콤해서 눈이 간지러울 정도였다. 벽 앞의 옷걸이에는 우리가 저녁에 입을 옷이 걸려 있었다. 우리가 쓰도록 마련된 방이었지만 그냥 선물을 놔두고 바로 나와야 했다. 헤이미치는 우리 가슴팍에서 마이크를 떼어 소파 쿠션 밑에 넣더니 따라오라고 손짓한다.

내가 아는 한 헤이미치는 여기에 딱 한 번 와 보았다. 수십 년 전 자신이 우승자 투어를 할 때였을 것이다. 하지만 비비 꼬인 계단들이 미로같이 얽힌 곳이며 점점 더 좁아지는 복도를 뚫고 앞장서는 걸 보니 기억력이 무척 좋거나 믿을 만한 본능이 있는 모양이다. 가끔 멈춰서 문을 열어 본다. 경첩이 반항하듯 끽 소리를 내는 것을 보니 사용 안 한 지 오래된 문이다. 결국 사다리를 타고 천장에 난 문으로 들어간다. 헤이미치가 문을 밀어 열자, 우리가 법원 건물의 돔 안에 들어왔음을 알게 된다. 부서진 가구, 책 무더기와 서류, 녹슨 무기가 가득한 거대한 공간이다. 사방에 내려앉은 먼지의 두께가 하도 두꺼워서, 지난 몇 년간 아무도 들어오지 않았음이 분명하다. 돔 벽의 더러운 네모꼴 창문 네 개로 들어오는 빛은 그리 많지 않다. 헤이미치는 발로 차 바닥의 문을 닫고 우리 쪽을 돌아본다.

"무슨 일이 있었냐?"

피타는 광장에서 있었던 일을 모두 이야기한다. 휘파람, 내게 경의를 표했던 것, 우리가 베란다에서 시간을 끈 것, 그 노인을 죽이던 것.

"무슨 일이에요, 헤이미치?"

"네가 말하는 게 나을 거다."

헤이미치가 내게 말한다.

내 생각은 다르다. 내가 말하는 게 100배는 더 나쁠 것 같다. 하지만 나는 최대한 차분하게 피타에게 모든 것을 설명한다. 스노우 대통령, 다른 구역들의 불만. 나는 게일과 키스한 것조차 숨기지 않는다. 우리 모두가 위험에 처했다는 것, 내가 딸기를 가지고 했던 속임수 때문에 나라 전체가 위험에 처했다는 것을 이야기한다.

"이번 투어를 통해 상황을 돌려놓는 게 목적이었어. 내가 했던 행동이 사랑에 미쳐서 그랬던 거였다고 의심했던 사람들 모두가 믿게 만들어야 했어. 그들을 진정시켜야 했어. 하지만 오늘 나 때문에 세 명이 죽었고, 광장에 있던 사람들은 다 처벌을 받겠지."

욕지기가 치밀어 올라 나는 소파에 앉는다. 소파는 스프링과 속에 채운 솜이 다 드러나 있지만 어쩔 수 없다.

"그럼 나도 일을 악화시킨 거네. 돈을 주겠다고 해서."

피타가 말한다. 피타는 갑자기 상자 위에 불안정하게 놓여 있던 스탠드를 후려치더니 방 건너편으로 집어던졌다. 스탠드는 바닥에 부딪혀 산산조각이 난다.

"이제 그만둬요. 지금 당장. 당신들 둘이서 하는 이…… 이 게임. 당신들끼리는 무슨 비밀이든 다 말할 수 있지만 나한텐 숨겨야 했겠죠. 내가 중요한 사람이 아니라서? 아니면 멍청하고 나약하기 때문에 비밀을 알아서는 안 된다는 것처럼."

"그런 게 아니야, 피타……!"

내가 말을 시작한다.

"정확히 그런 거지! 아끼는 사람은 나도 있어, 캣니스! 나도 12번 구역에 가족과 친구가 있어. 우리가 실패하면 내 가족도 네 가족처럼 죽어. 경기장에서 우리가 그렇게 많은 일을 겪었는데, 나한테 그냥 진실을 얘기하는 것조차 못해 줘?"

피타가 고함을 지른다.

"네가 언제나 아주 믿음직하게 잘 해줬기 때문이다, 피타. 네가 카메라 앞에서 하는 행동들은 너무나 영리했어. 그 흐름을 끊어놓고 싶지 않았다."

헤이미치가 말한다.

"과대평가 하셨어요. 오늘 완전히 망쳤잖아요. 루와 스레쉬 가족이 어떻게 될 거라고 생각하세요? 우리 상금을 나눠 받게 될 거라고 생각하세요? 내가 그 사람들한테 밝은 미래를 줬다고 생각해요? 제 생각에는 오늘 죽지 않으면 다행일 거 같거든요!"

피타는 물건 하나를 또 집어던진다. 동상이다. 그의 이런 모습은 처음 본다.

"피타 말이 맞아요, 헤이미치. 미리 말하지 않은 건 잘못이었어요. 캐피톨에서부터요."

내가 말한다.

"심지어 경기장에서도 뭔가 짰던 거죠? 내가 몰랐던 게 있죠?"

피타가 묻는다. 목소리가 아까보다 조용해졌다.

"아니, 그렇진 않았어. 그냥 헤이미치가 뭘 보내 주거나 안 보내 주는 걸 읽고 내가 어떤 행동을 하기를 바라는지 읽을 수 있었던 것뿐이야."

내가 말한다.

"나한테는 그럴 기회가 없었지. 네가 나타나기 전까지 나한테는 아무것도 보내 주지 않았으니까."

피타가 말한다.

이 생각은 별로 해 본 적이 없었다. 경기장에서 피타는 아무 것도 받지 못한 채 죽음의 문턱에 있었다. 내가 선물로 받은 화상약과 빵을 들고 나타났을 때 피타의 관점에서 어떻게 보였을까. 헤이미치가 자기를 희생시켜 나를 살려 두는 것 같았겠지.

"어이, 이것 봐……."

헤이미치가 말을 시작한다.

"그럴 것 없어요, 헤이미치. 우리 중에서 한 명을 선택해야 했다는 거 알아요. 나도 캣니스를 선택하길 바랐어요. 하지만 이건 달라요. 지금 밖에 죽은 사람이 있어요. 우리가 아주 잘하지 않으면 더 많이 죽을 거예요. 카메라 앞에서는 내가 캣니스보다 낫다는 걸 우리 모두 알아요. 나는 무슨 말을 해야 할지 누가 가르쳐 주지 않아도 되니까. 하지만 내가 어떤 일 속으로 걸어 들어가고 있는지는 알아야죠."

"지금부터는 모든 걸 다 알려 주마."

헤이미치가 약속한다.

"그래야죠."

피타는 나가기 전 내 얼굴조차 보지 않는다. 피타가 일으킨 먼지가 피어올라 다른 곳에 내려앉는다. 내 머리, 내 눈, 빛나는 내 황금 핀.

"날 골랐어요, 헤이미치?"

"응."

"왜요? 피타를 더 좋아하시면서."

"그건 사실이다. 하지만 기억해라. 규칙이 바뀌기 전까지 나는 너희들 중 한 명만 거기서 꺼낼 수 있다고 생각했지 않았냐. 너를 지키려는 피타의 결심은 확고했으니까, 음, 우리 셋이 다 같이 노력하면 너 하나는 살려낼 수도 있겠다고 생각했지."

"오."

이 한 마디 밖에 떠오르지 않는다.

“네가 앞으로 해야 할 선택들이 있다. 너도 알게 될 거야. 우리가 이번 일을 겪고도 살아남으면 너도 배우게 될 거다.”

음, 오늘 배운 것이 하나 있다. 여기는 12번 구역을 크게 만든 것 같은 곳이 아니다. 우리 구역의 울타리에는 경비병이 없고 전기가 흐르는 일도 거의 없다. 우리 평화유지군은 반가운 존재는 아니지만 덜 잔혹하다. 우리도 고생을 하지만 분노보다는 피곤을 불러일으키는 고생이다. 여기 11번 구역 사람들은 우리보다 더 고통 받고 더 큰 절망을 느낀다. 스노우 대통령의 말이 맞다. 불꽃 하나만 있으면 불이 붙을 것이다.

모든 일이 너무 빨리 일어나 잘 이해할 수가 없다. 경고, 총소리, 내가 뭔가 크나큰 결과를 가져올 일을 시작했다는 깨달음. 이 모든 것이 사실 같지가 않았다. 내가 말썽을 일으킬 계획을 짰다면 또 모르겠지만, 지금 상황을 보면…… 어쩌다 내가 이렇게 큰 문제를 일으킨 거지?

“가자. 만찬에 참석해야 한다.”

헤이미치가 말한다.

준비 팀이 허락하는 한 최대한 오래 샤워기 아래 있다가 나와서 준비를 한다. 준비 팀은 오늘 있었던 일에 대해서는 아무 것도 모르는 것 같다. 세 명 다 만찬 때문에 신이 나 있다. 세 사람은 다른 구역에 오면 만찬에 참석할 만큼 중요 인물이지만, 캐피톨에서는 높은 사람들의 파티에 거의, 아니 절대로 초대받지 못한다. 그들이 어떤 음식이 나올지 예상해 보려고 애쓰는 동안, 내 눈에는 노인의 머리에 총을 쏘던 모습이 계속 다시 보인다. 누가 나한테 뭘 하든 신경도 쓰지 않고 있다가 끝나고 나가기 직전에 거울에 비친 내 모습을 본다. 옅은 핑크색의 끈 없는 드레스가 구두 위를 살짝 스친다. 머리는 뒤로 모아 묶어 등 위로 곱슬거리며 흘러내린다.

시나가 뒤에서 다가와 희미하게 빛나는 은색 천으로 내 어깨를 감싸고 거울 속의 내 눈을 바라본다.

"마음에 드니?"

"아름다워요. 언제나처럼."

"미소 짓는 얼굴이랑 어울리는지 한 번 보자."

시나는 부드럽게 말한다. 일 분 후면 다시 카메라가 나타날 거라고 슬쩍 알려 주는 것이다. 나는 입술 양끝을 힘겹게 올린다.

"그렇지."

모두 모여 만찬장으로 내려가는데, 에피가 기분이 좋지 않아 보였다. 물론 헤이미치는 광장에서 있었던 일을 에피에게 이야기하지 않았다. 시나와 포샤는 안다고 해도 놀랄 일이 아니겠지만, 에피에게는 나쁜 소식을 전하지 말자는 묵계라도 있는 것 같다. 그래도 에피의 문제가 뭔지는 얼마 지나지 않아 듣게 된다.

에피는 저녁 일정표를 들고 읊더니 옆으로 던진다.

"이걸 다 하고 나면, 고맙게도 다 같이 열차에 올라타고 여기를 떠날 수 있어요."

"뭐가 잘못되었나요, 에피?"

시나가 묻는다.

"우릴 대접하는 게 마음에 안 들어요. 트럭 따위에 태우고, 플랫폼에도 못 나가게 하고. 그리고 한 시간쯤 전에 법원 건물을 둘러보기로 했죠. 아시다시피 제가 건축 디자인에 있어서는 전문가거든요."

"아, 그렇죠. 그 얘기 들었어요."

침묵이 너무 길어지기 전에 포샤가 말한다.

"올해는 구역들의 낡은 건축 스타일이 인기를 끌 거라서, 그냥 한 바퀴 돌아보고 있는데 평화유지군 둘이 나타나서 방으로 돌아가라지 뭐예요. 한 여자는 총으로 찌르기까지 했다니까!"

에피가 말한다.

아까 헤이미치와 피타, 내가 사라졌던 것의 직접적인 결과가 아닐까 하는 생각이 든다. 그래도 헤이미치의 선택이 옳았을 거라고 생각하니 좀 안심이 된다. 우리가 이야기를 나눈 먼지투성이 돔은 도청당하지 않았을 것 같다. 아마 지금은 도청장치를 설치했겠지.

에피가 기분이 많이 상한 것 같아서 나도 모르게 안아 준다.

"너무했네요, 에피. 우리 다 같이 만찬에 불참해 버릴까요. 사과를 받기 전에는 못 간다고 말이죠."

이 말에는 절대 찬성하지 않을 것임을 나는 알지만, 정당한 불평이라고 인정하는 내 말을 듣고 에피의 표정이 훨씬 밝아진다.

"아냐, 참아야지. 싫으나 좋으나 내 직업인걸. 그리고 너희 둘이 저녁을 굶게 할 수는 없잖니. 하지만 말은 고맙다, 캣니스."

에피는 입장할 때 걸어갈 대형을 짠다. 먼저 준비 팀, 그 다음 자기, 스타일리스트, 헤이미치. 피타와 나는 물론 마지막이다.

아래쪽 어디에선가 악사들이 연주를 시작한다. 우리 작은 행렬의 첫 줄이 움직이기 시작하자, 피타와 나는 손을 잡는다.

"헤이미치가, 너한테 소리친 건 잘못이래. 그냥 자기가 시키는 대로 하고 있었던 것뿐이라더라. 그리고 내가 예전에 너한테 아무 것도 숨긴 적이 없었던 것도 아니고."

판엠 전체가 보는 앞에서 나를 사랑한다고 고백했을 때의 충격을 떠올려 본다. 헤이미치는 미리 알고 있었지만 나에게 말하지 않았다.

"그 인터뷰 직후에 나도 이것저것 부쉈던 것 같아."

"항아리만 하나 깼지."

"네 손도 다치게 했잖아. 하지만 이제는 그럴 필요 없지? 서로 뭘 숨기고 할 필요 없는 거지?"

"없지."

피타가 말한다. 우리는 계단 꼭대기에 서서 에피가 시킨 대로 헤이미치가 열다섯 발자국 앞서 가도록 기다리고 있다.

"게일이랑 키스한 건 그때 딱 한 번이야?"

나는 깜짝 놀라 대답한다.

"응."

오늘 그 많은 일들이 일어났는데, 계속 생각하던 게 그거였어?

"열다섯 발자국이다. 가자."

피타가 말한다.

우리에게 조명이 비치고, 나는 최대한 매력적인 미소를 짓는다.

계단을 내려가서 이제는 더 이상 서로 구분도 되지 않는 만찬, 행사, 열차의 패턴을 또 한 번 거친다. 언제나 똑같다. 일어난다. 옷을 입는다. 환호하는 관중 속으로 지나간다. 우리를 기리는 연설을 듣는다. 고맙다는 내용의 답사를 하지만 어디까지나 캐피톨이 시키는 말만 한다. 이제 더 이상 개인적으로 덧붙이는 말은 없다. 가끔은 간단히 둘러보는 일도 있다. 어느 구역에서는 바다를 잠깐 보러 가고, 다른 구역에서는 울창한 숲을 본다. 추하게 생긴 공장, 밀밭, 냄새나는 정유소. 저녁에는 연회복을 입는다. 만찬에 참석한다. 기차에 탄다.

행사 중에 우리는 엄숙하고 공손하지만, 언제나 손을 잡거나 팔짱을 끼는 등 꼭 붙어 있다. 만찬에서는 서로에 대한 사랑으로 정신이 혼미할 지경이다. 우리는 키스하고, 춤추고, 둘만 있으려고 몰래 빠져나가다가 잡힌다. 기차에서는 우리 행동이 얼마나 효과적이었을지 따져보며 조용히 비참한 상태로 있는다.

11번 구역에서 우리가 개인적으로 했던 말이 방송 전에 편집되었다는 건 말할 필요도 없다. 캐피톨에 대한 적개심을 불러일으킬 수 있는 개인적인 연설이 없는데도, 뭔가가 있다는 것이 느껴진다. 끓는 냄비가 넘칠 것 같은 기운이다. 모든 구역이 다 그렇지는 않다. 12번 구역의 우승자 축하 행사에서 보통 느껴지는 지친 소 같은 느낌이 나는 구역도 있다. 하지만 다른 구역(특히 8번, 4번, 3번)에서는 우리를 보는 사람들의 얼굴에 진정한 기쁨이 떠올라 있고, 그 기쁨 밑에는 분노가 있다. 내 이름을 외치는 소리는 환호보다는 복수의 울부짖음에 더 가깝다. 제멋대로 구는 관중을 진정시키기 위해 평화유지군이 투입되면 관중은 물러나는 대신 맞서 떠민다. 내가 할 수 있는 어떤 일도 이를 바꿀 수는 없다는 걸 알고 있다. 우리 둘 사이의 사랑 표현이 아무리 그럴싸해 보여도 이 물결을 돌릴 수는 없다. 만약 딸기를 꺼낸 것이 순간적인 광기에 의한 것이었다면, 이 사람들은 광기까지도 수용할 것이다.

시나가 내 옷 허리춤을 줄이기 시작한다. 준비 팀은 내 눈 밑의 다크서클 때문에 걱정이다. 에피가 수면제를 주기 시작했지만 효과가 부족하다. 잠시 졸다가도 요즘 들어 더 잦아지고 더 끔찍해진 악몽 때문에 다시 깬다. 몽롱한 약 기운 때문에 악몽은 오히려 길어지고, 약 기운을 떨치려고 비명을 지르는 소리를 기차 안을 돌아다니며 밤 시간을 보내는 피타가 듣는다. 피타는 간신히 나를 깨워 진정시킨다. 그러고는 다시 잠이 들 때까지 침대에 같이 누워 안아 준다. 그 이후로는 수면제는 거절하고 매일 밤 피타와 함께 잔다. 우리는 경기장에서처럼 서로의 품에 안겨 언제 찾아올지 모르는 위험에 대비한 채 어둠을 견딘다. 그 외에 다른 일은 없었지만, 우리 행동은 금세 기차 안에서 가십거리가 된다.

에피가 그 얘기를 꺼내자 이런 생각이 든다. '좋았어. 어쩌면 이 이야기가 스노우 대통령 귀에 들어갈지도 몰라.' 처신에 주의하겠다고 대답하지만, 우리는 하던 대로 계속한다.

연달아 있었던 2번 구역과 1번 구역의 행사에는 특별한 종류의 끔찍함이 있다. 2번 구역에서 왔던 카토와 클로브는 우리가 죽었다면 둘 다 살아 돌아왔을 수도 있었다. 1번 구역 여자아이 글리머와 남자아이는 내가 직접 죽였다. 그 남자아이의 가족 쪽을 보지 않으려고 애쓰는 동안, 그 아이의 이름이 마블이었다는 것을 알게 된다. 어째서 나는 그걸 전혀 모르고 있었을까? 게임 전에는 관심이 없었고, 시작 후에는 알고 싶지 않았다.

캐피톨에 도착할 때쯤에 우리는 풀뿌리라도 잡는 심정이다. 우리를 사랑하는 관중 앞에 서는 일이 끝없이 이어진다. 특권층이 사는 이곳, 추첨공에 절대 이름이 들어가지 않는 사람들이 사는 이곳, 여러 세대 전에 있었던 일에 죄를 물어 아이들을 잃어야 하는 사람이 없는 이곳에는 반란의 위험이 없다. 캐피톨에 있는 사람에게는 우리의 사랑을 증명할 필요가 없지만, 구역에서 믿게 만들지 못한 사람들의 생각에 영향을 줄 수 있다는 가냘픈 희망에 매달린다. 우리가 무얼 하든 너무 부족한 것 같고 너무 늦은 것 같다.

트레이닝센터에서 예전에 썼던 방에 모였을 때, 공개적으로 청혼하자는 제안을 하는 사람은 나다. 피타는 그러겠다고 하지만, 방에 들어가 오랫동안 나오지 않는다. 헤이미치는 내버려 두라고 한다.

"피타가 나랑 결혼하고 싶어 하는 줄 알았어요."

내가 말한다.

"이런 식으론 아니지. 진짜로 하고 싶어 했거든."

내 방으로 돌아와 이불을 덮어쓰고 눕는다. 게일 생각을 하지 않으려 했지만 다른 생각은 아무 것도 들지 않는다.

그날 밤, 트레이닝센터 앞 무대에서 온갖 질문에 대답한다. 반짝이는 담청색 양복을 입고 머리와 눈꺼풀, 입술도 여전히 하늘색으로 염색한 모습의 시저 플리커맨이 완벽한 솜씨로 우리를 이끌며 인터뷰를 한다. 그가 미래에 대해 묻자 피타는 한 쪽 무릎을 꿇고 사랑을 고백하며 결혼해 달라고 간청한다. 나는 물론 받아들인다. 시저 플리커맨은 제정신이 아니고, 캐피톨의 관중들은 거의 발작 상태다. 판엠 여러 지역 군중들의 모습을 담은 화면은 나라 전체가 기쁨에 들떠 있음을 보여준다.

스노우 대통령이 직접 깜짝 방문을 해서 축하해 준다. 그는 피타의 손을 잡고 잘했다는 듯 어깨를 두드린다. 이어 나를 포옹해 나는 피와 장미 냄새에 둘러싸인다. 그가 손가락으로 내 팔을 감싼 채 몸을 뒤로 빼고 내 얼굴을 보며 미소 지을 때, 나는 용기를 내어 눈썹을 치켜 올린다. 말로 물을 수 없는 것을 묻는 것이다. '성공했나요? 그거면 되겠어요? 모든 걸 당신에게 넘겨주고, 연인 행세를 계속하고, 피타와 결혼하기로 약속한 걸로 충분한가요?'

그는 대답으로 거의 알아볼 수 없을 만큼 살짝 고개를 가로젓는다.

6

그 작은 몸짓 하나에서 나는 희망의 끝, 내가 이 세상에서 소중하게 생각하는 모든 것에 닥칠 파괴의 시작을 본다. 내게 주어질 벌이 어떤 형태일지, 그물이 얼마나 넓게 펼쳐질지는 알 수 없지만 다 끝나고 나면 아마 남는 것은 아무 것도 없을 것이다. 그러니 내가 완전한 절망에 빠질 법도 하다. 이상하게도 내가 가장 크게 느끼는 감정은 안도감이다. 이제 이 짓을 그만둘 수 있으니까. 비록 돌아온 답이 '절대 아님' 이긴 했어도, 내가 성공했는가 하는 질문에 대한 답을 얻었다. 절박할 때는 절박한 행동을 하기 마련이라면, 난 이제 맘껏 절박하게 행동해도 된다.

그러나 여기서는, 아직은 안 된다. 반드시 12번 구역으로 돌아가야 한다. 대통령이 어떤 계획을 세우든 엄마와 내 동생, 게일과 게일의 가족에 관한 것이 주된 내용일 것이다. 그리고 피타도. 우리와 함께 가게 만들 수 있다면. 그리고 헤이미치도 명단에 포함시킨다. 야생으로 탈출할 때 데리고 가야 하는 사람들이다. 어떻게 설득할 건지, 죽도록 추운 겨울에 어디로 가야 할지, 어떻게 해야 잡히지 않을 것인지에 대한 대답은 아직 없다. 하지만 지금은 적어도 내가 어떻게 해야 하는지는 알고 있다.

그래서 바닥에 주저앉아 우는 대신, 나는 지난 몇 주간보다 몸을 더 꼿꼿이 하고 더 큰 자신감을 품은 채 서 있다. 조금 미친 것 같긴 하지만 내 미소는 억지로 지은 것이 아니다. 스노우 대통령이 관중들을 조용하게 만든 다음 "우리가 캐피톨에서 결혼식을 열어주는 게 어떨까요?"라고 말할 때, 나는 기뻐서 정신이 반쯤 나간 여자애 흉내를 문제없이 낸다.

시저 플리커맨은 대통령에게 생각하고 있는 날짜가 있느냐고 묻는다.

"아, 날을 잡기 전에 우선 캣니스 어머님부터 설득해야죠."

대통령의 대답에 관객들은 폭소를 터뜨리고, 대통령은 내게 팔을 두른다.

"온 나라가 힘을 합치면, 네가 서른 되기 전에 시집을 보낼 수 있을지도 모르지."

"아마 법안을 새로 만드셔야 할 거예요."

나는 키득거리며 대답한다.

"필요하다면 그렇게라도 하마."

대통령은 내 농담에 맞장구를 친다. 아, 다정하기도 하지.

스노우 대통령 관저 연회실에서 열린 파티는 그 어느 파티보다도 성대하다. 12미터 높이의 천장은 밤하늘로 꾸몄는데, 별은 고향에서 보이는 별과 완벽하게 똑같다. 캐피톨에서도 똑같아 보일 거라고 생각하지만, 여기는 언제나 밝은 도시라 별이 보이지 않으니 알 수 없다. 바닥과 천장 중간쯤에 폭신한 흰 구름으로 보이는 것이 떠다니고 악사들이 그 위에 앉아 있는데, 구름을 받치는 것이 보이지 않는다. 일반적인 식탁 대신 수많은 소파와 의자를 가져다 놓았다. 어떤 의자는 벽난로 주변에, 어떤 의자는 향기로운 화원 옆이나 이국적인 물고기가 가득한 연못 옆에 배치해서 사람들이 아주 편안하게 먹고 마시며 마음껏 놀 수 있게 해 두었다. 방 가운데에는 타일이 깔린 넓은 공간이 있어서 댄스 플로어로도 쓰고, 들락거리는 연주자들의 무대로도 사용하고, 화려한 옷을 입은 손님들끼리 어울리는 곳으로도 사용한다.

하지만 파티의 진정한 스타는 음식이다. 별미가 놓인 테이블이 벽을 따라 늘어서 있다. 생각할 수 있는 모든 음식, 꿈꿔 본 적도 없는 음식이 기다린다. 소와 돼지와 염소 통구이가 꼬챙이에 꽂힌 채 빙글빙글 돈다. 새고기에 과일과 견과류를 채운 요리가 큰 접시에 가득 있다. 소스에 담근 해산물, 매콤한 양념을 곁들인 해산물이 있다. 셀 수 없이 다양한 치즈, 빵, 야채, 디저트가 있고, 와인 폭포, 불붙은 독주가 흐르는 개울이 있다.

맞서 싸우려는 욕구와 함께 식욕이 돌아왔다. 몇 주 동안이나 걱정 때문에 제대로 먹지 못해서 배가 고플 대로 고프다.

"이 방에 있는 음식은 다 맛볼래."

피타에게 말한다. 그는 내가 왜 변했는지 알기 위해 내 표정을 읽어 내려는 기색이다. 피타는 스노우 대통령이 내가 실패했다고 생각한다는 걸 모르니까, 우리가 성공했다고 생각한다고 추측할 수밖에 없다. 어쩌면 내가 우리의 약혼을 진심으로 기뻐한다고 생각하는지도 모른다. 눈빛에 어리둥절함이 잠깐 비치지만, 카메라 앞이니 곧 사라진다.

"그러면 양 조절을 잘 해야겠는걸."

"좋아, 그럼 요리 당 한 입씩만 먹어야지."

첫 번째 테이블에는 수프가 스무 가지 정도 있는데, 견과류 조각과 작고 검은 씨앗을 뿌린 크림 호박 수프를 먹자 내 결심은 무너진다.

"밤새도록 이것만 먹으라고 해도 먹겠어!"

이렇게 외치지만 실제로 그러지는 않는다. 봄 같은 맛이 난다고밖에 설명할 수 없는 맑은 녹색 국물을 마실 때, 거품을 내고 라즈베리를 뿌린 핑크색 수프를 먹을 때 또 약해진다.

이런 저런 얼굴이 나타나고, 수많은 사람의 이름을 듣고, 사진을 찍고, 뺨에 키스를 받는다. 모킹제이 모양의 액세서리를 내게 보여주는 사람들이 몇 있는 걸 보니 내 모킹제이 핀이 새로운 패션 센세이션을 불러온 모양이다. 모킹제이 모양의 벨트 버클이며 비단 옷깃에 새 모양으로 자수를 놓은 것도 있고, 심지어 은밀한 곳에 문신을 새긴 사람도 있다. 모두 우승자의 상징을 지니고 싶어 한다. 스노우 대통령이 그걸 보면 얼마나 화가 날까 상상해 볼 뿐이다. 하지만 어쩌겠어? 여기서는 이번 헝거 게임이 엄청나게 히트했고, 이곳에서 그 딸기는 애인을 구하려던 절박한 소녀의 상징에 불과하니까.

피타와 나는 다른 사람과 어울리려는 노력은 하지 않지만 계속 불려 다닌다. 파티에 온 누구도 우리를 놓치고 싶어 하지 않는다. 나는 기쁜 척하지만, 사실 캐피톨 사람들에 대해선 조금도 관심이 없다. 그들은 음식 먹는 걸 방해하는 존재일 뿐이다.

테이블마다 새로운 유혹이 기다리고, 철저히 한 요리 당 한 입씩만 먹었는데도 금세 배가 불러온다. 작은 새 구이를 들고 씹자 혀 위에 오렌지 소스가 흘러나온다. 맛있다. 하지만 다른 것들을 더 맛보고 싶어서 남은 것은 피타에게 준다. 아무렇지도 않게 음식을 버리는 사람들이 많은데, 음식을 버린다는 건 내게는 혐오스러운 일이다. 열 테이블 정도 돌고 나니 아직 못 먹어본 음식이 훨씬 더 많은데도 배가 가득 찬다.

그 순간 내 준비 팀이 우리를 붙든다. 이렇게 성대한 행사에 온 기쁨과 술기운에 무슨 말을 하는지 알아듣기가 힘들다.

“왜 안 먹니?”

옥타비아가 묻는다.

“아까까지 먹었는데, 이젠 한 입도 더 못 먹겠어요.”

내 대답이 이제까지 들어 본 말 중 가장 바보 같은 소리인 것처럼 모두 웃는다.

“그렇다고 그만 먹는 사람이 어디 있어!”

플라비우스의 말이었다. 그들은 우리를 데리고 투명한 액체가 든 작고 발 달린 와인 잔이 있는 테이블로 가더니 말한다.

“이거 마셔!”

피타가 잔을 들고 한 모금 마시자 그들은 거의 제정신이 아닌 사람들처럼 되었다.

“여기선 안 돼!”

옥타비아가 새된 목소리로 외쳤다.

“저기서 해야지. 안 그러면 바닥이 더러워지잖아!”

베니아가 화장실 문을 가리키며 말한다.

피타는 잔을 다시 한 번 바라보더니 그제야 이해한 표정이 되었다.

“이걸 마시면 토한다는 거예요?”

내 준비 팀은 정신 나간 사람들처럼 웃었다.

“당연하지. 그래야 계속 먹지. 우린 벌써 두 번 다녀왔어. 다들 그렇게 해. 안 그러면 어떻게 파티에서 재미있게 노니?”

옥타비아의 대답이다. 예쁘고 작은 잔을 바라보며 그 의미를 생각하는 나는 말문이 막힌다. 피타는 폭발물이라도 되는 것처럼 조심스레 잔을 테이블에 내려놓는다.

“캣니스, 춤추자.”

피타는 나를 데리고 준비 팀과 그 테이블에서 멀어져 댄스 플로어로 간다. 구름 위에서는 음악이 흘러내린다. 고향에서 알고 있던 춤은 몇 가지뿐이었다. 바이올린과 플루트 음악에 맞춰 추는 춤인데 넓은 공간이 필요하다. 하지만 에피는 캐피톨에서 인기 있는 춤을 몇 개 가르쳐 주었다. 느리고 꿈결 같은 음악이 흐르고, 피타는 나를 안고 둥글게 돈다. 스텝을 밟지는 않는다. 파이 굽는 판 위에서도 출 수 있는 춤이다. 우리는 한동안 말이 없다가, 피타가 긴장한 목소리로 입을 연다.

"저들은 동료고, 이제 대하는 것도 어렵지 않고, 그렇게 나쁜 사람들이 아닐지도 모른다는 생각도 들지만, 어느 순간……."

그는 스스로 말을 끊는다.

내가 생각할 수 있는 것은 우리 집 식탁 위에 누운 어린이들의 수척한 몸뿐이다. 엄마는 그 아이들의 부모가 줄 수 없는 것을 처방해주곤 하셨다. 그건 바로 음식을 더 많이 주라는 처방이었다. 이제 우리는 부자니까, 엄마는 음식을 들려 보내신다. 하지만 옛날에는 줄 것이 아무 것도 없을 때가 흔했고 어차피 살리기에는 늦은 환자들이었다. 이곳 캐피톨에서는 배를 채우고 또 채우는 즐거움을 위해 먹은 음식을 게워낸다. 몸이나 마음이 아파서가 아니고, 상한 음식이어서가 아니다. 파티에서 모두가 그렇게 한다. 그럴 줄 알았지. 그것도 재미라는 거지.

어느 날 헤이즐에게 사냥감을 전해 주러 들렀는데 빅이 독감이 걸려 집에 있었다. 게일의 가족이니까 그 아이는 12번 구역 사람의 90퍼센트보다 잘 먹고 지낼 것이다. 그런데도 빅은 선물 날 받은 옥수수 시럽 깡통을 따서 다들 빵 위에 한 숟갈씩 얹어 먹었다는 이야기를 십오 분 동안이나 했다. 헤이즐은 빅의 기침을 가라앉히게 차에다 시럽을 조금 넣어 먹으라고 했지만, 다른 아이들 없을 때 혼자 먹을 수 없다고 거절했다. 게일네 집이 그렇다면, 다른 집들은 대체 어떨까?

"피타, 저 사람들은 자기들의 오락을 위해 우리를 여기 데려다 죽을 때까지 싸우게 했어. 정말, 거기에 비하면 이건 아무 것도 아니야."

"알아. 나도 그건 알아. 그냥 가끔 참을 수 없을 때가 있어서 그래. 어느 정도냐 하면…… 내가 어떻게 해야 할지 모를 정도야."

피타는 잠시 말을 멈추더니 속삭였다.

"우리가 잘못하는 건지도 몰라, 캣니스."

"뭘?"

"구역들을 진정시키려고 하는 거 말이야."

재빨리 양 옆을 돌아보지만, 아무도 듣지 못한 것 같다. 카메라 팀은 조개 요리 테이블 쪽으로 빠져 있고, 우리 주위에서 춤추는 커플들은 너무 취했거나 자기들 일에 열중해 있어 듣지 못한 것 같다.

"미안."

미안해야지. 여기는 그런 생각을 입 밖에 낼 곳이 아니니까.

"집에 가서 얘기해."

내가 말한다.

그 순간 포샤가 어딘가 낯익은 덩치 큰 남자를 데리고 나타났다. 포샤는 그 사람이 새로운 최고 게임 운영자인 플루타르크 헤븐스비라고 소개한다. 플루타르크는 나와 한 번 춤을 추어도 괜찮겠느냐고 묻는다. 피타는 카메라용 얼굴을 회복하고 사람 좋게 나를 넘겨주며, 너무 가까이 붙지는 말라고 경고했다.

나는 플루타르크 헤븐스비와 춤추기 싫다. 한 손은 내 손을 잡고 한 손은 내 엉덩이에 얹은 손길도 느끼기 싫었다. 나는 피타나 우리 가족이 아닌 사람의 손길이 닿는 것에 익숙하지 않고, 게임 운영자라면 피부 접촉을 하고 싶지 않은 생물 순위에서 구더기보다도 높다. 하지만 그도 그런 눈치를 챘는지 거의 팔 길이만큼 떨어진 채 플로어 위에서 턴한다.

파티, 오락, 음식에 대한 잡담을 하다가 자기는 트레이닝 이후 펀치를 안 마신다는 농담을 한다. 처음에는 이해하지 못했지만 다음 순간, 내가 트레이닝 중 게임 운영자들 쪽으로 화살을 날렸을 때 뒷걸음질 치다가 펀치 통에 빠졌던 사람이라는 걸 알아본다. 사실 그 사람들에게 쏘지는 않았지. 그 사람들이 먹으려던 돼지 통구이 입에 물려둔 사과에 화살을 날렸을 뿐. 하지만 나 때문에 다들 혼비백산했다.

"아, 아저씨가……."

나는 그 사람이 펀치 통에 풍덩 빠지던 것을 떠올리며 웃는다.

"응. 내가 아직까지 극복하지 못했다는 걸 알면 기쁘겠지."

그가 참여한 헝거 게임에서 죽은 조공인 스물두 명 역시 다시 회복되지 못한다는 걸 일깨워 주고 싶다. 하지만 나는 그냥 이렇게 말한다.

"잘됐네요. 올해는 최고 게임 운영자시라고요? 큰 영예겠죠."

"우리 둘 사이에서만 하는 얘긴데, 지원자가 별로 많지 않았어. 게임 운영에는 큰 책임이 따르거든."

'그렇죠, 전임자는 죽었죠.' 나는 그렇게 생각한다. 세네카 크레인 일을 분명 그도 알겠지만, 걱정스러운 기색은 전혀 없다.

"25주년 특집 기획은 벌써 시작하셨나요?"

"아, 응. 물론 몇 년 전부터 하고 있지. 경기장은 하루아침에 짓는 게 아니거든. 하지만 저, 그 뭐랄까, 어떤 취향으로 할지는 이제 결정할 거야. 믿거나 말거나지만, 오늘 밤에 전략 회의가 있단다."

플루타르크는 한 걸음 물러서더니 조끼 주머니에서 사슬에 매단 금시계를 보여 준다. 뚜껑을 열고 시간을 보더니 얼굴을 찌푸린다.

"곧 가야겠군. 자정에 시작해."

그는 내가 볼 수 있도록 시계를 돌린다.

"회의 치고는 늦은 시간 같……."

나는 그렇게 말하다 다른 것에 정신이 팔린다. 플루타르크가 크리스털로 된 표면을 엄지손가락으로 문지르자 마치 촛불 빛을 받은 것처럼 어떤 형상이 잠깐 나타났다 사라진다. 또 하나의 모킹제이다. 내 드레스에 달린 핀과 똑같이 생겼다. 이건 나타났다 사라지는 문양이다. 그는 시계를 딱 하고 닫는다.

"아주 예쁘네요."

"오, 예쁜 것 이상이지. 이건 하나뿐인 거야. 누가 나 어디 갔느냐고 묻거든 집에 가서 잔다고 말해 줘. 회의는 비밀이거든. 하지만 너한테는 말해도 안전하리라 생각했어."

"네. 비밀 지켜 드릴게요."

악수를 하며 그는 살짝 허리를 굽힌다. 캐피톨에서는 흔한 관습이다.

"다음 여름 게임 때 보자, 캣니스. 약혼 축하하고, 엄마를 설득할 때도 행운이 따르길 빈다."

"행운이 필요하겠죠."

플루타르크는 사라지고, 피타를 찾으며 사람들을 뚫고 돌아다니는데 모르는 사람들이 축하를 해 준다. 약혼을 축하하고, 게임 우승을 축하하고, 립스틱을 잘 골랐다고 축하한다. 대답은 하지만 그의 예쁜, 하나뿐인 시계를 자랑하던 플루타르크 생각이 머리에 가득하다. 뭔가 이상한 점이 있었어. 거의 은밀함에 가까운 어떤 것이. 하지만 왜일까? 누가 자기를 따라서 시계 표면에 나타났다 사라지는 모킹제이를 새길까 봐 그러는 걸까. 그래, 아마 큰돈을 들여 만들었는데, 누가 싸구려 모조품을 만들까 봐 아무에게도 못 보여주는 거야. 이런 건 캐피톨에서만 있을 수 있는 일이다.

정교하게 장식한 케이크들이 놓인 테이블을 감상하고 있는 피타를 발견했다. 제빵사들이 피타와 케이크 장식에 대한 이야기를 나누려고 부엌에서 나와 있고, 피타 질문에 서로 대답하고 싶어 안달이다. 피타가 부탁하자 12번 구역에 가져가서 조용히 관찰할 수 있도록 작은 케이크 몇 개를 모아 준다.

"에피가 그러는데 1시에 기차에 타야 한대. 지금 몇 신지 모르겠네."

피타가 주위를 둘러본다.

"열두 시 다 됐어."

내가 대답한다. 나는 케이크 위에 얹은 초콜릿 꽃을 손가락으로 집어 들어 매너 따위는 잊은 채 야금야금 먹는다.

"자, 감사 드리고 나서 작별할 시간이야!"

내 바로 옆에서 에피가 높은 소리로 외친다. 에피가 강박적으로 시간을 엄수하는 것이 이럴 때면 너무나 좋다. 우리는 시나와 포샤를 불러 모으고, 에피는 우리를 데리고 다니며 주요 인사들에게 작별 인사를 한 다음 문으로 향한다.

"스노우 대통령에게도 감사 인사 드려야 되지 않아요? 대통령 관저잖아요."

피타가 묻는다.

"아, 그분은 파티를 별로 안 좋아하셔. 너무 바쁘거든. 벌써 내일 보내드릴 감사장이랑 선물 준비 다 해 놨어. 아, 거기 있었군요!"

에피는 그렇게 말하면서 술에 취한 헤이미치를 양쪽에서 부축해 오는 캐피톨 직원 두 명에게 손을 흔들어 보였다.

우리는 창문이 어두운 차를 타고 캐피톨의 거리를 달린다. 준비 팀이 탄 차가 우리 차 뒤를 달린다. 축하하는 인파가 하도 많아서 차가 느리다. 하지만 에피가 철저히 계산해 둔 터라 정확히 1시에 기차에 올라탈 수 있었고, 기차는 플랫폼을 출발한다.

헤이미치는 자기 방에다 눕혀 두었다. 시나가 차를 주문하고 우리는 테이블에 모여 앉는다. 에피는 일정표를 바스락대며 투어가 아직 끝나지 않았다고 일깨운다.

“12번 구역 수확 축제도 생각해야지. 그러니 차 한 잔씩 마시고 바로 자러 가기로 해요.”

아무도 반대하지 않는다.

눈을 뜨자 이른 오후다. 머리를 피타의 팔에 기댄 채다. 어젯밤에 피타가 들어왔던 것이 기억나지 않는다. 나는 방해하지 않으려고 조심스레 몸을 돌리지만 피타는 벌써 일어났다.

“악몽 안 꾸더라.”

피타가 말한다.

“뭐라고?”

“너 어젯밤에는 악몽 안 꾸던데.”

그 말이 맞다. 밤새 깨지 않고 잔 것은 정말 오랜만이다.

“꿈을 꾸기는 했어.”

기억을 되짚어 보며 나는 말한다.

“모킹제이를 따라서 숲 속을 걷고 있었어. 오랫동안. 그 새는 사실은 루였어. 노래하는 목소리가 같았어.”

“루가 너를 어디로 데려갔는데?”

피타는 이마에 붙은 내 머리를 넘겨주며 묻는다.

“모르겠어. 그냥 계속 걸었어. 하지만 기분이 좋았어.”

“음, 자는 모습이 기분 좋아 보이긴 했어.”

“피타, 왜 나는 네가 악몽을 꾸는지 안 꾸는지 모르는 걸까?”

“나도 모르겠어. 나는 소리를 지르거나 몸부림치거나 하지는 않는 것 같아. 난 공포로 온 몸이 마비돼 버려.”

“그러면 날 깨워.”

내 경우 심한 날에는 두세 번씩 피타를 깨운다는 것, 나를 진정시키려면 시간이 많이 걸린다는 것을 생각하며 말한다.

"그럴 필요는 없어. 내 악몽은 보통 너를 잃는 내용이거든. 네가 여기 있다는 것만 확인하면 괜찮아져."

앗. 피타는 이런 식의 말을 아무렇지도 않게 한다. 마치 주먹으로 배를 맞는 것 같다. 피타는 내 물음에 솔직하게 대답하는 것뿐이다. 같은 대답을 하라고, 사랑한다고 선언하라고 압박하는 것은 아니다. 그래도 기분이 끔찍해진다. 마치 내가 피타를 아주 나쁜 방식으로 이용해 먹는 것 같은 기분이다. 내가 정말 그랬나? 모르겠다. 피타와 같이 침대에 들어가는 것이 처음으로 부도덕한 일로 느껴진다는 것만 알 수 있다. 우리는 이제 공식적으로 약혼한 사이인데, 아이러니다.

"집에 가서 나 혼자 잘 때는 더 심해."

그렇지, 우린 집에 거의 다 왔지.

12번 구역에서 있을 행사는 오늘 밤 언더시 시장 관저에서 있을 만찬과 내일 수확 축제 중 광장에서 열리는 우승자 집회다. 우승자 투어 마지막 날이면 늘 수확 축제를 열지만, 보통은 집에서 그냥 밥 한 끼 먹는 정도에 그치고, 여유가 좀 있으면 친구 몇 명을 부르는 정도다. 올해는 공식 행사고 캐피톨이 주최하니까, 우리 구역 사람은 누구나 배불리 먹을 수 있을 것이다.

밖에 나가려면 모피를 입어야 하는 날씨로 되돌아온 만큼, 준비는 대부분 시장 관저에서 이루어질 것이다. 우리는 기차역에서는 오래 머무르지 않고, 미소를 짓고 손을 흔들며 차에 올라탄다. 오늘 밤 만찬 전까지는 가족조차 만나지 못한다.

아빠의 추모식이 열렸던 곳, 추첨 이후 가족들과 고통스러운 작별을 했던 그 법원 건물이 아니라 시장 관저에서 열려 다행이다. 그 법원 건물에는 슬픔이 가득하다.

하지만 난 언더시 관저는 좋아한다. 시장의 딸인 매지와 친구가 되었기 때문에 더욱 그렇다. 우린 언제나 나름대로는 친구였다. 내가 게임에 참가하기 위해 떠날 때 작별 인사를 한 이후로 정식으로 친구가 되었다. 그때 매지는 내게 행운의 부적으로 모킹제이 핀을 주었다. 내가 집으로 돌아 온 이후, 우리는 함께 시간을 보내기 시작했다. 알고 보니 매지 역시 하릴없이 죽여야 하는 시간이 많았다. 처음에는 무얼 할지 몰랐기 때문에 조금 어색했다. 우리 나이의 다른 아이들이 이야기하는 것을 들어 보면 남자애들, 다른 여자애들, 옷에 대한 이야기를 한다. 매지와 나는 남들 험담을 하지 않고, 내 경우 옷이라면 지겨워서 눈물이 날 지경이다. 헛다리를 몇 번 짚고 나서, 매지가 숲에 가 보고 싶어 못 견뎌 한다는 것을 눈치 챘다. 그래서 몇 번 데려가서 활 쏘는 방법도 알려 주었다. 매지는 내게 피아노를 가르쳐 주려고 하지만, 나는 보통은 매지가 치는 것을 듣는 쪽이 더 좋다. 서로 상대방 집에서 밥을 먹기도 한다. 매지는 우리 집을 더 좋아한다. 부모님은 좋으신 분들 같지만 매지와 보내는 시간은 별로 없는 듯했다. 아버지는 12번 구역을 운영해야 하고, 어머니는 두통이 심하셔서 며칠씩이나 침대에서 보내는 일도 있었다.

"캐피톨로 모셔 가면 어때? 캐피톨에 가면 분명 치료할 수 있을 거야."

언젠가 침대에 누워 계실 때 내가 말했다. 그날은 2층이나 떨어져 있는데도 피아노 소리에 어머니 두통이 심해져서 피아노를 치지 않았다.

"응. 하지만 캐피톨에서 초대해 주지 않으면 못 가잖아."

매지가 슬픈 목소리로 말했다. 시장의 특권에도 한계가 있는 것이다.

시장 관저에 도착했다. 에피가 준비하라고 3층으로 끌고 가기 전 매지와 한 번 포옹하는 것이 고작이다. 준비를 마치고 긴 은색 가운을 입었는데도 만찬 전까지 한 시간이 남아서 매지를 찾으러 나선다.

매지의 침실은 손님 방 몇 개, 아버지 서재와 같이 2층에 있다. 시장님께 인사를 드리려고 서재에 고개를 들이밀지만 아무도 없다. 텔레비전이

켜져 있어 어젯밤 캐피톨 파티에서의 피타와 내 모습을 시청한다. 춤추고, 먹고, 키스하고. 지금 판엠의 모든 가정에는 이 장면이 방영되고 있을 것이다. 시청자들은 12번 구역에서 온 비운의 연인들이 지겨워 죽을 지경일 것이다. 적어도 나는 그렇다.

방을 나서려는데 삑삑거리는 소리가 나서 내 주의를 끈다. 몸을 돌리자 텔레비전 화면이 새까매져 있다. 그러더니 '8번 구역 소식 업데이트' 라는 글자가 빛난다. 직감적으로 내가 봐서는 안 되는 것이고, 시장만을 위한 것임을 알 수 있다. 나는 빨리 나가야 한다. 하지만 그러는 대신 나도 모르게 텔레비전에 다가선다.

처음 보는 아나운서가 나타난다. 머리가 반백이고 목소리는 거칠며 권위적인 여자다. 상황이 악화되었으며 3단계 경보가 발령되었다고 경고한다. 8번 구역에 추가 병력이 투입되고 있으며, 섬유 생산은 중단되었다고 말한다.

화면은 여자 대신 8번 구역 중심 광장을 비춘다. 불과 지난주에 다녀온 곳이므로 알아볼 수 있다. 내 얼굴이 인쇄된 현수막이 아직도 옥상에 걸려 있다. 그 아래로는 군중이 있다. 광장은 소리 지르는 사람들로 가득하다. 다들 낡은 천이나 집에서 만든 마스크로 얼굴을 가리고 벽돌을 던지고 있다. 건물이 불탄다. 평화유지군은 군중 속으로 총을 쏴서 무작위로 사람을 죽인다.

이런 것은 처음 보지만, 내가 보고 있는 것은 오직 단 한 가지, 그것일 수밖에 없다. 스노우 대통령이 반란이라고 부르는 것.

7

음식을 넣은 가죽 가방과 뜨거운 차가 든 보온병. 시나가 두고 간 모피를 두른 장갑. 헐벗은 나무에서 꺾은 가지 세 개를 눈 위에 얹어 만든, 내가 갈 방향을 표시한 화살표. 수확 축제 후 첫 일요일에 게일과 평소 만나는 곳에 남겨 둔 것들이다.

나는 춥고 안개가 낀 숲을 뚫고, 게일에겐 낯설겠지만 나에게는 익숙한 길로 걸었다. 호수로 가는 길이다. 우리가 평소에 접선하는 곳이 더 이상 안전한 것 같지 않았고, 게일에게 속 이야기를 터놓으려면 감시의 눈을 피해야 한다. 하지만 과연 게일이 올까? 오지 않는다면 위험을 무릅쓰고 한밤중에 집으로 찾아가는 수밖에 없다. 게일이 알아야 하는 일들이 있다……. 그게 어떤 일인지 내가 파악하려면 게일의 도움이 필요하다…….

언더시 시장의 텔레비전에 나오는 것이 무엇을 의미하는지 깨달은 즉시 나는 방문을 나와 복도를 걸었다. 그 직후 시장이 나타났으니 아슬아슬했다. 나는 손을 흔들었다.

"매지 찾니?"

시장은 친근한 말투로 물었다.

"네. 옷을 보여 주고 싶어서요."

"어디 있을지 너도 알겠지."

그 순간 서재에서 삑삑거리는 소리가 다시 났다. 시장의 얼굴은 우울해졌다.

"실례하마."

그렇게 말한 시장은 서재로 들어가 문을 단단히 닫았다.

나는 차분해질 때까지 복도에서 기다렸다. 자연스럽게 행동해야 한다는 것을 명심하며 매지의 방으로 갔다. 매지는 화장대 앞에 앉아 웨이브 진 금발 머리를 빗고 있었다. 추첨 날 입었던 예쁜 하얀 드레스 차림이었다. 매지는 거울에 비친 나를 보며 미소 지었다.

"네 모습 좀 봐. 캐피톨 거리를 걷다가 바로 날아 온 사람 같아."

나는 다가섰다. 내 손가락은 모킹제이를 만지작거리고 있었다.

"심지어 이 핀도 그래. 너 때문에 모킹제이가 캐피톨에서 대인기야. 정말 안 돌려줘도 괜찮아?"

"바보 같은 소리, 선물로 줬잖아."

매지는 축제를 위해 금빛 리본으로 머리를 묶었다.

"어디서 났던 거야?"

"우리 이모 거였긴 한데, 오랫동안 집안에서 내려왔던 것 같아."

"좀 웃겨, 모킹제이라니. 그 왜 반란 때 있었던 일들 있잖아. 재잘어치들이 캐피톨 뒤통수를 치고 뭐 그랬던 것들."

재잘어치는 캐피톨에서 구역들에서 일어난 반란군에게 첩보용으로 사용할 목적으로 유전자를 조작해서 만든 수컷 머테이션 새들이었다. 재잘어치는 사람들이 하는 긴 말을 외워서 다시 말할 수 있었기 때문에, 그들은 재잘어치를 반군이 있는 지역으로 보내 우리가 나누는 말을 엿듣고 캐피톨로 돌아오도록 했다. 반군은 그걸 눈치 채고 재잘어치들에게 거짓말을 잔뜩 들려준 다음 캐피톨로 돌려보내는 방법으로 역습했다. 그 사실이 밝혀지자 캐피톨은 재잘어치들이 죽도록 내버려 두었다. 몇 년 후 재잘어치는 야생에서 멸종되었지만, 죽기 전 암컷 흉내지빠귀들과 교미해서 완전히 새로운 종이 생겨났다(재잘어치와 모킹제이는 가상의 새이고 흉내지빠귀는 실제로 있는 새다: 옮긴이).

"모킹제이가 무기로 쓰인 적은 없잖아. 그냥 예쁘게 우는 새들 아냐?"

매지가 말한다.

"응, 그런 것 같아."

하지만 내 대답은 사실이 아니다. 그냥 예쁘게 우는 새는 흉내지빠귀다. 모킹제이는 캐피톨이 의도하지 않았던 생물이다. 캐피톨에서는 고도로 조작된 재잘어치에게 야생에 적응하고, 유전자를 자손에게 물려주어 새로운 형태로 번성할 만큼의 지능이 있으리라 생각하지 못했다. 그들은 재잘어치에게 그런 생존 의지가 있을 거라고 예상하지 못했다.

지금 눈을 헤치고 터덜터덜 걸어가는 내 눈에 이 가지에서 저 가지로 뛰어다니며 다른 새들이 노래하는 멜로디를 따라 부르다가 새로운 것으로 바꾸어 부르는 모킹제이들이 보인다. 언제나 그렇듯 루 생각이 난다. 기차에서 잤던 마지막 날 밤에 꾸었던, 모킹제이의 모습으로 나타난 루를 따라가던 꿈을 생각해 본다. 조금만 더 잤더라면 좋았을 텐데. 나를 어디로 데려가는지 알 수 있을 만큼만.

호수까지는 물론 꽤 멀다. 만약 게일이 나를 따라오기로 결심한다면, 오면서 사냥에 쏟을 힘을 걷는 데에 낭비한다고 생각할 것이다. 시장 관저의 만찬에 게일의 가족은 전부 왔는데 게일만 빠진 것이 눈에 띄었다. 헤이즐은 게일이 아파서 집에 있다고 했지만 거짓말임이 뻔했다. 수확 축제에서도 보이지 않았다. 빅은 사냥하러 갔다고 했다. 그건 사실이었을 것이다.

몇 시간 후 호숫가의 낡은 집에 도착한다. '집' 이라는 말은 좀 거창할지도 모르겠다. 가로 세로 4미터 남짓한 방 하나일 뿐이다. 아빠는 옛날에는 여기 건물이 많았을 거라고 생각하셨다. 아직도 집터가 조금 남아 있다. 사람들이 놀고 낚시를 하기 위해 호수에 찾아왔을 거라고 했었다. 다른 집들은 없어졌지만 이 집은 콘크리트로 만든 집이라 아직 남아있다. 바닥, 지붕, 천장이 있다. 유리창 네 개 중 남아있는 것은 하나뿐인데 그나마 오래되어서 유리가 휘고 누렇게 변색되었다. 수도나 전기는 없지만 벽난로는 아직도 쓸 수 있고 구석에는 여러 해 전에 아빠와 내가 모아둔 장작이

쌓여있다. 안개가 끼어 있으니, 불을 피워도 누가 연기를 보고 숲 속에 사람이 있다는 것을 알아챌 수는 없으리라 생각하고 불을 피운다. 불이 붙는 동안 내가 여덟 살 정도 되었을 때 여기서 소꿉놀이를 하라고 나뭇가지로 만들어 주신 빗자루로 깨진 창문으로 들어온 눈을 쓸어낸다. 조그마한 콘크리트 난롯가에 앉아 몸을 녹이며 게일을 기다린다.

놀라울 정도로 금방 게일이 도착한다. 한쪽 어깨에 활을 메고, 오는 길에 잡았을 야생 칠면조 한 마리를 벨트에 매달고 있다. 들어올까 말까 고민하는 것처럼 그가 문간에 선다. 열지 않은 음식이 든 가죽 가방, 보온병, 시나의 장갑을 들고 있다. 나에게 화가 나서 내 선물을 받지 않을 것이다. 게일의 기분을 나는 잘 알고 있다. 나도 엄마에게서 아무 것도 받으려 하지 않았으니까.

게일의 눈을 바라본다. 화가 났어도 게일이 받은 상처, 내가 피타와 약혼을 해서 게일이 느끼는 배신감은 잘 숨겨지지 않는다. 오늘의 이 만남이 게일을 영영 잃지 않을 수 있는 내 마지막 기회일 것이다. 몇 시간이고 설명해도 나를 거부할 수도 있다. 그 대신 나는 내 변명의 핵심부터 당장 이야기한다.

"스노우 대통령이 개인적으로 찾아와서 너를 죽이겠다고 협박했어."

게일은 눈썹을 살짝 치켜뜨지만, 공포나 놀람은 그다지 느껴지지 않는다.

"나하고 또 누구?"

"음, 명단을 준 건 아니야. 하지만 우리 가족은 아마 다 들어갈걸."

게일도 오싹해졌는지 불 가까이 온다. 그가 난롯가 앞에 쭈그리고 앉아 불을 쬔다.

"살려면 어떻게 해야 하는데?"

"이제는 아무 방법도 없어."

좀 더 설명해야겠지만, 어디서부터 시작해야 할지 몰라 그냥 앉은 채로 불만 들여다본다.

1분 정도 지난 후 게일이 침묵을 깬다.

"조심하라고 알려 줘서 고마워."

금방이라도 폭발해 버릴 것 같은 마음으로 게일을 돌아보지만, 게일의 눈이 빛나는 것을 알아챈다. 미소를 짓는 내 자신이 밉다. 지금은 웃을 때가 아닌 데도. 충격적인 소식이었겠지. 우리는 무조건 제거되고 말 것이다.

"있잖아, 나한테 계획이 있어."

"응, 분명 훌륭한 계획이겠지. 여기, 네 약혼자가 쓰던 헌 장갑은 싫어."

게일은 내 무릎에 장갑을 던진다.

"피타는 내 약혼자가 아니야. 그건 그냥 연기의 일부일 뿐이야. 그리고 그 장갑은 그 애 것이 아니라 시나 거거든."

"그럼 돌려줘. 적어도 편하게 죽을 수는 있겠군."

게일은 장갑을 끼고 손가락을 움직여 보고는 마음에 든다는 듯 고개를 끄덕였다.

"그건 낙관적인 생각이야. 물론 넌 무슨 일이 있었는지 모르겠지."

"알려 줘."

피타와 내가 헝거 게임의 우승자라고 발표된 날 밤, 캐피톨이 화가 났다고 헤이미치가 내게 경고해 준 날 밤부터 시작하기로 한다. 집에 돌아오고 나서도 불편했던 일, 스노우 대통령이 우리 집에 왔던 일, 11번 구역에서의 학살, 관중들이 모였을 때 긴장이 고조되던 것, 마지막 수단으로 약혼을 발표한 것, 그것으로도 부족하다고 대통령이 신호를 보낸 것, 결국 대가를 치르게 될 거라는 나의 확신을 모두 이야기한다.

게일은 절대로 중간에 내 말을 끊지 않고 듣는다. 내가 말하는 동안 게일은 장갑을 주머니에 넣고 가죽 가방 속의 음식으로 상을 차린다. 빵과 치즈를 굽고, 사과 속을 파내고, 밤을 불 속에 넣어 굽는다. 나는 게일의 손과 아름답고 솜씨 좋은 손가락을 바라본다. 캐피톨이 흉터를 지워 버리기 전의 내 손처럼 상처투성이지만, 강하고 잽싼 손이다. 탄광에서 석탄을 캘 수 있는 힘을 지닌 손이지만, 정교한 덫을 놓을 수 있는 정확성도 지녔다. 내가 믿는 손이다.

집에 돌아온 이야기를 하기 전에 보온병에서 차를 한 모금 마시느라 잠깐 말을 멈춘다.

"음, 너 사고 제대로 쳤구나."

"응, 근데 아직도 남았어."

"지금으로선 들을 만큼 들은 것 같다. 네 계획으로 건너 뛰어 봐."

나는 숨을 깊이 들이쉬고 말한다.

"도망가는 거야."

"뭐?"

그가 예상치 못한 대답이었나 보다.

"숲으로 가서 죽어라 도망치는 거야."

게일은 무슨 생각을 하는지 알 수 없는 표정이다. 바보 같은 소리 집어치우라며 날 비웃을까? 불안해진 나는 말다툼할 준비를 하며 일어난다.

"우리라면 할 수 있을 거라고 네가 전에 그랬잖아! 그 추첨 날 아침에. 그때 네가……!"

게일이 다가서고 내 몸이 떠오르는 것이 느껴진다. 사방이 빙빙 돈다. 떨어지지 않기 위해 게일의 목을 감싸 안고 만다. 게일은 행복하게 웃고 있다.

"야!"

반항하지만 웃고 있는 것은 나도 마찬가지다. 게일은 나를 내려놓지만 여전히 안은 채였다.

"그래. 도망치자."

게일이 말한다.

"정말? 내가 미쳤다는 생각은 안 들어? 너 나랑 같이 갈 거야?"

나를 짓누르던 무게 중 일부가 게일의 어깨위로 옮겨 갔는지 조금 가벼워진 기분이다.

"네가 미쳤다고 생각해. 그래도 같이 갈 거야. 우린 할 수 있어. 난 알아. 여기를 떠나서 다시는 돌아오지 말자!"

게일은 진심이다. 진심인 정도가 아니라 기뻐하고 있다.

"정말이야? 애들도 있고 하니 힘들 거야. 숲으로 한 8킬로미터 들어가고 나서 네가 마음을 바꾸……."

"정말이야. 완전히, 전적으로 100% 진심이야."

게일은 고개를 숙여 나와 이마를 맞대고 더 단단히 안는다. 게일은 불가까이 서 있어서 피부, 몸 전체에서 열기가 난다. 나는 눈을 감고 게일의 열기를 흡수한다. 눈에 젖은 가죽, 연기와 사과, 게임 전에 우리가 함께 보내던 겨울날의 냄새를 들이마신다. 나는 게일의 품에서 벗어나려고 하지도 않는다. 그럴 이유가 있을까? 게일이 목소리를 낮추고 속삭인다.

"사랑해."

이게 이유다.

이런 일은 예측을 못하겠다. 너무 빨리 일어난다. 분명 탈출 계획을 이야기하고 있었는데, 다음 순간에는…… 이런 일을 감당해야 한다. 나는 아마도 최악의 대답일 것 같은 말을 해 버린다.

"알고 있어."

형편없는 대답이다. 마치 내가 게일은 나를 사랑할 수밖에 없을 거라고 생각하면서도 나는 아무 감정이 없다는 말 같다. 게일이 몸을 빼기 시작하지만, 내가 꽉 안는다.

"알고 있어! 그리고 너도…… 너도 네가 나한테 어떤 사람인지 알잖아."

이걸로는 부족하다. 게일은 내가 잡는 것을 뿌리친다.

"게일, 난 지금은 누구도 그런 식으로 생각할 수 없어. 추첨 날 프림의 이름이 뽑힌 후로 매일 매일, 눈 뜨고 있는 매분마다 나는 겁에 질려 있어. 다른 어떤 감정도 느낄 여유가 없어. 안전한 곳으로 갈 수 있다면 달라질지도 몰라. 모르겠어."

게일은 실망을 애써 감추는 모습이다.

"그럼 가자. 가면 알게 되겠지. 우리 엄마를 설득하려면 좀 어려울 거야."

게일은 불쪽으로 몸을 돌리고 타기 시작하는 밤을 꺼낸다.

그래도 게일은 아마 갈 것이다. 하지만 행복은 사라지고, 너무나 익숙한 부담감이 그 자리를 대신 채웠다.

"우리 엄마도. 논리적으로 생각하시게 하면 될 거야. 오래 산책을 하면서. 다른 선택을 하면 살아남을 수 없다는 걸 이해하시게 해야지."

"이해하실 거야. 게임 중계를 너희 어머니와 프림과 같이 본 적이 많았어. 네 말에 반대하지는 않으실 거야."

"그랬으면 좋겠다. 헤이미치가 제일 어렵겠지."

몇 초 만에 집 안의 온도가 20도는 떨어진 기분이다.

"헤이미치? 헤이미치도 우리랑 같이 간다고?"

게일은 밤을 내버려두고 일어선다.

"그럴 수밖에 없어, 게일. 헤이미치와 피타를 두고 갈 수는 없……."

게일이 무섭게 노려보는 바람에 말을 멈춘다.

"왜?"

"미안, 우리 일행이 그렇게 많을 줄은 몰랐네."

내가 묻자 게일이 빈정댄다.

"내가 어디 갔는지 알아 내려고 죽을 때까지 고문할 거야."

"피타네 가족은? 그 사람들은 절대 안 따라올걸. 사실 우리를 냉큼 밀고 할지도 모르지. 피타도 그 정도 머리는 쓸 수 있을 거 아냐. 피타가 여기 남겠다고 결정한다면?"

무관심한 척하고 싶지만 목소리가 갈라져 나온다.

"그럼 피타는 남아야지."

"두고 간다고?"

"프림과 엄마를 구하기 위해서는, 그럴 수 있어. 아니, 안 돼! 피타는 데리고 갈 거야."

"나는? 나는 두고 갈 수 있어? 만약, 예를 들어서 우리 엄마가 어린 애 셋을 데리고 겨울에 야생으로 갈 수는 없다고 하신다면 말이야."

게일의 표정이 바위처럼 단단해졌다.

"헤이즐은 그러지 않을 거야. 이해하실 거라고."

"못 하신다고 가정해 봐, 캣니스. 그럼 어쩔 건데?"

게일이 따진다.

"그러면 네가 어떻게든 이해시켜야지, 게일. 방금 한 말이 내가 지어낸 것 같아?"

내 목소리도 화가 나서 높아진다.

"아니, 모르겠어. 어쩌면 대통령이 너를 조종하고 있을지도 모르지. 내 말은, 대통령이 네 결혼식을 열어 주잖아. 캐피톨 관중의 반응은 너도 봤겠지. 대통령이 너를 죽일 수 있을 것 같지가 않아. 피타도. 무슨 수로 그렇게 하겠어?"

"8번 구역에서 반란이 일어났는데, 내 웨딩케이크 고르는 데 신경 쓰고 있지는 않겠지!"

내가 소리 지른다.

말을 내뱉자마자 취소하고 싶다. 내 말을 듣자 게일은 즉시 반응한다. 볼이 상기되고, 회색 눈은 밝게 빛난다.

"8번 구역에 반란이 있어?"

게일은 숨을 죽이며 묻는다.

나는 없던 말로 해 보려고 애쓴다. 내가 구역을 진정시키려고 했듯, 게일을 진정시키기 위해서다.

"정말 반란인지는 잘 모르겠어. 불만들이 좀 있는 모양이야. 거리에 사람들이……."

게일이 내 어깨를 움켜쥔다.

"뭘 본 거야?"

"아무 것도 못 봤어! 직접 본 건 없어. 그냥 들었을 뿐이야."

언제나 그렇듯 너무 늦어버렸다. 나는 포기하고 게일에게 이야기해 준다.

"시장 텔레비전에서 뭔가를 봤어. 내가 보면 안 되는 거였어. 군중이 있었고, 불이 났고, 평화유지군이 총을 쏴서 사람들을 쓰러트렸지만 사람들은 맞서 싸우고 있었어……."

나는 입술을 깨물고는 내가 본 장면을 마저 묘사하려 애써 본다. 대신 내 입에서 튀어나오는 말은 그 동안 나를 안에서 갉아먹던 말이다.

"그건 내 잘못이야, 게일. 내가 경기장에서 했던 행동 때문이야. 내가 그냥 그 딸기를 먹고 죽어 버렸으면 이런 일은 일어나지 않았을 거야. 피타는 집에 돌아와서 살 수 있었고, 다른 사람들 모두 안전했을 거야."

"안전? 안전 속에서 뭘 하는데?"

게일의 목소리는 조금 부드러워졌다.

"안전하게 굶어? 안전하게 노예처럼 일하자고? 안전하게 자식들을 추첨장으로 보낼까? 넌 사람들을 다치게 한 게 아냐. 너는 기회를 준 거야. 용기만 있으면 그 기회를 받아들일 수 있어. 탄광에서도 벌써 말이 돌고 있어. 싸우고 싶어 하는 사람들이 있다고. 모르겠니? 일어나고 있어! 드디어 일어나고 있다고! 8번 구역에서 반란을 일으켰다면, 여기서 못할 게 뭐야? 모든 구역이 다 들고 일어나지 못할 이유가 뭔데? 바로 지금일 수도 있어, 우리가 그 동안……!"

"그만해! 너는 지금 네가 무슨 말을 하고 있는지 몰라. 12번 구역 밖의 평화유지군은 다리우스 같기는커녕 크레이 같지도 않아! 구역 사람들의 목숨은 그 사람들한테는 아무 것도 아니라고!"

"그러니까 싸움에 동참해야지!"

게일은 거칠게 대답한다.

"안 돼! 그 사람들이 우리를 죽이고 다른 사람들도 죽이기 전에 도망쳐야 해!"

나는 다시 소리를 지르지만, 게일이 왜 이러는지 이해할 수 없다. 절대 부정할 수 없는 것을 왜 보지 못하는 걸까?

게일은 나를 확 밀쳐버린다.

"그럼 넌 도망쳐. 나는 백만 년이 지나도 여기 있을 테니."

"좀 전까지는 도망친다는 생각에 기뻐했잖아. 8번 구역에서 반란이 일어났다는 게 우리가 도망쳐야 할 중요성을 더 크게 만든 것 말고 어떤 다른 상관이 있다는 거야? 넌 지금 그냥 화가 나서……."

안 돼, 대놓고 피타 얘기를 할 수는 없어.

"너희 가족은 어쩌고?"

"다른 가족들은 어쩌고, 캣니스? 도망갈 수 없는 사람들은? 모르겠니? 이젠 더 이상 '우리'가 죽고 사는 문제가 아니야. 반란이 시작되었다면 말이야!"

게일은 나에 대한 혐오감을 숨기지 않고 고개를 가로젓는다.

"결국 넌 거기까지인 거지. 마음을 바꿨어. 캐피톨에서 만든 건 아무 것도 필요 없어."

게일은 내 발치에 시나의 장갑을 던지고는 가 버렸다.

나는 장갑을 내려다본다. 캐피톨에서 만든 건 아무 것도? 나를 두고 한 말일까? 지금은 내가 캐피톨에서 만든 상품에 불과하게 되어버렸고, 그래서 만지기 싫은 것이 되었나? 불공평하다는 생각에 나는 분노로 가득 찬다. 하지만 게일이 앞으로 어떤 미친 짓을 할지에 대한 두려움이 섞인 분노다.

위안거리가 절실해진 나는 불 옆에 앉아 이제 어떻게 해야 할지 생각해 본다. 어차피 반란은 하루아침에 일으킬 수 없다는 생각으로 마음을 가라앉힌다. 게일은 내일까지는 광부들과 이야기를 나눌 수 없다. 내가 그전에 헤이즐을 설득할 수 있다면 헤이즐이 가라앉히겠지. 하지만 지금은 못 가. 게일이 집에 있다면 날 들여보내지 않을 테니. 어쩌면 오늘 밤, 다들 자고 있을 때…… 헤이즐은 빨래를 마무리하느라 밤늦게까지 일하는 경우가 많다. 그때 찾아가서 창문을 두드리고, 게일이 바보 같은 짓을 하지 못하게 하도록 상황을 설명해 줘야겠다.

서재에서 스노우 대통령과 나눴던 대화가 떠오른다.

"내 자문들은 네가 다루기 어려울 거라고 걱정했지만, 다루기 어렵게 굴 생각은 아니겠지?"

"아닙니다."

"나도 그럴 거라고 했지. 자기 목숨을 지키기 위해 그런 짓까지 했던 여자아이가 목숨을 쉽게 포기하지는 않을 거라고 말이야."

헤이즐이 가족들을 먹여 살리느라고 얼마나 고생했는지 생각해 본다. 헤이즐이라면 물론 내 편을 들 거야. 어쩌면 아닐 수도 있을까?

벌써 정오는 되었을 것이다. 요즘은 낮이 정말 짧다. 반드시 그래야 할 이유가 없다면 어두워진 후에는 숲에 머무르지 않는 게 좋다. 나는 꺼져가는 불을 밟아서 끄고, 남은 음식을 치우고, 시나의 장갑을 벨트에 낀다. 게일이 마음을 바꿀 경우를 대비해서 조금 더 가지고 있어볼 생각이다. 장갑을 바닥에 내던질 때 게일의 표정을 생각해 본다. 그 얼마나 몸서리를 쳤던가. 장갑을 향해, 그리고 나를 향해…….

숲 속을 터덜터덜 걸어 해가 지기 전에 옛 집에 도착한다. 게일과의 대화는 내 계획에 큰 차질을 빚었지만, 12번 구역 탈출 계획을 실행하려는 내 의지는 확고하다. 다음은 피타를 만나기로 결정한다. 조금 이상하긴 하지만, 이번 투어에서 내가 본 것을 피타도 같이 봤으니 게일보다 설득하기 쉬울지도 모른다. 우승자 마을에서 나오는 피타와 마주친다.

"사냥 다녀와?"

피타가 묻는다. 사냥을 계속하는 게 좋지 않다고 생각하는 표정이다.

"그렇진 않아. 시내로 가?"

"응. 가족들이랑 저녁 먹기로 했어."

"음, 같이 걸어갈 수는 있겠구나."

우승자 마을과 광장을 잇는 길에는 사람이 별로 다니지 않는다. 대화를 해도 안전한 곳이다. 하지만 말문이 떨어지지 않는다. 게일에게 제안했을 때는 대실패였지. 나는 튼 입술을 잘근잘근 씹는다. 한 걸음 한 걸음마다 광장이 가까워진다. 다음 기회는 금방 찾아오지 않을지도 모른다. 나는 숨을 깊이 들이쉬고 단숨에 얘기해 버린다.

"피타, 나랑 같이 이 구역을 탈출하자고 하면, 같이 갈래?"

피타는 내 팔을 잡고 멈춰 세운다. 진심인지 아닌지 내 얼굴을 바라볼 필요도 없다.

"네가 그러는 이유에 따라 다르겠지."

"스노우 대통령은 내 행동에 속아 넘어가지 않았어. 8번 구역에서는 반란이 일어났어. 우리는 떠나야 돼."

"내가 말하는 '우리' 가 너랑 나뿐이야? 아니겠지. 또 누가 가?"

"우리 가족. 원한다면 너희 가족도. 어쩌면 헤이미치도."

"게일은?"

"모르겠어. 그에겐 다른 계획이 있을 수도 있어."

피타는 고개를 가로저으며 후회하는 듯한 미소를 지어 보였다.

"그렇겠지. 그럼, 캣니스. 갈게."

미약하나마 희망이 찌르르 느껴졌다.

"그럴 거야?

"응. 하지만 내 생각에 넌 절대 못 갈 거야."

내 팔을 잡은 피타의 손을 뿌리쳤다.

"그럼 너는 나를 모르는 거야. 준비하고 있어. 언제 떠날지 몰라."

나는 뒤돌아서 가 버리지만 피타가 한두 걸음 뒤에서 따라온다.

"캣니스."

피타가 부르지만 나는 속도를 늦추지 않는다. 탈출이 좋지 않은 계획이라고 생각한다면, 그 얘기는 듣고 싶지 않다. 내가 해낸 생각은 그것뿐인걸.

"캣니스, 기다려."

나는 길옆에 얼어붙은 더러운 눈덩이를 발로 걷어차고는 피타를 기다린다. 석탄가루는 모든 것을 너무나 추해 보이게 만든다.

"네가 원한다면 나는 정말 갈 거야. 그전에 헤이미치와 의논해 보는 게 나을 것 같아. 우리가 사태를 더 악화시키는 게 아니라는 걸 확인하고 시작하자고."

그러다 피타가 고개를 들고 말한다.

"저건 뭐지?"

나도 턱을 치켜든다. 내 걱정에 깊이 빠져 있어서, 광장에서 들려오는 이상한 소음을 눈치 채지 못하고 있었다. 호루라기 소리, 뭔가 세게 부딪히는 소리, 관중이 숨을 들이쉬는 소리.

"가 보자."

피타는 갑자기 얼굴을 굳히며 말한다. 이유를 모르겠다. 무슨 소리인지 알 수 없고, 어떤 상황인지 짐작도 못하겠다. 하지만 피타는 좋지 않은 상황을 예상하고 있다.

광장에 도착하자 뭔가 사건이 일어나고 있다는 건 알겠지만, 둘러선 관중이 너무 많아서 보이지 않는다. 피타는 과자 가게 벽 옆의 상자에 올라서서 광장을 둘러보며 내 손을 잡고 끌어 올린다. 반쯤 올라갔는데 갑자기 피타가 나를 막는다.

"내려가. 여기서 나가!"

속삭이고 있지만 그의 목소리는 단호하다.

"뭔데?"

나는 올라가려고 애를 쓰며 묻는다.

"집에 가, 캣니스! 나도 금방 너희 집으로 갈게. 맹세해!"

뭔지는 몰라도 끔찍한 일이 일어난 거다. 나는 피타의 손을 뿌리치고 사람들 틈을 뚫고 들어간다. 날 발견한 사람들이 나를 알아보고 공포에 사로잡힌다. 여러 사람이 손으로 나를 밀쳐내고, 경고하는 목소리도 들린다.

"여기서 나가, 얘야."

"더 나빠질 뿐이야."

"대체 뭘 하자는 거야? 그러다 저 앤 죽고 말 거야."

하지만 이미 심장이 너무 빠르고 거칠게 뛰고 있어 사람들의 말은 거의 들리지도 않는다. 내가 아는 것은 이 광장 중앙에서 기다리고 있는 것이 무엇이든, 나 때문에 일어난 일이라는 것뿐. 뻥 뚫린 공간으로 들어섰을 때 내가 옳았다는 걸 깨닫는다. 피타도 옳았다. 내게 말하던 목소리들도 옳았다.

게일의 양 손목이 나무 기둥에 묶여 있다. 기둥 위에는 게일이 오늘 아침에 잡았던 야생 칠면조 목에 못을 박아 걸어두었다. 게일의 재킷은 바닥에 내팽개쳐져 있고, 셔츠는 찢어졌다. 게일은 의식을 잃은 채 무릎을 꿇은 모습이다. 그가 몸을 펴고 있는 것은 오직 손목을 밧줄로 묶어두었기 때문이다. 게일의 등은 피투성이 고깃덩어리로 변해 있다.

게일 뒤에 선 사람은 처음 보는 남자지만, 제복은 알아볼 수 있다. 평화유지군 대장 제복이다. 하지만 이 사람은 친숙한 크레이가 아니다. 날카로운 주름이 잡힌 바지를 입은 키 큰 근육질의 사내다.

그가 채찍을 든 팔을 치켜들 때까지 이 상황이 잘 이해되지 않는다.

8

"안 돼요!"

나는 그렇게 외치며 뛰쳐나간다. 저 팔을 막기엔 이미 늦었고, 내게 팔을 멈추게 할 권력이 없다는 것도 본능적으로 알 수 있다. 그 대신 나는 채찍과 게일 사이에 몸을 내던진다. 산산조각 난 게일의 몸을 최대한 보호해주려고 팔을 뻗쳤기 때문에 채찍을 막아줄 것이 아무 것도 없다. 나는 얼굴 왼쪽에 채찍을 정통으로 얻어맞는다.

그 즉시 눈앞이 아스라해질 정도의 고통이 느껴진다. 깔쭉깔쭉 날카로운 빛줄기가 눈앞을 스치고 나는 무릎을 꿇는다. 한 손으로는 볼을 감싸고, 다른 손으로는 쓰러지지 않도록 땅을 짚는다. 벌써 얼굴이 붓는 것이 느껴진다. 얼굴이 부어올라 눈을 뜰 수가 없다. 내 발 밑의 돌들은 게일의 피로 젖어 있고, 공기 중에는 진한 피 냄새가 감돈다.

"그만해요! 그러다 죽어요!"

내가 외친다.

나를 때린 사람의 얼굴이 눈에 들어온다. 주름이 깊고 입매는 잔인해 보이는 단단한 얼굴이다. 백발을 거의 완전히 밀다시피 짧게 깎고 있고, 눈은 굉장히 검어서 흰자가 없는 것처럼 보인다. 길고 곧은 코는 차가운 공기 때문에 빨개져 있다. 그가 나에게 시선을 고정한 채 강인한 팔을 다시 쳐든다. 내 손은 화살을 찾아 어깨로 날아가지만, 물론 내 무기는 숲 속에 숨겨둔 채다. 나는 다음 채찍을 예상하며 이를 간다.

"멈춰요!"

큰 소리로 누가 외친다. 헤이미치가 나타나더니 바닥에 쓰러진 평화유지군에 걸려 넘어진다. 다리우스다. 그의 이마를 보니 붉은 머리칼 사이로 커다란 보라색 혹이 솟아 있다. 의식은 없지만 숨은 쉬고 있다. 무슨 일이 일어난 거지? 내가 오기 전에 게일을 도우려 했나?

헤이미치는 다리우스를 무시하고 나를 거칠게 일으켜 세운다. 내 턱을 단단히 잡고 들어 보인 그가 말했다.

"아, 훌륭하구만. 다음 주에 웨딩드레스 입고 사진 촬영을 해야 되는데, 내가 얘 스타일리스트에게 뭐라고 말한단 말이오?"

채찍을 든 사람의 눈이 나를 알아보겠다는 듯 빛난다. 추위 때문에 두꺼운 옷을 입고, 화장 안 한 맨얼굴에, 땋은 머리를 코트 밑에 대충 쑤셔 넣은 나를 보고 지난번 헝거 게임의 우승자인 걸 알아보기는 쉽지 않았을 것이다. 얼굴 반쪽이 부어오른 이후에는 더 그랬을 거고. 하지만 헤이미치는 몇 년 째 텔레비전에 등장했고, 잊기 어려운 사람이다. 채찍을 엉덩이 옆에 고정시킨 남자가 말한다.

"저 아이는 자백한 범죄자의 형 집행을 방해했소."

명령하는 듯한 목소리, 특이한 억양, 이 남자의 모든 것이 정체 모를 위협을 암시한다. 어디 출신이지? 11번 구역? 3번? 캐피톨 사람인가?

"애가 법원을 폭파했더라도 나는 상관 안 해! 이 뺨을 봐요! 일주일 뒤에 카메라 앞에 설 수 있겠소?"

헤이미치가 으르렁거린다.

남자의 목소리는 여전히 차갑지만, 조금씩 흔들리는 것이 느껴진다.

"그건 나와 상관없소."

"그래? 이제 곧 상관있어질 텐데, 친구. 지금 난 집에 가면 제일 먼저 캐피톨에 전화를 할 거요. 내 우승자의 예쁜 얼굴을 망쳐 놓을 권리를 누가 당신에게 줬는지 알아낼 거라고!"

"저 자는 밀렵 행위를 했소. 그게 저 여자애와 무슨 상관이오?"

"둘은 사촌이에요. 그리고 이 앤 제 약혼녀고요. 그러니 저 사람을 때리시려거든 저희 둘을 거쳐 가셔야 할 걸요."

피타가 내 다른 쪽 팔을 잡는다. 헤이미치보다 부드러운 손길이다.

어쩌면 우리뿐일지도 모른다. 우리 구역에서 이렇게 버티고 설 수 있는 유일한 사람은 우리 셋일 것이다. 오래 가지는 못하겠지만. 아마 좋지 못한 영향이 곧 나타날 거다. 하지만 지금 이 순간 내가 생각할 수 있는 일은 게일의 목숨을 구하는 것뿐이다. 새 평화유지군 대장이 자기가 대동하고 온 부대원 쪽을 살펴본다. 호브에서 오랫동안 함께 지내던 익숙한 얼굴들임을 보자 안도한다. 표정을 보면 이런 처벌을 즐기지 않고 있음을 알 수 있다.

그리지 세이 아줌마네 단골인 퍼니아라는 여자가 딱딱한 몸짓으로 한 걸음 걸어 나온다.

"초범이 맞아야 하는 횟수는 다 채운 것으로 보입니다. 사형을 내리실 경우 소총수들을 동원하도록 되어 있습니다."

"이 구역 관행이 그런가?"

평화유지군 대장이 묻는다.

"네, 그렇습니다."

퍼니아가 대답하자 다른 병사들도 동조하며 고개를 끄덕인다. 그들 중 규정이 실제로 어떻게 되어 있는지 아는 사람은 분명 없을 것이다. 사실 호브에 야생 칠면조를 들고 나타나는 사람에게는 서로 자기한테 다리 부분을 팔라고 조르는 게 관행이다.

"좋소. 그럼 사촌을 데리고 가도록, 아가씨. 사촌이 정신을 차리거든 전해 주게. 다음번에 캐피톨 소유지에서 밀렵을 하면 내가 직접 소총수들을 동원할 거라고."

평화유지군 대장은 손으로 채찍을 훑어 우리에게 피를 흩뿌리더니, 재빨리 깔끔하게 말아 들고 사라진다.

다른 평화유지군들은 거의 다 어색한 대형으로 그를 따라간다. 일부는 남아서 다리우스의 팔과 다리를 잡고 들어 올린다. 가기 전 퍼니아와 눈이 마주쳐 나는 입 모양으로 "고마워요."라고 말해 준다. 대답은 없지만 이해했으리라 믿는다.

"게일."

게일의 손목을 묶은 매듭을 풀려고 하지만 잘 되지 않는다. 누가 칼을 건네줘서 피타가 밧줄을 자른다. 게일은 땅에 쓰러진다.

"너희 어머니께 데려가는 게 낫겠다."

헤이미치가 말한다.

들것은 없지만 옷을 팔던 좌판의 할머니가 작업대로 쓰던 판자를 우리에게 파셨다.

"어디서 구했는지는 말하면 안 돼."

할머니는 파시던 물건을 재빨리 챙기며 말씀하신다. 연민보다는 두려움이 커져서, 광장은 거의 텅 비었다. 하지만 방금 일어난 일을 보니 그 누구도 비난할 수가 없다.

게일을 판자 위에 배를 아래로 해서 눕히고 났을 때쯤에는 그를 운반할 남은 사람이 단 몇 명뿐이다. 헤이미치, 피타, 그리고 게일과 같은 팀에서 일하는 광부 몇 명이 판자를 들어 올린다.

경계에 있는 우리 집에서 몇 집 떨어진 곳에 사는 리비라는 여자애가 내 팔을 잡는다. 리비의 남동생이 작년에 홍역에 걸렸을 때 우리 엄마가 목숨을 구하셨다.

"나르는 것 도와줄까?"

회색 눈은 겁먹고 있지만 결의는 확고하다.

"아니, 헤이즐한테 가 줄 수 있어? 우리 집으로 오라고 말해줄래?"

"응."

리비가 대답하고는 몸을 돌린다.

"리비! 동생들은 데리고 오지 말라고 해."

"응. 걔들은 내가 데리고 있을게."

"고마워."

나는 게일의 재킷을 집어 들고 서둘러 다른 사람들을 따랐다.

"거기 눈을 좀 대고 있어라."

헤이미치가 어깨 너머로 명령한다. 눈을 한 줌 떠서 내 뺨에 대자 고통이 조금은 무뎌지는 것 같다. 왼쪽 눈에서는 눈물이 줄줄 흘러내린다. 앞서가는 장화 발들을 간신히 따라간다.

걸어가면서 게일의 동료인 브리스텔과 톰이 무슨 일이 있었는지 짜 맞추며 이야기하는 것을 듣는다. 크레이는 야생 칠면조 값을 후하게 쳐주기 때문에 이제까지 게일은 크레이의 집에 백 번은 찾아갔을 것이다. 그런데 오늘은 크레이 대신 새 평화유지군 대장이 게일을 맞은 것이다. 그들 중 누군가는 새 대장의 이름이 로물루스 스레드라고 하는 것을 들은 적이 있다. 크레이가 어떻게 되었는지는 아무도 모른다. 바로 오늘 아침에만 해도 우리 구역 평화유지군 대장 자격을 유지한 채 호브에서 독주를 사고 있었지만, 이제 온데간데없다. 스레드는 즉시 게일을 체포했고, 죽은 칠면조를 손에 든 채 잡힌 이상 게일이 할 수 있는 변명은 많지 않았다. 게일이 곤경에 처했다는 소문은 순식간에 퍼졌다. 게일은 광장으로 끌려와서 범죄 행위를 자백하도록 강요당했고, 그 즉시 채찍으로 얻어맞는 판결을 받았다. 내가 나타났을 때는 최소 마흔 대 이상 맞은 뒤였다. 서른 대쯤에서 정신을 잃었다고 한다.

"칠면조만 가지고 있어서 다행이지. 평소 가지고 다니는 것을 다 들고 있었더라면 훨씬 더 나빴을 거야."

브리스텔이 말한다.

"스레드에게는 경계 주변에서 돌아다니는 것을 발견했다고 얘기했어. 칠면조가 울타리를 넘어와서 막대기로 찔러 죽였다고. 그래도 범죄지. 하지만 숲 속에서 무기를 가지고 있었다는 걸 알았다면 분명히 죽였을 거야."

톰이 말한다.

"다리우스는 어떻게 된 거예요?"

피타가 묻는다.

"스무 대쯤 때렸을 때 끼어들어서 그만하면 됐다고 했지. 그런데 퍼니아처럼 영리하게 공식적으로 하질 않았어. 다리우스가 스레드의 팔을 잡으니 스레드가 채찍 자루로 다리우스 머리를 때린 거야. 그 친구도 앞으로 좋을 것 없지."

브리스텔이 대답한다.

"우리 중 누구에게도 좋을 것은 없어 보이는군."

헤이미치가 말한다.

축축한 눈이 펑펑 내리기 시작해서 앞을 보기가 더 힘들어진다. 나는 다른 사람들을 따라 우리 집으로 가는 진입로를 비틀거리며 걷는다. 눈보다는 귀에 더 의지하고 있다. 문이 열리자 금빛이 눈을 물들였다. 그리고 말없이 사라져 오랫동안 돌아오지 않는 나를 기다리고 있었을 게 분명한 엄마가 우리를 맞이한다.

"대장이 바뀌었소."

헤이미치의 말에 엄마는 다른 설명은 필요 없다는 듯 고개를 한 번 까닥해 보이신다.

엄마가 거미를 잡아 달라고 나를 부르는 여자에서 두려움을 모르는 여성으로 변신하는 모습을 나는 언제나처럼 경외감에 차서 바라본다. 아프거나 죽어가는 사람을 데려오면…… 엄마가 자기가 누구인지 깨닫는 유일한 순간이 이럴 때인 것 같다. 순식간에 긴 식탁을 치운 후 소독한 흰 천을 깔고 게일을 눕힌다. 엄마는 주전자의 물을 대야에 부으며 프림에게 약장에서 이런 저런 약을 가져오라고 시키신다. 말린 약초와 소독약과 약국에서 산 약병들이다. 엄마의 손, 길고 끝으로 갈수록 가늘어지는 손가락이 대야 속으로 이걸 부숴 넣었다가 다시 저걸 몇 방울 떨어뜨리는 것을 지켜본다. 천을 대야 속의 뜨거운 액체에 적시면서 엄마는 프림에게 두 번째 약을 준비하라며 만드는 법을 알려주신다.

그러다 엄마가 내 쪽을 보신다.

"네 눈, 베인 거니?"

"아뇨, 그냥 부어서 뜰 수가 없어요."

"눈을 좀 더 가져다 대렴."

하지만 지금 급한 것은 내가 아니다.

"살릴 수 있어요?"

엄마에게 묻지만 대답이 없다. 엄마는 천을 짠 후 조금 식히기 위해 들고 계신다.

“걱정 마라. 크레이 전에는 채찍질이 많았어. 그때도 너희 어머니께 데려갔지.”

헤이미치가 말한다.

크레이가 오기 전, 채찍을 마음대로 휘두르는 평화유지군 대장이 있던 시절은 기억나지 않는다. 하지만 그 당시 엄마는 지금 내 나이 정도로, 아직 부모님과 함께 약재상에서 일하고 있었을 것이다. 그때부터 엄마는 이미 치유하는 손을 가지고 계셨을 거다.

엄마는 한없이 부드러운 손길로 게일 등의 훼손된 살점을 닦기 시작했다. 나는 뱃속이 울렁거리고, 스스로가 쓸모없다는 기분이 든다. 남아 있던 눈이 내 장갑에서 바닥에 녹은 물이 고인 곳으로 떨어진다. 피타는 나를 의자에 앉히고 새로 담아온 눈을 천에 싸서 대준다.

헤이미치는 브리스텔과 톰을 집에 보내는데, 가기 전에 동전을 몇 개씩 쥐여주는 것이 보인다.

“자네들 팀이 어찌 될지 몰라.”

헤이미치가 말하자 그들은 고개를 끄덕이며 돈을 받는다.

얼굴이 빨개진 헤이즐이 숨이 턱까지 차 오른 채 들어온다. 머리카락에 눈이 묻어 있다. 헤이즐은 말없이 식탁 옆의 의자에 앉아 게일의 손을 쥐고 자기 입술에 댄다. 우리 엄마는 헤이즐이 온 것조차 알아차리지 못한다. 자신과 환자만이 존재하는 특별한 곳으로 들어가 있기 때문이다. 그 안엔 가끔 프림이 들어가는 정도다. 나머지는 기다려야 한다.

엄마의 능숙한 솜씨로도 꽤 오래 걸린다. 상처를 닦고, 조각난 피부 중 살릴 수 있는 부분을 돌보고, 연고를 바른 후 살짝 붕대를 감는 작업이다. 피를 씻어내자 채찍 자국 하나하나가 드러난다. 그 고통이 채찍으로 딱 한 대 맞은 내 얼굴에서 다시 느껴지는 듯하다. 나는 내가 느끼는 아픔을 한 배, 두 배, 사십 배로 곱해 보면서 게일이 의식을 잃었기만을 바란다. 물론 그것도 너무 큰 바람이었다. 붕대를 다 감았을 때쯤에는 게일의 입에서 신음 소리가 새어 나온다. 헤이즐은 게일의 머리를 쓰다듬으며 무언가 속삭이고, 엄마와 프림은 얼마 안 되는 진통제를 뒤진다. 보통은 의사들만 손에 넣을 수 있는 종류다. 구하기 어렵고 비싸고, 늘 부족하다. 엄마는 가장 심한 고통을 위해 진통제를 아껴두시지만, 가장 심한 고통이라는 게 무엇인가? 내게는 눈앞에 있는 고통이 늘 가장 큰 고통이다. 만약 내가 치료를 맡았다면 진통제는 하루 만에 다 사라졌을 것이다. 나는 괴로워하는 사람을 보는 것이 너무 힘들다. 엄마는 죽어가는 사람들이 편히 세상을 뜰 수 있도록 사용하려고 진통제를 아껴두신다.

게일의 의식이 돌아오고 있어서, 엄마와 프림은 약초를 달인 물을 마시게 하기로 한다.

"그거론 안 돼요."

내가 그렇게 말하자 두 사람은 나를 쳐다본다.

"그거로는 안 돼요. 얼마나 아픈지 내가 알아요. 그 정도로는 두통도 안 나을 걸요."

"수면제 시럽이랑 섞을 거란다, 캣니스. 그러면 괜찮을 거야. 약초는 통증 완화보다도 염증을 막기 위해……."

엄마가 차분하게 말씀하신다.

"진통제 줘요! 진통제 먹이라고! 게일이 얼마나 참을 수 있는지, 엄마가 뭔데 안다는 거예요!"

나는 소리를 지른다.

내 목소리를 들은 게일은 움찔거리며 내 쪽으로 손을 뻗으려 한다. 움직이자 새로 피가 흘러 붕대에 번지고 게일의 입에서는 고통스러운 소리가 난다.

"재 데리고 나가요."

엄마가 말한다. 헤이미치와 피타는 엄마에게 욕설을 퍼붓는 나를 들고 방 밖으로 나간다. 두 사람은 남는 침실의 침대에 나를 눕히고 저항을 멈출 때까지 붙잡고 있다.

내가 누워서 흐느끼며 눈물을 조금씩 흘리고 있는 동안 피타는 헤이미치에게 스노우 대통령, 8번 구역의 반란에 대해 속삭여 묻는다.

"캣니스는 우리 모두 도망치자고 하던데요."

헤이미치는 무슨 생각을 하는지 몰라도 대답하지 않는다.

잠시 후 엄마가 들어와 내 얼굴을 치료해 주신다. 치료를 마친 엄마는 내 손을 잡고 팔을 쓰다듬으시고, 헤이미치가 게일에게 무슨 일이 일어났는지 엄마에게 설명해 준다.

"그러면 다시 시작인가요? 예전처럼?"

엄마가 물으신다.

"그래 보입니다. 크레이가 떠난 것을 서운해 하게 될 줄이야 누가 알았겠어요?"

헤이미치가 대답한다.

크레이는 제복을 입었으니 어차피 미움 받았겠지만, 우리 구역에서 증오의 대상이 된 것은 굶주리는 젊은 여자들을 자기 침대로 끌어들이는 버릇 때문이었다. 정말 힘든 시기에는 해질녘이 되면 가장 가난한 여자들이 크레이 집 문간에서 몸을 팔아, 몇 푼을 벌어 가족들을 먹여 살릴 기회를 두고 경쟁하곤 했다. 아빠가 돌아가셨을 때 내가 나이가 더 많았다면 나도 그 틈에 끼었을 수도 있다. 대신 나는 사냥을 익혔다.

다시 시작이라는 엄마 말씀이 정확히 무슨 뜻인지는 모르겠지만, 화가 많이 나고 마음이 아파서 물어 보지는 못하겠다. 하지만 더 나쁜 시대가 돌아온다는 생각은 이해했기 때문에, 초인종이 울리자 나는 침대를 박차고 일어선다. 이 늦은 밤에 대체 누구지? 답은 한 가지뿐이다. 평화유지군.

“게일은 못 데려가.”
내가 말한다.
“너를 잡으러 온 걸 수도 있지.”
헤이미치가 일러준다.
“아니면 아저씨요.”
“내 집이 아니잖니. 하지만 내가 나가 보마.”
헤이미치가 지적한다.
“아뇨, 제가 나갈게요.”
엄마가 조용히 말씀하신다.
초인종은 계속 울리고, 우리 셋은 엄마를 앞세우고서 다 같이 복도를 걸어간다. 문을 열자 한 무리의 평화유지군 대신 눈을 잔뜩 덮어쓴 사람 한 명이 서 있다. 매지다. 매지는 작고 눅눅해진 마분지 상자 하나를 내게 건넨다.
“네 친구에게 이걸 써. 엄마 거야. 가져가도 된다고 하셨어. 부디 이걸 써 줘.”
뚜껑을 열어보니 투명한 물약이 든 약병 여섯 개가 들어있다.
매지는 말릴 새도 없이 다시 눈보라 속으로 달려간다.
“제정신이 아니로군.”
엄마를 따라 부엌으로 가며 헤이미치가 중얼거린다.
엄마가 게일에게 뭘 주셨는지는 몰라도, 내 말대로 약효가 부족했다. 이를 가는 게일의 몸은 땀에 젖어 반들거린다. 엄마는 약병 하나를 꺼내 투명한 물약으로 주사기를 채우고 게일의 팔에 놓는다. 주사를 놓자 게일의 얼굴은 곧 편해진다.
“그게 뭐예요?”
피타가 묻는다.

“캐피톨에서 만든 모플링이라는 거야(모플링Morphling은 저자가 모르핀 Morphine의 철자를 변형시켜 만든 가상의 약물: 옮긴이).”

엄마가 대답하신다.

“저는 매지가 게일을 아는지조차 몰랐어요.”

피타가 말한다.

“우린 매지한테 딸기를 많이 팔았어.”

나는 거의 화난 듯이 말한다. 그런데 내가 왜 화를 내고 있지? 매지가 약을 가져다 준 게 화나는 건 물론 아니다.

“딸기를 꽤나 좋아하는가 보군.”

헤이미치가 말한다. 내가 거슬리는 부분이 그거다. 게일과 매지 사이에 뭔가가 있을지도 모른다는 암시. 마음에 들지 않는다.

“저 앤 내 친구야.”

나는 그냥 이렇게만 말해 둔다.

게일이 진통제를 맞고 잠이 들자 다들 한숨 돌린다. 프림은 모두에게 스튜와 빵을 준다. 헤이즐에게 방을 하나 내주겠다고 했지만 아이들을 돌보러 돌아가야 한다고 한다. 헤이미치와 피타는 둘 다 남아있을 용의가 있지만 엄마는 두 사람을 집에서 자라고 돌려보낸다. 나에겐 자라고 해도 소용없을 거라는 걸 아시기 때문에, 내가 게일을 돌보도록 남겨두고 엄마는 프림과 함께 쉬러 가신다.

부엌에 게일과 단둘이 남아, 게일의 손을 잡고 헤이즐이 앉았던 의자에 앉는다. 잠시 후 내 손가락은 게일의 얼굴을 만진다. 전에는 만져 볼 이유가 없었던 곳들을 만져본다. 숱이 많고 색이 짙은 눈썹, 곡선 모양의 뺨, 콧잔등, 목 뒤의 오목한 부분. 턱에 조금 자라난 까칠한 수염을 쓸어보고 마침내 입술로 간다. 부드럽고 도톰하고, 살짝 튼 입술. 게일의 숨결이 차갑게 식은 내 피부를 따뜻하게 해 준다.

사람은 누구나 잘 때면 어려 보이는 걸까? 지금 게일의 모습은 몇 년 전 내가 숲에서 처음 만났을 때의 모습이라고 해도 믿을 것 같다. 그때 게일은 내가 자기 덫에서 사냥감을 훔치는 게 아니냐고 의심했었다. 둘 다 아버지가 없고 겁에 질려 있던 한심한 한 쌍이었다. 하지만 한편으로 우리에겐 가족을 먹여 살리겠다는 굳은 의지가 있었다. 절박했지만 그날 이후로 우리에겐 서로가 있었기 때문에 더 이상 혼자가 아니었다. 우리가 숲에서 보냈던 수많은 순간들을 생각해 본다. 낚시하며 느긋이 보내던 오후, 게일에게 수영을 가르쳐 준 날, 내가 무릎을 삐어서 게일이 집까지 데려다 준 날. 우리는 서로 상대에게 의지하며, 서로 뒤를 봐주고, 서로 용감해지라고 격려했다.

처음으로 우리 입장을 바꾸어서 생각해 본다. 게일이 로리를 구하려고 추첨 날 자원하고, 게일이 내 인생에서 뜯겨 나가고, 살아남기 위해 처음 보는 여자애의 애인이 되고, 그 여자애와 함께 돌아오는 모습을 지켜본다고 상상해 본다. 돌아와서 그 여자애의 옆집에 살고. 그 여자애와 결혼을 약속하고.

게일과 그 상상 속의 여자애, 그리고 세상 모든 것을 향한 증오심이 너무나 생생하고 직접적이어서 숨이 막힌다. 게일은 내 거야. 난 게일 거고. 그 외에 다른 경우는 생각조차 할 수 없다. 왜 나는 게일이 죽기 직전까지 채찍질을 당하고 나서야 그걸 깨달은 걸까?

왜냐하면 나는 이기적이니까. 나는 겁쟁이니까. 내가 도움이 될 수 있다는 걸 알면서도 혼자만 살겠다고 도망치며, 따라올 수 없는 사람들은 괴로워하다 죽게 내버려 두는 그런 애니까. 오늘 게일이 숲에서 만난 것은 그런 사람이었다.

내게 게임에서 우승한 것도 놀랄 일이 아니다. 멀쩡한 사람이 우승하는 걸 본 적이 없다.

'그래도 피타는 구했잖아.' 이런 생각도 살짝 든다.

하지만 지금은 그것마저 의심스럽다. 나는 그때 내가 그를 죽게 내버려두면 12번 구역에 돌아온 후에 살아갈 수 없을 거라는 걸 잘 알고 있었다.

나는 스스로를 향한 증오에 압도당해 식탁 가장자리에 머리를 기댄다. 경기장에서 죽어버릴 걸 그랬어. 스노우 대통령은 내가 딸기를 꺼냈을 때 세네카 크레인이 날려 버렸어야 했다고 했지. 정말 그랬더라면 좋았을 텐데.

딸기. '내가 누구인가' 라는 질문의 답이 그 독과일 한 줌에 달려 있다는 것을 깨닫는다. 내가 피타 없이 혼자 돌아오면 사람들이 나를 피할 거라는 것을 알았기 때문에 피타를 구하려고 딸기를 꺼낸 거라면, 나는 비열한 사람이다. 내가 피타를 사랑해서 딸기를 꺼냈다면 나는 여전히 자기중심적이지만 용서는 받을 수 있는 사람이다. 하지만 내가 만약 캐피톨에게 저항하기 위해 딸기를 꺼냈다면, 나는 가치 있는 사람이다. 문제는 내가 그때 무슨 생각을 하고 있었는지 정확히 모르겠다는 점이다.

구역 사람들이 옳을 수도 있을까? 그게 무의식적이었다곤 해도 반항적인 행동이었다는 생각이. 왜냐하면 마음속 깊은 곳에서는 나 역시 도망쳐서 나 자신, 아니면 내 가족이나 내 친구의 목숨을 구하는 것으로는 부족하다는 것을 알고 있었을 테니까. 설령 내가 정말 도망갈 수 있다 해도 말이다. 그렇게 해서는 아무 것도 고칠 수가 없다. 게일이 오늘 다친 것처럼 사람들이 다치는 일을 멈출 수 없다.

12번 구역의 삶은 경기장에서의 삶과 사실 그렇게 다르지 않다. 언젠가는 달리기를 멈추고 나를 죽이려는 사람을 마주 대해야 한다. 어려운 것은 그럴 용기를 찾는 일이다. 게일에게는 그렇게 어렵지 않았다. 게일은 타고난 반항아다. 나는 탈출 계획을 짜는 사람이고.

"정말 미안해."

나는 그렇게 속삭이고 앞으로 몸을 내밀어 입을 맞춘다. 게일의 눈꺼풀이 떨리더니 마취제 때문에 몽롱해진 눈으로 나를 바라본다.

"안녕, 캣닙."

"안녕, 게일."

"지금쯤 갔을 줄 알았는데."

내가 고를 수 있는 선택지는 단순하다. 나는 숲 속에서 사냥감처럼 죽거나, 아니면 여기 게일 옆에서 죽을 수 있다.

"난 아무 데도 안 갈 거야. 난 여기 머무르면서 온갖 말썽을 다 일으킬 거야."

"나도."

게일이 말한다. 게일은 약 기운에 다시 잠들기 전에 겨우 미소를 한 번 지어 보인다.

9

누가 내 어깨를 흔들어서 몸을 일으킨다. 나는 식탁에 엎드린 채 잠들어 있었다. 식탁보가 내 오른뺨에 자국을 남겼다. 스레드에게 채찍으로 얻어맞은 반대편 뺨이 고통스럽게 욱신거린다. 게일은 세상모르고 잠들어 있지만 손가락으로 내 손을 감싸 쥐고 있다. 갓 구운 빵 냄새가 나서 뻣뻣한 목을 돌려 보니 피타가 굉장히 슬픈 표정으로 내려다보고 있다. 피타가 한동안 우리를 지켜보고 있었다는 느낌이 든다.

"일어나서 침대로 가, 캣니스. 내가 돌볼게."

"피타, 어제 했던 얘기 있잖아, 도망치자던 거……."

"알아. 설명 안 해도 돼."

눈이 내린 아침의 창백한 햇살을 받고 있는 빵 덩어리 몇 개가 보인다. 피타의 눈 아래에는 푸르스름한 그늘이 져있다. 잠은 좀 잤는지 모르겠다. 오래 자지는 못했을 것이다. 어제 나와 같이 도망가겠다고 한 것, 게일을 지키기 위해 내 옆에 선 것, 그는 나를 따라 자신의 모든 것을 던지겠다고 했는데 내가 돌려준 것은 너무나 적었다는 것을 생각해 본다. 내가 무슨 일을 하든, 누군가는 상처를 받는다.

"피타……."

"그냥 가서 자, 응?"

나는 몽롱한 채 계단을 올라 이불 속으로 기어들어가서는 바로 잠든다. 그러다 언제쯤인가 2번 구역에서 온 여자애 클로브가 내 꿈에 등장한다. 클로브는 나를 뒤쫓고 내 위에 올라타 내 얼굴을 베려고 칼을 꺼낸다. 칼이 내 뺨 깊이 박혀 큰 상처가 난다. 그러더니 클로브는 변신하기 시작한다. 얼굴이 길어져 코가 앞으로 쑥 나오고, 짙은 털이 피부에서 돋아나고, 손톱이 길게 자라나지만 눈은 변하지 않는다. 클로브는 경기장에서 보냈던 마지막 날 밤 우리를 괴롭혔던 자기를 닮은 머테이션으로 변신한다. 머리를 뒤로 젖히고 길고 오싹한 소리로 울부짖자 근처에 있는 다른 머테이션들이 응답한다. 클로브는 내 상처에서 흐르는 피를 핥는데, 한 번 핥을 때마다 고통이 얼굴 전체로 퍼진다. 나는 목이 졸린 듯 소리 지르며 잠에서 깨고, 땀을 흘리는 동시에 부들부들 떤다. 다친 뺨을 감싼 채 이 상처는 클로브가 아니라 스레드가 만든 것임을 되새긴다. 피타가 옆에서 안아주면 좋겠다고 생각하다가 이제는 더 이상 그걸 바라서는 안 된다는 것을 기억한다. 나는 게일과 반군을 선택했고, 피타와 함께 하는 미래는 내가 아니라 캐피톨이 설계한 것이다.

눈 주위의 붓기가 조금 가라앉아서 이제 눈을 약간 뜰 수 있다. 커튼을 젖히고 눈보라가 엄청난 폭설로 변한 것을 본다. 온 세상이 하얗고, 거친 바람 소리는 머테이션 소리와 놀랄 정도로 비슷하다.

거친 바람과 마구 흩날리는 폭설이 반갑다. 평화유지군이라고 불리는 진짜 늑대들이 이 폭설 때문에 우리 집에 못 올 수도 있으니까. 생각할 시간이 며칠 더 있다. 계획을 짜야 한다. 게일과 피타와 헤이미치가 모두 옆에 있다. 이 폭설은 선물이다.

하지만 새로운 인생을 마주하러 아래층으로 내려가기 전에 잠시 이게 무슨 의미인지 생각해 볼 시간을 갖는다. 캐피톨이 우리를 뒤쫓을 가능성이 큰 가운데, 사랑하는 사람들을 데리고 한겨울에 야생으로 도망갈 준비를 했던 것이 채 24시간도 지나지 않았다. 좋게 생각해도 위험천만한 선택이었다. 그러나 이제 나는 그보다 더 위험한 선택을 했다. 캐피톨과 맞서 싸운다면 즉시 보복당할 것이다. 언제든 체포될 수 있다는 것을 받아들여야 한다. 어젯밤처럼 초인종이 울리고 평화유지군 한 부대가 와서 나를 잡아갈 것이다. 고문을 당할 수도 있다. 신체를 절단당할지도 모른다. 빨리 죽을 수 있을 만큼 운이 좋다면 광장에서 머리에 총을 맞겠지. 캐피톨은 사람을 죽이는 데는 끝없는 창의성을 발휘한다. 이런 일들을 상상해 보자 겁이 나지만, 곧 현실을 똑바로 바라보게 되었다. 그들은 어차피 내 머릿속을 돌아다니고 있다. 나는 게임에 조공인으로 참가했다. 대통령에게 협박을 받았다. 얼굴에 채찍을 맞았다. 나는 이미 표적이다.

그 다음이 어렵다. 내 가족과 친구들이 이 운명을 함께 해야 한다는 것도 직시해야 한다. 프림. 프림 생각만 하면 내 모든 결심이 무너진다. 프림을 보호하는 것은 내 운명이다. 나는 담요를 머리 위로 끌어올린다. 호흡이 너무 빨라서 산소를 다 마셔 버리고는 헉헉거린다. 캐피톨이 프림을 다치게 할 수는 없어.

그 순간 깨닫는다. 그들은 이미 프림을 다치게 했다. 그들은 프림의 아빠를 그 끔찍한 탄광에서 죽였다. 그들은 프림이 굶어 죽어가는 것을 수수방관했다. 그들은 프림을 조공인으로 선택한 다음, 자기 언니가 게임에서 죽어라 싸우는 것을 지켜보게 했다. 프림은 내가 열두 살 때보다 훨씬 더 심하게 상처받았다. 그리고 루의 인생과 비교해 보면 그것마저 시시해 보인다.

나는 담요를 치워 버리고 창틀로 새어 들어오는 찬 공기를 마신다.

프림……. 루……. 내가 싸워야 하는 이유는 바로 그 애들이 아닐까? 그들이 당한 일이 너무나 잘못됐고, 도저히 정당화할 수 없는 일이기 때문에. 너무나 사악하기 때문에. 다른 선택이라곤 없는 게 아닐까. 그 애들이 당한 일을 저지를 권리가 있는 사람이 어떻게 있을 수 있겠어?

그래. 공포가 나를 삼켜 버리겠다고 위협할 때 내가 떠올려야 할 일은 이것이다. 내가 무엇을 하든, 우리 중 누가 무엇을 견뎌야 하든, 그건 그 애들을 위해서다. 루를 돕기에는 너무 늦어버렸지만, 11번 구역의 광장에서 나를 올려다보던 다섯 명의 작은 얼굴을 위해서는 아직 늦지 않았을지도 모른다. 로리와 빅과 포시에게는 아직 늦지 않았다. 프림에게는 아직 늦지 않았다.

게일 말이 옳다. 사람들에게 용기가 있다면 이건 기회가 될 수 있다. 내가 행동을 시작한 이상, 내가 할 수 있는 일이 많다는 말도 맞다. 뭘 해야 할지는 아직 잘 모르겠다. 하지만 도망가지 않기로 결정한 것은 중요한 첫 걸음이다.

샤워를 하면서 내 머릿속에 떠오르는 생각은 야생에서 필요할 물건 목록을 만드는 게 아니고 8번 구역에서는 어떻게 반란을 조직했을까 하는 것이다. 정말 많은 사람이 모여 캐피톨에 대한 저항을 명백히 표현하고 있었다. 미리 계획된 것일까, 아니면 오랜 세월에 걸친 증오와 분노가 그냥 폭발한 것일까? 우리는 여기서 어떻게 할 수 있을까? 12번 구역 사람들이 동참할까, 아니면 집 문을 걸어 잠글까? 어제 게일이 태형을 받고 나서 광장은 순식간에 비어버렸다. 하지만 그건 모두 무력감에 사로잡혀 무얼 해야 할지 몰랐기 때문이 아닐까? 우리에겐 방향을 제시하고 그것이 가능하다고 확신시켜 줄 사람이 필요하다. 내가 그런 사람인 것 같지는 않다. 내가 반란의 기폭제가 되었을지는 몰라도, 지도자는 확신이 있는 사람이어야 할 텐데 나는 이제 겨우 전향한 사람이다. 수그러들지 않는 용기를 지닌 사람이어야 할 텐데 나는 스스로 용기를 갖는 것조차 힘들다. 뚜렷하고 설득력 있는 언변이 필요한데 나는 걸핏하면 말문이 막힌다.

언변. 언변을 생각하자 피타가 떠오른다. 사람들은 피타의 말이라면 뭐든 믿는다. 피타가 마음만 먹는다면 군중을 행동하게 할 수 있으리라. 해야 할 말을 찾을 수 있을 것이다. 하지만 분명 그런 생각은 해본 적도 없을 것이다.

아래층에 내려가니 엄마와 프림은 말없는 게일을 돌보고 있다. 표정을 보니 약 기운이 떨어진 모양이다. 한 번 더 싸울 준비를 하지만 목소리를 차분하게 하려 애쓴다.

"주사 한 번 더 놔 주시면 안 돼요?"

"필요하면 놓을 거야. 먼저 눈 찜질을 한번 해볼 생각이야."

엄마는 붕대를 벗겨 놓으셨다. 등에서 열기가 솟아오르는 것이 눈으로도 보인다. 엄마는 게일의 벌건 피부에 깨끗한 천을 덮고 프림에게 고개를 끄덕이신다.

프림이 눈이 가득 담긴 큰 대접을 들고 다가온다. 눈은 옅은 녹색이고 달콤하고 깨끗한 향이 난다. 프림은 조심스레 눈을 떠서 천 위에 얹는다. 약을 섞은 눈이 게일의 상처 입은 피부에 닿자 지글거리는 소리가 들리는 것 같다. 게일은 당황한 듯 눈을 뜨고 끔벅거리더니 안도하는 신음 소리를 낸다.

"눈이 있어서 다행이야."

엄마가 말씀하신다.

타는 것 같은 열기와 미지근한 수돗물밖에 없는 한여름에 채찍을 맞고 치료 받으면 어떨까 생각해 본다.

"더울 때는 어떻게 하세요?"

엄마가 얼굴을 찡그리셔서 눈썹 사이에 주름이 진다.

"파리를 쫓지."

생각만 해도 위장이 뒤틀린다. 엄마가 손수건에 약을 섞은 눈을 담아주셔서 볼의 상처에 대자 즉시 고통이 사라진다. 차가운 눈 덕분이지만 엄마가 여러 가지 약초를 섞어 우린 물도 효과가 있다.

"아, 정말 좋네요. 게일한테 어젯밤에 이걸 주지 그러셨어요?"

"먼저 상처를 가라앉혀야 했어."

그게 무슨 뜻인지 잘 모르겠지만, 효과만 있다면 내가 뭔데 엄마한테 따지겠는가? 엄마는 자기가 하는 일을 잘 알고 계시다. 어제 일에 대한 후회가 찡하게 느껴진다. 피타와 헤이미치가 부엌 밖으로 나를 끌고 나갈 때 나는 엄마한테 소리를 지르며 못된 말을 많이 했었다.

"죄송해요. 어제 소리 지른 거요."

"더한 말도 들어 봤다. 자기가 사랑하는 사람이 고통 받고 있을 때 사람들이 어떤지 너도 봤잖니."

자기가 사랑하는 사람. 그 말을 듣자 혀가 눈 찜질을 하는 것처럼 얼어붙는다. 물론 나는 게일을 사랑한다. 하지만 엄마가 말씀하신 사랑은 어떤 사랑일까? 내가 게일을 사랑한다고 할 때, 그건 무슨 사랑을 말하는 거지? 나도 모르겠다. 나는 어젯밤 감정이 한껏 고조되었을 때 게일에게 키스했다. 하지만 게일은 분명 기억 못할 것이다. 기억할까? 못했으면 좋겠다. 기억한다면 일이 더 복잡해질 거고, 반란을 선동해야 하는데 키스 생각이나 하고 있을 수는 없다. 나는 머리를 맑게 하려고 고개를 흔든다.

"피타는 어디 있어요?"

"네가 일어나는 소리가 들릴 때쯤 집에 갔어. 폭설이 오는데 집을 버려 두고 싶지 않다더라."

"잘 돌아갔어요?"

폭설 속에서는 몇 미터 만에 길을 잃고 헤매게 될 수도 있다.

"전화해 보지 그러니?"

나는 스노우 대통령과의 만남 이후 피해왔던 서재로 가서 피타의 집으로 전화를 건다. 몇 번 울리더니 피타가 받는다.

"안녕, 그냥 잘 돌아갔는지 확인하려고."

"캣니스, 우리 집은 너희 집 옆, 옆, 옆집이거든."

"그건 알지만 날씨가 이렇고 해서."

"잘 들어왔어. 전화해 줘서 고마워."

그러고서 한동안 말이 없던 피타가 이렇게 묻는다.

"게일은 어때?"

"괜찮아. 엄마랑 프림이 눈 찜질 해 주고 있어."

"네 얼굴은?"

"나도 하고 있고. 오늘 헤이미치 만났어?"

"가 봤어. 취해서 뻗었던데. 벽난로에 불 지피고 빵 좀 놔 두고 왔어."

"너랑…… 헤이미치랑 같이 이야기하고 싶었는데."

이 전화는 도청당할 것이 분명하니 더 이상 말할 용기는 나지 않는다.

"아마 날씨가 좀 가라앉을 때까지 기다려야 할 거야. 어차피 그 전에는 별일도 없을 테고."

"응, 그렇겠지."

폭설은 이틀이 지나서야 그치고, 눈이 내 키보다 높이 쌓였다. 우승자 마을에서 광장까지 가는 길은 그 다음 날에나 뚫린다. 그동안 나는 게일을 간호하는 것을 돕고, 내 얼굴에 눈 찜질을 하고, 혹시 도움이 될까 봐 8번 구역의 반란에 대해 기억나는 모든 것을 되새긴다. 얼굴의 붓기는 빠졌지만 상처가 무척 가렵고 눈가에는 멍이 시꺼멓게 들었다. 하지만 기회가 나자마자 피타에게 전화를 걸어 같이 시내로 가지 않겠느냐고 묻는다.

헤이미치를 흔들어 깨워 데리고 간다. 헤이미치는 투덜거리지만 평소만큼은 아니다. 일어났던 일에 대해 의논해야 한다는 것은 우리 모두 알고 있고, 의논을 위한 장소로 우승자 마을에 있는 우리들의 집만큼 위험한 곳은 없다. 우리는 우승자 마을에서 한참 멀어진 다음에야 입을 연다. 그동안 나는 제설 작업이 된 좁은 길 양 옆에 쌓인 3미터 높이의 눈더미가 혹시 무너지지는 않을까 살펴본다.

마침내 헤이미치가 침묵을 깬다.

"그래서 우리는 미지의 세계로 떠나는 거냐?"

그는 나에게 묻고 있는 것이다.

"아뇨. 이젠 아니에요."

"계획의 약점들을 보완한 거냐, 예쁜아? 새로운 생각이라도 있어?"

"나는 반란을 일으키고 싶어요."

헤이미치는 그냥 웃는다. 나쁜 뜻의 웃음조차 아니라는 게 더 거슬린다. 내 말을 진지하게 받아들이지 않는다는 것을 알 수 있다.

"흠. 나는 한잔 하고 싶다. 그래도 반란이 어떻게 되어 가는지는 알려다오."

"그럼 아저씨 계획은 뭔데요?"

내가 내뱉는다.

"내 계획은 네 결혼식 준비를 완벽하게 하는 거지. 전화해서 자세한 얘기는 빼고 촬영 일정을 다시 잡았다."

"전화도 없잖아요."

"에피가 고쳤어. 에피가 너를 보내도 괜찮겠느냐고 나한테 물어 봤던 거 알고 있냐? 나는 빠를수록 좋다고 했다."

"헤이미치."

내 목소리가 애원조로 되어 감을 느낀다.

"캣니스. 안될 거다."

헤이미치가 내 말투를 흉내 내어 답했다.

삽을 든 사내들이 우승자 마을 쪽을 향하며 지나쳐 가서 우리는 입을 닫는다. 저 사람들은 3미터짜리 눈 벽을 어떻게 할 수 있을지도 모른다. 그 사람들에게 우리 대화가 들리지 않을 만큼 멀어졌을 때는 광장에 너무 가까이 왔다. 우리는 광장에 들어서다가 동시에 걸음을 멈춘다.

'폭설 중에는 별일 없을 거야.' 피타와 나는 그렇게 생각했다. 그러나 완전히 틀린 생각이었다. 광장은 변해 있었다. 판엠의 문장이 찍힌 거대한 현수막이 법원 건물 옥상에 걸려 있다. 깨끗이 눈을 치운 자갈길 위로 순백의 제복을 입은 평화유지군이 행진한다. 건물 옥상에 기관총을 설치해 놓고 평화유지군이 앉아 있다. 그중 가장 불안하게 하는 것은 광장 한가운데에 새로 만든 일련의 설치물들이다. 정식으로 만든 채찍질 대, 울타리 몇 개, 교수대.

"스레드는 일 처리가 빠르군."

헤이미치가 말한다.

광장에서 몇 골목 떨어진 곳에서 화염이 솟아오르는 것이 보인다. 우리 중 누구도 뭐라 말할 필요가 없다. 호브가 연기를 내뿜고 있다. 나는 그리지 세이, 리퍼, 그 곳에서 삶을 꾸리는 내 모든 친구들을 생각한다.

"헤이미치, 사람들이 설마 아직 저 안에 있……."

끝까지 말할 수가 없다.

"아니, 그보다는 영리한 사람들이야. 너도 저기를 더 오래 드나들었다면 그렇게 되었을 거다. 음, 약재상에 가서 소독용 알코올이 얼마나 남았나 봐야겠는데."

헤이미치는 광장을 가로질러 터덜터덜 걸어가고 나는 피타를 바라본다.

"뭐에 쓰려고 그러지?"

그렇게 말한 순간 나는 이유를 깨닫는다.

"그걸 마시게 할 순 없어. 그걸 마시면 죽거나, 최소한 실명할 거야. 나 집에 독주 사 놓은 게 좀 있어."

"나도. 그거면 리퍼가 다시 장사 시작할 때까지 버틸 수 있을지도 모르겠다. 가족들한테 물어 봐야겠어."

"나는 헤이즐에게 가 봐야겠어."

걱정이 된다. 눈이 그치는 즉시 우리 집에 찾아 올 거라고 생각했는데 아직까지 소식이 없다.

"나도 갈래. 집에 가는 길에 빵집에 들르자."

"고마워."

갑자기 내가 무엇을 발견하게 될지 몹시 무서워졌다.

거리에는 사람이 거의 없는데, 사람들이 탄광에 가고 아이들이 학교에 갔다면 이 시간에 거리가 텅 빈 건 이상한 일이 아닐 것이다. 하지만 탄광에 간 것도 학교에 간 것도 아니다. 문간에 서서 문틈으로 우리를 바라보는 얼굴들이 보인다.

'반란이라니. 나는 정말 바보였어.' 속으로 생각한다. 그 계획에는 게일과 내가 보지 못했던 약점이 내재해 있었다. 반란을 일으키려면 법을 어겨야 하고, 권력을 꺾어야 한다. 우리와 우리 가족은 평생 그런 일을 했다. 밀렵을 하고, 암시장에서 거래하고, 숲 속에서 캐피톨을 조롱했다. 하지만 12번 구역 사람들 대부분은 호브에 물건을 사러 가는 것조차 꺼렸다. 그런 사람들이 벽돌과 횃불을 들고 광장에 모이기를 기대했다고? 사람들은 피타와 내 모습만 보여도 아이들을 창가에 오지 못하게 하고 커튼을 친다.

헤이즐은 집에서 몹시 앓고 있는 포시를 간호하고 있다. 홍역 반점이 보인다.

"이 애를 두고 갈 수가 없어서 말이지. 게일은 믿을 만한 곳에 있으니까."

헤이즐이 말한다.

"물론이죠. 많이 나았어요. 엄마 말씀이 몇 주 지나면 탄광 일도 할 수 있을 거래요."

"어차피 그때까지 안 열지도 모르지. 다시 공지할 때까지 폐쇄라던데."

헤이즐은 텅 빈 빨래통을 불안한 듯 쳐다본다.

"아줌마도 폐업하셨어요?"

내가 묻는다.

"그런 건 아냐. 하지만 다들 겁이 나서 내게 일을 안 주네."

"눈 때문일 수도 있죠."

피타가 말한다.

"아니야. 로리가 오늘 아침에 한 바퀴 돌고 왔어. 다들 빨랫감이 없다고 하더라."

로리가 헤이즐을 껴안는다.

"괜찮을 거예요."

나는 주머니에서 돈을 한 줌 꺼내 식탁 위에 얹는다.

"엄마가 포시 약을 보내실 거예요."

밖으로 나오자 나는 피타를 바라본다.

"너 먼저 가. 나는 호브에 가보고 싶어."

"같이 갈게."

"아냐, 너한테 고생을 너무 많이 시켰어."

"근데 호브 한 번 안 간다고…… 뭐 내 사정이 나아져?"

피타는 미소 지으며 내 손을 잡는다. 우리는 함께 경계의 거리를 활보해 불타는 건물로 간다. 평화유지군을 배치해 두지도 않았다. 그들은 불을 끄려고 나서는 사람이 없을 거라는 걸 알고 있었다.

불꽃에서 오는 열기가 주위의 눈을 녹여 검은 물이 내 구두 위를 흐른다.

"옛날부터 있던 석탄 먼지 때문이야."

건물의 갈라진 틈새마다 석탄 먼지가 차 있었다. 바닥에도 스며들어 있다. 진즉에 불이 나지 않은 게 신기했다.

"그리지 세이 아줌마가 괜찮으신가 알아보고 싶어."

"오늘은 안 돼, 캣니스. 우리가 들르는 게 그 사람들한테 좋은 일이 아닐 것 같아."

우리는 광장으로 돌아간다. 나는 피타의 아버지가 파시는 케이크를 조금 사고, 피타는 아버지와 날씨에 대한 잡담을 주고받는다. 문에서 불과 몇 미터 떨어진 곳에 설치된 추악한 고문 도구에 대해서는 아무도 언급하지 않는다. 광장을 떠나며 내가 마지막으로 눈치 채는 것은 내가 얼굴을 아는 평화유지군이 단 한 명도 없다는 사실이다.

하루하루 지남에 따라 사태는 점점 악화된다. 탄광은 2주간 폐쇄되고, 그 기간 동안 12번 구역의 절반은 굶주린다. 배급표를 받기 위해 이름을 적어 넣는 아이들의 수가 치솟지만 곡식을 받지 못하는 경우가 많다. 식량 부족 사태가 시작되고, 돈이 있는 사람들조차 가게를 빈손으로 나서는 경우가 많다. 탄광이 다시 열렸을 때 임금은 줄어들었고 노동 시간은 더 길어졌으며, 광부들은 척 보기에도 위험한 갱도에 투입되었다. 간절히 기다리던 선물 날의 음식은 썩고 쥐에 더럽혀진 채 도착한다. 너무나 오랫동안 묵과되어서 불법인 줄도 몰랐던 일을 저지른 사람들이 끌려와 벌을 받아서, 광장에 설치된 고문 도구들이 쓰이는 일이 많다.

게일은 반란에 대한 이야기를 더 나누지 않고 집으로 돌아간다. 하지만 게일의 눈에 보이는 모든 것이 맞서 싸우려는 의지를 더 키울 거라는 생각을 하지 않을 수 없다. 탄광에서의 힘든 노동, 광장에서 고문 받아 죽은 시체, 게일 가족의 얼굴에 떠오른 허기. 로리는 배급표를 받으려고 이름표를 넣었고 게일은 그 일에 대해 차마 입에조차 담지 못했다. 하지만 식량 수급이 불안정하고 값은 계속 올라서, 그렇게 했는데도 먹을 것이 부족하다.

유일하게 잘된 일은 헤이미치를 설득해서 헤이즐을 가정부로 고용하게 한 것이다. 그래서 헤이즐에겐 추가 수입이 생겼고 헤이미치의 생활은 훨씬 나아졌다. 헤이미치의 집에 갔는데 집이 깨끗하고, 난로 위에 따뜻한 음식이 있으니 기분이 묘하다. 헤이미치는 전혀 다른 싸움을 하고 있기 때문에 집이 변한 것도 잘 알아보지 못한다. 피타와 나는 우리가 가진 얼마 안 되는 투명한 독주의 양을 조절하려고 했지만 거의 떨어졌고, 지난번에 리퍼를 봤을 때는 차꼬(죄인을 가두는 기구. 두 개의 기다란 나무토막을 맞대어 그 사이에 구멍을 파서 두 발목을 넣고 자물쇠를 채우게 되어 있다: 편집자)를 차고 있었다.

거리를 걸으면 왕따가 된 기분이다. 사람들은 공공장소에서 나를 피한다. 하지만 집에는 늘 사람이 넘친다. 치료비를 받지 않은지 오래인 엄마를 찾아 온 아프고 다친 사람들이 끊이지 않고 우리 집 부엌을 메운다. 하지만 약이 거의 떨어져, 곧 약이라곤 눈밖에 남지 않을 것이다.

숲은 물론 금지다. 꿈도 못 꾼다. 말할 것도 없다. 게일조차 지금은 숲에 갈 엄두를 내지 않는다. 하지만 어느 날 아침 나는 숲으로 간다. 아프고 죽어가는 사람들, 등에서 피를 흘리는 사람들, 수척한 어린이들이 우리 집을 가득 메워서도 아니고, 행진하는 군화 발 때문도 아니고, 어디에나 비참함이 가득해서도 아니다. '스노우 대통령이 직접 보고 좋다고 했다'는 에피의 메모와 함께 어느 날 밤 도착한 웨딩드레스들이 든 상자 때문이다.

결혼식. 대통령은 정말로 치를 생각인가? 그 뒤틀린 뇌는 결혼식으로 뭘 얻을 수 있다고 생각하고 있는 거야? 결혼식을 하겠다고 했으니 하는 건가. 그리고는 우리를 죽인다고? 구역들에게 주는 교훈으로? 모르겠다. 나는 그게 무슨 의미인지 모르겠다. 나는 더 이상 참을 수 없을 때까지 침대에서 뒤척인다. 여기서 벗어나야겠다. 몇 시간만이라도.

옷장을 뒤져 시나가 우승자 투어 중 놀 때 입으라고 만들어 준 방한복을 꺼낸다. 방수 장화, 머리부터 발끝까지 감싸주는 방수복, 보온 장갑. 나는 예전에 사냥할 때 입던 옷을 좋아하지만 오늘 하려는 트레킹에는 이런 첨단 소재의 옷이 더 어울린다. 나는 살금살금 아래층으로 내려가 사냥감을 담는 자루에 음식을 가득 채우고 몰래 집을 빠져 나간다. 사잇길과 뒷골목을 거쳐, 루바의 푸줏간에서 가장 가까운 개구멍으로 간다. 탄광에 가느라 이 길을 지나가는 노동자가 많아서, 눈에 발자국이 많이 나 있다. 내 발자국은 알아볼 수 없을 것이다. 보안을 강화했지만, 스레드는 울타리에는 별 신경을 쓰지 않았다. 가혹한 날씨와 야생 동물의 위협만으로도 다들 울타리 안에 있을 거라고 생각한 모양이다. 그렇지만 울타리 밑으로 기어들어간 뒤에 나는 숲 속에 들어갈 때까지 흔적을 지운다.

활과 화살을 꺼낸 다음 숲 속에 쌓인 눈을 뚫고 들어갈 때 동이 튼다. 왠지는 모르겠지만 호수에 가야겠다고 결심했다. 어쩌면 그곳, 아빠, 그리고 아빠와 그곳에서 함께 보냈던 행복한 시간에 작별 인사를 하고 싶은 건지도 모르겠다. 아마 다시는 돌아가지 못할 테니까. 다시 제대로 숨을 쉬고 싶어서일지도 모르겠다. 내 마음 한 부분은 그곳을 다시 한 번 볼 수 있다면 그들이 나를 잡아도 괜찮다고 생각하고 있다.

호수까지 가는 데는 평소보다 두 배의 시간이 걸린다. 시나의 옷은 열을 방출하지 않는 소재라, 호수에 도착했을 때 몸은 땀에 흠뻑 젖어 있지만 얼굴은 추위 때문에 감각을 잃은 상태다. 눈 위에 겨울햇살이 내리쬐어 눈이 아팠고, 너무 지친 데다 나만의 무력한 생각에 젖어 있어 보지 못했던 것이 있었다. 굴뚝에서 피어오르는 가느다란 연기 한 줄기, 얼마 전에 생긴 것 같은 발자국, 끓는 솔잎 냄새. 시멘트 집 문의 몇 미터 앞까지 왔다가 걸음을 멈춘다. 연기나 발자국이나 냄새 때문이 아니다. 내 뒤에서 무기가 철컥하는 소리가 들렸기 때문이다.

천성. 본능. 이미 확률의 신이 내 편이 아니라는 것을 알면서도 나는 화살을 뽑으며 몸을 뒤로 돌린다. 흰색 평화유지군 제복, 뾰족한 턱, 내 화살의 표적이 될 밝은 갈색 눈동자가 보인다. 하지만 무기는 땅에 떨어져 있고, 빈손의 여자가 장갑 낀 손으로 뭔가를 내밀고 있다.

"멈춰요!"

그녀가 비명을 지른다.

나는 지금 벌어지는 일들을 이해하지 못해 망설인다. 나를 고문해서 내가 아는 모든 사람들이 범죄자라고 증언하게 만들려고, 산 채로 데려오라는 명령을 받았나. '어디 한 번 그래 보시지' 하는 생각이 든다. 내 손가락은 화살을 날릴 결심을 하고 있는데 장갑 낀 손에 쥔 것이 눈에 들어온다. 작고 흰 납작한 빵이다. 빵보다는 크래커에 가깝다. 가장자리는 회색이고 질척하다. 하지만 그 중앙에 찍힌 형상은 선명하다.

내 모킹제이다.

PART 2

특집

10

말도 안 돼. 모킹제이로 빵을 만들다니. 캐피톨에서 본 세련된 변형과는 달리, 이건 절대 멋을 부리려고 만든 게 아니다.

"이게 뭐야? 이게 무슨 뜻이지?"

나는 여전히 죽일 준비를 한 채 거칠게 묻는다.

"우리가 당신 편이라는 뜻이에요."

뒤에서 떨리는 목소리가 대답한다.

나타나는 것을 보지 못했다. 집 안에 있었던 게 분명하다. 나는 눈앞의 표적에서 눈을 떼지 않는다. 새로 온 사람은 아마 무장을 하고 있겠지만, 무기를 철컥이며 내게 죽음이 닥쳤음을 알려 주려 하지는 않으리라. 내가 즉시 자기 동료를 죽일 거라는 걸 알고 있을 테니.

내게 죽음이 닥쳤다는 의미의 무기 소리를 내지는 않을 것이다.

"나한테 보이는 곳으로 와."

내가 명령한다.

"안 돼요, 저 앤……!"

크래커를 든 여자가 입을 연다.

"여기로 와!"

내가 소리를 지른다. 발소리, 발을 끄는 소리가 들린다. 움직이기 쉽지 않은 모양이다. 다른 여자, 내 또래로 보이는 여자애가 절뚝거리며 내 눈에 보이는 곳으로 온다. 흰 모피 망토까지 걸친 평화유지군 제복을 입었는데, 마른 체구에 비해 몇 사이즈 더 큰 옷 같다. 무기는 눈에 띄지 않는다. 손에 든 것은 부러진 나뭇가지로 만든 거친 지팡이다. 오른쪽 발은 눈을 헤치고 걸을 수 없어서 끄는 소리가 났던 것이다.

추워서 빨갛게 빛나는 여자애의 얼굴을 살펴본다. 치열이 고르지 않고, 초콜릿 같은 갈색 눈 위에 딸기 같은 모반이 있다. 이 아이는 평화유지군이 아니다. 캐피톨 시민도 아니다.

"당신들 누구예요?"

나는 방심하지는 않으면서, 그래도 조금 덜 공격적으로 묻는다.

"내 이름은 트윌이에요."

여자가 대답한다. 나이가 더 많은 쪽이다. 서른다섯쯤 되어 보인다.

"이쪽은 보니고요. 우리는 8번 구역에서 도망쳐 왔어요."

8번 구역! 그러면 반란에 대해서 알겠네!

"제복은 어디서 났죠?"

"공장에서 훔쳤어요. 우리 구역 공장에서 만들거든요. 이 옷은…… 다른 사람이 입을 거라고 생각했어요. 그래서 이렇게 안 맞는 거예요."

보니가 말한다.

"총은 죽은 평화유지군 걸 주웠어요."

트윌이 내 시선을 보고 말한다.

"손에 든 크래커. 새 그림 있는 거. 그게 무슨 뜻이죠?"

"몰라요, 캣니스?"

보니는 정말로 놀란 듯하다.

그들은 나를 알아본다. 물론 알아보겠지. 얼굴을 가리지도 않았고, 12번 구역에 붙은 숲에서 화살을 겨누고 있으니까. 그게 나 아니면 누구겠어?

"내가 경기장에서 달았던 핀과 같다는 건 알아요."

"모르나 봐요. 어쩌면 아무것도 모르나 봐요."

보니가 부드럽게 말한다. 갑자기 세상 물정에 밝은 것처럼 보여야겠다는 느낌이 들었다.

"8번 구역에서 반란이 있었던 건 알아요."

"네, 그래서 도망 나온 거예요."

트윌이 말한다.

"음, 성공적으로 도망쳐 오셨네요. 이제 어떻게 할 거예요?"

"우리는 13번 구역으로 가고 있어요."

트윌이 대답한다.

"13번? 13번 구역은 없어요. 폭파되어 사라졌다고요."

"75년 전이죠."

보니가 지팡이를 짚고 자세를 바꾸다가 움찔한다.

"다리가 어떻게 된 거죠?"

"발목을 삐었어요. 장화가 너무 커요."

보니가 대답한다.

입술을 깨문다. 본능적으로 그들이 진실을 이야기하고 있다는 생각이 든다. 그리고 그 진실 뒤에는 내가 알고 싶은 정보가 잔뜩 있다. 그래도 활을 내리기 전에 한 걸음 나서서 트윌의 총을 줍는다. 이 숲에서 게일과 내가 목격한, 공중에서 갑자기 호버크래프트가 나타나 캐피톨에서 탈출한 사람 두 명을 잡아가던 일을 생각하며 잠시 망설인다. 남자애는 창을 맞고 죽었다. 캐피톨에 가보니 빨강머리 여자애는 혀를 잘리고 무성인이라는 벙어리 하인이 되어 있었다.

"쫓아온 사람 있나요?"

"없는 것 같아요. 우리가 공장 폭발 때 죽었다고 생각하는 것 같아요. 순전히 운이 좋아 살아남았죠."

트윌이 대답한다.

"좋아요. 들어가죠."

나는 시멘트 집 쪽으로 고개를 끄덕여 보인다. 그러곤 총을 들고 두 사람을 따라 들어간다.

보니는 곧바로 난롯가로 가서 그 앞에 깔아 둔 평화유지군 망토 위에 앉는다. 숯이 된 통나무 한쪽 끝에서 피어오르는 연약한 불길에 손을 뻗었다. 피부가 너무 창백해서 거의 투명해 보이고, 불빛이 보니의 살을 통과하는 것이 보인다. 트윌은 자기 것임이 분명한 망토로 떨고 있는 보니를 감싸 주려 한다.

4리터 들이 양철 깡통을 반으로 잘라 두었는데 가장자리가 날카로워 위험해 보인다. 재 위에 올려놓고 물속에 솔잎을 한 줌 넣어 두었다.

"차 끓이는 거예요?"

내가 묻는다.

"어떻게 하는지 잘 모르겠어요. 몇 년 전 헝거 게임에서 누가 솔잎으로 차 끓이는 걸 본 기억이 나서요. 적어도 내 생각에는 솔잎이었던 것 같아요."

트윌이 얼굴을 찌푸리며 대답한다.

8번 구역이 기억난다. 공장에서 악취가 나는 추악한 도시였다. 사람들은 허름한 공동주택에서 살았다. 사방을 둘러봐도 풀 한 포기 보기 힘들었다. 자연 속의 생활을 배울 기회가 전혀 없었겠지. 이 두 사람이 여기까지 왔다는 게 기적이다.

"음식이 떨어졌어요?"

보니가 고개를 끄덕인다.

"구할 수 있는 만큼 가지고 왔지만 식량이 워낙 귀해서요. 떨어진 지 좀 됐어요."

보니 목소리 속의 떨림이 내 안의 마지막 경계심을 녹인다. 보니는 그저 굶주리고 다친, 캐피톨을 피해 도망가는 여자애일 뿐이다.

"당신들 오늘 운 좋은 줄 알아요."

나는 그렇게 말하며 바닥에 사냥감 자루를 내려놓는다. 12번 구역 전체가 굶주리는데 우리에겐 음식이 넘친다. 그래서 나는 음식을 좀 나눠주고 다녔다. 내 나름의 우선순위가 있다. 게일네 가족, 그리지 세이, 장사를 못하게 된 호브 상인 몇 명. 엄마가 도와주시는 사람들도 있는데 주로 환자들이다. 오늘 아침에 나는 일부러 자루에 음식을 잔뜩 채워 가지고 나왔다. 엄마가 음식이 줄어든 것을 보고 내가 배고픈 사람들을 찾아갔다고 생각하시게 하려는 의도였다. 나는 엄마에게 걱정 끼쳐드리지 않고 호수에 다녀올 시간을 벌 생각이었다. 저녁 때 돌아오는 길에 음식을 가져다 주려 했지만, 이제는 그럴 일이 없어졌다.

자루에서 치즈를 얹어 구운 빵 두 개를 꺼낸다. 내가 제일 좋아하는 빵이라는 걸 피타가 안 뒤로는 우리 집에 이 빵이 떨어진 적이 없다. 트윌에게는 하나 던져 주지만 보니는 잘 받지 못할 것 같아서, 불 속에 들어가 버리는 일이 없도록 다가가 무릎에 놓아 준다.

"오……, 오! 이거 내가 다 먹어도 돼요?"

보니가 그렇게 말하자 나는 다른 목소리가 떠올라 속으로 울컥하고 만다. 루. 내가 참거위 다리를 주었을 때 경기장에서 그렇게 말했었지.

"아. 혼자서 다리 한 개를 다 먹어 보는 건 처음이야."

만성적인 배고픔에 시달려 온 사람이 믿을 수 없어서 하는 말.

"네, 다 먹어요."

보니는 이게 현실이라는 걸 믿을 수 없다는 듯 빵을 쥐더니 연신 물어뜯는다. 멈출 수가 없나 보다.

"꼭꼭 씹어 먹으면 더 맛있어요."

보니는 내 말에 고개를 끄덕이며 천천히 먹으려고 해 보지만, 그렇게 허기가 졌을 때 천천히 먹는 것이 얼마나 힘든지 나도 알고 있다.

"차가 다 된 것 같은데요."

나는 재 위에서 깡통을 집어 든다. 트윌은 가방에서 양철 컵을 두 개 꺼내고, 나는 차를 따른 뒤 식히려고 바닥에 내려놓는다. 내가 불을 피우는 동안 둘은 어깨를 붙이고 먹으며 차를 후후 불어가며 아주 조금씩 홀짝인다. 나는 두 사람이 손가락에 묻은 기름을 빨 때까지 기다렸다가 묻는다.

"그래서, 사연이 어떻게 되나요?"

그들은 내게 말해 준다.

헝거 게임 이후 8번 구역의 불만은 점점 고조되었다. 물론 어느 정도의 불만은 언제나 있었다. 하지만 달라진 점은 더 이상 말로는 부족하고, 행동에 옮기자는 생각이 그저 바람에서 현실로 변했다는 것이다. 판엠에 섬유를 공급하는 공장은 기계소리가 시끄러워서 그 소음 때문에 안전하게 서로 말을 전달할 수 있었다. 귀에 입을 가까이 대고, 남들 몰래 뜻을 전달했다. 트윌은 학교 교사였고 보니는 제자였는데, 마지막 종소리가 났을 때 두 사람은 모두 평화유지군 제복을 만드는 공장에서 4시간의 근무를 마친 뒤였다. 추운 점검 부두에서 일하는 보니는 몇 달에 걸쳐 여기서 장화 한 켤레, 저기서 바지 한 벌 하는 식으로 두 벌의 평화유지군 제복을 마련했다. 일단 반란이 시작되면, 8번 구역 밖으로 소식을 알려야 반란을 퍼뜨리고 성공할 수가 있다는 것을 알고 있었기 때문이다. 원래 트윌과 트윌의 남편이 입으려던 옷이었다.

피타와 내가 우승자 투어로 들렀던 날은 사실은 예행연습 같은 날이었다. 사람들은 자기가 소속한 팀에 따라, 반란이 시작되면 표적으로 삼을 건물 앞에 앉았다. 광장에 있는 법원, 평화유지군 지도부, 통신 센터 등 권력의 중심에 있는 건물들을 장악하자는 것이 계획이었다. 철도, 곡창, 발전소, 무기고 등 구역 내의 다른 거점들도 표적이었다.

내가 약혼한 날, 피타가 캐피톨의 카메라 앞에서 무릎을 꿇고 나를 향한 끝없는 사랑을 선언한 그날 밤에 반란이 시작되었다. 이상적인 위장이었다. 시저 플리커맨과 했던 우승자 투어 인터뷰는 의무적으로 시청해야 했다. 8번 구역 사람들은 텔레비전을 봐야 한다는 핑계로 어두워진 뒤에 광장이나 지역 주민 센터 등에 모였다. 평소라면 그런 행동은 수상해 보였을 것이다. 사람들은 텔레비전을 보는 대신 약속했던 대로 여덟 시에 모여 마스크를 나눠 쓰고 엄청난 소동을 일으켰다.

허를 찔린 데다 엄청난 수에 압도당해, 평화유지군은 처음에는 군중들에게 밀렸다. 시위대는 통신 센터, 곡창, 발전소를 접수했다. 쓰러진 평화유지군들의 무기는 반군의 손에 들어갔다. 이것은 광기에서 나온 행동이 아니라는 희망, 어떻게 해서든 다른 구역으로 이 소식을 전할 수 있다면 캐피톨의 정부를 실제로 전복하는 것이 가능할 수도 있다는 희망이 있었다.

그러나 반격이 시작되었다. 수천 명의 평화유지군이 도착했다. 호버크래프트는 반군의 집결지를 폭격해 잿더미로 만들어 버렸다. 그 뒤에 이어진 철저한 혼돈 상태에서, 집까지 살아서 돌아가려고 노력하는 것이 사람들이 할 수 있는 일의 전부였다. 도시의 반란을 진압하는 데는 48시간도 걸리지 않았다. 진압 후 일주일간 8번 구역은 봉쇄되었다. 음식도 석탄도 없었고, 집 밖으로 외출하는 것 또한 전면 금지되었다. 텔레비전에 무언가 비칠 때는 선동 혐의를 받은 사람들이 광장에서 교수형당하는 것을 보여줄 때뿐이었다. 구역 전체가 아사 직전에 처해 있던 어느 날 밤에 평상시처럼 생활을 계속하라는 명령이 내려왔다.

트윌과 보니에게는 학교로 돌아가라는 뜻이었다. 폭격 때문에 다닐 수 없게 된 길이 많아서 두 사람은 공장에 지각했고, 그래서 공장이 폭발해 안에 있는 사람들이 전부 죽었을 때 아직 백 미터 이상 떨어져 있었다. 죽은 사람 중에는 트윌의 남편과 보니의 가족 전부가 들어 있었다.

"누가 캐피톨에서 반란이 거기서 시작됐다고 말한 게 틀림없어요."

트윌이 가냘프게 말한다.

두 사람은 평화유지군 제복을 숨겨 두었던 트윌의 집으로 도망쳤다. 그러고 나서 최대한 식량을 챙겼고, 이제 죽었다는 것을 아는 이웃집에서도 거리낌 없이 훔쳐 들고 기차역으로 갔다. 철길 근처 창고에서 평화유지군 제복으로 갈아입고 변장을 한 다음, 6번 구역으로 가는 섬유가 잔뜩 든 화물칸에 타는데 성공했다. 중간에 연료를 공급하러 기차가 섰을 때 도망쳐 걸어서 여기까지 왔다. 숲에 몸을 숨기고 방향은 철길을 보고 잡으면서 이틀 전에 12번 구역 외곽에 도착했는데, 보니가 발목을 삐어서 더 이상 가지 못하는 중이었다.

"왜 도망치는지는 알겠지만, 13번 구역에 뭐가 있을 것 같은데요?"

보니와 트윌은 불안한 눈빛을 교환한다.

"우리도 정확히는 몰라요."

트윌이 말한다.

"폐허밖에 없어요. 영상 봤잖아요."

"그 영상뿐이잖아요. 8번 구역에 사는 어떤 사람도 다른 영상을 본 기억이 없어요. 한 영상만 계속 사용하고 있어요."

트윌이 말한다.

"그런가요?"

나는 텔레비전에서 봤던 13번 구역 영상의 기억을 떠올려 보려 애쓴다.

"언제나 법원 건물이 나오는 거 아세요?"

트윌이 말을 잇고 나는 고개를 끄덕인다. 아마 천 번은 봤을 거다.

"아주 자세히 보면 보여요. 오른쪽 위에서요."

"뭐가 보여요?"

트윌은 새가 그려진 크래커를 다시 들어 보인다.

"모킹제이가 있어요. 날아가는 모습이 살짝 보여요. 늘 똑같아요."

"우리 고향에서는 지금 거기 무엇이 있는지를 캐피톨이 보여줄 수 없어서 옛날 영상만 계속 다시 보여 준다고 생각해요."

보니가 말한다. 나는 믿을 수 없어서 끙, 하는 소리를 낸다.

"그거 하나 믿고 13번 구역에 간다고요? 새 한 마리 때문에? 거기 사람들이 돌아다니는 새로운 도시가 있을 것 같아요? 캐피톨이 그걸 내버려 두고 있다고요?"

"아니죠. 지상에 있는 것이 다 파괴되었을 때 지하로 옮겼을 거라고 생각해요. 우린 그들이 살아남았을 거라고 믿어요. 그리고 캐피톨이 그들을 내버려 두는 이유는 암흑기 전에 13번 구역의 주력 산업이 핵 개발이었기 때문이고요."

트윌이 진지하게 말한다.

"흑연을 채굴했잖아요."

이렇게 말하고 나는 멈칫한다. 이건 캐피톨이 준 정보이기 때문이다.

"네, 작은 탄광도 몇 개 있었죠. 하지만 그 정도 규모의 인구가 그것만 했다고 볼 수는 없어요. 이 사실만큼은 확실한 것 같네요."

트윌이 말한다. 심장 박동이 너무 빠르다. 만약…… 이들이 옳다면? 저 말이 정말 사실일까? 야생 말고도 도망갈 곳이 있을까? 도망칠 수 있는 안전한 곳이. 13번 구역에 사람들이 살고 있다면, 여기서 죽음을 기다리는 대신 그곳으로 가는 게 낫지 않을까? 하지만…… 만약 13번 구역에 강한 무기를 지닌 사람들이 있다면…….

"그 사람들은 왜 우리를 돕지 않죠? 그게 사실이라면, 왜 이렇게 사는 우리를 내버려 두는 거죠? 굶주리고, 살해당하고, 헝거 게임에 나가는데!"

나는 화가 나서 말한다. 갑자기 상상 속의 13번 구역 지하도시와, 그저 앉아서 우리가 죽는 걸 지켜보는 사람들에게 증오를 느낀다. 캐피톨보다 나을 게 없는 사람들 같다.

"우리도 몰라요. 지금 당장은 그들이 존재한다는 희망에 매달릴 뿐이에요."

보니가 속삭인다.

그 말을 듣자 정신이 든다. 이건 환상이다. 캐피톨이 그들의 존재를 원하지 않기 때문에 13번 구역은 존재할 수 없다. 영상에 대한 얘기 역시 착각이다. 모킹제이는 돌덩이만큼이나 흔해 빠졌고 또 그만큼이나 강하다. 13번 구역 폭격 당시 살아남았다면 지금쯤 그 어느 때보다 번성하고 있으리라.

보니에겐 집이 없다. 가족들도 다 죽었다. 8번 구역으로 돌아가거나 다른 구역에 적응하기란 불가능하다. 독립적이고 풍요로운 13번 구역이 있다는 생각에 끌릴 수밖에 없다. 한 줄기의 연기만큼이나 허깨비 같은 꿈을 좇고 있는 거라는 말은 차마 할 수가 없다. 어쩌면 보니와 트윌은 숲에서 삶을 꾸려갈 수 있을지도 모른다. 의심스럽긴 하지만 너무 딱해서 도와주려 해 본다.

먼저 자루에 든 음식을 다 준다. 주로 곡식과 말린 콩이지만 주의한다면 한동안 버틸 수 있는 양이다. 그러곤 트윌을 숲으로 데려가 사냥의 기본을 설명해 주려 해 본다. 보니가 가진 무기는 필요할 경우 태양 에너지를 강력한 광선으로 바꿀 수 있는, 무한히 쓸 수 있는 총이다. 보니는 처음으로 다람쥐를 잡는데, 그 불쌍한 녀석은 몸통을 정통으로 얻어맞고 거의 숯덩이에 가깝게 되어버린다. 하지만 가죽을 벗기고 씻는 방법을 알려 준다.

연습을 좀 하면 요령이 생길 것이다. 보니를 위해서 나무를 꺾어 새 지팡이를 만들어 준다. 집에 들어와서는 여러 겹 겹쳐 신은 양말을 벗어 주며 장화 안에 남는 공간을 채우도록 하고, 밤에는 신고 자라고 한다. 마지막으로 제대로 불 피우는 방법을 가르쳐 준다.

12번 구역 상황이 어떤지 자세히 알려 달라고 애걸해서 스레드가 온 이후의 생활에 대해 말해 준다. 13번 구역 지도자들에게 가져다 줄 중요한 정보라고 생각하는 눈치여서, 희망을 깨지 않도록 맞춰준다. 하지만 햇빛이 늦은 오후의 빛깔로 변하고, 더 이상 그들의 비위를 맞춰 줄 시간은 없어졌다.

"이제 가야 돼요."

두 사람은 연신 고맙다고 하며 나를 끌어안는다. 보니의 눈에서 눈물이 흐른다.

"우리가 당신을 실제로 만나다니 믿을 수가 없어요. 모두가 당신 얘기만 해요. 언제부터였느냐 하면……."

"알아요, 알아요. 딸기를 꺼냈을 때부터."

나는 지친 목소리로 대답한다.

축축한 눈이 떨어지기 시작했지만 나는 걷는지도 모르게 걸어간다. 8번 구역의 반란에 대한 새로운 정보와, 믿기 어렵지만 그래도 기대하게 만드는 13번 구역의 존재 가능성 때문에 머릿속이 복잡하다.

보니와 트윌의 말로 한 가지는 분명해졌다. 스노우 대통령은 나를 바보처럼 가지고 놀았다. 아무리 키스를 하고 다정하게 굴어도 8번 구역에서 고조되는 불만은 가라앉힐 수 없었다. 내가 딸기를 꺼내든 게 불씨가 되긴 했지만, 불길을 통제할 방법은 내게는 없었다. 그도 알고 있었던 게 분명하다. 그럼 왜 우리 집까지 찾아오고, 왜 피타에 대한 내 사랑을 관중들에게 믿게 하라고 했지? 분명 내 주의를 딴 데로 돌리고, 다른 구역들이 선동적인 행동을 하지 못하도록 하기 위한 술책이었을 거다. 물론 캐피톨 사람들의 오락을 위해서도 그렇게 했겠지만. 결혼식 역시 그 연장선상에 있는 것이리라.

울타리 근처까지 왔을 때 모킹제이 한 마리가 가지에 살포시 내려앉아 내게 노래를 부른다. 모킹제이를 보자 크래커에 그려진 새 그림과 그 의미에 대한 자세한 설명을 못 들었다는 생각이 난다.

"우리가 당신 편이라는 뜻이에요."

보니는 그렇게 말했다. 사람들이 내 편에 있다고? 그게 무슨 편인데? 나도 모르는 사이, 그 동안 사람들이 원해오던 반란의 얼굴이 되어 버렸나? 내 핀의 모킹제이가 저항의 상징이 된 걸까? 만약 그렇다면, 우리 편은 그리 잘 싸우지 못하고 있다. 8번 구역에서 일어난 일만 봐도 알 수 있다.

경계의 옛날 집에서 제일 가까운 속이 빈 통나무 속에 무기를 숨기고 울타리로 간다. 한쪽 무릎을 꿇고 초원으로 들어갈 준비를 하지만, 오늘 일어난 일에 아직 정신이 팔려 있어 갑자기 올빼미가 우는 소리를 듣고서야 정신을 차린다.

사라져가는 햇빛을 받고 있는 울타리는 평소처럼 안전해 보인다. 하지만 손을 뒤로 빼게 만든 것은 바로 소리다. 추적말벌 벌집이 가득 달린 나무 같은 소리가 난다. 울타리에 전기가 흐르고 있다는 의미다.

11

내 발이 자동적으로 뒷걸음질 치고, 나는 다시 숲 속으로 들어간다. 얼음처럼 찬 공기 속에서 하얗게 보이는 내 입김을 흩트리려 장갑 낀 손을 입으로 가져간다. 아드레날린이 치솟고, 눈앞의 위협에 집중하자 오늘 있었던 다른 일들이 머릿속에서 지워진다. 무슨 일이지? 스레드가 보안 강화 조치로 울타리의 전기도 켜놓았나? 아니면 내가 오늘 그물을 빠져나갔다는 걸 알고 있나? 나를 체포할 수 있을 때까지 12번 구역 바깥에 잡아둘 셈인가? 차꼬를 채운 채 광장으로 끌고 가거나, 채찍으로 때리거나 목을 매달까?

'진정해.' 스스로에게 명령한다. 전기가 흐르는 울타리 바깥에 처음 있어 보는 것도 아니잖아. 몇 년 동안 가끔씩 그런 적이 있었지만 언제나 게일과 함께였다. 우린 언제나 앉아 있기 편안한 나무를 하나 찾아서 전원이 꺼질 때까지 빈둥거렸고, 기다리다 보면 늘 결국에는 꺼졌다. 내 귀가가 늦으면 엄마 걱정을 덜어드리기 위해 프림은 초원에 나와서 울타리가 켜져 있나 확인하는 버릇까지 생겼다.

하지만 오늘 우리 가족은 내가 숲 속에 있다고는 절대 상상하지 못할 것이다. 그런 생각을 하지 않도록 내가 미리 손을 써두기까지 했다. 그러니 내가 돌아오지 않으면 분명 걱정할 것이다. 그리고 나도 마음 한구석으로 걱정이 된다. 하필 내가 숲으로 돌아온 날 전기가 켜졌다는 게 그저 우연인지 알 수 없기 때문이다.

울타리 밑으로 기어드는 내 모습을 아무도 못 봤다고 생각했지만, 알 수 없는 일이다. 돈을 받고 감시할 사람은 언제나 있다. 바로 그곳에서 게일이 내게 키스하는 걸 보고한 사람도 있었다. 그래도 그때는 낮이었고 내가 행동을 더 조심하기 전이었다. 감시 카메라가 있는 걸까? 전에도 해 봤던 생각이다. 스노우 대통령은 우리가 키스한 걸 그렇게 해서 알아냈을까? 오늘 내가 울타리 밑으로 들어갔을 때는 어두웠고 얼굴은 스카프로 가리고 있었다. 하지만 숲을 불법 침입할 만한 용의자의 수는 아마 몇 명 안 되겠지.

나무 틈으로 울타리 너머 초원을 살펴본다. 보이는 것은 경계 끄트머리의 집 창문에서 새어나오는 빛에 비치는 눈뿐이다. 평화유지군의 모습이나 내가 사냥당하고 있다는 조짐은 보이지 않는다. 내가 오늘 구역을 벗어났다는 것을 스레드가 알든 모르든, 내가 해야 하는 행동은 똑같다는 것을 깨닫는다. 눈에 띄지 않게 울타리 안으로 돌아가 나간 적이 없는 척 행동하는 것이다.

울타리나 꼭대기에 있는 둥글게 만 가시철사에 조금이라도 닿으면 그 자리에서 감전사한다. 눈에 띄지 않게 울타리 밑을 지나갈 방법은 없을 것 같고, 어차피 땅은 딱딱하게 얼어 있다. 그렇다면 선택은 한 가지뿐이다. 어떻게든 넘어가야 한다.

나는 숲을 따라 걸으며 내 필요에 부합하는 높고 긴 가지가 달린 나무를 찾기 시작한다. 1.5킬로미터 정도 걸은 뒤에 괜찮을 것 같은 늙은 단풍나무를 발견한다. 하지만 둥치가 너무 굵고 얼음이 있어서 기어오르기가 힘들고, 낮은 가지가 없다. 나는 옆에 있는 나무에 기어 올라가 단풍나무로 불안정하게 뛴다. 껍질이 미끄러워서 거의 놓칠 뻔했다. 겨우 균형을 잡고 철조망 너머로 뻗은 가지 위를 천천히 기어간다.

내려다보니 게일과 내가 울타리를 넘는 대신 늘 숲에서 기다렸던 이유가 생각난다. 감전되지 않을 만큼 높이 올라가려면 최소한 6미터는 올라가야 한다. 내가 선택한 가지의 높이는 7미터는 넘는 것 같다. 그 높이에서 뛰어 내리는 건 몇 년이나 나무를 탄 사람에게도 위험하다. 하지만 다른 선택이 있나? 다른 가지를 찾을 수도 있겠지만 이미 어둡다. 눈이 내리고 있으니 달빛도 가려질 것이다. 적어도 여기에는 충격을 줄여 줄 눈더미가 있다. 다른 가지를 찾을 수 있을지도 의심스럽지만, 찾는다 해도 거기서는 어디로 뛰어내려야 할지 알 수 없다. 빈 자루를 목에 두르고 천천히 몸을 낮춰 손으로 매달린 자세를 취한다. 잠시 용기를 그러모은 다음 손을 놓는다.

떨어지는 느낌이 나더니, 땅에 떨어지자 충격이 척추를 타고 전해진다. 1초 후 엉덩방아를 찧는다. 나는 눈 속에 누워 얼마나 다쳤나 가늠해 본다. 일어나지 않고도 왼쪽 발뒤꿈치와 꼬리뼈의 고통으로 내가 다쳤음을 알 수 있다. 유일한 문제는 '얼마나 심하게 다쳤나'이다. 그냥 멍만 들었으면 좋겠지만, 억지로 일어나 보니 아무래도 뼈가 부러진 것 같다. 하지만 걸을 수는 있어서, 저는 티를 최대한 숨기며 움직인다.

엄마와 프림에게 숲에 다녀왔다고 할 수는 없다. 아무리 빈약한 것이라도 알리바이를 만들어야 한다. 광장에는 아직 문을 연 가게가 있어서, 가게에 들어가 붕대용 흰 천을 산다. 어차피 붕대가 떨어져 가던 참이다. 다른 가게에선 프림에게 줄 사탕을 한 봉지 산다. 사탕 하나를 입에 넣고 혀 위에서 박하사탕이 녹는 것을 느끼며, 내가 오늘 처음 먹는 음식이라는 것을 깨닫는다. 호수에서 먹으려 했지만, 트윌과 보니의 상태를 보니 한 입이라도 뺏어서는 안 될 것 같았다.

집에 도착할 때쯤 왼쪽 발은 더 이상 견디지 못한다. 엄마한테는 우리 옛날 집 지붕의 비새는 곳을 고치려다 미끄러졌다고 말해야겠다고 결심한다. 없어진 음식은 누구에게 줬는지 그냥 애매하게 말할 거다. 나는 몸을 끌고 불가에 쓰러질 준비가 된 채 문을 열지만, 또 다른 충격을 받는다.

평화유지군 두 명이 부엌 입구에 서 있다. 남자 하나, 여자 하나다. 여자는 무표정하지만 남자 얼굴에 놀란 기색이 떠오르는 것을 포착한다. 내가 올 줄은 모르고 있었던 거다. 그들은 내가 숲에 갔던 것을 알고 있었고 내가 지금쯤이면 덫에 걸렸을 거라고 생각하고 있었다.

"안녕하세요."

내가 감정을 자제한 목소리로 말한다.

그들 뒤에서 엄마가 나타나지만 다가오지는 않으신다.

"왔네요, 저녁 시간 딱 맞춰서."

엄마 목소리는 좀 지나칠 만큼 밝다. 나는 저녁 시간에 아주 늦었는데.

늘 하듯이 장화를 벗을까 생각해 보지만 다친 것을 드러내지 않고 벗지는 못할 것 같다. 대신에 나는 젖은 모자를 벗고 머리에 묻은 눈을 턴다.

"뭐 도와드릴 일이라도?"

내가 평화유지군에게 묻는다.

"평화유지군 대장 스레드께서 전하실 말씀이 있어 저희를 보냈습니다."

여자가 대답한다.

"몇 시간이나 기다리셨어."

엄마가 덧붙인다.

내가 돌아오지 못하기를 기다렸겠지. 내가 울타리에서 감전사 하거나 숲에서 꼼짝 못하게 되면 우리 가족을 불러 심문하려고.

"중요한 전갈인가 보네요."

내가 말한다.

"어디 다녀왔는지 여쭤 봐도 될까요, 에버딘 양?"

여자가 묻는다.

"제가 어디를 안 다녀왔는지 물으시는 게 더 쉬울 것 같은데요."

나는 아주 화난 투로 말한다. 한 걸음씩 걸을 때마다 몹시 고통스럽지만 억지로 평범하게 걸어서 부엌으로 들어온다. 나는 두 평화유지군 사이를 지나 식탁까지 무사히 도착한다. 그러곤 자루를 홱 내려놓고서 굳은 채 불가에 서 있는 프림 쪽을 돌아본다. 헤이미치와 피타는 똑같이 생긴 흔들의자를 하나씩 차지하고 앉아 체스를 두고 있다. 우연히 온 걸까, 아니면 평화유지군들이 '초대'한 걸까? 어찌 됐든 그들을 보니 기쁘다.

"그래, 어딜 안 다녀왔냐?"

헤이미치가 지루하다는 듯한 목소리로 묻는다.

"프림의 염소를 임신시키는 문제로 염소 아저씨와 이야기하다 오지는 않았죠. 염소 아저씨가 어디 사시는지, 어제 완전히 부정확한 정보를 준 사람이 있었거든요."

나는 프림을 향해 단호하게 말한다.

"아니야. 정확하게 알려줬어."

프림이 말한다.

"탄광 서쪽 출구 옆에 산다고 했잖아."

"동쪽 출구야."

프림이 정정해 준다.

"넌 분명히 서쪽이라고 했어. 내가 그 다음에 '광석 찌꺼기 더미 옆에?' 하고 물으니까 네가 '응.' 했잖아."

"동쪽 출구 옆에 있는 광석 찌꺼기 더미 옆이지."

프림이 참을성 있게 말한다.

"아니야. 네가 언제 그렇게 말했어?"

내가 따진다.

"어젯밤에."

헤이미치가 끼어든다.

"분명히 동쪽이었어."

피타가 덧붙인다. 피타는 헤이미치를 보더니 함께 웃는다. 내가 피타를 노려보자 피타는 뉘우치는 표정을 지으려 애쓴다.

"미안해. 하지만 내가 하던 말이 이거야. 너는 사람들 말을 안 들어."

"그 사람 집이 거기가 아니라고 오늘도 얘기했을 텐데, 뭐 오늘도 안 들었겠지."

헤이미치가 말한다.

"닥쳐요, 헤이미치."

나는 헤이미치 말이 맞는다는 투로 말한다. 헤이미치와 피타는 웃음보를 터뜨리고 프림도 살짝 미소를 짓는다.

"좋아. 그 바보 같은 염소는 다른 사람이 임신시키라고 해."

내 말을 들은 그들은 더 크게 웃는다. 속으로 이런 생각이 든다. '저 사람들은 이래서 살아남은 거야. 헤이미치와 피타는 어떤 일에도 당황하지 않아.'

나는 평화유지군들을 바라본다. 남자는 미소 짓고 있지만 여자는 믿지 않는 표정이다.

"자루에는 뭐가 들었나요?"

여자가 날카롭게 묻는다.

사냥감이나 야생 식물이 들어있기를 기대하고 있을 거다. 내가 꼼짝없이 유죄로 몰릴 물건. 나는 자루에 든 것을 식탁 위로 쏟아낸다.

"직접 보세요."

"아, 잘됐네. 붕대가 떨어져가던 참인데."

엄마가 천을 살펴보며 말씀하신다. 피타가 식탁으로 오더니 사탕 봉지를 연다.

"와, 박하네."

피타는 사탕 하나를 입에 넣으며 말한다.

"내 거야."

봉지를 잡으려 손을 뻗는다. 피타는 봉지를 헤이미치에게 던지고, 헤이미치는 입에 사탕 한 줌을 털어 넣고는 키득거리는 프림에게 건넨다.

"뭘 잘했다고 사탕을 먹어!"

내가 말한다.

"옳은 말을 했으니까?"

피타가 나를 안으며 말한다. 꼬리뼈가 아파 나는 소리를 지르고 만다. 화나서 그런 척하지만, 피타의 눈을 보니 내가 다쳤다는 사실을 아는 표정이다.

"알았어. 프림은 서쪽이라고 했고, 나도 분명히 서쪽이라고 들었어. 우린 전부 다 바보야. 그건 어때?"

"좀 낫네."

대답하고 피타의 키스를 받는다. 그리고는 평화유지군이 있다는 사실이 갑자기 생각난 것처럼 그 쪽을 바라본다.

"제게 전하실 말씀이 있다고요?"

"평화유지군의 스레드 대장 말씀이, 앞으로 12번 구역을 둘러싼 울타리에는 24시간 전기가 흐를 거라고 전하십니다."

여자가 말한다.

"지금까진 안 그랬나요?"

좀 지나치게 순진한 척 묻는다.

"이 정보를 사촌에게 전해주고 싶어 하시리라 생각하십니다."

"고마워요. 전할게요. 이제껏 잊고 있던 보안 정책을 이제 시행하신다니 좀 더 안심하고 잘 수 있겠네요."

내가 너무 세게 나오고 있다는 건 알지만 그 말을 하니 기분이 좀 만족스럽다.

여자의 턱이 굳어진다. 아무 것도 계획대로 되지 않았지만, 더 이상의 명령은 없었다. 여자는 짧게 고개를 숙여 보인 다음 나가고, 남자도 그 뒤를 따른다. 엄마가 문을 닫자마자 나는 식탁을 향해 쓰러진다.

"뭐야?"

피타가 나를 단단히 잡으며 묻는다.

"왼쪽 발을 부딪쳤어. 발꿈치. 꼬리뼈도 다쳤어."

피타는 나를 흔들의자로 데리고 가고 나는 쿠션 위에 앉는다. 엄마가 내 장화를 벗기신다.

"어쩌다 그랬어?"

"미끄러져 넘어졌어요. 얼음 위에서요."

네 쌍의 눈이 불신을 담고 나를 바라본다. 하지만 집이 도청당하고 있고, 함부로 얘기하면 위험하다는 사실은 모두 알고 있다. 지금 여기서는 안 된다.

엄마는 내 양말을 벗기고 내 발뒤꿈치 뼈 부분을 손가락으로 찔러보고, 나는 움찔거린다.

"골절일 수도 있겠다."

엄마가 다른 쪽 발도 살펴보신다.

"이 쪽은 괜찮은 것 같은데."

그러고는 내 꼬리뼈는 멍이 심하게 들었다고 했다.

프림을 보내 잠옷과 가운을 가져오게 한다. 옷을 갈아입고 나자 엄마는 왼쪽 발뒤꿈치에 댈 눈 찜질팩을 만들어 방석에 얹으신다. 다른 사람들이 식탁에서 식사하는 동안 나는 흔들의자에 앉아 스튜 세 그릇과 빵 반 덩어리를 먹어 치운다. 불을 바라보며 보니와 트윌을 생각하고, 펑펑 내리던 축축한 눈이 내 발자국을 지웠기를 바란다.

프림이 다가와 내 옆 마룻바닥에 앉아 머리를 내 무릎에 기댄다. 프림의 금발 머리를 귀 뒤로 쓸어 넘겨주며 우리는 박하사탕을 빨아먹는다.

"학교는 어땠니?"

내가 묻는다.

"괜찮았어. 석탄 부산물에 대해 배웠어."

우리는 한동안 불을 바라본다.

"웨딩드레스 입어볼 거야?"

"오늘 밤엔 안 입을 거야. 아마 내일."

"내가 집에 올 때까지 기다려, 알았지?"

"그럼."

그전에 체포되지만 않는다면.

엄마는 수면제 시럽을 넣은 캐모마일 차를 한 잔 주시고, 차를 마시자 즉시 눈이 감겨 온다. 엄마는 다친 발을 싸매고, 피타는 나를 침대까지 데려다 주겠다고 나선다. 어깨에 기대 걸어가기 시작하지만 내가 너무 심하게 다리를 절어서, 피타는 나를 번쩍 들어 올려 위층으로 옮겨 준다. 그가 나를 침대에 눕히고 잘 자라고 인사하지만 나는 피타의 손을 잡고 가지 못하게 한다. 수면제 시럽의 부작용은 마치 투명한 독주처럼 행동을 자제하지 못하게 만든다는 것이다. 말조심을 해야 한다는 것은 알고 있다. 하지만 피타가 가지 않았으면 좋겠다. 사실은 피타가 나와 같이 누웠으면 하고, 오늘 밤 악몽을 꿀 때 피타가 있었으면 좋겠다. 명확하게 말하기 힘든 어떤 이유 때문에, 그런 부탁은 할 수 없다는 것을 나도 알고 있다.

"아직 가지 마. 잠들기 전에는 가지 마."

피타는 침대 옆에 앉아 양 손으로 내 손을 따뜻하게 잡아 준다.

"네가 마음을 바꿨다고 생각할 뻔했어. 저녁 식사에 늦었을 때."

몽롱하지만 무슨 말인지 알 것 같다. 울타리는 켜져 있고, 나는 나타나지 않고, 평화유지군이 나타나 기다리는 동안 피타는 내가 도망쳤을 거라고, 아마 게일과 함께 갔을 거라고 생각했다.

"아니야, 말했잖아."

나는 피타의 손을 끌어 올려 손등을 뺨에 댄다. 오늘 빵을 구우면서 만졌을 희미한 계피와 딜(허브의 일종: 편집자)의 향을 맡는다. 트윌과 보니, 반란과 환상 속의 13번 구역 이야기를 하고 싶지만, 그건 위험한데다 잠이 오기 시작한다. 그래서 겨우 한 문장 더 이야기한다.

"나랑 있어."

수면제 시럽의 덩굴에 끌려 내려가는 중에 피타가 한 마디 속삭이는 게 들리지만 알아듣지는 못한다.

엄마는 정오까지 자도록 두었다가 날 깨워서 발뒤꿈치를 살펴보신다. 일주일 동안 누워서 쉬라는 명령이 떨어지고, 몸 상태가 좋지 않아 나는 반대하지 않는다. 발목과 꼬리뼈만 아픈 게 아니고, 지쳐서 온몸이 쑤신다. 그래서 엄마의 간호를 받고, 침대에서 아침을 먹고, 누비이불을 하나 더 둘러주시는 대로 가만히 있었다. 그러곤 가만히 누워서 창밖의 겨울 하늘을 쳐다보며, 대체 이 모든 일이 어떻게 될 것인지 곰곰이 생각해 본다. 보니와 트윌, 아래층에 쌓인 웨딩드레스, 내가 어떻게 돌아왔는지 스레드가 알아내고 나를 체포할 것인지 등에 대해 많은 생각을 한다. 좀 우습다. 스레드는 과거에 저질렀던 범죄만으로도 그냥 날 체포할 수 있을 텐데. 하지만 이제 내가 우승자이기 때문에 명백한 증거가 있는 범죄를 새로 저질러야 체포할 수 있는 모양이다. 스노우 대통령과 스레드가 연락을 주고받을까 생각해 본다. 예전 대장 크레이는 존재 자체도 몰랐겠지만, 내가 전국적인 문젯거리가 된 지금은 스레드에게 조심스레 지시를 내리고 있지 않을까? 아니면 스레드 혼자서 하는 일인가? 어떤 경우든 두 사람 모두 그 울타리로 나를 12번 구역 안에 가둬 두고 싶어 하겠지. 내가 탈출 방법(예를 들어 그 단풍나무 가지에 밧줄을 매달고 기어오른다든가 하는 것)을 찾아낸다고 하더라도, 내 가족들과 친구들을 데리고 탈출하는 것은 이제 불가능해졌다. 어차피 게일에게도 여기 남아서 싸우겠다고 말해 두었다.

그 뒤로 며칠 동안은 노크 소리만 들려도 덜컥 겁이 난다. 그러나 나를 체포하러 오는 평화유지군은 없어서 결국 나도 마음을 놓게 된다. 피타가 울타리 개구멍을 막는 작업을 하느라 울타리 일부 구역에는 전기가 꺼져 있다고 무심코 이야기했을 때는 더욱 안심이 된다. 스레드는 치명적인 전류가 흐르는데도 내가 그 밑으로 기어서 빠져 나왔다고 믿고 있는 것이 틀림없다. 평화유지군이 사람 괴롭히는 일이 아닌 일을 하느라 바쁜 덕에 구역 사람들에게는 휴가가 주어진 거나 다름없다.

피타는 매일 들러 치즈 빵을 가져다 주고 우리 가문의 책 만드는 것을 도와준다. 양피지와 가죽으로 된 오래된 물건이다. 외가 쪽 조상 중 어느 약초 전문가가 옛날에 쓰기 시작한 책이다. 잉크로 그린 식물 그림과 의학적 효능에 대한 설명이 잔뜩 있다. 아빠가 먹을 수 있는 식물에 대한 부분을 추가하셨는데, 아빠가 돌아가시고 나서 나는 이 책에 의존해 우리 가족을 먹여 살렸다. 내가 알게 된 지식도 기록해 두고 싶다고 생각한 지 오래다. 내가 경험으로 익힌 것, 게일에게 들은 것, 그리고 헝거 게임 훈련 중 알게 된 정보도. 그림을 세부까지 자세히 그리는 것이 아주 중요한데 나는 그림 솜씨가 없어서 하지 못하고 있었다. 피타가 도와주는 부분이 그거다. 피타가 이미 알고 있는 식물, 말린 표본이 있는 식물, 내가 말로 설명하는 식물들을 그려 준다. 피타가 내 마음에 들 때까지 메모지에 그림을 그리고 나면 책에 그리게 한다. 그러고 나면 나는 내가 그 식물에 대해 아는 모든 것을 조심스럽게 또박또박 적는다.

조용하고 집중을 요하는 일이어서 내가 처한 문제에 대한 걱정을 잊게 해 준다. 나는 피타가 일할 때 손을 바라보는 것이 좋다. 빈 페이지에 잉크로 꽃을 피우고, 이전에는 누르스름한 종이에 검은 잉크뿐이었던 이 책에 색을 칠한다. 집중할 때의 피타는 특별한 표정을 짓는다. 평소의 느긋한 표정은 사라지고 강렬하고 세상에서 멀어진 듯한 표정이 떠오른다. 그걸 보면 피타 안에 하나의 세계가 통째로 숨어 있다는 생각이 든다. 전에도 이러는 것을 본 적이 있다. 경기장에서, 관중들에게 이야기할 때, 그리고 11번 구역에서 나를 겨눈 평화유지군들의 총을 밀어낼 때 이런 표정을 지었다. 어떻게 해석해야 할지 잘 모르겠다. 피타의 속눈썹에도 나는 약간 집착하게 된다. 밝은 금발이라 평소에는 잘 눈에 띄지 않는다. 하지만 가까이서 보면, 창문으로 들어오는 햇빛을 위에서 받으면 밝은 금색으로 보이고 너무 길어서 눈을 깜빡거릴 때 헝클어지지 않는 것이 신기하다.

어느 날 오후 피타가 꽃을 칠하다 말고 갑자기 고개를 들어서 나는 놀라 버린다. 마치 훔쳐보다가 현장을 잡힌 것 같은데, 이상하지만 그게 사실일지도 모르겠다. 하지만 피타는 이렇게 말할 뿐이다.

"있잖아, 우리가 평범한 일을 같이 해 보는 건 이번이 처음인 것 같아."

우리 관계는 처음부터 헝거 게임에 의해 더럽혀졌다. 평범이라는 말이 들어갈 구석이 없었다.

"응. 새로운 시도도 좋지."

내가 대답한다.

오후마다 피타는 내 기분전환을 위해 아래층으로 데려오고, 나는 텔레비전을 켜서 모두를 불안하게 만든다. 보통 우리는 의무적으로 봐야 할 때만 텔레비전을 켠다. 정치 선전과 캐피톨의 권력 과시, 74년간의 헝거 게임 영상은 너무나 끔찍하기 때문이다. 하지만 지금 나는 특별한 것을 찾고 있다. 보니와 트윌이 모든 희망을 걸고 있는 그 모킹제이다. 아마 바보짓이겠지만, 정말로 바보짓이라면 아예 싹을 자르고 싶었다. 그리고 풍요로운 13번 구역에 대한 생각을 머릿속에서 영영 밀어내고 싶었다.

그 영상을 다시 보는 것은 암흑기에 대한 뉴스 보도에서다. 13번 구역의 법원 건물 잔해에서 연기가 피어오르고, 모킹제이의 흰색과 검은 색이 섞인 날개 아래 부분이 오른쪽 위 구석 부분에 보인다. 그것만으로는 아무것도 알 수 없다. 옛날이야기에 따라오는 옛날 영상일 뿐이다.

하지만 며칠 뒤 다른 것에 주목하게 된다. 뉴스 진행자는 흑연 채굴량이 부족해서 3번 구역 제품 생산에 차질이 있다는 기사를 읽고 있다. 현장 중계 장면으로 넘어가는데, 보호복을 입은 여자 리포터가 13번 구역 법원 건물 폐허 앞에 서 있다. 그녀는 마스크를 통해 '오늘 조사 결과 13번 구역 탄광은 아직도 독성이 강해 접근할 수 없다'고 말한다. 그걸로 끝이다. 하지만 다시 뉴스 진행자를 비추기 전에, 똑같은 모킹제이 날개가 보인다.

옛날 영상에다 리포터를 합성한 것이다. 그 리포터는 13번 구역에 있지 않았다. 그렇다면 의문이 생긴다. 13번 구역에는 뭐가 있을까?

12

그 일 이후로는 조용히 침대에 있기가 힘들다. 13번 구역에 대해서 더 알아보든, 캐피톨 전복을 돕든 무엇이든 하고 싶다. 하지만 그러는 대신 나는 앉아서 치즈 빵을 먹으며 피타가 스케치하는 것을 구경한다. 헤이미치가 가끔 들러서 시내 소식을 전해주는데, 늘 나쁜 소식뿐이다. 처벌받거나 굶어 죽는 사람들이 늘어나고 있다.

다리를 쓸 수 있게 되었을 때쯤에는 겨울도 한풀 꺾인 뒤다. 엄마는 내게 운동을 시키고 조금씩 혼자 걷게 하신다. 어느 날 밤 잠자리에 들며 내일 아침에는 꼭 시내에 가보리라 결심하지만, 일어나보니 베니아, 옥타비아, 플라비우스가 나를 내려다 보고 있다.

"놀랐지! 일찍 왔어!"

그들이 '꺅!' 하고 소리 지른다.

내가 얼굴에 채찍을 맞은 다음, 헤이미치는 상처가 나을 수 있도록 그들의 방문을 몇 달 연기시켰다. 앞으로 3주는 더 있어야 올 거라고 생각하고 있었다. 하지만 나는 마침내 웨딩촬영을 하게 됐다며 신 나는 척 행동한다. 엄마가 드레스를 모두 꺼내 걸어놓으셨으니 준비가 된 셈이지만, 솔직히 말해 한 벌도 입어 보지 않았다.

준비 팀은 늘 하듯이 내 미모가 형편없어졌다고 짜증을 부리고 나서 바로 작업에 착수한다. 내 생각에는 엄마가 훌륭하게 치료하신 것 같은데, 내 얼굴이 그들의 가장 큰 걱정거리다. 하지만 광대뼈 위에 희미한 핑크색 선이 남았을 뿐이다. 채찍질은 대놓고 얘기할 것이 아니라서 얼음 위에서 미끄러져 베였다고 말한다. 그렇게 말하고 나니 얼음 위에서 미끄러져 발을 다쳐서 하이힐을 신기 힘들 거라고 했다는 게 생각난다. 하지만 플라비우스, 옥타비아, 베니아는 의심이 많은 편이 아니니 안전하다.

몇 주 동안이 아니라 몇 시간만 털이 없으면 되니까 이번에는 다 뽑는 대신에 면도를 한다. 뭔가를 채운 욕조에 들어가서 몸을 불려야 하는 것은 마찬가지지만 이번에 쓰는 용액은 불쾌하지는 않고, 정신을 차려 보니 어느새 머리와 메이크업으로 넘어가 있다. 보통 그렇듯 준비 팀은 여러 가지 소식을 전하는데, 평소에는 한 귀로 듣고 흘리려고 노력한다. 하지만 옥타비아가 관심이 가는 말을 한다. 파티를 열었는데 새우를 구할 수가 없었다고 지나가며 한 마디 한 것뿐이지만, 신경이 쓰인다.

"어쩌다 새우를 못 구했어요? 철이 아니라서?"

내가 묻는다.

"오, 캣니스, 몇 주 동안이나 해산물 구경을 못했어! 4번 구역 날씨가 너무 나빠서 말이야."

옥타비아가 대답한다.

마음이 들뜬다. 몇 주 동안 해산물이 없었다고? 4번 구역. 우승자 투어에서 4번 구역 관중은 분노를 겨우 감추는 모습이었어. 갑자기 4번 구역에서 반란이 일어났다는 확신이 든다.

이번 겨울에 다른 힘든 일은 없었는지 지나가듯 물어 보기 시작한다. 물건이 부족해 본 적이 없는 사람들이라, 물자 공급이 조금만 끊겨도 그들은 기억한다. 옷 입을 준비를 마쳤을 때는 이것저것을 구하기 힘들었다는 불평을 듣고(게살, 음악 칩, 리본 등이었다.) 어떤 구역에서 반란이 일어났는지 어느 정도 파악할 수 있다. 4번 구역의 해산물. 3번 구역의 전자 제품. 그리고 물론 8번 구역의 섬유. 반란이 그렇게 넓게 퍼졌다는 생각을 하니 두려움과 흥분으로 몸이 떨린다.

더 물어보고 싶지만 시나가 나타나 나를 안아주고는 메이크업을 살펴본다. 시나의 시선은 곧바로 내 뺨의 상처로 향한다. 왠지 시나는 얼음 위에서 미끄러졌다는 말을 믿지 않을 것 같지만, 그래도 내게 물어보진 않는다. 시나가 내 얼굴에 파우더를 조금 바르자 희미하게 보이던 상처가 사라진다.

아래층 거실은 촬영을 위해 치우고 조명을 설치해 두었다. 에피는 주위 모든 사람들에게 명령을 내리고 일정을 맞추며 즐거운 시간을 보내고 있다. 드레스가 여섯 벌인데 그에 따라 머리에 쓰는 것, 구두, 보석류, 머리, 메이크업, 세팅, 조명을 다 바꿔야 하니 잘된 건지도 모른다. 크림색 레이스, 핑크색 구두, 곱슬머리. 상아빛 새틴과 금빛 문신과 녹색 화초. 다이아몬드가 달린 딱 붙는 드레스와 보석 달린 베일과 달빛. 두툼한 흰 비단과 손목에서 바닥까지 늘어지는 소매, 진주. 한 가지 촬영이 끝나면 바로 다음 촬영 준비에 들어간다. 마구 이긴 후 새로운 모양으로 빚어지는 밀가루 반죽이 된 기분이다. 분장을 하는 동안 엄마가 음식을 조금 먹여 주시고 차도 몇 모금 마시게 해 주지만, 끝났을 때는 녹초가 되었고 배가 무척 고프다. 시나와 시간을 좀 보내고 싶었는데 에피가 모두를 쫓아내는 바람에 전화하자는 약속으로 만족해야 했다.

저녁이 되었고 온갖 괴상한 신발을 신느라 발이 아파서 시내에 가려는 생각은 접는다. 대신 위층에 가서 두꺼운 화장과 헤어컨디셔너와 염색약을 씻어 버리고 머리를 말리러 불가로 간다. 끝에서 두 번째 드레스를 입고 있을 때 학교에서 돌아온 프림은 엄마와 촬영 이야기를 나누고 있다. 두 사람 모두 촬영 때문에 기분이 무척 좋아 보인다. 침대에 쓰러지면서 나는 둘의 기분이 좋은 이유가 내가 안전할 거라고 생각해서라는 걸 깨닫는다. 곧 죽여 버릴 사람을 위해 그런 노력과 비용을 들일 리가 없으니, 내가 채찍질을 막은 일을 캐피톨이 그냥 넘어갔다고 생각하는 것이다. 그렇겠지.

악몽 속에서 나는 비단 웨딩드레스를 입고 있지만 찢어졌고 진흙이 묻어 있다. 숲 속을 달리는데 긴 소매가 가시와 가지에 자꾸 걸린다. 머테이션이 된 조공인들 한 무리가 점점 다가오더니 뜨거운 숨결과 피가 떨어지는 발톱으로 나를 덮치고, 나는 비명을 지르며 깨어난다.

다시 자려고 하기에는 이미 새벽이 가깝다. 게다가 오늘은 정말 나가서 누군가와 얘기를 해야 한다. 게일은 탄광에 있으니 만날 수 없을 것이다. 하지만 호수에 다녀온 후로 생긴 이 모든 짐을 헤이미치나 피타, 아니면 다른 누군가와 함께 나눠야 한다. 도망가는 범법자, 전기가 흐르는 울타리, 독립된 13번 구역, 캐피톨의 물자 부족. 이 모든 것을.

엄마와 프림과 함께 아침을 먹고 비밀을 털어놓을 사람을 찾으러 나간다. 따뜻한 공기에 봄이 온다는 희망이 깃들어 있다. 봄은 반란에 적합한 계절일 것 같다. 겨울이 지나고 나면 다들 무력감을 덜 느끼니까. 피타는 집에 없다. 벌써 시내로 간 것 같다. 헤이미치가 이렇게 이른 시간에 부엌에서 움직이고 있는 것을 보고 놀란다. 노크하지 않고 불쑥 안으로 들어간다. 위층에서 헤이즐이 이제 완전히 깨끗해진 집의 바닥을 쓰는 소리가 들린다. 헤이미치는 만취하지는 않았지만 그다지 멀쩡해 보이지도 않는다. 리퍼가 영업을 재개했다는 소문이 사실인가 보다. 그냥 자라고 하는 게 나을까 생각하는데 헤이미치가 시내로 걸어가자고 한다.

이제 헤이미치와 나는 약어 비슷한 것으로 이야기할 수 있다. 나는 몇 분 만에 내 소식을 전하고, 헤이미치는 7번과 11번 구역에서도 반란이 있었다는 소문을 이야기한다. 내 예감이 맞는다면 절반에 가까운 구역이 반란을 일으켰거나 적어도 시도한 셈이다.

"아직도 여기선 안 될 거라고 생각하세요?"

"아직은 안 돼. 다른 구역들은 훨씬 큰 곳들이다. 그런 데선 사람들이 절반 정도 집에 숨는다 해도 반란군에게 승산이 있어. 여기 12번 구역은 전부 다 일어나지 않으면 안 돼."

그 생각은 못했는데. 우리가 사람 수가 부족하다는 생각.

"하지만 앞으로 언젠가는……?"

내가 우겨 본다.

"어쩌면. 하지만 우리는 작고 약하고, 핵폭탄도 없잖니."

헤이미치는 약간 빈정대듯 말한다. 아까 13번 구역 이야기를 했더니 심드렁하게 반응했다.

"캐피톨에선 어떻게 할까요, 헤이미치? 반란 중인 구역들에게."

"음, 8번 구역에서 있었던 일은 너도 들었지. 그리고 여기서 한 일도 봤을 거고. 우린 도발조차 하지 않았는데 말이야. 만약 일이 정말로 심각해지면 눈 깜짝 않고 구역 하나를 몰살시킬 거다. 13번 구역에서 그랬던 것처럼 말이야. 본보기로 삼는 거지."

"그럼 13번 구역이 정말 파괴되었다고 생각하세요? 영상의 모킹제이에 대한 보니와 트윌의 말은 사실이었다고요."

"그렇다 치자. 그래서 뭐? 아무 의미도 없지. 옛날 영상을 사용하는 이유는 충분히 있을 수 있어. 그게 화면발이 제일 잘 받는 영상일 수도 있지. 그리고 훨씬 쉽지 않겠니? 그냥 편집실에서 버튼 몇 개 누르고 끝내는 게 거기까지 날아가서 촬영하는 것보다 쉽잖아? 13번 구역이 어찌어찌해서

재건되었는데 캐피톨이 못 본 체 하고 있다고? 절박한 사람들이나 매달릴 법한 헛소문 같은데."

"알아요. 그냥 그러길 바라는 것뿐이에요."

"바로 그거지. 넌 절박한 거다."

당연히 그의 말이 옳았으므로 나는 반박하지 않는다.

학교에서 돌아온 프림은 흥분으로 들떠 있다. 교사들이 오늘 밤 텔레비전 의무 시청이 있다고 했다고 한다.

"언니 웨딩촬영일 거야!"

"그럴 리가 없어, 프림. 사진 찍은 게 겨우 어젠데."

"내가 들은 얘기가 있다고."

프림이 말한다.

프림 말이 틀렸으면 좋겠다. 게일을 준비시킬 시간이 없었다. 채찍질 이후로는 상처가 잘 회복되고 있는지 엄마에게 보이러 우리 집에 올 때만 볼 수 있었다. 탄광에서 일주일에 7일을 일하는 때가 많다. 내가 시내까지 바래다주는 겨우 몇 분간만 둘이 있을 수 있는데, 12번 구역에서 오가던 반란에 대한 이야기는 스레드의 탄압으로 쑥 들어가 버렸다는 소식을 들었다. 내가 도망치지 않을 거라는 걸 게일도 안다. 하지만 게일은 12번 구역에서 반란이 일어나지 않으면 내가 피타의 신부가 된다는 것도 알아야 한다. 아름다운 드레스를 입고 돌아다니는 나를 텔레비전에서 본다면…… 게일이 무슨 일을 할 수 있을까?

일곱 시 반에 텔레비전 앞에 모여 앉자 프림의 말이 사실이었음을 깨닫게 된다. 아니나 다를까 시저 플리커맨이 트레이닝센터 앞에서 이야기하고 있다. 빽빽하게 모여 앉은 관중은 곧 다가올 내 결혼 생활에 대한 이야기를 감탄하며 즐기고 있다. 시저는 내 헝거 게임 의상으로 하루아침에 스타가 된 시나를 소개하고, 1분 정도 잡담을 나눈 뒤 거대한 스크린으로 시선을 돌리게 한다.

어제 촬영하고서 오늘 스페셜 쇼를 방영할 수 있었던 방법을 알게 된다. 시나는 처음에 드레스 스물네 벌을 디자인했다. 그 이후 수를 줄여나가고, 옷을 만들고, 액세서리를 고르는 과정이 있었다. 캐피톨에서는 각 단계마다 자기 마음에 드는 것에 투표를 할 수 있었던 모양이다. 이 모든 것은 여섯 가지 다른 드레스를 입은 내 사진으로 끝나는데, 마지막에 내 사진을 삽입하는 데는 시간이 거의 걸리지 않았을 것이다. 관중은 사진이 한 장 한 장 화면에 뜰 때마다 엄청난 반응을 보인다. 자기가 좋아하는 옷이 나오면 소리치며 환호하고, 싫어하는 옷이 나오면 야유를 보낸다. 투표를 하고 아마 내기도 걸었을 관중들은 내 웨딩드레스에 관심이 아주 많다. 정작 나는 카메라가 오기 전에는 한 번 입어 보지도 않았던 걸 생각한다면 기묘한 광경이다. 시저는 관심이 있는 사람들은 다음 날 정오까지 마지막으로 투표를 해야 한다고 말한다.

"캣니스 에버딘이 멋진 모습으로 결혼하게 합시다!"

시저가 관중에게 외친다. 텔레비전을 막 끄려고 하는데 시저가 오늘 저녁에 큰 행사가 하나 더 있으니 시청하라고 한다.

"그렇죠, 올해는 헝거 게임 75주년입니다. 세 번째 25주년 특집이 있다는 뜻이죠!"

"뭘 하려는 거지? 아직 몇 달 남았는데."

프림이 말한다.

우리는 뭔가를 떠올린 듯 침통한 표정으로 생각에 잠겨 있는 엄마를 돌아본다.

"카드를 읽을 거다. 카드에 쓰여 있는 걸 읽을 거야."

국가가 흐르고, 스노우 대통령이 무대에 오르자 혐오감으로 목이 죄어든다. 흰 양복을 입은 어린 소년이 나무 상자를 들고 따라 나온다. 국가가 끝나자 스노우 대통령은 연설을 시작하고, 헝거 게임이 생겨나게 된 암흑기를 상기시킨다. 게임 규칙을 정할 때, 매 25년마다 25주년 특집을 통해 기념하라고 명시했다고 한다. 특집에서는 구역의 반란에 희생된 사람들을 생생히 기억하기 위해 특별한 헝거 게임을 해야 한다.

내 추측대로라면 바로 지금 몇몇 구역이 반란을 일으키고 있으니, 이보다 더 뼈 있는 말일 수는 없을 것 같다.

스노우 대통령은 계속해서 과거의 25주년 특집들을 설명한다.

"25주년 기념일에는, 반군이 폭력적인 수단을 택한 탓에 그들의 자녀가 죽어갔다는 것을 상기시키기 위해서, 모든 구역에서 선거를 해서 구역을 대표할 조공인을 뽑도록 했습니다."

그 기분이 어땠을까. 가야 할 아이를 선거로 뽑다니. 추첨 공에서 이름이 뽑혀 나오는 것보다 이웃들의 손에 선택되는 게 더 나쁠 것 같다.

"50주년 기념일에는 캐피톨 사망자 한 명당 반군 두 명이 죽었다는 것을 상기시키기 위해서, 평소보다 두 배의 조공인을 뽑았습니다."

스물 세 명이 아니라 마흔 일곱 명의 경쟁자가 있는 들판을 대하는 것을 상상해 본다. 더 낮은 확률, 더 희박한 희망, 궁극적으로는 더 많은 아이들이 죽는다. 그해가 헤이미치가 이긴 해였지…….

"그해에 내 친구가 갔어. 메이실리 도너. 걔네 부모님이 과자 가게를 하셨지. 그 애가 기르던 새를 나중에 나한테 주셨단다. 카나리아였어."

엄마가 조용히 말씀하신다.

프림과 나는 시선을 교환한다. 메이실리 도너라는 이름은 우리 둘 다 처음 들어 본다. 어떻게 죽었는지 우리가 궁금해 할까 봐 말씀 안 하셨나 보다.

"그리고 이제 우리는 세 번째 25주년 특집을 기립니다."

대통령이 말한다. 흰 옷을 입은 소년이 앞으로 나서고, 상자 뚜껑을 열어 앞으로 내민다. 누렇게 변색된 봉투를 세워서 가지런히 꽂아 놓았다. 25주년 시스템을 만든 사람은 수세기에 걸친 헝거 게임을 준비해 두었다. 대통령은 75라고 선명하게 쓰인 봉투를 집어 날개 밑으로 손가락을 넣고 작고 네모난 종이를 꺼낸다. 그는 망설이지 않고 읽어 나간다.

"75주년 기념일에는 반군 중 가장 강했던 자들도 캐피톨의 힘을 뛰어넘지 못했다는 것을 상기시키기 위해, 남녀 조공인을 현존하는 우승자 중에서 추첨하겠습니다."

엄마가 작게 비명을 지르고 프림은 손으로 얼굴을 감싸지만, 나의 반응은 텔레비전에 비친 관중의 반응과 비슷하다. 바로 이해하지 못해서 조금 당황했다. 무슨 뜻이지? 현존하는 우승자 중에서?

다음 순간 그 뜻을 이해한다. 저 말이 내게 갖는 의미를 알겠다. 12번 구역에는 현재 우승자가 세 명뿐이다. 남자 둘, 여자 하나…….

나는 경기장으로 돌아가게 된다.

13

머리보다 몸이 먼저 반응했다. 나는 문 밖으로 뛰쳐나가 우승자 마을 정원들을 가로질러 어둠 속으로 달려간다. 축축한 땅의 습기가 양말을 적시고 바람이 물어뜯듯 날카롭게 불지만 나는 멈추지 않는다. 어디? 어디로 가? 물론 숲이다. 나는 울타리 앞까지 갔다가 웅, 하는 소리를 듣고서야 내가 완전히 갇혔다는 사실을 기억해 낸다. 나는 헐떡이며 물러서고 몸을 돌려 다시 달린다.

정신을 차려 보니 우승자 마을의 빈집 지하실에서 무릎을 꿇고 양손을 바닥에 댄 채 엎드려 있다. 머리 위의 창문으로 달빛이 희미하게 비쳐온다. 춥고 몸이 젖은 데다 숨도 차지만, 달아나려던 노력은 내 안에서 솟아나는 히스테리를 조금도 가라앉히지 못했다. 그걸 방출하지 못하면 나는 그 속에 완전히 빠져버릴 것이다. 셔츠 앞섶을 뭉쳐 입에 넣고 비명을 지른다. 얼마 동안이나 그러고 있었는지 모르지만 멈추고 나니 목소리가 거의 나오지 않았다.

옆으로 누워 달빛이 시멘트 바닥에 네모 모양으로 비쳐 오는 것을 바라본다. 경기장으로 돌아간다. 내 악몽에 등장하는 곳으로 돌아간다. 거기로 간다. 예상하지 못했던 일임을 인정해야겠다. 다른 것들은 아주 많이 예측해 보았었다. 공개적으로 모욕을 당하고, 고문당하고, 처형당하는 것들. 야생으로 탈출하는 것, 평화유지군과 호버크래프트에게 쫓기는 것. 피타와 결혼해서 아이를 낳고, 그 아이를 경기장에 보내야 하는 것. 하지만 내 자신이 다시 헝거 게임의 조공인이 될 거라는 생각은 한 번도 한 적이 없다. 왜? 이런 일은 전에 없었으니까. 우승자는 평생 추첨에서 면제됐었잖아. 우승하면 그것만은 보장 받는 거였단 말이야. 지금까지는.

페인트칠을 할 때 까는 것과 비슷한 천이 있기에 그 천을 담요처럼 덮는다. 멀리서 누군가가 내 이름을 부른다. 하지만 지금은 내가 사랑하는 사람들에 대한 생각마저도 잠시 미뤄 두고 있다. 나는 오직 나에 대해서만 생각한다. 그리고 앞으로 일어날 일들에 대해서.

천은 빳빳하지만 따뜻하다. 근육이 풀리고 심장 박동이 느려진다. 작은 소년이 들고 있던 나무 상자, 누렇게 된 봉투를 꺼내는 스노우 대통령이 보인다. 25주년 특집이 정말로 75년 전에 만들어진 것일까? 아닐 것 같다. 이건 캐피톨이 지금 마주하고 있는 문제를 해결할 너무도 완벽한 방법이다. 한 방에 나를 제거하고 구역들을 진압할 수 있는 방법.

스노우 대통령의 목소리가 머릿속에서 들려 온다.

"75주년 기념일에는 반군 중 가장 강했던 자들도 캐피톨의 힘을 뛰어넘지 못했다는 것을 상기시키기 위해, 남녀 조공인을 현존하는 우승자 중에서 추첨하겠습니다."

그렇다. 우승자는 우리 중 가장 강한 사람이다. 경기장에서 살아남고, 다른 사람들의 목을 조르는 가난의 올가미를 피한 사람이다. 그들은, 아니면 우리들이라고 해야 할까, 우리들은 희망이 없는 곳에서 희망을 상징한다. 이제는 그 희망마저도 허상이었다는 것을 보여주기 위해 우리 중 스물세 명을 죽이려 한다.

내가 우승한 게 작년이라 다행이다. 그렇지 않았다면 다른 우승자들을 다 알았을 테니까. 우승자들은 서로 텔레비전에서 봐서 알 뿐 아니라 매해 게임마다 외빈으로 초대된다. 매년 헤이미치가 떠맡는 멘터 역할을 모든 우승자가 하는 것은 아니지만, 우승자들은 대부분 매년 게임 때가 되면 캐피톨로 돌아간다. 서로 친구인 경우가 많은 것 같다. 반면 내가 죽이게 될까 봐 걱정을 해야 할 친구는 피타 아니면 헤이미치뿐이다. 피타 아니면 헤이미치!

나는 천을 집어던지고 일어나 앉는다. 방금 내가 무슨 생각을 했지? 그 어떤 상황에서도 나는 피타나 헤이미치를 죽이지는 않을 것이다. 하지만 둘 중 한 사람은 나와 함께 경기장에 들어갈 거고, 그것은 분명한 사실이다. 둘 중 누가 갈지 이미 결정했을지도 모른다. 누가 뽑히든 다른 사람은 자원해서 그 자리를 차지할 수 있다. 무슨 일이 일어날지 벌써 알 수 있다. 피타는 헤이미치에게 무슨 일이 있어도 자기가 나와 함께 경기장에 들어가게 해 달라고 부탁할 것이다. 나 때문에. 나를 보호하려고.

나는 빠져나갈 길을 찾아 지하실 안을 헤맨다. 어쩌다 여기 들어왔지? 더듬거리며 계단을 올라 부엌까지 왔다가 문의 유리창이 깨진 것을 본다. 그래서 내 손에서 피가 나는구나. 나는 어두운 밖으로 서둘러 나가 곧장 헤이미치의 집으로 간다. 헤이미치는 식탁에 혼자 앉아 있다. 한 손에는 반쯤 빈 투명한 독주 병을, 다른 손에는 칼을 들고 있다. 엄청나게 취했다.

"아, 왔구나. 완전히 지쳤나 보군. 드디어 계산을 마쳤니, 예쁜아? 너 혼자 가는 게 아니라는 걸 생각해 냈어? 그래서 나한테 와서…… 뭘 부탁할 거냐?"

대답하지 않는다. 창문은 활짝 열려 있고, 밖에 서 있는 것과 똑같이 바람이 불어온다.

"남자애가 더 빨리 알아차렸다는 걸 인정한다. 내가 병뚜껑을 따기도 전에 왔더라. 다시 한 번 들어가게 해 달라고 빌었어. 하지만 넌 뭐라고 할 거냐?"

헤이미치는 내 목소리를 흉내 낸다.

"피타 대신 가요, 헤이미치, 모든 것을 두고 생각했을 때 아저씨보단 피타가 여생을 사는 게 더 낫지 않겠어요, 이럴 거냐?"

헤이미치의 말을 듣고 보니 내가 원한 것이 그게 아닌가 싶어 입술을 깨물게 된다. 피타가 사는 것, 설령 그것이 헤이미치의 죽음을 의미한다 해도. 아니, 그건 아니다. 물론 헤이미치는 지독한 사람이지만 그래도 이제는 내 가족이다. 나는 생각해 본다. '내가 왜 왔지? 내가 여기서 원하는 게 뭐지?'

"한잔 하러 왔어요."

내가 말한다.

헤이미치는 웃음을 터뜨리더니 술병을 내 앞에 쾅하고 놓는다. 소매로 주둥이를 문질러 닦고 몇 모금 마시자 목이 메는 것 같다. 몇 분 정도 지나서야 제정신이 돌아오는데, 눈물과 콧물이 계속 난다. 하지만 몸속에서 불 같은 느낌이 나는 게 좋다.

"어쩌면 아저씨가 가는 게 맞을지도 모르죠. 어차피 인생을 증오하시잖아요."

의자를 끌어다 앉으며 나는 감정 없는 목소리로 말한다.

"지당한 얘기다. 그리고 내가 지난번에는 너를 살리려고 했으니까…… 이번에는 그놈을 살릴 의무가 있는 것 같기도 하고."

"그것도 좋은 지적이네요."

나는 코를 닦고 병에서 또 한 모금 마신다.

"피타는 지난번에 내가 너를 골랐으니까, 자기한테 빚을 졌다고 하더라. 자기가 원하는 건 뭐든 들어줘야 된대. 그놈이 원하는 건 다시 경기장에 들어가서 너를 지키는 거야."

그럴 줄 알았다. 이런 의미에서는 피타의 행동을 예측하기 어렵지 않다. 내가 나만 생각하며 그 지하실 바닥에서 굴러다니는 동안 피타는 오직 나만 생각하며 이곳에 다녀갔다. 수치라는 단어는 내 기분을 설명하기에 너무 약하다.

"너도 알겠지만 네가 백 번을 살아도 너한테는 그놈이 아깝다."

"네, 네."

나는 무뚝뚝하게 대답하고, 다시 묻는다.

"걔가 우리 3인조 중 우월한 애라는 건 의심의 여지가 없죠. 그래서 어떻게 하실 거예요?"

"모르겠다. 할 수 있으면 너랑 같이 들어갈지도 모르지. 만약 내 이름이 뽑히면 어쩔 수 없지. 걔가 자원할 테니까."

헤이미치가 한숨을 쉰다. 우리는 잠시 침묵 속에 앉아 있다.

"경기장에 들어가면 힘들지 않으시겠어요? 다른 사람들 다 아실 거 아녜요."

내가 묻는다.

"아, 어차피 나야 어딜 가든 참기 힘든 사람 아니냐. 이제 돌려줄래?"

헤이미치는 병을 향해 고개를 까닥한다.

"안 돼요."

나는 양팔로 병을 감싼다. 헤이미치는 식탁 아래서 병을 하나 더 꺼내 비틀어 연다. 하지만 난 그냥 술 한잔 하러 온 게 아니라는 것을 깨닫는다. 나는 헤이미치에게서 원하는 것이 하나 더 있다.

"좋아요. 내가 뭘 부탁하고 싶은지 생각해 냈어요. 이번에 나랑 피타가 들어가게 되면, 이번에는 개를 살려요."

헤이미치의 충혈된 눈에서 무언가가 번득이고 지나간다. 고통이다.

"말씀하신 것처럼, 어떻게 보나 나쁜 일이죠. 피타가 뭘 원하든 간에 이번에는 피타가 구원받을 차례예요. 우리 둘 다 피타에게 빚을 졌어요."

내 목소리는 애원조가 되어간다.

"게다가 캐피톨은 저를 엄청나게 미워하니까, 지금도 이미 죽은 거나 마찬가지예요. 피타에겐 아직 기회가 있을지 몰라요. 제발요, 헤이미치. 도와주겠다고 말해요."

헤이미치는 병을 보며 얼굴을 찌푸린 채 내 말을 생각해 본다.

"그래."

그가 마침내 대답했다.

"고마워요."

이제 가서 피타를 만나야 하지만, 가고 싶지 않다. 술 때문에 머리가 어지럽고 완전히 지쳐 있다. 피타가 나를 설득시켜 하기 싫은 약속을 하게 할지도 모른다. 이제 집에 가서 엄마와 프림을 만나야 한다.

비틀거리며 우리 집 앞 계단을 올라가는데, 문이 열리더니 게일이 나를 안는다.

"내가 잘못 생각했어. 네가 말했을 때 도망쳤어야 하는데."

게일이 속삭인다.

"아니야."

집중이 잘 되지 않는다. 내 손에 든 병에서 술이 튀어나와 게일의 재킷 등을 적셨지만 그는 신경 쓰지 않는 것 같다.

"아직 늦지 않았어."

게일이 말한다.

게일의 어깨 너머로 문간에 엄마와 프림이 서로 붙들고 서 있는 것이 보인다. 우리가 도망치면 저들이 죽는다. 그리고 이제는 피타도 보호해야 한다. 더 이상 생각할 여지는 없다.

"늦었어."

무릎이 풀리고 게일이 나를 안아 올린다. 취기가 내 정신을 장악하고, 유리병이 바닥에 떨어져 깨지는 소리가 들린다. 모든 감각과 의식을 잃어 가고 있으니 병을 놓쳤을 법도 하다.

일어나자마자 독주가 다시 역류하려 한다. 간신히 제때 화장실에 도착한다. 내려갈 때 화끈거렸던 것만큼 올라올 때도 화끈거리고, 맛은 두 배 정도 나쁘다. 다 토하고 나자 몸이 떨리고 땀범벅이 되었지만, 적어도 술은 대부분 몸 밖으로 빠져나갔다. 혈액 중에 남은 알코올 때문에 머리가 지끈거리고, 입 안이 건조하고, 위가 부글거린다.

샤워기를 켜고 일 분 정도 따스한 소나기 밑에 서 있다가 속옷 차림이라는 것을 깨닫는다. 엄마가 내 더러운 겉옷을 벗기고 침대에 눕히셨나 보다. 젖은 속옷을 욕조 안에 던져 넣고 머리에 샴푸를 바른다. 손이 따가워서 살펴보니 같은 간격으로 작게 꿰맨 자국이 있다. 한쪽 손에는 손바닥을 가로질러, 다른 손에는 손날 위쪽을 꿰맸다. 어젯밤에 유리창을 깬 기억이 어렴풋이 난다. 머리부터 발끝까지 문질러 닦다 말고 한 번 더 토한다. 거의 담즙만 올라와서 달콤한 냄새가 나는 거품과 함께 배수구로 흘러나간다.

마침내 깨끗해진 나는 가운을 입고 젖은 머리는 무시한 채 다시 침대로 간다. 독약을 먹으면 분명 이런 기분일 거라고 생각하며 담요 아래로 기어든다. 계단에서 발소리가 나서 어젯밤의 공포가 되살아난다. 난 아직 엄마와 프림을 만날 준비가 되지 않았다. 하지만 마음을 다잡고 지난번 추첨 날에 작별 인사할 때처럼 침착하게 두 사람을 안심시켜야 한다. 강해져야 한다. 나는 억지로 몸을 똑바로 일으키고, 심장 박동이 느껴지는 관자놀이 뒤로 젖은 머리를 넘긴 후 만남에 대비한다. 두 사람은 차와 토스트를 들고 걱정이 가득한 얼굴로 들어온다. 나는 뭔가 농담을 던지며 대화를 시작하려고 입을 열고, 울음을 터뜨린다.

강한 척은 거기까지.

엄마는 내 옆에 앉으시고 프림도 내 옆으로 기어와 나를 안고 조용히 달래는 소리를 낸다. 내가 울 만큼 울고 나자 프림은 수건으로 내 머리를 말리고 엉킨 부분을 빗어서 풀어 준다. 그러는 동안 엄마는 나를 달래며 차와 토스트를 먹이신다. 따뜻한 잠옷을 입히고 담요를 더 덮어주어서 나는 다시 잠든다.

다시 눈을 떴을 때 햇빛을 보니 늦은 오후다. 협탁에 물이 한 잔 있어 목이 마른 차에 꿀꺽꿀꺽 들이켰다. 뱃속과 머리가 아직 조금 흔들거리는 기분이지만 아까보다는 훨씬 낫다. 일어나서 옷을 입고 머리를 땋는다. 내려가기 전에 계단 꼭대기에서 잠시 멈춰 서서 25주년 특집 소식을 듣고 난 뒤의 내 행동에 약간의 부끄러움을 느낀다. 미친 듯이 뛰어다니고, 헤이미치와 술을 마시고, 울고. 주어진 상황을 생각해 봤을 때 하루쯤은 내 멋대로 행동해도 괜찮겠지, 하고 생각한다. 그래도 카메라가 없어서 다행이었다.

아래층에서 엄마와 프림이 나를 다시 안아주지만, 지나치게 감정적이 되어 있지는 않다. 나를 편하게 해 주려고 참고 있는 걸 알고 있다. 프림의 얼굴을 보니 아홉 달 전의 추첨 날에 내가 두고 떠났던 연약한 어린 여자애와 같은 애라는 것을 상상하기조차 힘들다. 그때의 경험과 뒤따랐던 일들(12번 구역에서 일어나는 잔혹한 일들, 엄마가 바쁘실 때면 프림 혼자서 진찰할 때도 많은 병자와 환자의 행렬 같은)이 프림을 몇 살이나 더 나이 들게 했다. 키도 꽤 자라서 이제 나와 거의 키가 비슷하지만, 나이 들어 보이는 건 그 때문이 아니다.

엄마가 머그잔에 국물을 떠주셔서, 헤이미치에게 가져다 주게 하나 더 달라고 부탁 드렸다. 자다가 이제야 일어나는 헤이미치는 말없이 컵을 받는다. 우리는 거의 평화롭기까지 한 분위기로 앉아서 국물을 홀짝이며 거실 창문을 통해 해 지는 풍경을 바라본다. 누가 위층에서 돌아다니는 소리가 들려서 헤이즐이겠거니 생각하지만, 몇 분 후 피타가 나타나 빈 술병이 가득 든 마분지 상자를 이제 끝이라는 표정으로 올려놓는다.

"자, 다했어요."

피타가 말한다. 헤이미치는 병을 바라보는 것만으로도 힘들어 해서 내가 묻는다.

"뭘 다했는데?"

"술을 죄다 하수구에 버렸어."

인사불성이던 헤이미치는 그 말에 정신이 번쩍 드는 듯 일어나 믿을 수 없다는 듯이 상자 속을 뒤진다.

"어쨌다고?"

"다 버렸어요."

"더 살 거야."

내가 말한다.

"아니, 그렇겐 안 돼. 오늘 아침에 리퍼를 찾아서 헤이미치나 캣니스에게 술을 팔면 신고하겠다고 했어. 돈을 넉넉히 주기도 했지만, 리퍼도 평화유지군 손에 다시 들어가고 싶어 하지는 않을걸."

헤이미치는 칼을 휘두르지만 피타가 너무 쉽게 피해서 보기에 딱하다. 내 안에서 분노가 치민다.

"헤이미치가 뭘 하든 네가 무슨 상관이야?"

"상관이 왜 없어. 어떻게 되든 우리 중 두 명은 다시 경기장에 들어갈 거고 남는 사람은 멘터가 될 거야. 이 팀에 주정뱅이를 둘 여력은 없어. 특히 너, 캣니스."

"뭐? 내가 취했던 건 어젯밤 한 번뿐이야."

나는 화가 나서 식식거리며 응수한다. 아직까지 숙취 상태가 아니라면 더 그럴듯하게 들릴 텐데.

"그래. 지금 네 꼴 좀 봐."

25주년 특집 발표 후 피타와의 첫 만남에서 내가 뭘 기대했는지 모르겠다. 몇 번의 포옹과 키스. 어쩌면 약간의 편안함. 이런 건 아니었다. 나는 헤이미치를 돌아본다.

"걱정 마세요, 술 더 가져다 드릴게요."

"그러면 너랑 헤이미치도 신고할 거야. 구치소에서 술 좀 깨고 오세요."

피타가 말한다.

"이러는 이유가 뭐냐?"

헤이미치가 묻는다.

"이러는 이유는 우리 중에서 두 명이 집으로 돌아와야 하기 때문이에요. 멘터 하나, 우승자 하나. 에피가 살아있는 우승자들의 경기 장면 테이프를 전부 보내 주기로 했어요. 우린 옛날 헝거 게임을 보면서 그 사람들이 어떻게 싸우는지 배울 수 있는 모든 것을 배워야 돼요. 체중을 늘리고 강해져야죠. 이제는 프로 조공인들처럼 해야 돼요. 당신들 생각이 어떤지 몰라도, 우리 중 한 사람은 또 한 번 우승자가 되어야 한다고요!"

피타는 문을 쾅 닫으며 방에서 나가버렸다.

헤이미치와 나는 쾅, 하는 소리에 움찔한다.

"난 독선적인 사람은 싫은데."

내가 말한다.

"좋아할 구석이 없지."

헤이미치는 병 바닥에 남은 술을 빨아먹기 시작한다.

"우리 둘. 피타가 집으로 돌아오게 하려는 사람이 우리 둘이죠."

내가 말한다.

"자기 꾀에 속아 넘어가겠지."

하지만 며칠 후 우리는 프로 조공인처럼 행동하자는 말에 따르기로 한다. 피타를 살리는 가장 좋은 방법이기도 하기 때문이다. 매일 밤 우리는 지금 살아 있는 우승자가 출연한 옛날 헝거 게임을 시청한다. 우승자 투어에서 한 명도 만나지 못했다는 것이 지금 생각해 보니 이상하다. 그 얘기를 꺼내자 헤이미치는 스노우 대통령은 반란의 위험이 있는 구역에서 피타와, 무엇보다 내가 다른 우승자들과 유대를 맺는 것을 절대 보여주고 싶어 하지 않았을 거라고 한다. 우승자들은 특별한 지위를 누리는데, 우승자들이 캐피톨에 대한 나의 반항을 지지하는 것으로 보이게 되면 정치적으로 위험할 거라는 얘기다. 지금 나이를 계산해 보니 우리가 상대할 사람 중 나이가 지긋한 사람도 있을 것 같은데, 슬프기도 하고 안심이 되기도 한다. 피타는 엄청난 양의 메모를 하고, 헤이미치가 우승자들의 성격에 대한 정보를 자진해서 들려주어 천천히 우리의 경쟁자들을 파악해 간다.

매일 아침 우리는 몸을 강하게 하려고 운동을 한다. 달리고 무거운 것을 들고 스트레칭을 한다. 오후에는 전투 기술, 칼 던지기, 맨손 싸움을 연습한다. 나는 두 사람에게 나무 오르는 법까지 알려 준다. 공식적으로는 조공인들은 훈련을 해선 안 되지만 아무도 우리를 말리지 않는다. 평년에도 1, 2, 4번 구역은 창과 칼 휘두르는 법을 익히고 나타난다. 그에 비하면 이건 아무 것도 아니다.

긴 세월에 걸쳐 학대당한 헤이미치의 몸은 잘 나아지지 않는다. 힘은 아직도 굉장히 세지만, 조금만 달려도 숨이 차오른다. 매일 밤 칼을 지니고 자는 사람이라면 칼을 던져서 벽에 꽂을 수는 있을 것 같겠지만, 손이 심하게 떨려 몇 주가 지나서야 성공한다.

하지만 피타와 나는 새로운 훈련 방식 아래 급성장한다. 나도 뭔가 할 일이 생겼다. 우리 모두에게 패배를 받아들이는 것 외에 다른 할 일이 생긴 것이다. 엄마는 체중을 늘리기 위한 특별식을 만들어 주신다. 프림은 욱신거리는 근육을 치료해 준다. 매지는 아버지가 읽으시는 캐피톨 신문을 몰래 가져다준다. '우승자 중의 우승자는 누가 될 것인가' 하는 예상 중에 우리가 유력한 후보로 올라 있다. 일요일이면 심지어 게일도 찾아온다. 게일은 피타나 헤이미치에게는 애정이 전혀 없지만, 자기가 덫에 대해 아는 것을 우리에게 모두 가르쳐 준다. 피타와 게일 두 사람과 동시에 이야기를 나누니 나로선 이상하지만, 두 사람은 나에 대한 문제는 제쳐두기로 한 것 같다.

어느 날 밤, 게일을 시내까지 바래다주는 길에 게일은 스스로 인정하기까지 한다.

"싫어하기 쉬운 애였으면 더 나았을 텐데."

"누가 아니래. 내가 경기장에서 그 애를 싫어할 수 있었다면, 지금 이런 일은 있지도 않았을 거야. 그는 죽었을 거고, 나는 혼자서 행복한 우승자가 되어 있었겠지."

"그럼 우리는 어떻게 되었을까, 캣니스?"

게일이 묻는다.

무슨 말을 할지 몰라 잠시 말을 멈춘다. 피타가 아니었다면 내 사촌이 되지 않았을 내 가짜 사촌과 나는 어떻게 되었을까? 그래도 게일은 내게 키스했을까? 그렇게 해도 괜찮은 상황이었다면 나 역시 키스로 답했을까? 지금과 다른 상황이었다면 우승자로서 돈과 음식이 있고, 이제 안전하다는 착각 속에 안심하고 게일에게 마음을 열었을까? 하지만 추첨이라는 것이 언제나 우리 머리 위, 우리 아이들 위를 도사리고 있다. 내가 무엇을 원하든 간에…….

"사냥했겠지. 매주 일요일마다."

게일이 그런 뜻으로 물은 것이 아니라는 건 알지만, 내가 해 줄 수 있는 가장 정직한 대답이 이거다. 게일은 내가 도망치지 않은 게 피타가 아닌 자기를 선택했다는 의미임을 알고 있다. 내가 경기장에서 피타를 죽였다 하더라도 나는 누구하고든 결혼은 하고 싶지 않았을 것이다. 나는 사람들의 생명을 구하기 위해 약혼한 것뿐이지만, 그 작전은 완전히 역효과를 낳았다.

게다가 게일과 뭔가 감정적인 사건이 생기면 그가 극단적인 행동을 할까 봐 겁이 난다. 탄광에서 반란을 시작한다든가 하는 것 말이다. 헤이미치 말에 따르면 12번 구역은 아직 준비가 되어 있지 않다. 25주년 특집 발표가 있었던 다음 날 아침 평화유지군 100명이 추가로 기차를 타고 도착했기 때문에 준비가 더욱 부족한 셈이 되었다.

또다시 살아 돌아올 생각은 없으니, 게일이 빨리 나를 놔줄수록 더 좋다. 하지만 추첨 후에 한 시간 동안 작별 인사를 나눌 때 한두 마디 할 생각은 하고 있다. 그 동안 게일이 내 삶에 얼마나 소중했는지 알려 주고 싶다. 게일을 안 뒤로 내 인생이 얼마나 나아졌는지 말하고 싶다. 게일을 사랑해서 내 인생은 훨씬 나아졌다. 비록 내가 할 수 있는 것은 한정된 방식의 사랑이었지만.

하지만 기회가 없다.

추첨 날은 후덥지근하다. 12번 구역의 사람들은 침묵 속에 땀을 흘리며 광장에 앉아 기다린다. 사람들 머리 위에서 기관총이 군중을 겨누고 있다. 나는 로프를 쳐둔 곳에 혼자 서 있고, 내 오른쪽 비슷한 공간에 피타와 헤이미치가 서 있다. 추첨은 일 분 만에 끝난다. 금속성 금빛 가발을 쓴 에피는 평소의 활기를 잃었다. 그녀가 여자용 추첨 공 안에 손을 넣고 꽤 오랫동안 헤집어 단 한 조각의 종이를 잡는다. 그 종이에 내 이름이 쓰여 있다는 것은 누구나 알고 있다. 그 다음에는 헤이미치의 이름이 적힌 종이를 집는다. 헤이미치가 슬픈 표정으로 나를 보자마자 피타가 자원한다.

우리는 즉시 법원 건물로 이송되고, 평화유지군 대장 스레드가 우리를 맞는다.

"절차가 바뀌었다."

스레드는 미소 지으며 말한다. 우리는 뒷문 앞에 세워진 차를 타고 기차역으로 간다. 플랫폼에는 카메라도, 우리를 배웅할 군중도 없다. 헤이미치와 에피가 경비원 손에 끌려 나타난다. 평화유지군은 서둘러 우리를 기차에 태우고 문을 쾅 닫는다. 바퀴가 돌기 시작한다.

나는 창가에 매달려 12번 구역이 멀어지는 것을 바라본다. 준비했던 모든 작별 인사들을 내 입술에 매단 채.

14

숲이 마지막으로 보는 고향의 모습을 삼키고 난 뒤에도 한참이나 창가에 앉아 있었다. 이번에는 돌아올 수 있을 거라는 희망을 조금도 가지고 있지 않다. 처음 게임에 참가하기 전에는 이기기 위해 무슨 일이든 하겠다고 프림에게 약속했다. 이번에는 피타를 살리기 위해 무엇이든 하겠다고 스스로에게 맹세했다. 내가 이 길을 되돌아오는 일은 절대로 없을 것이다.

내가 사랑하는 사람들에게 마지막으로 하고 싶은 말을 다 생각해 뒀는데. 모든 문을 닫고 잠근 다음, 슬프지만 그래도 안전하게 남겨 두고 떠나올 수 있는 최선의 말들을 생각해 뒀는데. 하지만 캐피톨은 그것마저 앗아갔다. 피타가 뒤에서 말한다.

"편지를 쓰자, 캣니스. 그게 더 나을 거야. 지닐 수 있는 우리의 일부를 남겨주는 거지. 헤이미치가 우리 대신 배달해줄 거야……. 배달해야 할 경우엔 말이지."

나는 고개를 끄덕이고 곧바로 내 방으로 가 침대에 앉는다. 내가 절대 편지를 쓰지 못하리란 걸 알고 있다. 11번 구역에서 루와 스레쉬를 기리기 위해 쓰려고 했던 연설문처럼 되고 말 거다. 머릿속에서는 생각이 분명했고 관중 앞에서 말할 때도 잘 됐지만, 펜 끝에서는 절대 말이 제대로 나오지 않았다. 게다가 포옹하고 키스하고 프림의 머리를 쓰다듬으며, 게일의 얼굴을 감싸 안으며, 매지의 손을 꼭 쥐며 했어야 할 말들이다. 차갑게 식은 내 뻣뻣한 시체가 담긴 나무 상자와 함께 배달될 수는 없는 말들이다.

너무 상심해서 울 수조차 없어서, 그냥 내일 아침 캐피톨에 도착할 때까지 침대에서 웅크린 채 잠만 자고 싶을 뿐이다. 하지만 내게는 임무가 있다. 아니, 임무 이상이다. 내 유언이다. 피타를 살리는 것. 캐피톨의 분노를 정면으로 마주하며 그 일을 성공시킬 확률은 낮아 보이지만, 내가 최상의 컨디션을 유지하는 것은 중요하다. 고향에 있는 사랑하는 사람들을 생각하며 애달파하고만 있다면 성공하지 못할 것이다. '보내 줘.' 스스로에게 말한다. '작별 인사 하고 잊어 버려.' 최선을 다해 한 사람 한 사람을 생각하고, 내 안의 새장에서 새를 놔 주듯 날려 보낸 후 다시 돌아오지 못하게 새장 문을 잠근다.

저녁 먹으러 오라고 에피가 내 방 문을 두드릴 때쯤에는 나는 텅 비어 있다. 하지만 가벼움이 전적으로 반갑지만은 않다.

가라앉은 분위기 속에서 저녁 식사를 한다. 어찌나 가라앉았는지 다 먹은 그릇을 치우고 새 그릇을 가져가는 소리 외에는 침묵만이 흐른다. 으깬 채소를 넣은 차가운 수프. 라임 크림 반죽을 곁들인 둥글납작한 생선 튀김. 줄과 물냉이를 곁들이고 오렌지 소스를 채워 넣은 작은 새. 체리를 박은 초콜릿 커스터드.

피타와 에피는 가끔씩 대화를 시도해 보지만 금세 다시 침묵이 돌아온다.

"새 머리 멋진데요, 에피."

피타가 말한다.

"고마워. 캣니스 핀에 특별히 맞춘 거야. 네게 금색 팔찌를 채우고 헤이미치에게 금목걸이 같은 걸 하게 해서 한 팀으로 보이게 하면 어떨까 생각해 봤는데."

에피가 말한다.

에피는 내 모킹제이 핀이 반군의 상징으로 쓰인다는 사실을 모르는 것이 분명하다. 적어도 8번 구역에서 모킹제이는 반란의 상징이다. 아직도 캐피톨에서는 유난히 재미있었던 헝거 게임을 생각나게 하는 즐거운 상징이다. 다른 의미를 가질 수 있겠는가? 진짜 반군은 비밀 상징을 보석처럼 오래 남는 것에 새기지 않는다. 얇은 빵처럼 위기상황에서 즉시 먹어 없앨 수 있는 것에 새긴다.

"좋은 생각인데요. 어때요, 헤이미치?"

피타가 말한다.

"그래. 뭐든."

헤이미치가 말한다. 술을 마시고 있지는 않지만 한잔 하고 싶어 한다는 걸 알 수 있다. 헤이미치가 노력하는 것을 보고 에피는 자기 와인도 치우도록 했지만, 헤이미치는 비참한 상태다. 자기가 조공인이었다면 피타에게 빚진 것 없이 자기 마음대로 마셨을 것이다. 이제 헤이미치의 옛 친구들이 가득한 경기장에서 피타의 목숨을 지켜내려면 모든 힘을 다 쏟아야 할 거고, 그러고도 실패할 확률이 높다.

"아저씨도 가발을 쓰면 어떨까요."

분위기를 가볍게 하려고 나는 말해 본다. 헤이미치는 내버려 두라는 눈길로 한 번 바라볼 뿐이다. 우리는 침묵 속에 커스터드를 먹는다.

"추첨 재방송 볼까?"

에피가 흰 린넨 냅킨으로 입가를 닦으며 말한다.

피타는 현존하는 우승자들에 대해 기록한 공책을 가지러 가고, 우리는 텔레비전이 있는 칸으로 가서 경기장에서 우리와 경쟁할 사람들이 누구인지 지켜본다. 국가가 흘러나오고 열두 구역에서 있었던 추첨 행사의 재방송이 시작될 때는 모두 모여앉아 있다.

헝거 게임 역사를 통틀어 일흔 다섯 명의 우승자가 있었다. 쉰아홉 명이 아직 살아 있다. 예전 헝거 게임에 조공인 혹은 멘터로 출연한 모습을 봤거나, 최근에 우승자들의 테이프를 다시 본 탓에 알아볼 수 있는 얼굴들이 많다. 아주 늙었거나 병, 마약, 술 때문에 망가진 사람들도 있다. 예상대로 1, 2, 4번 구역의 프로 조공인 우승자 수가 가장 많다. 하지만 모든 구역에 최소한 남녀 한 명씩은 있다.

추첨은 빠르게 진행된다. 피타는 선택된 조공인의 이름 옆에 신중하게 별점을 매긴다. 헤이미치는 감정이 없는 얼굴로 자기 친구들이 무대에 올라가는 모습을 바라본다. 에피는 숨을 죽이며 괴로운 듯 "아, 세실리아는 안 돼!"라든가 "채프는 싸움에서 빠질 사람이 아니지." 같은 말을 한다.

나는 다른 조공인들을 기억에 담아 두려고 해 보지만, 머릿속에 남는 사람은 작년처럼 몇 명뿐이다. 내가 어렸을 때 2년 연속 우승했던 1번 구역의 전형적인 미남 미녀 남매. 2번 구역에서 자원한 브루투스는 마흔은 되어 보였는데 경기장으로 어서 돌아가고 싶어 못 견디는 것 같다. 구릿빛 머리칼을 한 4번 구역의 미남 피닉은 십 년 전에 열네 살의 나이로 우승했다. 구불구불한 갈색 머리를 한 신경질적인 젊은 여자가 4번 구역에서 뽑히지만, 무대로 올라오려면 지팡이를 짚어야 하는 여든 살 먹은 할머니가 자원한다. 7번 구역의 유일한 여성 우승자인 조한나 메이슨. 몇 년 전에 약한 척해서 우승한 여자다. 에피가 세실리아라고 부른 8번 구역 여자는 서른쯤 되어 보이는데, 자기에게 매달리는 아이 셋을 떼어놓고 무대로 올라온다. 헤이미치와 특히 친한 것으로 알고 있는 11번 구역의 채프도 무대로 올라온다.

이윽고 내 이름이 불린다. 헤이미치가 뽑히고 피타가 자원한다. 아나운서 한 명은 확률의 신이 12번 구역에서 온 비운의 연인인 우리 편을 절대로 들지 않는다며 눈물짓기까지 한다. 그러더니 마음을 가라앉히고 이렇게 장담했다.

"이번 게임은 사상 최고가 될 겁니다!"

헤이미치는 말없이 나가 버리고, 에피도 이런 저런 조공인들에 대해 두서없이 몇 마디 하더니 잘 자라고 인사하고는 나간다. 나는 그냥 앉아서 피타가 뽑히지 않은 우승자들에 대해 적은 페이지를 뜯어내는 것을 바라본다.

"좀 자지그래?"

피타가 말한다.

'악몽을 감당할 수가 없어, 네가 없으면.' 속으로 생각한다. 오늘 밤의 악몽은 분명 끔찍할 것이다. 하지만 피타에게 같이 자자고 말하기가 너무 힘들다. 우리는 게일이 채찍질 당한 날 밤 이후 거의 신체 접촉을 하지 않았다.

"너는 뭐할 거야?"

내가 묻는다.

"그냥 잠시 노트 좀 훑어보려고. 우리가 어떤 사람들과 맞서게 되는지 감 좀 잡아 보려고 해. 아침에 너한테도 들려줄게. 가서 자, 캣니스."

그래서 자러 간다. 아니나 다를까 4번 구역의 할머니가 거대한 쥐로 변해 내 얼굴을 쏠아 먹는 악몽을 꾸다 일어난다. 비명을 질러댔겠지만 아무도 오지 않는다. 피타도, 캐피톨 직원조차도 오지 않는다. 나는 온 몸에 돋은 소름을 진정시키려 가운을 입는다. 내 방 안에 혼자 있는 걸 참을 수 없어서 차나 핫 초콜릿 같은 걸 만들어 줄 사람을 찾아보기로 한다. 어쩌면 헤이미치가 아직 깨어있을지도 몰라. 헤이미치는 분명 깨어 있을 거야.

나는 직원에게 따뜻한 우유를 주문한다. 내가 떠올릴 수 있는 것 중 가장 마음을 차분하게 해 주는 음료다. 텔레비전 방에서 목소리가 들려서 가 봤더니 피타가 있다. 소파 위 피타 옆자리에 놓인 상자에는 에피가 보내 준 예전 헝거 게임 테이프가 들어 있다. 나는 브루투스가 우승자가 된 헝거 게임 테이프를 알아본다.

피타가 나를 보고 일어나서 테이프를 끈다.

"잠이 안 와?"

"오래는 못 자겠어."

할머니가 쥐로 변하던 모습이 떠올라 가운을 더 단단히 두른다.

"얘기하고 싶어?"

피타가 묻는다. 가끔은 악몽 이야기를 하면 좀 나아지지만, 아직 싸우지도 않은 사람들이 벌써 나를 괴롭게 한다는 게 나약하게 느껴져서 나는 그냥 머리를 가로젓는다.

피타가 팔을 뻗자 나는 곧장 가서 안긴다. 25주년 특집 발표 이후 피타가 조금이라도 애정을 보여준 것은 지금이 처음이다. 피타는 요구 사항이 많은 트레이너처럼 굴면서 언제나 엄격하게 나와 헤이미치에게 더 빨리 달리고, 더 많이 먹고, 적들을 더 잘 파악하라고 시켰다. 연인? 말도 마라. 내 친구 행세조차 하지 않았다. 나는 피타가 팔굽혀펴기 같은 걸 하라고 명령할까 봐 팔로 목을 꽉 감싸 안는다. 피타는 나를 끌어당기고 내 머리칼에 얼굴을 묻는다. 피타의 입술이 내 목에 살짝 닿고, 그곳에서부터 온기가 솟아나 온몸으로 퍼진다. 기분이 너무나, 믿어지지 않을 만큼 좋다. 이 포옹을 내가 먼저 풀지는 않을 것이다.

포옹하면 안 될 이유라도 있나? 나는 게일에게 작별 인사를 했다. 다시는 보지 못할 게 확실하다. 이제 내가 뭘 하든 게일에게 상처를 줄 수 없다. 보지 않거나 아니면 내가 연기를 한다고 생각할 것이다. 적어도 한 가지 걱정은 던 셈이다.

캐피톨 직원이 따뜻한 우유를 들고 와서 우리는 안고 있던 팔을 푼다. 직원은 김이 모락모락 오르는 도자기 주전자와 머그잔 두 개를 테이블에 얹는다.

"컵을 하나 더 가져왔습니다."

그가 말한다.

"고마워요."

내가 말한다.

"우유에 꿀을 조금 넣었습니다. 달콤하도록요. 그리고 향료도 아주 조금 넣었지요."

그가 덧붙인다. 그러곤 하고 싶은 말이 더 있는 것처럼 우리를 바라보더니, 고개를 살짝 흔들고는 방에서 나간다.

"왜 저러지?"

내가 말한다.

"우리가 안됐다고 생각하는 것 같아."

"퍽이나."

내가 우유를 따르며 대꾸한다.

"진심이야. 캐피톨 사람들이 우리가 경기장에 다시 들어가는 걸 그다지 좋아할 것 같지는 않아. 아니면 다른 우승자들도. 캐피톨 사람들은 챔피언들에게 애착이 있다고."

"일단 피가 흐르기 시작하면 다 잊을걸. 그래서, 테이프들을 다 다시 보던 중이야?"

나는 덤덤하게 말하고 나서 피타에게 그렇게 묻는다. 25주년 특집이 캐피톨의 분위기에 어떤 영향을 미칠까 따위의 생각을 할 시간 같은 건 정말이지 없으니까.

"그건 아니야. 그냥 사람들의 다양한 싸움 기술을 조금씩 보고 있었어."

"다음은 누구야?"

"네가 골라."

피타가 상자를 내밀며 말한다.

테이프에는 헝거 게임 년도와 우승자 이름이 표시되어 있다. 나는 테이프들을 헤치다 갑자기 아직까지 본 적 없는 테이프를 집어 든다. 게임 연도는 50주년으로 표시되어 있다. 두 번째 25주년 특집이 있던 해다. 그리고 그해 우승자의 이름은 헤이미치 애버내시다.

"우리 이건 본 적 없어."

내가 말한다. 피타는 고개를 가로젓는다.

"본 적 없지. 헤이미치가 안 봤으면 하고 생각했던 걸 알았거든. 우리가 우리 헝거 게임 보기 싫은 것과 똑같지. 그리고 우리는 같은 편이니까 별 상관없을 거라고 생각했어."

"25주년 때 이긴 사람도 여기 있어?"

"없을걸. 누구였는지는 몰라도 벌써 죽었을 거고, 에피는 우리가 마주칠 가능성이 있는 해 것만 보내 줬어. 왜? 봐야 될 것 같아?"

그렇게 물으며 피타는 헤이미치의 테이프를 들어본다.

"우리가 가지고 있는 유일한 특집 해잖아. 특집이 어떤 건지에 대해 뭔가 가치 있는 걸 배울 수 있을지도 몰라."

이렇게 말하지만 기분이 묘하다. 헤이미치의 사생활을 크게 침해하는 것 같은 기분이다. 헝거 게임은 누구나 보는 것인데 왜 이런 기분이 드는지 모르겠다. 하지만 그렇게 생각하는 한편으로는 굉장히 호기심이 생긴다는 것도 인정해야겠다.

"봤다고 꼭 말해야 되는 건 아니잖아."

"좋아."

피타도 동의한다. 피타가 테이프를 집어넣고, 나는 우유 잔을 들고서 소파 위 피타의 옆자리에 몸을 웅크린다. 꿀과 향료가 든 우유는 정말 맛있다. 나는 50주년 헝거 게임을 넋을 잃고 시청한다. 국가가 흐르고 나자 화면은 스노우 대통령이 두 번째 25주년 특집을 위한 봉투를 뽑는 것을 비춰준다. 지금보다 젊어 보이지만 역겨운 것은 매한가지다. 우리 때와 똑같은 부담스러운 목소리로 네모난 종이에 쓰여 있는 글을 읽는다. 25주년 특집으로 평년보다 조공인의 수를 두 배 늘린다는 내용이다. 그리고 화면은 곧바로 연달아 이름을 부르는 추첨 장면을 담아낸다.

12번 구역까지 왔을 때쯤에는 죽음을 맞게 될 것이 뻔한 아이들의 수가 하도 많아 압도되어 버린다. 12번 구역에서 이름을 호명하는 여자가 있는데, 에피는 아니지만 똑같이 "레이디 퍼스트!"하며 추첨을 시작한다. 첫 번째 이름의 주인공은 모습을 보니 경계 출신의 여자아이이다. 그리고 다음에 부르는 이름은 '메이실리 도너' 다.

"아! 우리 엄마 친구였어."

내가 말한다. 카메라는 관중 속에서 다른 여자아이 두 명에게 매달려 있는 메이실리를 찾아낸다. 셋 다 금발이다. 모두 상인의 자식이 분명하다.

"안아주고 있는 사람이 너희 어머니 같은데."

피타가 조용히 말한다. 그 말이 맞다. 메이실리 도너가 침울하게 포옹을 풀고 무대로 향하는 장면에서 내 나이 때의 우리 엄마가 언뜻 보인다. 젊은 시절 엄마의 미모에 대한 말들은 과장이 아니었다. 엄마와 손을 잡고 훌쩍이는 사람은 메이실리와 아주 닮은 다른 여자아이다. 하지만 내가 아는 어떤 사람과 굉장히 닮았다.

"매지."

내가 말한다.

"매지 어머니야. 매지 어머니와 메이실리가 쌍둥이였다나 뭐 그랬대. 아빠가 한 번 말씀하신 적 있어."

피타가 말한다.

매지의 어머니를 생각해 본다. 언더시 시장의 부인이다. 끔찍한 고통 때문에 인생의 반 정도는 세상과 담을 쌓은 채 침대에 꼼짝 못하고 누워서 지낸다. 매지 어머니와 우리 엄마 사이에 이런 관계가 있다는 걸 왜 여태 전혀 몰랐나 생각해 본다. 눈보라가 휘몰아치는데 한밤중에 게일에게 줄 약을 들고 나타난 매지. 내 모킹제이 핀과, 그 핀의 원래 주인이 매지의 이모인 메이실리 도너, 즉 경기장에서 살해된 조공인이었다는 것을 알고 나자 그 의미가 완전히 달라진다는 것을 생각해 본다.

헤이미치의 이름이 제일 마지막이다. 엄마보다 헤이미치의 모습이 더욱 충격적이다. 젊고 강하다. 인정하기 어렵지만 제법 미남이다. 짙은 색의 곱슬머리. 경계 출신다운 회색 눈은 밝게 빛난다. 추첨 때부터 벌써 위험해 보이는 모습이다.

"아, 피타, 설마 헤이미치가 메이실리를 죽이지는 않았겠지?"

갑자기 나는 묻는다. 왠지는 모르겠지만 그 생각만큼은 도저히 참을 수가 없다.

"참가자가 마흔여덟 명인데? 그럴 확률은 낮았을걸."

피타가 말한다.

마차 행렬(12번 구역 아이들은 형편없는 광부 의상을 입고 있다.)과 인터뷰가 스쳐 지나간다. 한 명 한 명을 자세히 보여줄 시간은 거의 없다. 하지만 헤이미치가 우승자가 되었으니, 시저 플리커맨과 하는 인터뷰를 통째로 볼 수 있다. 반짝이는 담청색 양복을 입은 시저의 모습은 지금과 완전히 똑같다. 짙은 녹색 머리, 눈썹, 입술만 다르다.

"헤이미치, 평소보다 경쟁자가 100% 더 많은 것에 대해 어떻게 생각하나요?"

시저가 묻는다. 헤이미치는 어깨를 으쓱한다.

"크게 달라질 것 없다고 생각해요. 다들 평소처럼 100% 멍청한 아이들일 테니, 제가 이길 확률은 엇비슷하겠죠."

관중은 웃음을 터뜨리고 헤이미치는 반쯤 미소를 지어 보인다. 신랄하고, 거만하고, 무관심한 모습.

"헤이미치한텐 별로 어려운 연기가 아니었겠는데?"

내가 말한다.

게임이 시작되는 날 아침이다. 투입실에서 관을 통해 경기장으로 들어가는 한 조공인의 시점에서 촬영한 영상이 나온다. 나는 참지 못하고 숨을 몰아쉰다. 참가자들의 얼굴에 믿을 수 없다는 표정이 떠오른다. 헤이미치마저 기뻐서 눈썹을 치켜 올리지만, 곧 언제 그랬느냐는 듯 매서운 표정으로 돌아간다.

상상할 수 있는 최고의 절경이다. 아름다운 꽃이 핀 푸른 초원 한가운데에 황금 코뉴코피아가 놓여 있다. 하늘은 새파랗고 하얀 솜구름이 떠 있다. 밝은 색의 새들이 노래를 지저귀며 날아다닌다. 조공인들 몇이 코를 킁킁거리는 것을 보니 냄새도 아주 좋은 모양이다. 공중에서 촬영한 모습을 보니 이런 초원이 몇 킬로미터에 걸쳐 펼쳐져 있다. 어느 한쪽 방향으로는 먼 곳에 숲으로 보이는 것이 있고, 다른 쪽으로는 정상에 눈이 쌓인 산이 있다.

그 아름다움에 정신이 팔린 참가자들이 많아서, 징이 울리자 대부분 꿈에서 깨어나려는 듯한 모습이다. 그러나 헤이미치는 다르다. 헤이미치는 코뉴코피아로 달려가 무기를 챙기고 보급품 배낭을 골라 들쳐 멨다. 다른 사람들이 대부분 판에서 내려오지도 않았는데 헤이미치는 숲 쪽으로 달려간다.

첫날의 피바다에서 열여덟 명이 죽는다. 더 많은 참가자가 죽어나가고, 이 아름다운 곳에 있는 거의 모든 것이 치명적인 독을 품고 있음이 분명해진다. 덤불에 매달린 달콤한 과일, 수정처럼 맑은 시내의 물, 심지어 꽃향기도 깊이 들이마시면 독이 된다. 먹어도 안전한 것은 빗물과 코뉴코피아의 보급품뿐이다. 보급품을 넉넉히 챙긴 프로 조공인들 열 명이 동맹을 맺고, 희생자를 찾아 산지를 샅샅이 뒤진다.

헤이미치는 숲에서 나름대로 고생을 한다. 털이 복슬복슬한 황금색 다람쥐가 알고 보니 떼를 지어 공격하는 육식동물이고, 나비에게 쏘이면 죽거나 엄청난 고통을 겪는 곳이다. 하지만 헤이미치는 꿋꿋이 산에서 멀어지는 방향으로 전진한다.

메이실리 도너는 코뉴코피아에서 작은 배낭 하나만 얻은 여자애치고는 제법 꾀가 있는 것으로 드러난다. 배낭 안에는 그릇, 육포 조금, 바람총과 화살 스물네 개가 들어 있다. 경기장에 넘쳐나는 독을 활용해서, 메이실리는 화살을 독성 물질에 담갔다가 적들에게 쏘아 바람총을 무시무시한 무기로 변신시켰다.

나흘째 되는 날 아름답던 산은 화산 폭발을 일으켜 열 명 가까운 조공인이 목숨을 잃고, 프로 조공인 무리 중에도 다섯 명 밖에 남지 않는다. 산에서는 용암이 뿜어져 나오고 초원에서는 몸을 숨길 수가 없으니, 헤이미치와 메이실리를 포함한 열세 명의 남은 조공인은 어쩔 수 없이 모두 숲에 모인다.

헤이미치는 활화산이 된 산에서 멀어지는 방향으로 계속 나가려는 결심을 한 것 같지만 단단히 엉킨 나뭇가지들이 미로처럼 꼬여 있어 먼 길을 돌아 숲 한가운데로 돌아오게 된다. 헤이미치는 프로 세 명과 마주쳐서 칼을 뽑는다. 몸집과 힘에서는 프로들이 유리하지만, 헤이미치는 굉장히 잽싸서 두 명을 죽이고 세 번째에게 칼을 뺏긴다. 프로가 헤이미치의 목을 가르려는데 화살이 날아와 프로를 쓰러뜨린다.

메이실리 도너가 나타난다.

"둘이 함께라면 더 오래 살아남을 거야."

메이실리가 말한다.

"방금 네가 그걸 증명해 보였네. 동맹 맺을까?"

헤이미치가 목을 문지르며 말한다. 메이실리가 고개를 끄덕인다. 이렇게 해서 집으로 돌아가 다시 구역 사람들과 대면하고 싶은 한은 깨기 힘든 그런 동맹이 즉석에서 생겨난다.

피타와 나처럼 두 사람은 함께 있을 때 훨씬 더 잘 버텨낸다. 휴식을 더 많이 취하고, 빗물을 더 많이 모을 방법을 생각해낸다. 팀을 이뤄 싸우고, 죽은 조공인의 배낭에서 음식을 꺼내 나눠 먹는다. 하지만 헤이미치는 계속 앞으로 나간다는 결심을 버리지 않는다.

"왜?"

메이실리가 계속 묻지만, 헤이미치는 무시한다. 메이실리가 대답이 없으면 더 이상 한 발자국도 가지 않겠다고 하자 그제야 대답해 준다.

"어디엔가 끝이 있긴 있을 거 아냐? 경기장이 끝없이 계속될 수는 없잖아."

헤이미치가 말한다.

"뭐가 있을 것 같은데?"

메이실리가 묻는다.

"몰라. 하지만 우리가 사용할 수 있는 것이 있을지도 몰라."

죽은 프로 조공인의 가방에서 꺼낸 화염방사기를 사용해서 마침내 나무 울타리를 뚫고 나가자, 평평하고 건조한 땅이 나오고 절벽이 있다. 절벽 저 아래에는 울퉁불퉁한 바위가 보인다.

"이게 다야, 헤이미치. 돌아가자."

"싫어. 난 여기 있을래."

"좋아. 이제 다섯 명 밖에 안 남았어. 어차피 이제 헤어질 시간인지도 모르지. 너랑 나 둘만 남는 건 싫어."

"알았어."

헤이미치도 동의한다. 그걸로 끝이다. 악수를 하자고 청하지도 않고 한 번 쳐다보지도 않는다. 메이실리가 걸어간다.

헤이미치는 뭔가를 알아보려는 것처럼 절벽가를 따라 걷는다. 헤이미치의 발에 맞은 자갈 하나가 절벽 아래 깊은 곳으로 떨어진다. 그러고는 영영 사라진 것으로 보인다. 하지만 일 분 후 헤이미치가 쉬려고 앉아 있을 때, 자갈이 다시 튀어 올라와 헤이미치 옆에 떨어진다. 헤이미치는 어리둥절한 표정으로 자갈을 바라본 후 곧 묘하게 집중하는 얼굴이 된다. 그가 자기 주먹만 한 크기의 돌을 절벽 아래로 던지더니 기다린다. 돌이 다시 날아올라와 손 안으로 들어오자 헤이미치는 웃기 시작한다.

그때 메이실리 도너의 비명 소리가 들린다. 동맹은 끝났고 깬 사람은 메이실리니까, 헤이미치가 비명 소리를 무시한다고 해도 누구도 비난할 사람은 없다. 하지만 헤이미치는 그쪽으로 달려간다. 그리고 사탕 같은 핑크빛 새 떼가 길고 가느다란 부리로 메이실리의 목을 꿰뚫은 직후에야 도착한다. 메이실리가 죽어가는 동안 헤이미치는 손을 잡아준다. 나는 루 생각, 그리고 내가 늦게 도착해서 루를 구하지 못했던 생각만 난다.

그날 다른 조공인이 격투 끝에 죽고 또 한 명이 털북숭이 다람쥐 한 무리에게 잡아 먹혀서 헤이미치와 1번 구역 여자애 둘만 남게 된다. 여자애는 헤이미치보다 몸집이 크고 헤이미치만큼 재빨라서, 피할 수 없는 싸움이 시작되자 피가 난무하고 보기에 끔찍하다. 헤이미치가 마침내 무기를 잃는 것은 둘 다 생명을 잃을 만큼 상처를 입은 뒤였다. 헤이미치는 내장이 빠져 나오지 않도록 손으로 막고서 아름다운 숲 속을 헤치며 비틀비틀 걷고, 여자애도 헤이미치에게 최후의 일격을 가할 도끼를 들고 뒤따른다. 헤이미치는 곧장 절벽으로 향하고, 절벽 끝에 도착했을 때 여자애는 도끼를 던진다. 헤이미치는 땅에 쓰러지고 도끼는 절벽 아래 심연으로 떨어진다. 마찬가지로 빈손이 된 여자는 그냥 그 자리에 서서 눈알이 빠진 자리에서 솟는 피를 멎게 해 보려 한다. 땅에 쓰러져 경련하기 시작한 헤이미치보다 자기가 더 오래 버틸 수 있을 거라고 생각하는 듯하다. 하지만 여자가 모르고 헤이미치가 아는 것은 도끼가 돌아온다는 사실이다. 절벽 아래에서 날아온 도끼는 여자의 머리에 박힌다. 대포가 울리고, 여자의 시체가 수거되고, 헤이미치의 우승을 축하하는 트럼펫이 울린다.

피타가 테이프를 끄고 우리는 잠시 말없이 앉아 있다.

마침내 피타가 입을 연다.

"절벽 바닥의 역장(力場, 어떤 힘이 미치는 범위, 힘이 퍼져 있는 공간: 편집자)은 트레이닝센터 옥상에 있던 것과 비슷해. 투신자살 하려고 뛰어내리면 다시 원래 자리로 되돌려 놓는 거지. 헤이미치는 그걸 무기로 활용하는 방법을 알아낸 거야."

"다른 조공인을 공격하는 무기일 뿐 아니라 캐피톨을 공격하는 것이기도 하지. 주최 측에서 의도한 바가 아니잖아. 경기장의 일부로 만들어 둔

게 아니었어. 헤이미치가 그걸 알아낸 덕에 캐피톨은 멍청해 보이게 됐지. 그걸 어떻게 돌려놓을까 오래 고민했겠지. 우리가 저걸 텔레비전에서 본 기억이 없는 이유가 바로 그거야. 우리와 그 딸기만큼이나 나빴던 거지!"

내가 말한다.

웃음을 참을 수 없다. 몇 달 만에 처음으로 진짜 웃음이 나온다. 피타는 내가 제정신이 아니라는 양 고개를 가로저을 뿐이다. 실제로 약간은 제정신이 아닐지도 모르겠다.

"거의. 하지만 그 정도는 아니었다."

우리 뒤에서 헤이미치가 말한다. 나는 우리가 자기 경기 테이프를 봤다고 화를 내지는 않을까 걱정하며 재빨리 일어난다. 하지만 헤이미치는 히죽 웃더니 와인 병을 입에 대고 한 모금 쭉 마실 뿐이다. 금주는 끝났다. 다시 술을 마시기 시작했으니 나는 기분이 언짢아야 할 것 같지만, 그 대신 다른 기분에 사로잡혀 있다.

내 경쟁자가 어떤 사람인지 배우며 지난 몇 주를 보냈다. 내 동료가 어떤 사람들인지는 생각조차 하지 않았다. 헤이미치가 어떤 사람인지 드디어 알게 되었다고 생각하니 새로운 자신감이 내 안에서 빛을 발하기 시작한다. 그리고 내가 어떤 사람인지에도 눈 뜨기 시작했다. 캐피톨을 그렇게 난처하게 만든 두 사람이 힘을 합치면 피타를 살려 집으로 돌려보낼 방법쯤은 찾을 수 있을 것이다.

15

플라비우스, 베니아, 옥타비아와 함께 준비를 한 적은 이미 수없이 많으니, 그냥 늘 하던 대로 참고 있으면 끝날 줄 알았다. 하지만 그런 감정의 봇물은 예상하지 못했다. 준비 과정 중 그들은 최소 두 번씩 눈물을 터뜨리고, 옥타비아는 아침 내내 훌쩍거리다시피 한다. 세 사람은 내게 진정으로 애착을 느꼈던 것 같다. 내가 경기장에 다시 들어간다는 생각을 하니 완전히 낙심한 모양이다. 거기다 나를 잃으면 온갖 거창한 사교 행사, 특히 내 결혼식에 갈 수 없게 된다는 생각까지 더해지니 참을 수가 없었을 것이다. 다른 사람을 위해 강해져야 한다는 생각을 해본 적이 없는 사람들이라, 내가 그들을 달래는 입장이 되어버린다. 학살당하러 경기장에 들어가는 사람은 나니까, 좀 화가 난다.

하지만 기차에서 만난 승무원이 우승자들이 다시 싸우는 것을 마음에 들지 않아 했다는 피타의 말을 생각해 보면 흥미롭다. 캐피톨 사람들이 좋아하지 않을 거라는 말도. 징이 울리는 순간 다 잊어버릴 거라는 생각은 변함이 없지만, 최소한 캐피톨 사람들이 우리에 대해 감정을 느끼기는 한다는 사실을 난 미처 몰랐었다. 매년 아이들이 살해당하는 것을 아무렇지도 않게 지켜보는 사람들이다. 하지만 우승자, 특히 오랫동안 기려온 사람들에 대해서는 너무 많이 알고 있어서 인간이라는 사실을 잊지 않는 모양이다. 자기 친구가 죽는 것을 보는 일과 비슷한 거다. 즉 구역 사람들이 게임을 볼 때와 비슷한 것이다.

시나가 나타날 때쯤에 나는 준비 팀을 달래느라 짜증이 나고 지친 상태다. 그들이 계속 흘리는 눈물이 집에서 눈물 흘리고 있을 게 분명한 사람들을 생각나게 해서 특히 힘들었다. 피부처럼 마음도 쓰리다. 얇은 가운만 걸치고 서서 이제는 안타깝다는 눈길 한 번조차 받고 싶지 않다는 생각을 한다. 그래서 시나가 문을 열고 들어오자마자 내뱉는다.

"맹세하는데, 만약 울면 이 자리에서 당장 죽여 버릴 거예요."

시나는 그냥 미소 짓는다.

"아침에 좀 축축했니?"

"지금 저를 빨래 짜듯 짤 수도 있을 걸요."

내가 대답한다. 시나는 내 어깨를 팔로 감싸고 점심을 먹으러 간다.

"걱정 마. 난 언제나 내 감정을 작품으로 표현해. 그렇게 하면 나 자신 말고는 누구도 해치지 않지."

"전 그런 짓 다시는 못해요."

내가 시나에게 경고한다.

"알아. 난 그들에게 얘기할 거야."

시나가 말한다.

점심을 먹으니 기분이 조금 좋아진다. 보석 같은 색의 모둠 젤리를 곁들인 꿩고기, 채소를 아주 작게 만든 것이 버터 속에 떠다니는 요리, 파슬리를 넣은 으깬 감자가 나온다. 디저트로 과일 조각을 냄비에 든 녹인 초콜릿에 찍어 먹는다. 내가 숟가락으로 초콜릿을 퍼먹자 시나는 초콜릿을 한 냄비 더 시킨다.

"개회식 의상은 뭐로 할 거예요? 안전모예요, 아님 불이에요?"

두 번째 냄비 바닥을 긁으며 나는 마침내 묻는다. 마차 행렬에서 피타와 나는 뭔가 석탄과 연관이 있는 옷을 입어야 한다.

"그 비슷한 거야."

개회식 의상을 입어볼 때가 되자 준비 팀이 나타나지만, 시나는 아침에 아주 잘했기 때문에 더 이상 할 일이 없다며 그들을 보낸다. 고맙게도 준비 팀은 나를 시나에게 맡긴 채 슬픔을 잊으러 갔다. 시나는 먼저 우리 엄마에게서 배운 방식으로 머리를 땋은 다음 메이크업에 착수한다. 작년에는 내가 경기장에 들어갔을 때 시청자들이 내 얼굴을 잘 알아볼 수 있도록 메이크업을 최소한으로 했었다. 하지만 이번에 내 얼굴은 드라마틱한 하이라이트며 어두운 빛깔의 새도에 가려 거의 알아보기 힘들 정도다. 높은 아치 모양 눈썹, 날카로운 광대뼈, 스모키 화장을 한 눈, 진한 보라색 입술. 의상은 첫눈에 보기에는 목 아래를 모두 가리는, 몸에 딱 맞는 검은 색 점프 수트(바지와 상의가 하나로 붙어 있는 여성복: 편집자)처럼 보인다. 그리고 내가 우승자로서 받았던 것과 같은 반원형 왕관을 내 머리에 얹지만, 금이 아니라 묵직한 금속으로 된 검은 왕관이다. 시나는 방 안의 조명을 어스름한 정도로 조정하더니 내 옷 소매 안의 버튼을 누른다. 나는 내 의상이 천천히 살아나는 것을 홀린 듯 내려다본다. 처음에는 부드러운 금빛으로 빛나지만 점점 불타는 석탄 같은 오렌지 빛 빨강으로 변해간다. 나는 잉걸불을 몸에 두른 것 같은 모습을 하고 있다. 아니, 벽난로에서 끄집어 낸 잉걸불 그 자체다. 여러 색이 나타났다가 사라지고, 변하고 섞이는 모습이 석탄과 완전히 똑같다.

"어떻게 만들었어요?"

나는 놀라워하며 묻는다.

"포샤와 나는 여러 시간 동안 불을 관찰했단다. 이제 네 모습을 좀 봐."

시나가 말한다.

시나는 내가 의상 전체를 볼 수 있도록 나를 거울 앞에 세운다. 거울 속에 서 있는 사람은 여자애가 아니다. 여자도 아니다. 헤이미치가 출연한 특집에서 많은 사람을 죽였던 그 화산 안에 살 수도 있을 것 같은 기이한 생물이다. 지금은 불붙은 듯 새빨갛게 변한 검은 왕관이 극적으로 연출된 내 얼굴에 묘한 빛을 더한다. 불타는 소녀 캣니스는 깜빡이는 불꽃과 보석 달린 가운, 부드러운 촛불 같은 드레스를 뒤로하고 불 그 자체처럼 무시무시한 존재로 변신했다.

"제가 보기에…… 다른 사람들과 맞서려면 바로 이런 게 필요한 것 같아요."

"그래. 핑크 색 립스틱, 핑크 색 리본을 입는 시기는 지난 것 같아."

시나는 소매의 버튼을 다시 눌러 불을 끈다.

"배터리가 다 닳으면 안 되지. 이번에는 마차를 타면 손도 흔들지 말고, 미소도 짓지 마. 관중 전체가 안중에 없는 것처럼 정면만 바라보렴."

"드디어 제가 잘할 수 있는 걸 시키시는군요."

시나가 신경 써야 할 다른 일이 몇 개 더 있어서, 나는 개조 센터 1층으로 내려가기로 한다. 1층에는 개회식 전에 조공인들과 그들의 마차가 모이는 넓은 공간이 있다. 나는 피타와 헤이미치를 만나고 싶지만 아직 오지 않았다. 모든 조공인들이 자기 마차 옆에만 붙어 있었던 작년과는 달리, 올해의 분위기는 매우 사교적이다. 올해의 조공인으로 참가할 우승자들, 멘터로 온 우승자들 모두 몇 명씩 모여 서서 이야기를 나누고 있다. 물론 저 사람들은 모두 서로 아는 사이고 난 아는 사람이 한 명도 없다. 나는 먼저 가서 내 소개를 하는 성격이 아니다. 그래서 우리 마차를 끌 말을 쓰다듬으며 눈에 띄지 않으려고 노력한다.

그래도 소용없었다.

누가 내 옆에 다가왔다는 것을 깨닫기도 전에 와삭, 하는 소리가 나고, 고개를 돌려 보니 피닉 오데어의 그 유명한 바닷물 같은 녹색 눈이 내 눈 한 뼘 앞에 와 있다. 그는 각설탕을 하나 입에 넣고 내 말에 기대선다.

"안녕, 캣니스."

처음 만난 사이인데도 여러 해 동안 알고 지낸 것처럼 인사한다.

"안녕, 피닉."

나도 피닉처럼 대수롭지 않다는 듯 대답하지만, 사실은 맨살을 잔뜩 드러낸 그가 가까이 서 있어서 불편하다.

"각설탕 먹을래? 말에게 주려고 있는 거지만, 누가 뭐라 그러겠어? 말들은 앞으로도 설탕 먹을 시간이 많지만, 너와 나는…… 음, 우리는 달콤한 것이 있으면 잽싸게 먹어 두는 편이 낫지."

각설탕이 가득 든 손을 내밀며 피닉이 한 말이다.

피닉 오데어는 판엠의 살아있는 전설이다. 65회 헝거 게임에서 우승했을 때 겨우 열네 살이었기 때문에, 지금도 가장 젊은 우승자 중 하나다. 4번 구역 출신이라 프로 조공인이기 때문에 확률의 신은 이미 그의 편이었지만, 어떤 트레이너도 줄 수 없을 그의 진짜 재능은 놀라운 외모였다. 키 크고 운동선수 같은 몸에, 황금빛 피부와 구릿빛 머리카락, 믿을 수 없는 그 눈. 그해에 다른 조공인들은 곡식 한 줌, 성냥 한 갑도 선물 받기 힘들었는데 피닉은 음식이든 약이든 무기든 부족한 것이 없었다. 일주일 정도 지나자 죽여야 할 사람은 바로 피닉이라는 것을 경쟁자들이 깨달았지만, 그때는 이미 늦었다. 피닉은 코뉴코피아에서 손에 넣은 창과 칼을 이미 능숙하게 다뤘다. 삼지창이 달린 은색 낙하산(내가 본 선물을 통틀어 아마 가장 비싼 것이었을 거다.)을 받았을 때는 이미 경기가 끝난 거나 다름없었다. 4번 구역의 산업은 어업이다. 평생 배를 탄 피닉은 삼지창을 자기 팔처럼 능숙하게 다루었다. 피닉은 자기가 찾아낸 덩굴로 그물을 엮어 경쟁자들을 사로잡고 삼지창으로 찔렀다. 며칠 만에 왕관은 그의 것이 되었다.

캐피톨 시민들은 그 이후 내내 피닉을 보며 침을 질질 흘리고 있다.

나이가 어렸기 때문에 처음 한두 해 동안에는 그들도 손을 대지 못했었다. 하지만 열여섯 살이 된 다음부터 피닉은 매 헝거 게임 때마다 캐피톨에서 자기를 사모하는 사람들에게 시달리곤 했다. 피닉을 오래 붙잡아 둘 수 있는 사람은 없었다. 매년 올 때마다 그는 너덧 명 정도를 거쳐 가곤 한다. 늙은 사람이든 젊은 사람이든, 사랑스러운 사람이든 평범한 사람이든, 부자든 엄청난 부자든 마찬가지였다. 피닉은 잠시 함께 있으면서 그들이 주는 호화로운 선물을 받지만 절대 한 곳에 오래 머무르지 않고, 한 번 떠나면 다시는 돌아오지 않는다.

피닉이 지구상에서 가장 눈부시고 관능적인 사람이 아니라고는 나도 말

못하겠다. 하지만 내가 그를 보고 매력적이라고 생각한 적은 한 번도 없다는 것만은 정직하게 말할 수 있다. 너무 예뻐서일 수도 있고, 갖기 너무 쉬워서일 수도 있다. 아니면 '잃어버리기 너무 쉬운 사람이라서'라는 게 정답일지도 모르겠다.

"고맙지만 사양할게요. 하지만 그 의상은 언제 한 번 빌리고 싶네요."

나는 설탕을 보며 말한다.

피닉은 금색 그물을 두르고 있는데, 일부러 사타구니에서 묶었기 때문에 엄밀히 말해 발가벗었다고 할 수는 없지만 사실 발가벗은 것이나 마찬가지다. 스타일리스트가 피닉의 몸을 더 많이 보여줄수록 좋다고 생각한 게 틀림없다.

"넌 그 옷을 입으니 정말 무서워 보이는구나. 예쁜 소녀 드레스는 어떻게 한 거야?"

피닉이 혀로 입술을 아주 조금씩 적신다. 사람들은 저 모습을 보면 대부분 환장하는 것 같다. 하지만 왠지 나는 크레이만 생각난다. 가난하고 굶주리는 젊은 여자를 보며 침을 흘리는 크레이.

"그런 옷은 이제 안 맞아요."

피닉은 내 옷깃을 잡고서 손가락으로 문질러 본다.

"이번 특집은 정말 안됐어. 넌 캐피톨에서 마치 산적처럼 성공할 수 있었을 텐데. 보석, 돈, 네가 원하는 건 뭐든지."

"난 보석은 안 좋아하고, 돈은 필요 이상으로 많아요. 그나저나 당신은 어디에 돈을 써요, 피닉?"

"아, 돈 같이 상스러운 건 안 만진 지 벌써 몇 년 됐어."

"그럼 사람들은 당신과 함께 있는 기쁨을 누리는 대가를 어떻게 치르나요?"

"비밀로."

피닉이 부드럽게 말하며 고개를 앞으로 숙인 채 다가와, 그의 입술이 내 입술에 거의 닿을 듯하다.

"너는 어떠니, 불타는 소녀? 내가 시간을 낼 만한 비밀을 가지고 있니?"

바보처럼 얼굴이 빨개지지만, 나는 억지로 버티고 선다.

"아뇨. 난 펼쳐 놓은 책 같은 사람이에요. 사람들은 내 비밀을 나보다 먼저 아는 것 같더군요."

나도 그에게 마주 속삭였다. 피닉이 미소 짓는다.

"불행하게도 사실인 것 같구나."

피닉의 눈이 옆으로 향한다. 그가 말을 이었다.

"피타가 오는구나. 결혼식을 취소하게 되어 유감이다. 큰 충격이었을 거란 걸 알아."

피닉은 각설탕을 하나 더 입에 넣더니 느긋한 걸음으로 멀어진다.

나와 같은 의상을 입은 피타가 내 옆에 선다.

"피닉 오데어가 뭐래?"

피타가 묻는다.

나는 피닉이 했던 것처럼 피타 입술 바로 앞에 내 입술을 대고 눈을 깐다.

"설탕을 권하더니 내 비밀을 다 말해 보래."

최대한 유혹적인 목소리로 말해 본다.

피타가 웃는다.

"윽. 설마."

"정말이야. 닭살이 가라앉으면 마저 얘기해 줄게."

"우리 둘 중에 한 명만 우승했어도 이런 일이 일어났을까? 이 괴상한 쇼의 일부가 됐을까?"

피타가 다른 우승자들을 둘러보며 묻는다.

"당연하지. 특히 너였다면."

"아하. 왜 특히 나였다면?"

피타가 미소 지으며 묻는다.

"왜냐하면 너는 아름다운 것에 약하고 나는 안 그러니까. 캐피톨은 그 사람들 방식으로 너를 꾀었을 테고, 그러면 너는 완전히 넘어가 버렸을 거야."

나는 잘난 척하며 대답한다.

"아름다움을 알아보는 안목이 있는 건 약점이랑은 다르지. 그 아름다운 것이 너일 경우만 빼고."

피타가 그렇게 지적한다. 곧 음악이 흐르기 시작하고 대문이 열리며 첫 번째 마차가 나가는 것이 보인다. 관중의 함성이 들린다.

"갈까?"

피타는 손을 내밀고 내가 마차에 타는 것을 도와준다. 나는 먼저 올라탄 다음 피타도 끌어올려 준다.

"꽉 잡아."

내가 피타의 왕관을 바로잡아 주며 말한다.

"너 옷에 불 켠 거 봤어? 우린 또 한 번 근사해질 거야."

"당연하지. 포샤가 그러는데 우월한 척하라더라. 손도 흔들지 말고. 근데 스타일리스트들은 어디 있지?"

"모르겠어."

나는 마차들이 나가는 것을 살펴보다가 덧붙였다.

"그냥 우리가 알아서 켜고 가야 할 것 같아."

스위치를 켜고 나가자 사람들이 우리를 가리키며 재잘대는 것이 보인다. 우리가 또 한 번 개회식의 스타가 되었음을 알 수 있다. 문 앞까지 와서 목을 빼고 둘러보지만, 작년에는 문을 나서기 직전까지 붙어있던 포샤도 시나도 보이지 않는다.

"올해도 손잡아야 하나?"

내가 묻는다.

"알아서 하라는 것 같은데."

피타가 대답한다. 아무리 극적인 화장을 해도 살벌해 보이지 않는 피타의 푸른 눈을 들여다보면서, 딱 일 년 전에는 내가 이 아이를 죽일 준비가 되어 있었다는 사실을 떠올린다. 피타가 나를 죽일 거라고 믿었다. 이제는 모든 것이 거꾸로다. 그 대가가 내 생명이 될 것임을 알면서도 피타를 살려낼 결심을 하고 있으니까. 하지만 내 안의 일부는 내가 바라는 만큼 용감하지 않아서, 지금 이 순간 내 옆에 있는 것이 헤이미치가 아니라 피타라서 기쁘다고 생각하고 있다. 우리는 더 이상 의논하지 않고 손을 잡는다. 우린 당연히 하나가 되어 이 일에 뛰어들 것이다.

어두워지는 저녁 어스름 속으로 우리가 미끄러져 들어가자 관중의 목소리는 하나의 거대한 함성으로 높아진다. 하지만 우리는 둘 다 반응하지 않는다. 나는 먼 곳의 한 지점에 시선을 고정하고 관객도, 열광도 존재하지 않는 듯 행동한다. 가던 중 참지 못하고 거대한 스크린에 비친 우리 모습을 흘끗 보았다. 우리는 그냥 아름다운 게 아니고, 어둡고도 강력한 모습이다. 아니 그보다 더하다. 너무 큰 고통을 겪고 우승의 대가는 너무 조금밖에 즐기지 못한 우리들, 12번 구역에서 온 비운의 연인은 팬들에게 잘 보이려 하지 않고, 미소로 자리를 빛내 주지도 않고, 키스를 받아주지도 않는다. 우리는 그들을 용서하지 않는다.

마음에 쏙 든다. 드디어 내 자신이 되는 거다.

커브 길을 돌아 시내 광장으로 들어가니 조공인에게 조명을 달자는 시나와 포샤의 아이디어를 베낀 스타일리스트가 있음을 볼 수 있다. 전자 제품을 만드는 3번 구역에서 온 조공인이 전등이 잔뜩 달린 의상을 입은 건 그래도 말이라도 된다. 가축을 기르는 10번 구역에서 온 조공인들이 소 같은 옷을 입고 불타는 벨트를 찬 이유는 대체 뭐지? 스스로를 굽겠다는 건가? 한심하다.

반면 계속 색이 변하는 석탄 의상을 입은 피타와 나는 최면을 거는 듯한 모습이라, 다른 조공인들 거의가 우리를 바라보고 있다. 모플링 중독자로 알려진 6번 구역의 두 명이 특히 관심을 보이고 있다. 둘 다 앙상하게 뼈만 남았고 누런 피부는 축 처졌다. 스노우 대통령이 발코니에 나타나 특집에 온 것을 환영한다는 연설을 시작하는데도 두 사람은 지나치게 큰 두 눈을 우리에게서 떼지 못한다. 국가가 흐르고 광장을 마지막으로 한 바퀴 도는데, 내가 잘못 본 것일까? 아니면 대통령이 실제로 우리를 빤히 쳐다보고 있나?

피타와 나는 트레이닝센터에 들어와 문이 닫힌 다음에야 긴장을 푼다. 기다리고 있던 시나와 포샤는 우리 연기에 만족한 모습이었다. 헤이미치도 있지만 우리 마차 옆이 아니라 다른 마차로 가서 11번 구역 조공인과 이야기를 나누고 있다. 헤이미치가 우리 쪽을 향해 고개를 끄덕이는 게 보이고, 이어 11번 구역 조공인이 헤이미치를 따라 우리에게 인사를 하러 온다.

여러 해 동안 텔레비전에서 헤이미치와 병을 주고받으며 술을 마시는 것을 보았기 때문에 채프의 얼굴을 알고 있다. 피부색이 짙고 키는 180센티미터 정도에, 30년 전 헝거 게임에 출연해서 우승했을 때 한쪽 손을 잃었다. 캐피톨에서는 분명 피타에게 가짜 다리를 달았듯 의수를 만들어 주겠다고 했겠지만 거절했던 것 같다.

시더라는 이름의 여자는 피부가 올리브빛이고 머리카락은 백발이 섞인 검은 직모여서 경계 출신이라고 해도 믿을 것 같다. 황금빛이 도는 갈색 눈만이 다른 구역 출신임을 드러내 준다. 환갑 정도 되었겠지만 아직도 강해 보이고, 그 동안 술이나 모플링, 다른 화학 물질로 도피했던 흔적은 보이지 않는다. 한마디도 나누기 전에 시더가 나를 끌어안는다. 루와 스레쉬 때문이란 걸 알 수 있었다. 자제하지 못하고 나는 속삭여 묻는다.

"가족들은요?"

"살아 있어."

시더가 부드럽게 대답하더니 나를 놓아 준다.

채프는 멀쩡한 팔로 나를 감싸더니 입술에 요란하게 입을 맞춘다. 내가 놀라서 물러서자 채프와 헤이미치는 껄껄 웃는다.

캐피톨 직원들은 우리에게 시간을 더 주지 않고, 단호한 태도로 엘리베이터 쪽으로 데리고 간다. 우승자들 사이에 동지애가 생기는 것을 불편해한다는 느낌이 강하게 든다. 그러거나 말거나 우승자들은 신경도 쓰지 않는 것 같다. 피타와 손을 잡은 채 엘리베이터로 걸어가는데 누가 재빨리 내 옆으로 걸어온다. 여자애가 머리에 달았던 이파리가 달린 나뭇가지를 뒤로 집어 던졌다. 그러곤 어디로 날아가는지 돌아보지도 않는다.

7번 구역에서 온 조한나 메이슨이다. 주요산업이 임업과 제지업이라서 나무 분장을 한 것이다. 조한나는 경쟁자들에게 무시당하기 위해, 약하고 무력한 모습을 아주 그럴 듯하게 연기했다. 그러더니 곧 놀라운 살인 능력을 보여주었다. 조한나가 삐죽삐죽한 자기 머리를 헝클어트리더니 커다란 갈색 눈을 굴리며 나를 본다.

"의상이 형편없지? 내 스타일리스트는 캐피톨 최고의 바보야. 우리 구역 조공인들은 그 여자 밑에서 사십 년 동안 나무 행세를 했지. 나한테도 시나가 있었으면 좋았을걸. 네 모습 진짜 끝내준다."

이건 여자끼리의 대화다. 내가 능숙하게 해 본 적이 없는 대화. 옷, 머리, 메이크업에 대한 의견을 주고받아야 하는 시간이다. 그래서 나는 거짓말을 한다.

"응, 시나는 내 이름으로 된 브랜드의 옷들을 디자인하는 걸 도와주고 있어. 시나가 벨벳으로 옷 만드는 걸 네가 봐야 되는데."

벨벳. 즉석에서 떠올릴 수 있는 천 이름이 벨벳 하나뿐이다.

"봤어. 네가 우승자 투어를 할 때 2번 구역에서 입었던 어깨 끈 없는 옷? 다이아몬드가 달린 짙은 파란색 옷 말이지? 너무 예뻐서 화면에 손을 넣고 네 등에서 뜯어내 뺏고 싶더라."

조한나가 말한다.

'그랬겠지, 내 살점도 좀 같이 뜯고 싶었을 테고.' 나는 속으로 생각한다.

엘리베이터를 기다리던 중, 조한나가 지퍼를 내리더니 나무 복장을 벗어 바닥에 떨어뜨리고는 넌더리가 난다는 듯 걷어찬다. 녹색 슬리퍼를 제외하고는 실오라기 하나 걸치지 않았다.

"좀 낫네."

조한나가 말한다.

우리는 조한나와 같은 엘리베이터에 타고, 조한나는 7층까지 엘리베이터를 타고 가며 피타와 피타의 그림에 대한 잡담을 한다. 피타의 의상에 아직 불이 켜져 있어 조한나의 맨 가슴에 불빛이 비친다. 조한나가 내리자 나는 무시하려 하지만 피타가 씩 웃고 있음을 알 수 있다. 채프와 시더가 내리고 우리 둘만 남자 나는 피타의 손을 뿌리치고, 피타는 웃음을 터뜨린다.

"뭐야?"

나는 우리 층에 내리며 피타를 돌아본다.

"너 때문이야, 캣니스. 모르겠어?"

"내가 뭐?"

"다들 저렇게 구는 것 말이야. 피닉이 각설탕을 권하고, 채프가 너한테 입을 맞추고, 조한나가 옷을 벗고 하는 것. 네가 너무…… 너도 알다시피 좀 그래서 놀리는 거야."

피타는 좀 더 진지한 말투로 얘기하려 하지만 잘 되지 않는 것 같다.

"난 모르겠는데."

무슨 말인지 정말 모르겠다.

"경기장에서 내가 반쯤 죽은 상태인데도 내 알몸을 보지 않으려던 거랑 비슷해. 넌 너무…… 순수해."

"나 안 순수해! 지난 일 년 동안 카메라만 있으면 네 옷을 잡아 찢다시피 했는데!"

"그렇지, 하지만…… 내 말은, 캐피톨 기준으로 보면 넌 순수해."

나를 달래려는 기색이 완연해 보인다.

"나한테 있어 넌 완벽해. 저 사람들은 그냥 놀리는 거야."

"아니야, 저 사람들은 나를 비웃는 거고, 너도 마찬가지야!"

"아니야."

피타는 고개를 가로젓지만, 아직도 미소를 억누르고 있다. 이번 게임에서 살아남아야 할 사람이 누군지에 대해 진지하게 다시 생각해 보고 있는데, 다른 엘리베이터 문이 열린다.

헤이미치와 에피가 뭔가 기뻐하는 기색으로 내린다. 그러다 헤이미치의 얼굴이 갑자기 굳어졌다.

'내가 뭘 어쨌다고?' 나는 그런 생각을 거의 입 밖으로 낼 뻔하지만 헤이미치의 시선이 내 뒤, 식당 입구 쪽을 향하고 있다는 걸 알아챈다.

에피도 같은 방향을 보며 눈을 깜빡이더니 밝은 목소리로 말한다.

"올해에는 어울리는 한 쌍을 보내 주었나 보구나."

몸을 돌리자 작년에 게임 시작 전까지 내 시중을 들어 주던 빨강머리 무성인 여자아이가 보인다. 이곳에서 친구를 만나니 기쁘다는 생각을 한다. 그 옆에 선 젊은 남자 무성인도 머리가 빨갛다. 어울리는 한 쌍이라는 에피의 말은 머리 색깔을 얘기하는 거겠지.

다음 순간 전율이 흐른다. 남자 역시 내가 아는 사람이어서였다. 캐피톨에서 안 게 아니다. 호브에서 함께 몇 년에 걸쳐 자연스럽게 대화를 나누었기 때문이다. 그리지 세이 아줌마의 수프를 먹으며 농담을 주고받았기 때문이다. 그리고 마지막으로 본 날, 게일이 광장에서 피 흘리며 죽어가던 그날은 의식을 잃은 채 게일 옆에 쓰러져 있던 모습을 보았기 때문이다.

우리의 새로운 무성인은 다리우스다.

16

헤이미치는 나의 다음 행동을 예상이라도 하는 것처럼 내 손목을 잡지만, 나는 캐피톨에서 고문을 당한 다리우스만큼이나 말을 잃은 상태다. 헤이미치는 캐피톨이 무성인들의 혀에 '뭔가'를 해서 다시는 말을 할 수 없도록 만든다고 했다. 머릿속에서 다리우스의 목소리가 들린다. 그가 나를 놀려대면, 그 밝고 장난스러운 목소리가 호브에 울려 퍼졌었다. 다른 우승자들이 나를 웃음거리로 삼는 것과는 다르게 우리는 서로 진짜 호감을 가지고 있었다. 게일이 지금의 다리우스를 본다면…….

내가 다리우스에게 어떤 행동을 하든 알아보는 티를 낸다면 다리우스가 벌을 받게 된다는 것을 알고 있다. 그래서 우리는 그냥 서로 바라볼 뿐이다. 벙어리 노예가 된 다리우스, 죽음을 맞게 될 나. 어차피 우리에게 무슨 할 말이 남아있을까. 서로 상대방이 안됐다는 말? 상대방의 고통 때문에 괴롭다는 말? 지난 시간 당신과 함께 할 수 있어서 기뻤다는 말?

아니, 다리우스는 나를 알게 된 게 기쁘지 않을 것이다. 내가 그곳에 있어서 스레드를 말렸더라면 다리우스는 게일을 구하려고 나설 필요가 없었으리라. 무성인이 되지도 않았을 것이다. 더 정확히 말하면 내 시중을 드는 무성인이 되지 않았을 것이다. 스노우 대통령은 내게 보여주기 위해 다리우스를 여기 배치한 게 확실하니까.

손목을 비틀어 헤이미치의 손을 뿌리치고 내가 쓰던 침실로 가서 문을 잠근다. 침대에 걸터앉아 무릎 위에 팔꿈치를 얹고, 주먹에 이마를 댔다. 그리고 어둠 속에서 내 의상이 빛나는 것을 바라보며 내가 12번 구역의 옛날 집에 돌아가 불가에 앉아 있다고 상상해 본다. 배터리가 떨어져 옷의 불빛이 서서히 꺼진다.

에피가 저녁을 먹으러 오라고 문을 두드리는 순간이 찾아오고, 나는 일어나 의상을 벗은 후 가지런히 개어 왕관과 함께 테이블에 올려 둔다. 화장실에 들어가 얼굴에 한 짙은 메이크업을 지운다. 그러곤 단순한 셔츠와 바지를 입고 복도를 걸어 내려가 식당으로 간다.

다리우스와 빨강머리 무성인 소녀가 시중을 든다는 것 말고는 저녁 식사에 딱히 주의를 기울이지 않는다. 에피, 헤이미치, 시나, 포샤, 피타가 모두 와 있다. 아마 개회식 이야기를 하고 있었을 것이다. 하지만 내가 이 자리에 있다고 느낄 수 있었던 유일한 순간은 일부러 콩이 담긴 접시를 바닥에 떨어뜨리고, 누가 나를 막기 전에 바닥에 웅크려 치우던 때였다. 내가 접시를 떨어뜨렸을 때 다리우스는 바로 내 옆에 있었다. 그래서 우리는 콩을 줍는 동안 잠깐이지만 다른 사람 시선을 피해 어깨를 나란히 한다. 짧은 순간 우리의 손이 닿는다. 버터가 든 소스가 묻은 그의 피부가 느껴진다. 손가락을 절박하게 서로 꼭 쥐는 것이 우리가 주고받을 수 있는 말의 전부다. 에피가 뒤에서 "그건 네가 할 일이 아니야, 캣니스!"라고 새된 목소리로 소리치자 다리우스는 손을 놓는다.

개회식 재방송을 볼 때는 피타 옆에 있고 싶지 않아서 시나와 헤이미치 사이에 끼어 앉는다. 다리우스를 보는 괴로움은 나와 게일의 것이다. 어쩌면 헤이미치도 느낄지 모르지만 피타는 아니다. 인사 정도는 주고받았을지도 모르겠지만, 피타는 그를 제외한 우리처럼 호브에 익숙하지 않다. 게

다가 다른 우승자들과 함께 나를 비웃은 데 대한 화가 아직 풀리지 않았고, 피타의 공감과 위안은 절대 원하지 않는다. 경기장에서 목숨을 지켜주겠다는 생각은 변함없지만, 그 이상 빚진 것은 없으니까.

시 광장으로 행진하는 모습을 보고 있으려니 심하다는 생각이 든다. 특집이 있는 해가 아닌 평년에 의상을 입혀 거리 행진을 시켰던 것만으로도 충분히 지독했는데. 아이들이 무대의상을 입은 모습은 바보 같아 보일 뿐이지만, 나이 든 우승자들이 그것을 입고 있으니 거의 가련할 지경이다. 조한나와 피닉처럼 젊은 축에 속하는 사람, 시더와 브루투스처럼 몸이 망가지지 않은 사람은 아직 어느 정도의 존엄을 유지할 수 있다. 하지만 술이나 모플링이나 질병으로 피폐해진 대다수가 새니 나무니 빵조각을 닮은 의상을 입은 모습은 그로테스크해 보인다. 작년에는 한 명 한 명을 품평했지만 올해는 어쩌다 한 마디씩 할 뿐이다. 피타와 내가 등장하자 관중이 열광하는 것도 무리가 아니다. 멋진 의상을 입은, 젊고 강하고 아름다운 모습. 조공인이라면 이래야 한다고 말하고 있는 것 같은 모습이니까.

행사가 끝나자마자 일어나 시나와 포샤에게 놀라운 의상을 만들어 주어 고맙다고 인사하고서 자러 간다. 에피는 아침을 먹고 훈련 전략을 짜려면 일찍 일어나야 한다고 일깨워주지만, 에피의 목소리마저 공허하게 들린다. 가엾은 에피. 피타와 내가 우승해서 드디어 헝거 게임에서 성과를 올렸는데, 그 성과가 에피마저도 긍정적으로 해석할 수 없는 엉망진창이 되어 버렸다. 캐피톨 기준으로는 이것이 진정한 비극이리라.

침대에 눕자마자 조용히 문을 두드리는 소리가 나지만 무시한다. 오늘 밤에는 피타가 없었으면 좋겠다. 다리우스가 근처에 있으니 더욱. 게일이 여기 있는 것만큼이나 나쁘다. 게일. 나는 절대로, 다리우스가 돌아다니고 있는 복도로 게일을 내보낼 수는 없을 것이다.

혀가 악몽의 주요 소재로 등장한다. 먼저 다리우스의 입에서 피 묻은 혀

조각을 잘라서 장갑 낀 손으로 꺼내는 것을 얼어붙은 채 꼼짝도 못하고 지켜본다. 그 다음에는 모두가 마스크를 쓴 파티에 간다. 누가 축축한 혀를 날름거리며 나를 쫓는데 피닉인 것 같다. 하지만 그 사람이 나를 잡고 나서 마스크를 벗은 걸 보니 스노우 대통령이었다. 그의 도톰한 입술에서는 피가 섞인 침이 흐른다. 마지막으로 경기장에 돌아가, 사포처럼 건조한 혀로 샘을 향해 다가간다. 내 손이 닿으려 할 때마다 샘은 조금씩 더 멀어진다.

눈을 뜨자 비틀거리며 화장실로 가서 수도꼭지에 입을 대고 더 이상 마실 수 없을 때까지 물을 마신다. 땀에 젖은 옷을 벗고 알몸으로 침대에 쓰러지고, 어찌어찌 다시 잠이 든다.

다음 날 아침 나는, 아침 식사를 하러 내려가는 것을 최대한 미루려 노력한다. 사실은 훈련 전략을 의논하고 싶지 않았기 때문이다. 의논할 게 뭐가 있어? 우승자들끼리는 누가 뭘 할 줄 아는지 서로 다 아는걸. 적어도 예전에 뭘 할 줄 알았는지는 알지. 그러니까 피타와 나는 계속 연인 행세를 할 거고 그 이상은 없다. 나는 그런 이야기를 할 자신이 없다. 특히 말없이 서 있는 다리우스 옆에서는. 오랫동안 샤워를 하고 시나가 훈련할 때 입으라고 놔둔 옷을 천천히 입은 후, 내 방에 있는 메뉴를 보며 마이크에다 대고 음식을 주문한다. 1분 후 소시지, 계란, 감자, 빵, 주스, 핫 초콜릿이 나타난다. 양껏 먹으며 훈련하러 내려가야 하는 열 시까지 늑장을 부리려 해본다. 아홉 시 반이 되자 헤이미치가 내 방문을 두드린다. 분명히 내게 짜증이 나 있다. '지금 당장 와!' 라고 그가 명령한다. 그래도 복도로 나가기 전에 이를 닦아서 효과적으로 5분을 더 끈다.

식당에는 피타와 헤이미치뿐이다. 헤이미치는 술을 마신 데다 화가 나서 얼굴이 벌겋다. 손목에는 불꽃 무늬가 새겨진 순금 팔찌를 차고 있다. 모두 같은 장식을 하자는 에피의 제안에 마지못해 따른 모양이다. 그가 불쾌한 듯 팔찌를 돌린다. 아주 멋있는 팔찌지만, 돌리고 있는 것을 보니 장신구가 아니라 족쇄 같아 보인다.

"지각이야."

헤이미치가 나를 향해 으르렁댄다.

"미안해요. 새벽까지 혀가 잘리는 악몽을 꾸다가 늦게 일어났거든요."

나는 공격적으로 말하려 하지만, 말끝에 가서는 목멘 소리를 내고 만다.

헤이미치가 나를 노려보더니 곧 누그러진다.

"좋아. 넘어가자. 오늘 훈련에서는 두 가지 임무가 있다. 첫째, 너희는 서로 사랑하는 거다."

"물론 그렇겠죠."

내가 대답한다.

"둘째, 친구를 사귀어라."

"싫어요. 나는 다른 사람들은 안 믿고, 대부분은 참아주기도 힘들어요. 그냥 우리 둘이서 움직일래요."

"나도 처음엔 그렇게 말했는데……."

피타의 말이다.

"그것만으론 부족해. 이번에는 동맹이 더 많이 필요할 거다."

헤이미치가 우긴다.

"왜요?"

"왜냐하면 너희들에겐 큰 약점이 있으니까. 너희 경쟁자들은 서로 여러 해 동안 알고 지낸 사이다. 그러니 그 사람들이 누구를 제일 먼저 표적으로 삼겠냐?"

"우리요. 그리고 우리가 이제 와서 뭘 어떻게 한들 오래된 우정을 넘어서지는 못할 거예요. 그런데 왜 굳이?"

내가 말한다.

"왜냐하면 너희들은 싸울 수 있으니까. 너흰 관객들에게 인기가 좋아.

그러니까 너희들도 동맹을 맺고 싶은 상대가 될 수 있단 말이다. 하지만 그러려면 동맹을 맺을 용의가 있다는 걸 먼저 알려 줘야 해."

"올해는 프로들 무리에 끼란 말이에요?"

불쾌함을 감추지 못하고 묻는다. 전통적으로 1, 2, 4번 구역에서 온 조공인들은 힘을 합치고, 가끔 다른 구역에서 온 싸움꾼도 몇 명 합세해서 함께 약한 경쟁자들을 사냥한다.

"그게 우리의 전략 아니었냐? 프로들처럼 훈련하는 것. 프로 무리에 누가 낄지는 게임 시작 전에 합의하는 게 보통이다. 작년에 피타는 간신히 끼었어."

헤이미치가 맞받아친다. 작년 게임 중에 피타가 프로들 무리에 낀 것을 알고 내가 느꼈던 분노를 돌이켜 본다.

"피닉과 브루투스와 친해져라……, 그런 말이에요?"

"꼭 그런 건 아니야. 여기 있는 모두가 우승자다. 원한다면 네 나름의 무리를 만들어라. 네 마음에 드는 사람을 골라. 나는 채프와 시더를 추천한다. 피닉도 무시해서는 안 되지만."

헤이미치는 그렇게 말하고 덧붙인다.

"네게 유용할 사람을 찾아서 힘을 합치도록 해. 넌 이제 벌벌 떠는 어린 애들로 가득 찬 링에 들어가는 게 아니라는 걸 기억해라. 여기 있는 사람들은 지금 모습이 어떻게 보이건 모두 경험 있는 살인자들이야."

그 말이 맞을지도 모른다. 내가 믿을 수 있는 사람이 누가 있을까. 시더? 그런데 정말로 난 그녀와 동맹을 맺고 싶은 걸까. 결국 나중에 가서는 죽이기 위한 동맹을. 아니, 그러고 싶지 않다. 하지만 나는 이미 똑같은 상황에서 루와 동맹을 맺었었다. 나는 헤이미치에게 말한다. 솜씨는 형편없을 것 같지만 그래도 시도는 해 보겠다고.

에피는 우리를 데리고 내려가기 위해 조금 일찍 나타났다. 작년에는 정각에 갔는데도 우리가 꼴찌였기 때문이다. 하지만 헤이미치는 에피에게 우리를 체육관까지 데려다 주지 말라고 한다. 다른 우승자들은 아무도 베이비시터를 데리고 오지 않을 테고, 우리 나이가 제일 어린 만큼 자립적으로 보이는 게 더욱 중요하다는 뜻이다. 그래서 에피는 우리 머리 모양을 가지고 호들갑을 떨며 엘리베이터까지 데려다 주고, 버튼을 대신 눌러 주는 것으로 만족해야 했다.

엘리베이터가 워낙 빨라서 대화를 나눌 시간은 없지만, 내 손을 잡는 피타의 손을 뿌리치지는 않는다. 어젯밤 남들이 보지 않을 때는 무시했지만, 훈련 중에는 절대 갈라놓을 수 없는 팀으로 보여야 한다.

에피는 우리 팀이 꼴찌일까 봐 걱정할 필요가 없었다. 우리가 도착했을 때는 브루투스와 2번 구역에서 온 여자인 에노바리아 두 사람뿐이다. 서른 살쯤 되어 보이는 에노바리아에 대해 기억나는 것은, 어떤 남자애와 맨손으로 맞붙어 싸우던 중 상대의 목을 깨물어 찢어서 죽인 적이 있다는 것뿐이다. 이 사건이 하도 유명해져서, 우승자가 된 다음 이를 뾰족하게 다듬고 금으로 장식했다. 캐피톨에는 에노바리아의 팬이 넘쳐난다.

열 시가 되어도 조공인 중 절반 정도만 나타났다. 훈련을 책임지는 아탈라라는 여자는 온 사람이 적은 것에 당황하지 않고 정시가 되자 곧 떠들어 대기 시작한다. 내가 친해지고 싶은 척해야 하는 사람이 열두 명 줄어든 셈이니, 나는 내심 안도한다. 아탈라는 우리가 배울 수 있는 전투 기술과 생존 기술의 명단을 읽어 내리더니 훈련을 하라며 우리를 놓아 준다.

나는 피타에게 둘이 흩어져서 더 많은 사람들을 만나 보는 게 좋을 것 같다고 한다. 피타는 브루투스와 채프와 함께 창을 던지러 가고, 나는 매듭을 묶는 곳으로 간다. 거의 아무도 오지 않는 곳이다. 나는 매듭 묶는 기술을 가르치는 트레이너를 좋아하고, 그도 나를 좋게 기억하고 있다. 아마 작년에 내가 여기 들렀기 때문일 것이다. 적의 다리가 나무에 매달리게 되는 덫을 아직 놓을 수 있다는 것을 보여주니 트레이너는 흐뭇해한다. 작년에 경기장에서 내가 놓은 덫을 보고 나를 우등반 학생으로 취급하는 게 분명해서, 쓸모 있을 법한 매듭을 모두 보여 달라고 한다. 아마 쓸 일이 전혀 없을 것 같은 덫도 몇 개 배운다. 오전 내내 이곳에 있으려고 했는데, 한 시간 반쯤 지났을 때 누가 뒤에서 나를 팔로 감싸고는 내가 끙끙거리고 있던 복잡한 매듭을 손쉽게 마무리한다. 물론 피닉이다. 아마 어렸을 때 삼지창을 휘두르거나, 밧줄로 온갖 신기한 매듭을 묶어 그물을 만드는 일만 했겠지. 피닉이 나를 웃기려고 기다란 밧줄을 집어 들고 고리를 만든 후 스스로 목을 매다는 시늉을 하는 것을 바라본다.

눈길을 돌리며 나는 비어 있는 다른 곳으로 간다. 불 피우는 법을 가르치는 곳이다. 나는 이미 불을 잘 피우지만, 처음 불씨를 만드는 데는 성냥에 크게 의존해야 한다. 트레이너는 부싯돌, 철, 까맣게 태운 천으로 연습을 하게 시킨다. 보기보다 어렵고, 집중해서 하는데도 불길을 일으키는 데 한 시간이나 걸린다. 의기양양한 미소를 지으며 고개를 들어보니 옆에 앉은 사람이 있다.

3번 구역 조공인 두 명이 내 옆에서 성냥을 가지고 불을 일으키려 하고 있지만 잘 되지 않는다. 가버릴까 생각했지만 부싯돌 연습을 더 하고 싶기도 하고, 헤이미치에게 친구를 만들려고 시도는 했다고 말해야 한다는 데 생각이 미친다. 게다가 이 둘은 참아줄 수 있는 사람들인 것 같다. 둘 다 체구는 작고 잿빛 피부에 검은 머리다. 와이레스라는 이름의 여자는 우리 엄마 또래인 것 같고 조용하고 지적인 목소리로 이야기한다. 하지만 곧 상대방이 있다는 사실을 잊어버린 것처럼 말을 하다 마는 습관이 있다는 것을 알게 된다. 비티라는 남자는 나이가 더 많고, 가만히 있지 못하는 편인 것 같다. 안경을 쓰고 있지만 뭔가 볼 때는 안경을 손으로 들고 보는 일이 많다. 좀 이상한 사람들이지만, 둘 다 옷을 홀딱 벗어서 나를 불편하게 만들 사람은 아닌 것 같다. 그리고 이들은 3번 구역 출신이다. 거기서 반란이 일어나지 않았나 하는 내 의심을 확인해 줄 수 있을지도 모른다.

트레이닝센터를 둘러본다. 피타는 칼을 던지는 거친 사람들 무리 한 가운데에 있다. 6번 구역 출신 모플링들은 카무플라주하는 곳에서 상대방의 얼굴에 밝은 핑크색 소용돌이를 그리고 있다. 5번 구역 남자 조공인은 칼싸움하는 곳 바닥에 와인을 토하는 중이다. 피닉과 같은 구역 출신 할머니는 활 쏘는 곳에 있다. 조한나 메이슨은 또 홀딱 벗고 레슬링 레슨을 받기 위해 몸에 기름을 바르는 중이다. 나는 이곳에 머무르기로 결정한다.

와이레스와 비티는 괜찮은 사람들이다. 친근한 느낌이지만 꼬치꼬치 캐묻지는 않는 사람들. 우리는 각자의 재능에 대해 이야기한다. 둘 다 물건을 발명한다고 하는데, 그에 비하면 패션에 관심 있는 척하는 내 재능은 별 볼 일 없어 보인다. 와이레스는 자기가 만들고 있는 바느질 기계 이야기를 꺼낸다.

"옷감이 얼마나 빽빽하게 짜여 있는지를 파악하고 강도를 정해요."

거기까지 말하고 난 그녀는 이내 지푸라기에 정신이 팔려 입을 다문다.

"실의 강도를 고르는 거예요. 자동으로요. 사람 손으로 할 때처럼 실수할 여지가 없죠."

비티가 설명을 마쳤다. 이어서 최근에 자기가 반짝이 입자 안에 넣을 수 있을 정도로 작지만 몇 시간 분량의 노래를 넣을 수 있는 음악 칩을 만드는 데 성공한 이야기를 한다. 옥타비아가 웨딩촬영 때 음악 칩 이야기를 했던 기억이 난다. 반란 이야기를 넌지시 할 수 있는 가능성이 보인다.

"아, 네. 준비 팀이 몇 달 전에 기분이 많이 상했더라고요. 그걸 못 구해서요. 3번 구역에 주문이 많이 밀렸나 보죠."

나는 대수롭지 않은 척 이야기한다. 비티는 안경을 들고 나를 관찰한다.

"네. 올해 석탄 생산에도 비슷한 차질이 있었나요?"

"아뇨. 평화유지군 대장이 교체되고 새 대장이 데려온 인원이 보충되면서 몇 주 작업을 못하긴 했지만, 큰일은 없었어요. 제 말은 생산에 있어서 큰일은 없었다고요. 2주일 동안 아무 것도 안하고 집에만 앉아 있다는 건 대부분의 사람들에게는 그냥 2주일 동안 배를 곯는다는 의미일 뿐이죠."

내가 말한다. 그는 내 말 속에 담긴 의미를 이해하는 것 같다. 우리 구역에서는 반란은 없었다는 뜻.

"오, 안됐네요. 내가 보기에 당신네 구역은 무척……."

와이레스가 살짝 실망한 목소리로 말했다. 그러다 그녀는 뭔가 다른 생각이 떠올랐는지 말꼬리를 흐린다.

"흥미롭더군요. 우리 둘 다 그렇게 생각했어요."

비티가 끼어든다. 3번 구역은 우리 구역보다 훨씬 더 고생했다는 것을 아는 나는 마음이 좋지 않다. 우리 구역 사람들을 방어해야 할 것 같다.

"음, 우리 구역은 인구가 많지 않아요. 사실 요새 평화유지군 인원만 봐서는 구역 인구가 얼마나 되는지도 알기 힘들겠지만. 어쨌든 우리 구역이 흥미로운 것 같기는 해요."

은신처 만드는 기술을 가르치는 곳으로 가는데 와이레스가 멈춰 서, 게임 운영자들이 어슬렁거리거나 먹고 마시며 가끔 우리를 내려다보는 스탠드를 올려다본다.

"저것 봐요."

와이레스는 그쪽 방향으로 고개를 까닥해 보인다. 올려다보니 플루타르크 헤븐스비가 테두리에 모피가 달린 거창한 보라색 망토를 입고 있는 게 눈에 들어왔다. 최고 게임 운영자의 상징이다. 그는 칠면조 다리를 먹고 있다.

그게 왜 언급할 만한 일인지는 알 수 없지만, 나는 이렇게 대꾸했다.

"네, 올해 최고 게임 운영자로 승진했어요."

"아니, 아뇨. 저기 식탁 모서리 쪽을 봐요. 저길 보면……."
와이레스가 말한다. 비티가 안경을 쓴 채 눈을 찡그리며 덧붙였다.
"보여요."
나는 당황해서 그 쪽을 바라본다. 보인다. 식탁 모서리 쪽의 가로 세로 약 이십 센티미터 정도 되는 공간이 진동하는 것처럼 보인다. 마치 공기가 눈에 보이게 미세하게 흔들리는 것 같다. 날카로운 나무 모서리와 누군가 놔둔 와인 잔의 모습이 흐려 보였다.
"역장이에요. 게임 운영자와 우리 사이에 쳐 놨어요. 왜 그렇게 해 놨나 모르겠네."
비티가 말한다.
"아마 저 때문일 거예요. 작년 개인 훈련 때 저 사람들 쪽으로 화살을 쐈거든요."
내가 고백한다. 비티와 와이레스는 호기심 어린 눈으로 나를 바라본다. 나는 말을 이었다.
"화가 났거든요. 그러면 역장에는 다 저런 부분이 있어요?"
"틈."
와이레스가 애매하게 말한다. 비티가 대신 마무리했다.
"갑옷의 틈이죠."
"실은 눈에 보이지 않는 게 이상적일 텐데. 그렇죠?"
더 많이 물어 보고 싶었는데 점심시간이 되었다. 피타를 찾아 봤지만 피타는 다른 사람 열 명쯤과 함께 놀고 있어서 그냥 3번 구역 사람들과 먹기로 한다. 시더에게 같이 먹자고 할 수 있을지도 모른다.
식당에 도착한 후 피타와 어울리던 무리들이 다른 생각을 하고 있었다는 걸 알게 된다. 그들은 작은 식탁들을 모두 모아 거대한 식탁 하나를 만들어 놓았다. 여기서 모두 함께 먹어야 하는 것이다. 이제 어떻게 해야 할지 모르겠다. 심지어 학교에서도 난 붐비는 식탁을 피했었는데. 솔직히 말해 매지가 내 옆에 앉지 않았더라면 나는 혼자서 먹었을 것이다. 게일과는 두 학년 차이가 나서 점심시간이 다르지만, 그렇지 않았다면 게일과 함께 먹었겠지.

접시를 들고 방 안에 둥글게 배열된 수레에 놓인 음식을 덜기 시작한다. 스튜가 있는 곳에서 피타와 마주쳤다.

"잘돼 가?"

"응. 괜찮아. 3번 구역 우승자들이 마음에 들어. 와이레스와 비티."

"정말? 다른 우승자들에게는 놀림거리인 것 같던데."

"왜 별로 놀랍지가 않을까."

학교에서 피타는 늘 친구들 틈에 둘러싸여 있었던 기억이 난다. 피타가 나를 알고 있었던 것 자체가 놀랍다. 이상한 애라고 생각한 거라면 또 몰라도.

"조한나가 그 사람들한테 별명 붙였어. 넛츠(Nuts)와 볼츠(Volts)라고. 아마 여자가 넛츠고 남자가 볼츠인 것 같아(nut는 암나사를 의미하며, nuts라고 쓰면 미쳤다는 뜻도 된다. volt는 나사 bolt와 발음이 비슷하고 전압의 단위이다. 속어에서 bolt와 nut는 남녀의 성기를 비유하기도 한다: 옮긴이)."

"저 사람들이 쓸모 있을지도 모른다고 생각하는 내가 바보란 거지. 조한나 메이슨이 레슬링 하려고 가슴에 기름 바르면서 떠든 소리 때문에."

"사실 그 별명은 꽤 오래된 것 같아. 그리고 그 사람들 험담하려고 한 얘기는 아냐. 그냥 정보를 공유한 거지."

"와이레스와 비티는 똑똑해. 발명가라고. 우리와 게임 운영자들 사이에 역장이 쳐 있다는 걸 척 보고 알았어. 동맹이 필요하다면 난 그 사람들하고 맺을래."

내가 국자를 스튜 냄비에 던져 넣어서 피타와 나에게 그레이비소스가 튄다.

"왜 그렇게 화났어? 엘리베이터에서 놀려서? 미안해. 그냥 웃어넘길 줄 알았어."

피타가 셔츠 앞섶에 묻은 그레이비를 닦으며 묻는다.

"잊어버려. 이런 저런 일들이 많아."

나는 고개를 흔들며 답한다. 피타가 말했다.

"다리우스."

"다리우스. 헝거 게임. 헤이미치가 우리를 다른 사람들과 엮으려고 하는 것."

"그냥 우리 둘이 할 수도 있어, 캣니스."

"알아. 하지만 헤이미치 말이 맞을 수도 있잖아. 내가 이런 말했다고 전해 주진 마. 하지만 헝거 게임에 관한 말이라면 헤이미치 말은 보통 옳아."

"누구랑 동맹 맺을지 최종 결정은 네가 해. 하지만 난 지금은 채프와 시더에게 끌리고 있어."

"시더는 좋지만 채프는 별로야. 아직은."

"와서 식사 같이 해. 다시는 키스 못하게 하겠다고 약속할게."

점심 식사 때 만난 채프는 전처럼 나쁘지는 않다. 이번엔 술을 마시지 않은 상태다. 목소리가 너무 크고 재미없는 농담을 자주하지만, 기분 나쁜 농담이 아니고 스스로 망가지는 농담이 대부분이다. 채프가 언제나 어두운 생각만 하는 헤이미치와 잘 맞는 이유를 알 수 있다. 하지만 같은 편이 되고 싶은지는 아직 잘 모르겠다.

채프 뿐 아니라 우승자들 전부를 좀 더 사교적으로 대하려고 노력한다. 식사 후에는 8번 구역 조공인들과 함께 먹을 수 있는 식물을 공부한다. 집에 아이가 셋 있다는 세실리아와 귀가 잘 들리지 않는 우프라는 할아버지다. 독이 있는 벌레를 자꾸 입에 넣으려고 하는 걸 보면 우프는 지금 자기가 어디서 무얼 하는지도 잘 모르는 것 같다. 숲에서 트윌과 보니를 만난 이야기를 하고 싶지만, 어떻게 말을 꺼내야 할지 모르겠다. 1번 구역에서 온 남매인 캐시미어와 글로스가 나를 불러서, 같이 해먹을 만들었다. 두 사람은 예의 바르고 성격이 좋다. 하지만 작년에 1번 구역 조공인이었던 글리머와 마블을 죽인 게 나라는 생각이 계속 든다. 두 사람이 아마 그 애들을 알았을 거고, 어쩌면 멘터였을 수도 있다는 생각. 내가 만든 해먹도, 두 사람과 친해져 보려는 노력도 좋게 말해 봤자 그저 그런 정도다. 에노바리아와 칼 쓰는 훈련을 하며 몇 마디 대화를 주고받지만, 나나 에노바리아나 서로 같은 편이 되고 싶어 하지 않는다는 게 명백하다.

물고기 잡는 법을 배우고 있는데 피닉이 다시 나타났다. 4번 구역에서 온 할머니 맥스를 소개해 주기 위해서다. 4번 구역 억양을 쓰는 데다 알아듣기 힘들게 말해서(뇌졸중을 앓았던 것 같다.) 그녀의 말은 네 단어 중 하나 정도밖에 이해할 수 없다. 하지만 맥스는 가시, 작은 뼈다귀, 귀걸이 등 어떤 재료로도 훌륭한 낚시 바늘을 만들 수 있다. 잠시 후에 나는 트레이너를 내버려 두고서 맥스가 하는 것만 따라 하게 되었다. 내가 휜 못으로 꽤 그럴듯한 낚시 바늘을 만들어 머리카락 끝에 묶으니, 맥스는 빠진 이를 드러내며 미소를 짓는다. 알아들을 수 없는 말을 하는데, 아마 칭찬인 것 같다. 갑자기 신경질적인 젊은 여자 대신 맥스가 자원했다는 게 떠오른다. 자기가 우승할 확률이 있다고 생각해서 자원했을 리는 없다. 내가 작년에 프림을 구하기 위해 자원했듯, 그 여자를 구하려고 자원한 것이다. 나는 맥스와 동맹을 맺기로 결심한다.

끝내주는군. 이제 돌아가서 헤이미치에게 여든 살 먹은 할머니, 그리고 넛츠, 볼츠와 동맹을 맺고 싶다고 말해야 하는구나. 아주 좋아하겠지.

그래서 친구를 만들려는 노력은 그만두고, 정신을 좀 차려보려고 활 쏘는 곳으로 간다. 온갖 종류의 활과 화살이 있는 환상적인 곳이다. 트레이

너인 택스는 설치해 놓은 과녁이 내게는 시시하다는 것을 알아채고, 바보 같은 새 모형을 공중에 높이 던진 후 맞추게 한다. 차음에는 바보짓 같았지만, 해 보니 나름대로 재미있다. 움직이는 생물을 사냥하는 것 같다. 던지는 족족 명중시켰더니 트레이너는 한 번에 던지는 새의 수를 늘렸다. 나는 체육관의 상황과 다른 우승자들, 지금 얼마나 비참한 기분인지 등등을 잊고서 활쏘기에 빠져 든다. 한 번에 다섯 마리를 명중시키자, 너무 조용해서 새가 떨어지는 소리가 다 들린다. 고개를 돌려보니 우승자들 대다수가 하던 일을 멈추고 나를 보고 있다. 그들의 얼굴에는 부러움부터 증오, 감탄까지 모든 감정이 서려 있다.

훈련 후에는 피타와 노닥거리면서 헤이미치와 에피가 저녁 식사하러 오기를 기다린다. 식사하러 가자마자 헤이미치가 나를 덮친다.

"우승자들 중 최소 절반이 자기 멘터에게 너와 동맹을 맺고 싶다고 했다. 네 성격이 밝아서 그런 건 아닐 텐데."

"활 쏘는 걸 봤어요. 사실 캣니스가 활 쏘는 걸 제대로 본 건 저도 처음이었죠. 나부터 공식적으로 동맹 신청을 해야겠더라고요."

피타가 미소 지으며 말한다.

"너 활을 그렇게 잘 쏘냐? 브루투스가 너랑 동맹을 맺고 싶어 할 만큼?"

헤이미치가 묻는다. 나는 어깨를 으쓱한다.

"브루투스는 싫어요. 난 맥스와 3번 구역이 좋아요."

"그러시겠지. 아직 생각 중이라고 대답하마."

헤이미치는 한숨을 쉬고는 와인 한 병을 주문한다.

내 활 솜씨를 자랑한 뒤에도 조금은 놀림을 받긴 했지만, 조롱당한다는 느낌은 없었다. 왠지 우승자들의 모임에 가입한 기분이다. 그 다음 이틀간은 경기에 참여할 거의 모든 사람들과 함께 시간을 보냈다. 심지어 모플링들도 같이 있었다. 모플링들은 피타의 도움을 받아가며 내 몸에 노란 꽃으로 덮인 들판을 그린다. 피닉은 내가 한 시간 동안 활쏘기를 가르쳐 준 대가로 삼지창 쓰는 법을 한 시간 동안 알려 준다. 사람들을 더 잘 알게 될수록 상황은 더 악화된다. 왜냐하면, 전반적으로 이 사람들이 싫지 않기 때문이다. 마음에 드는 사람들도 있다. 그리고 내가 본능에 따라 행동한다면 오히려 보호하게 될 만큼 심하게 상처받은 사람들이 많다. 하지만 피타를 구하려면, 이 사람들은 모두 죽어야 한다.

훈련 마지막 날에 개인 훈련이 있었다. 게임 운영자들 앞에서 십오 분간 우리가 가진 기술을 뽐내는 것이지만, 운영자에게 뭘 보여줘야 하는지 알 수가 없다. 점심시간에는 과연 뭘 할 건지에 대한 농담들이 잔뜩 오갔다. 노래하고, 춤추고, 옷을 벗고, 농담을 하자고 한다. 이제는 맥스의 말을 조금 더 잘 알아듣게 되었는데, 맥스는 그냥 한숨 자겠다고 한다. 나는 뭘 해야 할지 잘 모르겠다. 활이나 좀 쏘겠지. 헤이미치는 가능하면 놀라게 해주라고 하지만 생각이 나지 않는다.

12번 구역의 여성 출전자인 나는 맨 마지막 순서다. 조공인이 한 명 한 명 나감에 따라 식당은 점점 더 조용해진다. 우승자들은 모두 건방지고 무서울 거라곤 없다는 듯한 태도를 몸에 익히게 되었는데, 실은 사람이 많은 때일수록 그런 흉내를 내기가 더 쉽다. 사람들이 문 밖으로 사라지자, 그들 모두 살날이 얼마 남지 않았다는 생각만 하게 된다.

마침내 피타와 둘이 남았다. 피타는 식탁 위로 팔을 뻗어 내 손을 잡는다.

"뭘 보여 줄지 결정했어?"

나는 고개를 젓는다.

"올해는 역장이 있어서 그 사람들을 활 과녁으로 삼지도 못해. 낚시 바늘이라도 만들까. 너는?"

"모르겠어. 케이크나 구울 수 있으면 좋겠다는 생각만 드네."

"카무플라주를 해 봐."

내가 제안한다.

"모플링들이 안 보여준 게 있을까. 훈련 시작한 이후 거기에만 매달렸잖아."

피타가 비꼬듯 대답했다.

우리는 잠시 침묵 속에 앉아 있었다. 그러다 둘 다 똑같이 하고 있었던 생각을 내가 불쑥 입에 담는다.

"우리가 저 사람을 어떻게 죽인다지, 피타?"

"모르겠어."

피타는 쥐어져 있는 우리 둘의 손에 이마를 기댄다.

"동맹 같은 거 맺고 싶지 않아. 헤이미치는 왜 우리한테 저 사람들과 친해지라고 하는 거지? 지난번보다 힘들어질 뿐이야. 아마 루는 제외해야겠지만. 하지만 어차피 나는 루를 죽이지는 못했을 거야. 프림이랑 너무 비슷했거든."

피타는 생각에 잠겨 눈썹을 찡그린 채 나를 올려다보며 묻는다.

"루가 죽은 게 제일 비열했어. 안 그래?"

"보기 좋은 죽음은 없었지."

글리머와 카토의 최후를 생각하며 나는 대답한다.

피타가 호출되어서 나는 혼자 기다렸다. 5분이 지난다. 30분이 지난다. 40분 정도가 흘러서야 내 이름이 불렸다.

들어가자 세정제 냄새가 코를 찔렀다. 나는 매트 하나를 방 가운데로 끌어다 놓았다는 걸 눈치 챈다. 게임 운영자들의 반쯤은 취해 있는 데다 딴데 정신이 팔려 테이블의 음식만 집어먹고 있던 작년과는 분위기가 아주 다르다. 어쩐지 화가 난 것 같은 표정으로 자기들끼리 속삭이고 있다. 피타가 뭘 한 거지? 기분 나쁘게 했나?

벌컥 걱정이 된다. 이건 좋지 않다. 피타가 게임 운영자들의 비위를 거슬러서 표적이 되면 안 되는데. 그건 내가 할 일이다. 불길이 피타 쪽으로 가지 않게 하는 것. 하지만 어떤 방법으로 기분을 상하게 한 걸까? 내가 하고 싶은 일도 바로 그것이다. 피타보다 더 심하게 하고 싶다. 우리를 죽일 흥미진진한 방법을 고안하느라 머릴 굴려대는 자들의 저 잘난 척하는 가식을 깨 버리고 싶다. 우리가 잔인한 캐피톨 앞에 나약한 존재인 것은 사실이지만, 당신들 역시 마찬가지라는 걸 깨닫게 해 주고 싶다.

'내가 당신들을 얼마나 증오하는지 알아? 가진 재능을 헝거 게임에 바치고 있는 당신들을.' 나는 속으로 생각한다.

플루타르크 헤븐스비와 눈을 마주치려 했지만, 일부러 나를 무시하는 것 같다. 훈련 기간 내내 그랬다. 그가 함께 춤을 추려고 나를 찾았던 일, 기뻐하며 자기 시계의 모킹제이를 보여주었던 일을 떠올린다. 친근하게 굴던 태도는 이곳에서는 온 데 간 데 없다. 나는 한낱 조공인에 불과하고 그는 최고 게임 운영자이니 그러는 게 당연하겠지. 너무 힘이 세고, 멀리 있고, 그리고 안전하다…….

갑자기 내가 할 일이 뭔지 깨닫는다. 저들의 머릿속에서 피타 생각을 단번에 날려버릴 만한 일이다. 나는 매듭 묶는 곳으로 가서 긴 밧줄을 가져왔다. 그러고는 그것을 묶어 봤지만, 직접 만들어 본 적은 없는 매듭이라 어렵다. 피닉이 재빠르게 손가락을 움직이는 것을 구경한 일이 있을 뿐이다. 그의 손놀림은 무척이나 빨랐다. 십 분쯤 후에 꽤 쓸 만한 고리를 완성했다. 나는 과녁용 마네킹을 하나 방 가운데로 끌어다 놓고, 턱걸이용 철봉을 이용해 목을 매달았다. 마네킹의 양 손목을 등 뒤로 돌려 묶으면 그럴듯하겠지만 시간이 부족한 것 같다. 그러고 나서 카무플라주하는 곳으로 달려간다. 다른 조공인들이 난장판으로 만들어 놓았다. 아마 모플링들이 범인일 것이다. 어찌어찌 피처럼 붉은 딸기 주스가 조금 남아 있는 통을 찾아낸다. 이거면 될 것 같다. 사람 피부 색깔의 천으로 된 마네킹의 피부는 물감을 잘 빨아들이는 훌륭한 캔버스 역할을 한다. 나는 운영자들이 보지 못하게 몸으로 가린 후, 손가락으로 조심스레 마네킹의 몸에 글씨를 쓴다. 그리고 재빨리 한 걸음 물러서 마네킹에 쓴 이름을 읽는 게임 운영자들 표정을 구경한다.

세네카 크레인.

17

게임 운영자들은 곧바로 반응을 보인다. 내가 보기엔 꽤 만족스럽다. 몇 명은 작게 비명을 질렀다. 다른 사람들은 들고 있던 와인 잔을 놓쳐서, 잔이 바닥에 부딪혀 박살나는 소리가 음악처럼 울린다. 두 명은 기절하기 직전인 것 같다. 모두가 충격을 받은 표정이다.

이젠 플루타르크 헤븐스비가 내게 관심을 보인다. 나를 계속해서 노려보고 있다. 그가 손에 쥔 복숭아가 으깨져 손가락 사이로 과즙이 흐른다. 마침내 그는 목을 가다듬더니 말한다.

"가도 좋습니다, 에버딘 양."

나는 예의 바르게 고개를 숙인 후 나가려고 몸을 돌리지만, 마지막 순간에 참지 못하고 어깨 너머로 딸기 주스 통을 던진다. 주스가 마네킹에 확, 하고 흩뿌려지는 소리, 와인 잔 몇 개가 더 깨지는 소리가 들린다. 엘리베이터 문이 닫힐 때까지도 아무도 움직이는 사람이 없다.

'이 정도면 놀랐겠지.' 하고 나는 생각한다. 경솔하고 위험한 짓이었고, 분명 열 배 이상의 대가를 치르게 될 것이다. 하지만 지금 이 순간만은 짜릿함과 비슷한 기분이 들고, 나는 그 기분을 마음껏 즐긴다.

당장 헤이미치를 찾아서 내가 한 일을 말해 주고 싶지만 아무도 없다. 아마 저녁 준비를 하는 모양이라고 생각하고, 손에 주스가 묻었으니 먼저 샤워를 하기로 한다. 쏟아지는 물을 맞으며 서 있자니 내가 한 일이 얼마나 잘한 일이었는지 생각해 보게 된다. 이제 내 행동의 판단 기준은 언제나 "이게 피타를 살리는 데 도움이 될까?"가 되어야 한다. 간접적으로 보면 내 행동은 도움이 되지 않을지도 모른다. 훈련 중 있었던 일은 철저하게 보안이 유지되어서, 내가 저지른 짓은 아무도 모를 것이다. 그러니 나를 처벌할 수도 없다. 작년에는 자신만만하게 행동한 게 오히려 도움이 되었다. 하지만 이번 일은 좀 다른 종류의 범죄다. 만약 게임 운영자들이 화가 나서 경기장에서 나를 벌주려고 한다면, 피타도 그 공격을 함께 받게 될 수 있다. 어쩌면 너무 충동적이었을지도 모르겠다. 그래도…… 후회한다고는 못하겠다.

저녁을 먹으러 모두 모이는 가운데, 피타가 목욕한 뒤라 머리가 아직 축축한데도 손은 여러 색깔로 희미하게 물들어 있음을 본다. 결국 무슨 카무플라주를 했나 보다. 수프가 나오자 헤이미치는 다들 생각하고 있던 주제를 곧바로 꺼낸다.

"그래, 개인 훈련은 어땠냐?"

나는 피타와 시선을 교환한다. 왠지 내가 한 일을 당장 말하고 싶은 기분은 아니다. 식당 안의 이 고요함 속에서는 굉장히 극단적인 일로 느껴졌기 때문이다.

"너 먼저 얘기해. 굉장히 특별한 걸 한 것 같던데. 난 들어갈 때까지 사십 분이나 기다렸어."

내가 피타에게 말한다. 피타 역시 나와 비슷한 이유로 말하기 주저되는 모양이다.

"음, 나…… 나는 네가 제안한 대로 카무플라주를 했어, 캣니스. 사실

카무플라주는 아니지. 염색약을 썼거든."

"염색약으로 뭘 했니?"

포샤가 묻는다.

내가 체육관에 들어갔을 때 게임 운영자들이 동요하고 있었던 것을 생각해 본다. 세정제 냄새. 체육관 한가운데에 끌어다 놓은 매트. 뭔가 씻을 수 없는 것을 가리기 위해 갖다 놓은 것일까?

"너 뭔가 그리지 않았어? 그림 말이야."

"봤어?"

피타가 묻는다.

"아니. 가리려고 애를 많이 썼던데."

"음, 그게 규칙이겠지. 조공인끼리 누가 뭘 했는지 알면 안 되니까."

에피가 무관심하게 말한다.

"뭘 그렸니, 피타? 캣니스를 그렸니?"

에피는 약간 흐릿한 표정이다.

"왜 절 그리겠어요, 에피?"

왠지 화가 나서 나는 묻는다.

"너를 지키기 위해서는 뭐든지 할 거라는 걸 보여주기 위해서. 캐피톨에서는 어차피 모두들 그렇게 생각하고 있어. 너랑 같이 가려고 자원했잖니?"

에피는 너무나 당연한 일 아니냐는 듯 말한다.

"사실은 루 그림을 그렸어요. 캣니스가 꽃으로 덮어준 루의 모습이요."

다들 이 말의 뜻을 생각하느라 식탁에는 잠시 정적이 흐른다.

"네가 얻고 싶었던 게 정확히 뭐냐?"

헤이미치가 굉장히 신중한 목소리로 묻는다.

"잘 모르겠어요. 그냥 그 사람들에게 책임이 있다는 걸 보여주고 싶었어요. 그 순간만이라도. 그 어린 여자애를 죽인 책임이요."

"지독해! 그런 건…… 금지된 생각이야, 피타. 절대 안 돼. 너랑 캣니스가 더 힘들어질 뿐이라고."

그렇게 말하는 에피는 거의 울음을 터뜨릴 것 같은 목소리다.

"이번에는 나도 에피에게 동의할 수밖에 없다."

헤이미치가 말한다. 포샤와 시나는 침묵을 지키지만, 굉장히 심각한 표정이다. 물론 맞는 말이다. 나도 걱정이 되기는 하지만, 피타가 한 일이 아주 훌륭하다고 생각한다.

"제가 마네킹 목을 매달고 세네카 크레인 이름을 썼다는 말을 하기에는 좀 안 좋은 때인 것 같네요."

이 말은 내가 바랐던 효과를 가져왔다. 한순간 믿을 수 없다는 듯한 침묵이 흐른 다음, 방 안에 있는 사람들은 벽돌 무더기가 무너지듯 반감을 쏟아낸다.

"너…… 세네카 크레인을…… 목매달았다고?"

시나가 말한다.

"네. 새로 익힌 매듭 기술을 자랑하려 했는데, 하다 보니 세네카 크레인을 매달게 되더라고요."

"아, 캣니스. 네가 그걸 대체 어떻게 알고 있는 거니?"

에피가 숨 죽여 묻는다.

"비밀이었어요? 스노우 대통령은 비밀인 것처럼 얘기하지 않던데요. 오히려 내가 꼭 알았으면 하는 것 같았어요."

내가 말한다. 에피는 냅킨을 얼굴에 댄 채 방 밖으로 나가버렸다.

"에피 기분을 상하게 했네요. 활이나 좀 쐈다고 거짓말할걸."

"우리가 짜고 한 줄 알겠다."

피타가 내게 아주 살짝 미소를 지으며 말한다.

"짠 거 아니니?"

포샤가 묻는다. 포샤는 굉장히 밝은 빛을 가리듯 눈을 감은 채 손가락으로 눈꺼풀을 누르고 있다.

"아뇨. 들어가기 전까진 저희도 뭘 해야 할지 몰랐어요."

나는 그렇게 말하고, 새로운 기쁨을 느끼며 피타를 바라본다.

"그리고, 헤이미치. 우리 경기장에서 아무하고도 동맹 안 맺기로 했어요."

피타가 말한다.

"잘됐군. 그럼 멍청한 너희들 때문에 내 친구들이 죽어서 내가 책임져야 할 일은 없을 테니."

헤이미치가 말한다.

"저희도 그 생각을 했어요."

내가 말한다.

우리는 침묵 속에 식사를 마쳤다. 거실에 가려고 일어서자 시나가 나를 한 번 꼭 안아 준다.

"가서 훈련 점수 보자."

텔레비전 앞에 모여 앉자 눈이 빨개진 에피가 와서 합류했다. 조공인들의 얼굴이 구역 순서대로 화면에 비치고, 사진 아래에 점수가 뜬다. 1번부터 12번까지 나왔다. 캐시미어, 글로스, 브루투스, 에노바리아, 피닉은 예상대로 높은 점수를 받는다. 나머지는 낮은 점수이거나 중간 정도의 점수다.

"0점이 나온 적도 있어요?"

내가 묻는다.

"아니, 하지만 모든 일에는 처음이란 게 있지."

시나가 대답한다. 곧 시나 말이 옳았다는 게 드러났다. 나와 피타가 헝거 게임 사상 최초로 12점을 받았기 때문이다. 하지만 축하할 기분이 드는 사람은 아무도 없다.

"왜 그랬을까요?"

내가 묻는다.

"다른 조공인들이 너희를 표적으로 삼을 수밖에 없도록 하기 위해서지."

헤이미치가 딱 잘라 말하더니 명령한다.

"가서 자라. 난 너희들 꼴 더 이상 못 봐주겠으니까."

피타는 말없이 나를 방까지 데려다 주었다. 피타가 잘 자라고 인사하기 전에 나는 피타를 안으며 가슴에 머리를 기댔다. 그의 손이 내 등으로 올라오고, 피타는 뺨을 내 머리에 댄다.

"내가 일을 더 나쁘게 만들었다면 미안해."

내가 말한다.

"내가 한 것보다 나쁘지는 않았잖아. 그나저나 너는 왜 그런 거야?"

피타가 말한다.

"모르겠어. 내가 헝거 게임의 작은 한 부분이 아니라는 걸 보여주기 위해서?"

피타는 조금 웃는다. 작년 헝거 게임 전날 밤을 기억하는 게 분명하다. 우리는 둘 다 잠이 들지 못해서 옥상에 있었다. 그때 피타가 그런 말을 했는데, 나는 무슨 뜻인지 이해하지 못했다. 하지만 이젠 나도 이해한다.

"나도 그래. 노력하지 않겠다는 말은 아니야. 난 물론 네가 집으로 돌아갈 수 있도록 노력할 거야. 하지만 정말 솔직히 이야기하면……."

피타가 말한다.

"정말 솔직히 이야기하자면, 스노우 대통령이 어떻게든 우릴 경기장에서 죽게 하라고 명령했을 거라고 생각한다는 거지."

"그런 생각이 들긴 했어."

나도 그런 생각을 했다. 몇 번이나. 그래도 절대로 살아서 경기장을 나갈 수 없다는 걸 알고 있는 나와는 달리 피타는 살 수 있다는 희망을 아직 가지고 있다. 딸기를 꺼낸 건 피타가 아니라 나였지 않은가. 피타의 반항이 사랑 때문이었다는 걸 의심하는 사람은 없다. 그러니까 스노우 대통령은 피타가 사랑을 잃고 몸도 만신창이가 된 후에도 살아남게 해서, 살아있는 경고가 되게 하고 싶은 건지도 모른다.

"하지만 그렇다고 해도, 우리가 맞서 싸우다 죽었다는 걸 다들 알게 해야겠지?"

피타가 묻는다.

"그래야지."

나는 그렇게 대답했다. 처음으로 특집 발표 이후 나를 괴롭히던 개인적인 비극을 한 걸음 떨어져 바라보게 되었다. 11번 구역에서 쏴 죽였던 노인이며 보니와 트윌, 반란에 대한 소문을 떠올린다. 그래. 모든 구역 사람들이 내가 이 사형 선고 앞에 어떻게 행동하는지 보게 될 거야. 자신들의 싸움이 헛되지 않았다는 증거를 찾으려 하겠지. 내가 끝까지 캐피톨에 저항하고 있다는 것을 보여주면, 캐피톨은 나를 죽여도…… 내 정신은 죽이지 못하는 셈이다. 반군에게 희망을 줄 수 있는 방법으로 이보다 더 좋은 것이 있을까?

이 생각의 멋진 점은, 내 목숨을 바쳐 피타를 살리겠다는 결정 자체가 반항적인 행동이라는 사실이다. 헝거 게임에 캐피톨 방식대로 참여하기를 거부하는 것이다. 그러니 내 개인적인 목표와 공적인 목표는 딱 맞아 들어가는 셈이다. 그리고 내가 정말 피타를 구할 수 있다면…… 혁명의 관점에서 볼 때 이상적인 일이다. 나는 죽고 난 후 더 가치 있어질 것이다. 반군은 날 혁명을 위한 순교자로 만들고 내 얼굴을 깃발에 그릴 수 있게 되겠지. 이건 내가 살아서 할 수 있는 어떤 일보다 사람들의 뜻을 하나로 모으는 데 도움이 될 거다. 하지만 피타는 살아남는 편이 더 귀중하고, 더 비극적이다. 그리고 피타는 자신이 겪는 고통을 사람들이 변화하게 할 수 있는 말로 바꾸어 낼 능력이 있다.

내가 이런 생각을 하고 있다는 걸 피타가 알면 미친 듯이 화를 내겠지. 그래서 그냥 이렇게만 말한다.

"마지막 남은 며칠 동안 뭐할까?"

"남은 내 인생의 모든 순간 동안 너와 함께 있고 싶을 뿐이야."

"그럼 들어와."

피타를 방 안으로 끌어당기며 말한다.

다시 피타와 함께 잘 수 있는 게 엄청난 사치처럼 여겨졌다. 내가 사람 손길에 얼마나 굶주려 있었는지 깨닫게 된다. 어둠 속에 느껴지는 내 옆에 있는 피타의 감촉. 최근 며칠 밤을 피타를 멀리하며 낭비하지 말 걸 그랬다. 나는 피타의 온기에 감싸여 깊은 잠에 빠져 들고, 다시 눈을 떠보니 창문으로는 밝은 햇빛이 들어온다.

"악몽 안 꿨지."

피타가 말한다.

"안 꿨어. 너는?"

"전혀. 밤에 제대로 푹 자는 게 어떤 건지 그 동안 잊고 있었어."

우리는 하루 일과를 시작하려고 서두르지 않고 잠시 그냥 누워 있었다. 내일 밤에 텔레비전 인터뷰를 할 테니, 오늘은 에피와 헤이미치가 우릴 지도하겠지. '하이힐을 신고서 빈정대는 말을 잔뜩 듣겠군.' 하고 생각한다. 하지만 그때 빨강머리 무성인 여자아이가 에피가 보낸 메모를 들고 들어온다. 최근 우승자 투어를 했으니, 에피와 헤이미치 둘 다 우리가 사람들 앞에서 잘 행동할 수 있을 거라고 생각한다는 내용이다. 인터뷰 준비는 취소되었다.

"정말이야?"

피타가 내 손에서 메모를 집어 들고 읽어보더니 말한다.

"이게 무슨 뜻인지 알겠어? 우리는 하루 종일 자유야."

"아무 데도 갈 수 없다는 게 정말 싫다."

내가 아쉬워하며 말한다.

"아무 데도 못 간다고 누가 그래?"

피타가 묻는다.

옥상. 우리는 음식을 한 무더기 주문하고 담요를 몇 장 챙겨 옥상으로 소풍을 간다. 풍경 소리가 울리는 화원에서 하루 종일 즐기는 소풍. 음식을 먹고 햇빛을 받으며 눕는다. 매달린 덩굴을 뜯어서, 훈련 중에 새로 배운 기술을 이용해 매듭을 묶고 그물을 짠다. 피타는 내 모습을 스케치한다. 우리는 옥상을 둘러 싼 역장을 이용해서 할 수 있는 놀이를 만들어 냈다. 한 명이 역장에 사과를 던지면 다른 사람이 튕겨 나오는 사과를 받는 놀이다.

아무도 우리를 방해하지 않는다. 늦은 오후가 되자 나는 피타의 무릎을 베고 누워 꽃으로 왕관을 만들고, 피타는 내 머리카락을 가지고 장난을 치면서 매듭 묶는 법을 연습하는 중이라고 우긴다. 잠시 후 피타의 손이 멈춘다.

"왜?"

내가 묻는다.

"지금 여기, 이 순간이 멈춰서 영원히 계속되었으면 좋겠어."

피타가 말한다.

보통 이런 말, 피타가 내게 품은 영원한 사랑을 암시하는 말을 들으면 나는 죄책감이 들고 끔찍한 기분이 된다. 하지만 지금은 너무도 따뜻하고 느긋하고, 내가 가질 수도 없는 미래에 대한 걱정마저 잊고 있는 터라 나도 모르게 말해버린다.

"좋아."

피타의 목소리를 들으니 미소 짓고 있는 것을 알 수 있다.

"허락하는 거야?"

"허락할게."

피타의 손이 다시 내 머리를 만지고 나는 스르르 잠이 들지만, 피타는 해 지는 모습을 보라고 나를 깨웠다. 캐피톨의 스카이라인 뒤로 노란색과 오렌지색 불길이 타오르는 것 같은 장관이다.

"네가 놓치고 싶어 하지 않을 것 같아서."

피타가 말한다.

"고마워."

앞으로 일몰을 볼 기회는 몇 번 남지 않았다. 한 번이라도 놓치고 싶지 않다.

우리는 다른 사람들과 함께 저녁을 먹으러 가지 않는다. 우리를 찾는 사람도 없다.

"다행이다. 주위에 있는 사람들을 비참하게 만드는 건 이제 지겨워. 다들 울고 말이야. 아니면 헤이미치가……."

더 길게 말할 필요도 없다.

우리는 잘 시간까지 옥상에 있다가 조용히 내려와 아무도 마주치지 않고 내 방으로 돌아온다.

다음 날 아침, 준비 팀이 우리를 깨웠다. 피타와 내가 함께 잠든 모습을 보는 게 감당하기 힘들었는지 옥타비아는 곧장 눈물을 터뜨린다.

"시나 말 기억하지."

베니아가 무섭게 말했다. 옥타비아는 고개를 끄덕이고 훌쩍이며 밖으로 나간다.

피타도 준비를 하러 자기 방으로 가야 한다. 그래서 나는 베니아, 플라비우스와 함께 남았다. 평소의 수다는 사라지고 없었다. 턱을 들라고 말한다든가 메이크업 기술에 대해 언급하는 정도 외에는 대화 자체가 거의 없다. 점심시간이 거의 다 되었을 때쯤 어깨에 뭔가 떨어지는 게 느껴져 고개를 돌려보니, 플라비우스가 내 머리를 자르며 말없이 눈물을 흘리고 있었다. 베니아가 노려보자 플라비우스는 조용히 가위를 내려놓고 나간다.

피부가 워낙 창백해서 문신이 피부에서 떨어져 나올 것 같은 베니아 혼자 남았다. 굳은 결심 때문에 몸이 거의 뻣뻣해진 채로, 없는 동료들 몫까지 하느라 손가락을 날듯이 움직이며 머리와 손톱관리, 메이크업을 한다. 베니아는 시종일관 내 시선을 피했다. 시나가 들어와서 내 모습을 보더니 잘했다고 칭찬하며 가보라고 하자, 그제야 베니아는 내 손을 잡고 내 눈을 똑바로 들여다보며 말한다.

"우리 모두는 네가 최고로 예뻐 보이도록 도와줄 수 있었던 것이 엄청난…… 영광이라고 생각한다는 걸 알아줬으면 해."

그리고는 서둘러 방 밖으로 나간다.

내 준비 팀. 내 어리석고, 얄팍하고, 다정한 애완동물들. 깃털과 파티에 집착하는 사람들. 그 사람들의 작별 인사가 내 마음을 너무나 아프게 한다. 베니아의 마지막 말을 들으면 내가 다시 돌아오지 못할 거라는 것을 우리 모두 알고 있는 게 확실하다. '온 세상이 다 아는 걸까?' 문득 궁금해진다. 나는 시나를 바라본다. 시나는 당연히 알고 있다.

"오늘 밤은 뭘 입게 되나요?"

내 드레스가 든 옷 가방을 바라보며 나는 묻는다.

"스노우 대통령이 직접 고른 옷이야."

시나는 가방을 열더니, 내가 촬영 때 입었던 웨딩드레스 한 벌을 꺼낸다. 목이 깊게 파이고 허리가 꽉 조이며, 소매가 손목에서 바닥까지 닿는 무거운 흰 비단 드레스다. 온통 진주가 달려있다. 옷에 달려있고, 목에 걸 진주 목걸이도 있고, 베일을 달 왕관도 진주로 되어 있다.

"웨딩촬영한 날 밤에 25주년 특집 발표가 있었지만, 그래도 사람들은 웨딩드레스에 투표를 했어. 이 옷이 최다 득표한 옷이야. 대통령은 오늘 밤 네게 이걸 입히라고 하더구나. 우리가 반대했지만 무시당했어."

나는 손가락 사이에 비단을 끼우고 문질러 보며 스노우 대통령이 어떤 추론을 한 건지 파악하려 했다. 나는 최악의 범법자니까, 내가 느낄 고통과 상실과 굴욕은 무엇보다 도드라져야 한다. 이걸 입으면 반드시 그렇게 될 거라고 그는 생각하는 것이다. 대통령은 내 웨딩드레스를 수의로 변신시킬 생각이다. 너무나 야만적이라 제대로 한 방 먹은 나는 몸속에서 멍한 고통을 느낀다.

"이렇게 예쁜 드레스를 그냥 버리긴 아깝죠."

내가 겨우 한 마디 한다. 시나는 조심스레 드레스를 입혀 준다. 묵직한 드레스의 무게에 어깨가 불평을 하는 것 같다.

"전에도 이렇게 무거웠나요?"

드레스 중 묵직한 것들도 있었지만 이건 정말 어마어마하게 무거운 것 같다.

"조명 때문에 조금 바꿔야 했어."

시나의 말에 고개를 끄덕이지만, 그게 무슨 상관인지 이해할 수 없다. 시나는 구두 신는 것을 도와주고 진주 장신구를 걸어준 후 베일도 씌운다. 그러고는 내 메이크업을 손봐주고, 걸어보게 한다.

"기막히게 아름답구나. 자, 캣니스, 이 드레스는 워낙 꽉 끼기 때문에, 팔을 머리 위로 올리면 안 된다. 돌기 전까지는 안 돼."

"오늘도 돌아요?"

작년 드레스를 떠올리며 나는 묻는다.

"분명히 시저가 시킬 거야. 안 시키면 네가 먼저 말을 꺼내렴. 당장 하지는 말고 마지막 순간까지 아껴둬."

"언제 하면 될지 알 수 있게 신호를 주세요."

"그럴게. 인터뷰 계획은 세웠니? 헤이미치가 너희 둘이 알아서 하게 됐다는 건 알고 있어."

"아뇨. 올해는 그냥 즉흥적으로 할 거예요. 웃긴 게, 전혀 긴장되지가 않아요."

긴장 같은 건 되지 않는다. 스노우 대통령이 날 얼마나 싫어하든, 캐피톨 관중은 내 편이다.

우리는 엘리베이터에서 에피, 헤이미치, 포샤, 피타를 만난다. 피타는 우아한 턱시도를 입고 흰 장갑을 끼고 있다. 캐피톨에서 결혼할 때 신랑이 입는 옷이다.

우리의 고향에서는 모든 것이 훨씬 더 단순하다. 여자는 이미 수백 번은 입었을 흰 드레스를 대여하는 게 보통이다. 남자는 광부복이 아닌 깨끗한 옷을 입는다. 법원 건물에서 서류 몇 장을 작성하면 집을 배정받는다. 가족과 친구들이 모여서 식사를 하거나, 케이크를 살 돈이 있으면 케이크를 조금 먹는다. 만약 케이크가 없더라도 신혼부부가 문지방을 넘을 때 전통적으로 부르는 노래를 부른다. 그러고 나면 처음으로 불을 피우고 빵을 조금 구워서 나눠 먹는 약소한 축하 의식이 있다. 구식일지는 몰라도, 12번 구역에서는 빵을 굽지 않으면 결혼한 기분이 들지 않는다.

다른 조공인들은 이미 무대 아래에 모여 부드럽게 이야기를 나누고 있지만, 피타와 내가 도착하자 모두 조용해진다. 나는 모두가 내 웨딩드레스를 뚫어져라 쳐다보고 있음을 깨닫는다. 예뻐서 질투하나? 관중을 조종할 수 있는 힘이 있다는 것을?

마침내 피닉이 입을 연다.

"시나가 네게 그 옷을 입혔다니 믿을 수가 없군."

"시나에겐 선택권이 없었어요. 스노우 대통령이 시킨 거예요."

나는 조금 방어적으로 말한다. 누구도 시나를 비난하게 할 수는 없다.

캐시미어는 출렁이는 금발을 뒤로 넘기며 내뱉는다.

"어처구니없는 차림인데!"

캐시미어는 동생의 손을 잡더니 우리 행렬을 이끄는 자리로 데려가 세운다. 다른 조공인들도 줄을 서기 시작한다. 다들 화가 난 건 확실하다. 하지만 어떤 사람들은 공감한다는 듯 우리 어깨를 두드리기도 하고, 조한나 메이슨은 내 앞에 멈춰서 진주 목걸이를 똑바로 매만져 주어서 어리둥절하다.

"대가를 치르게 해, 알았지?"

조한나가 말한다. 나는 고개를 끄덕이지만 무슨 뜻인지 알 수 없다. 우리가 모두 무대 위에 둘러앉고, 올해엔 머리와 얼굴을 연보라색으로 장식한 시저 플리커맨이 오프닝 멘트를 마친 뒤 조공인들 인터뷰를 시작하고 나서야 조한나의 말을 이해한다. 우승자들이 느꼈던 배신감의 깊이와 그에 따른 분노를 나는 처음으로 실감한다. 하지만 우승자들 모두 워낙 머리가 좋고 영리하게 말할 줄 아는 사람들이라서, 정부와 스노우 대통령을 아주 절묘한 방식으로 비난한다. 전부 다 그런 건 아니다. 예전과 다르지 않은 브루투스나 에노바리아 같은 사람은 그냥 헝거 게임에 한 번 더 참여하러 온 사람이다. 너무 당황했거나 약에 취했거나 어찌할 바를 몰라서 공격에 합세하지 못하는 사람도 있다. 하지만 맞서 싸울 만한 기지와 배짱이 남아 있는 우승자들이 충분히 있다.

캐시미어는 캐피톨 사람들이 우리를 잃고 얼마나 괴로워할지 생각하니 울음을 참을 수가 없었다고 첫 공격을 시작한다. 글로스는 이곳 사람들이 자기와 누나에게 보여주었던 친절함을 회상한다. 비티는 특유의 불안해하는 말투로 이번 특집이 규정에 어긋나는 것은 아니냐면서, 최근에 전문가

들이 검토해 본 적은 없는지 묻는다. 피닉은 캐피톨에 있는 자신의 진정한 연인을 위해 썼다는 시를 읽는데, 자기한테 바치는 것이라고 확신한 백 명 정도가 기절했다. 조한나 메이슨은 이 상황을 어떻게 할 수는 없겠냐는 질문을 던졌다. 25주년 특집을 기획했던 사람들은 우승자들과 캐피톨이 이렇게 깊이 사랑하게 될 거라곤 예상하지 못했을 거고, 그걸 안다면 이렇게 깊은 유대를 끊을 만큼 잔인한 사람은 없지 않겠냐면서. 시더는 조용히 심사숙고하는 모습으로, 11번 구역에서는 모든 사람들이 스노우 대통령에겐 막강한 권력이 있다고 믿는다고 말했다. 그리고 만약 대통령이 그렇게 막강하다면, 특집을 바꾸지 못할 이유가 무엇이냐고도. 또 채프는 대통령은 원한다면 특집을 바꿀 수 있지만 그냥 대수롭지 않게 여기고 있는 모양이라고 했다.

나를 소개할 때쯤에 관중은 엉망진창이 되어 있다. 사람들은 훌쩍이며 쓰러졌고, 바꾸자고 외치는 사람도 있었다. 흰 비단 웨딩드레스를 입은 내 모습을 본 관중은 폭동에 가까운 상태가 된다. 이제 나도 없어지고, '비운의 연인들은 영원히 행복하게 살았습니다.' 따위의 이야기도 없어지고, 결혼식도 없어지게 되었으니까. 시저는 내가 말할 수 있도록 관중을 가라앉히려 하지만, 프로 중의 프로인 그조차도 몇 번 실패했다. 내게 주어진 3분은 빠른 속도로 흘러가고 있다.

마침내 조금 조용해지자 시저가 묻는다.

"그래요, 캣니스, 오늘밤은 모두에게 있어 굉장히 감정적인 밤이 분명한 것 같군요. 하고 싶은 말이 있나요?"

내가 입을 열자 목소리가 떨려 나온다.

"여러분이 제 결혼식에 못 오게 되어서 너무 아쉽다는 것만 말할게요. 그래도…… 적어도 드레스 입은 모습은 보여드리네요. 이 드레스 정말…… 최고로 아름답지 않나요?"

시나의 신호를 볼 필요도 없다. 바로 지금이다. 나는 묵직한 드레스의 소매를 머리 위로 들고 천천히 돌기 시작한다.

관중들의 비명이 들려와서, 내가 아름다워서 그러는 거라고 생각했다. 그런데 내 주위에서 뭔가가 피어오르는 것이 느껴진다. 연기, 불에서 나오는 연기다. 작년 마차 행진 때 입었던 것 같은 가짜 불이 아닌, 진짜 불이 내 드레스를 태우고 있다. 연기가 짙어지자 덜컥 겁이 난다. 검게 숯덩이가 된 비단 조각이 떠다니고, 진주가 무대 위로 쏟아진다. 하지만 살이 타들어가는 것 같지는 않았고, 무슨 일이 일어나고 있는지는 몰라도 시나가 꾸민 것일 테니 멈추면 안 될 것 같다. 그래서 나는 계속 돌고 또 돈다. 짧은 순간 기묘한 불꽃에 완전히 휩싸여서, 숨을 훅 들이마신다. 갑자기 불이 사라졌다. 나는 천천히 도는 것을 멈추며 혹시 내가 알몸이 되었는지, 시나는 내 웨딩드레스를 왜 태워 버린 건지 궁금해 했다.

알몸이 아니다. 나는 웨딩드레스와 똑같이 생긴 드레스를 입고 있는데, 이 드레스는 석탄 색깔이고 작은 깃털로 되어 있다. 신기해하며 길고 너풀거리는 소매를 들어보는 순간 화면에 비친 내 모습을 본다. 소매의 흰 부분만 제외한다면 지금 나는 검은 색 옷을 입고 있다. 그러니 소매가 아니라 날개라고 해야 할까.

시나는 나를 모킹제이로 변신시켰으니까.

18

아직 연기가 조금 피어오르고 있어서, 시저는 머뭇거리며 손을 뻗더니 내 머리 장식을 만진다. 흰색은 타서 없어졌고, 내 드레스 뒤쪽에 밀어 넣은 부드러운 검은 베일만이 남아 있다.

"깃털이네요. 새 같은 모습이에요."

시저가 말한다.

"모킹제이인 것 같아요. 제가 표식으로 다는 핀에 있는 새예요."

나는 날개를 살짝 파닥여 보며 말한다.

모킹제이임을 알아보는 시저의 얼굴에 살짝 그늘이 져서, 모킹제이가 그냥 평범한 표식에 불과한 게 아니라는 사실을 시저도 알고 있음을 눈치챈다. 모킹제이가 그보다 훨씬 더 큰 의미를 지니게 되었다는 걸 그 역시 알고 있는 것이다. 캐피톨에서는 최신 유행 패션에 불과하지만, 구역들 모두에서는 전혀 다른 의미로 공명하고 있다는 사실을. 하지만 시저는 적절한 멘트를 했다.

"캣니스의 스타일리스트에게 경의를 표합니다. 인터뷰 사상 이보다 더한 장관을 본 적 있다고 말할 수 있는 사람은 없을 것 같네요. 시나, 일어나서 인사하시죠!"

시저는 시나에게 일어나라는 몸짓을 해 보였다. 시나는 일어서 품위 있게 살짝 절을 한다. 갑자기 그가 너무 걱정되기 시작한다. 시나는 대체 무슨 짓을 한 거지? 이건 끔찍하게 위험한 일이다. 그 자체로 반란인 것이다. 나를 위해 그렇게 했다. 시나의 말이 떠오른다…….

"걱정 마. 난 언제나 내 감정을 작품으로 표현해. 그러면 나 자신 말고는 누구도 해치지 않지."

하지만…… 회복 불능의 지경까지 스스로를 해친 게 아닐까 걱정된다. 나의 불꽃 튀는 변신이 갖는 의미를 스노우 대통령이 모르고 지나갈 리가 없다.

망연자실해서 침묵에 빠졌던 관중은 요란하게 박수를 친다. 내 3분이 끝났음을 알리는 버저 소리를 알아듣기 힘들 정도다. 시저가 내게 감사를 표하고 나는 돌아가 내 자리에 앉는다. 이제 드레스는 공기처럼 가볍다.

인터뷰를 하러 나오는 피타를 지나치는데 피타가 내 눈을 피한다. 나는 조심스레 자리에 앉지만, 연기가 좀 날 뿐 다치지는 않은 것 같아서 피타에게 관심을 돌린다.

시저와 피타는 일 년 전 처음 함께 무대에 선 이후로 자연스러운 팀워크를 유지해 왔다. 편안하게 말을 주고받고, 웃음이 터질 타이밍을 조율한다. 피타가 나에 대한 사랑을 고백했을 때처럼 가슴 저미는 순간으로 넘어가는 능력 또한 관객을 완전히 사로잡는다. 불과 깃털, 너무 익혀 버린 새 요리에 관한 농담 몇 마디로 수월하게 인터뷰를 시작한다. 하지만 누가 봐도 피타는 다른 생각을 하고 있는 것 같아 보여서, 시저는 모두가 생각하고 있는 주제로 곧바로 대화를 끌고 간다.

"그래서, 피타. 그 모든 일을 겪고 나서 특집에 대해 알게 되었을 때 기분이 어땠나요?"

시저가 묻는다.

"충격을 받았어요. 캣니스가 아름다운 웨딩드레스들을 입은 모습을 보다가, 다음 순간에는……."

피타가 말끝을 흐린다.

"결혼식이 열리지 않을 거라는 걸 깨달았나요?"

시저가 부드럽게 묻는다.

피타는 뭔가 결단을 내리려는 듯 한참이나 말을 멈춘다. 피타는 마법에 걸린 것 같은 관객들 쪽을 보았다가 바닥을 한 번 내려다보고, 마침내 시저를 올려다본다.

"시저, 여기 있는 우리 친구들이 비밀을 지킬 수 있을까요?"

객석에서 불편한 웃음소리가 들려온다. 무슨 뜻이지? 누구에게서 비밀을 지킨다는 거야? 온 세상이 보고 있는데.

"분명 지킬 수 있을 거예요."
"우린 벌써 결혼했어요."
피타가 조용히 말한다. 관중은 깜짝 놀라는 반응이고, 나는 혼란을 숨기기 위해 치맛자락에 얼굴을 묻는다. 대체 무슨 속셈이지?
"하지만…… 어떻게 그럴 수가 있나요?"
시저가 묻는다.
"아, 정식으로 결혼한 건 아니에요. 법원 건물에 가거나 하지는 않았거든요. 하지만 12번 구역에는 이런 결혼 풍습이 있어요. 다른 구역에서는 어떤지 몰라도, 우린 이런 걸 하죠."
피타는 빵 굽는 의식에 대해 간단히 설명한다.
"가족들도 있었나요?"
시저가 묻는다.
"아뇨, 아무한테도 말 안 했어요. 헤이미치한테도 안 했는걸요. 캣니스 어머니는 절대 허락 안 하셨을 거고요. 하지만, 캐피톨에서 결혼한다면 빵 굽는 건 못할 테니까요. 저희 둘 다 더 이상 기다리고 싶지 않아서, 어느 날 그냥 해 버렸죠. 저희로서는 어떤 서류나 성대한 파티보다도 더 강하게 결혼했다는 기분이 들게 해 주는 의식이거든요."
"그러면 특집 발표 전이었나요?"
"당연히 그 전이죠. 특집에 대해 알았더라면 결혼 안 했을 거예요."
피타가 기분이 나빠지기 시작했다는 투로 말한다.
"하지만 누가 그걸 예상했겠어요? 못하는 게 당연하죠. 저희는 헝거 게임을 치렀고, 우승자가 되었고, 우리가 함께 있는 모습에 모두 기뻐했는데, 갑자기……. 우리가 어떻게 그런 걸 예상했겠어요?"
"예상할 수 없었겠죠, 피타. 피타 말처럼 아무도 예상할 수 없었어요. 하지만 두 사람이 적어도 몇 달간 함께 행복을 누렸다는 것만으로도 기쁘다는 고백은 해야겠어요."

시저는 피타의 어깨에 팔을 두른다.

거대한 박수갈채. 마치 거기에 힘을 얻은 양, 나는 깃털에 파묻었던 얼굴을 들고 고마움을 담은 비극적인 미소를 관객들에게 보여 준다. 깃털에서 조금씩 피어오르는 연기 때문에 눈물이 고여서 아주 그럴듯하다.

"전 기쁘지 않아요. 공식적으로 할 때까지 기다릴 걸 그랬어요."

피타가 말한다. 이 말에 시저마저 당황한다.

"짧은 시간이나마 결혼생활을 한 게, 전혀 없었던 것보다 낫지 않다고요?"

"어쩜 저도 그렇게 생각했을지도 몰라요, 시저. 아기만 없었더라면."

씁쓸하게 피타가 말한다.

봐라. 또 한 번 해냈다. 자기 앞의 조공인들이 한 모든 말을 단번에 쓸어버리는 폭탄을 떨어뜨렸다. 아니, 어쩌면 그게 아닐지도 모른다. 올해는 다른 우승자들이 쌓아 올린 폭탄에 그저 불만 붙인 건지도 모른다. 실은 그들 모두 웨딩드레스를 입은 내가 터뜨릴 거라고 생각하고 폭탄을 쌓았는지도 모른다. 나는 시나의 재능에 엄청나게 의존하는 반면, 피타는 자기의 기지만으로 해낼 수 있다는 것을 모르고.

폭탄이 터지자 부당하다, 야만적이다, 잔인하다는 비난이 사방에서 쏟아진다. 가장 캐피톨을 사랑하고, 헝거 게임에 굶주리고, 피에 목마른 사람조차 적어도 그 순간만은 이 모든 것이 얼마나 끔찍한지 직시하지 않을 수 없으리라.

내가 임신했다니.

관중은 이 소식이 어떤 의미인지 곧바로 이해하지 못한다. 피타의 말을 들은 관중은 그 뜻을 이해하고 음미하고, 다른 사람들의 목소리를 들은 후 자기가 맞게 알아들었다는 것을 확인하고서야 상처 받은 짐승 떼 같은 소리를 낸다. 신음하고, 비명을 지르고, 도와주라고 외친다. 나? 내 얼굴이 화면에 클로즈업되어 비치고 있다는 것은 알지만 가리려는 노력은 하지 않는다. 그 순간에는 나조차 피타의 말을 생각해 보고 있기 때문이다. 결혼과 미래에 대해 내가 가장 두려워하던 부분이 바로 그것 아닌가? 헝거 게임에서 내 아이를 잃는 것. 그리고 실제로 피타의 말처럼 될 수도 있었던 게 아닐까. 내가 평생에 걸쳐 변명을 쌓아 올린 탓에, 결혼이나 가정을 만든다는 말만 들어도 움찔하게 되지 않았다면.

시저는 버저가 울릴 때까지도 관중을 제어하지 못한다. 피타는 작별 인사로 고개를 숙인 다음 더는 아무 말도 하지 않고 자리로 돌아온다. 시저의 입술이 움직이는 것은 보이지만 이곳은 완전히 혼란에 빠진 상태라 한 마디도 알아들을 수 없다. 뱃속까지 울릴 만큼 커다란 볼륨으로 흘러나오는 국가만이 프로그램 중 지금이 어떤 순서인지 알려주고 있다. 나는 반사적으로 일어나며, 피타가 내게 손을 뻗는 것을 느낀다. 피타의 손을 잡자 눈물이 그의 얼굴을 타고 흘러내린다. 저 눈물은 어디까지가 진짜일까? 피타 역시 내가 느꼈던 것과 같은 고통으로 괴로워해 왔다는 증거일까? 우승자 모두가, 그리고 판엠에 있는 모든 구역의 부모들이 전부 같은 마음이었다는 증거.

관중을 돌아보지만, 대신 루의 부모님 얼굴이 내 눈앞을 지나간다. 그들의 슬픔. 그들의 상실. 나는 동시에 채프를 돌아보며 손을 내민다. 손이 잘려나간 채프의 팔 끝에 손가락을 두르고 꼭 잡았다.

그 다음 순간에 일어난 일은 이랬다. 늘어선 줄 여기저기서 우승자들이 손을 잡기 시작한다. 모플링이나 와이레스, 비티 같은 사람들은 당장 손을 잡았다. 브루투스와 에노바리아처럼 어찌해야 할지 몰라 하는 사람들도 있지만 결국 주위의 압력에 못 이겨 손을 잡는다. 국가가 끝나갈 무렵에는 우리 스물네 명 모두가 끊어지지 않은 하나의 선을 이루었다. 암흑기 이래로 구역간의 연대를 공공연하게 드러낸 일은 이번이 처음일 것이다. 화면이 깜깜해진 것을 보면 그렇다는 걸 알 수 있었다. 하지만 이미 늦었다. 혼란 때문에 그들은 제때 방송을 끊지 못했고, 이미 모두가 보아 버렸다.

조명도 꺼졌고, 모두 각자 알아서 트레이닝센터로 돌아가야 하게 되었으므로 무대 위는 어수선해졌다. 채프의 손은 놓쳤지만 피타가 나를 엘리베이터로 인도한다. 피닉과 조한나도 우리와 함께 오려 하지만, 서둘러 나타난 평화유지군 하나가 두 사람을 막아서 우리는 단둘이서 엘리베이터를 타고 올라간다.

엘리베이터에서 내리자마자 피타가 내 어깨를 잡는다.

"시간이 별로 없으니, 말해 줘. 내가 사과해야 할 일이 있니?"

"아니, 전혀."

내 허락 없이 하기에는 멀리 나간 행동이긴 했지만, 모르는 게 나았던 것 같다. 시간이 없어서 피타가 무슨 말을 할지 예측하지 못했고, 게일에게 죄책감을 느낄 시간도 없었다. 때문에 피타의 행동에 대해 솔직히 느끼는 대로 반응할 수 있었던 게 다행이다. 내가 보인 반응이 피타가 했던 말에 힘을 실어 주었다.

머나먼 곳 어딘가에 있는 12번 구역에서는 우리 엄마와 동생과 친구들이 오늘 밤부터 이 충격의 여파를 감당해야 할 것이다. 호버크래프트를 타고 조금만 가면 경기장이 있다. 내일 피타와 나, 다른 조공인들은 이 일에 대한 우리 나름의 처벌과 마주하게 될 것이다. 하지만 우리 모두에게 끔찍한 최후가 찾아온다 해도, 오늘 밤 무대에서는 돌이킬 수 없는 무언가가 일어났다. 우리 우승자들은 우리들 나름의 반란을 연출했고, 어쩌면…… 혹시 어쩌면 캐피톨도 이 반란을 막을 수 없을지도 모른다.

우리는 다른 사람들이 돌아오기를 기다리지만, 엘리베이터 문이 열리자 헤이미치만 홀로 나타났다.

"밖은 광란의 도가니다. 다들 귀가 조치되었고 인터뷰 재방송도 취소됐어."

피타와 나는 창가로 달려가 저 아래 길거리에서 정확히 어떤 소란이 일어나고 있는 건지 알아 내려 애썼다.

"뭐라고 하는 거죠? 대통령에게 헝거 게임을 중지하라고 부탁하는 건가요?"

피타가 묻는다.

"저 사람들 스스로도 뭘 부탁해야 할지 잘 모르는 것 같다. 이런 일은 전례가 없으니까. 캐피톨의 정책에 반대한다는 생각만으로도 여기 사람들은 혼란스러워 하거든. 하지만 스노우가 게임을 취소할 리는 없다. 너도 그건 알겠지?"

헤이미치가 말한다. 나도 알고 있다. 당연히 이제 와서 물러설 수는 없을 것이다. 그에게 남은 유일한 선택은 반격하는 것, 그것도 강하게 반격하는 것뿐이리라.

"다른 사람들은 집에 갔다고요?"

내가 묻는다.

"명령이 그렇게 내려왔어. 저 인파를 뚫고 잘 가려나 모르겠다."

"그러면 에피는 다시 못 보겠네요. 고맙다고 전해주세요."

피타가 말한다. 작년엔 게임 시작하는 첫날 아침에 에피를 보지 못했었다.

"그것만으론 안 돼. 특별하게 해야지. 그래도 에피잖아. 우리가 얼마나 고마워하는지 말해 주시고, 최고의 에스코트였다고 전해 주시고…… 우리가 사랑을 보낸다고 말해 주세요."

내가 말했다. 한동안 우리는 침묵 속에 서서, 피할 수 없는 순간을 최대한 연기하려 해 본다. 헤이미치가 입을 연다.

"우리도 지금 작별 인사를 해야 될 것 같구나."

"마지막으로 충고라도?"

피타가 묻는다.

"살아남아라."

헤이미치가 거칠게 말한다. 우리 사이에서는 오래된 농담이나 다름없다. 헤이미치는 우리를 한 번씩 안아 준다. 짧은 포옹. 그 이상은 헤이미치 역시도 참기 힘들다는 걸 알 수 있었다.

"가서 자. 쉬어야지."

실은 헤이미치에게 해야 할 말이 산더미 같았다. 하지만 내가 하고 싶은 말은 이미 그가 다 알고 있을 것만 같다. 그리고 어차피 목이 꽉 막혀서 얘기할 수 있을 것 같지도 않다. 그래서 다시 한 번 피타가 우리 둘을 대표해서 말하도록 한다.

"몸 조심해요, 헤이미치."

피타가 말했다. 그러곤 방을 가로질러 걸어가는데, 문턱에 왔을 때 헤이미치의 목소리가 우리를 멈춰 세운다.

"캣니스, 경기장에 들어가면."

헤이미치는 말을 시작했다가 멈춘다. 나를 노려보는 눈길을 보니 내가 벌써 그를 실망시켰다는 확신이 든다.

"뭐요?"

나는 방어하듯 묻는다.

"그냥, 적이 누군지 기억해라. 그게 다야. 이제 가라. 여기서 나가."

헤이미치가 말한다.

복도를 따라 걸었다. 피타는 자기 방에 들러 메이크업을 지우고 몇 분 후에 오겠다고 하지만 나는 보내 주지 않는다. 우리 사이의 문이 닫히면 저절로 잠길 거고, 그러면 나는 피타 없이 밤을 보내야 할 것이다. 게다가 샤워는 내 방에서도 할 수 있으니까. 나는 피타의 손을 놓지 않는다.

우린 지금 자고 있는 건가? 잘 모르겠다. 꿈과 맨 정신 사이의 어딘가에서 꼭 껴안은 채로 우리는 밤을 보낸다. 이야기는 하지 않았다. 어쩌면 소중한 몇 분간의 휴식이 찾아올지도 모른다는 희망 때문에, 상대를 방해하지는 않을까 둘 다 걱정하고 있었기 때문이다.

새벽이 되자 시나와 포샤가 찾아온다. 이제 피타가 가야 한다는 걸 나도 알고 있다. 조공인들은 경기장에 혼자 입장하니까. 피타가 가볍게 입을 맞춘다.

"좀 이따 만나."

"이따 봐."

내가 대답한다.

시나가 게임 의상을 입는 것을 도와주기 위해 나를 데리고 옥상으로 간다. 호버크래프트로 올라가는 사다리에 타려는 순간 기억이 난다.

"포샤한테 인사를 못했어요."

"내가 전해 줄게."

시나가 대답했다.

전류가 흘러 내 몸을 사다리에 고정시키고, 의사가 왼쪽 팔뚝에 추적기를 삽입할 때까지 붙들어 둔다. 이제 그들은 내가 경기장 어디에 있든 추적할 수 있을 것이다. 호버크래프트가 출발하고, 나는 바깥이 깜깜해질 때까지 창밖을 내다본다. 시나는 계속 음식을 권하지만 내가 먹지 못하자 대신 물을 마시게 한다. 작년에 탈수로 죽을 뻔했던 날들을 생각하며 물을 계속 홀짝였다. 피타를 살려 두려면 힘을 내야 한다는 생각을 한다.

경기장 투입실에서 샤워를 한다. 시나는 내 머리를 등 뒤로 땋아 내리고, 간단한 속옷을 입는 것을 도와준다. 올해의 조공인 의상은 아주 얇은 천으로 된 꼭 맞는 파란색 점프슈트다. 앞에 지퍼가 달려 있다. 반짝이는 보라색 플라스틱으로 싼 십오 센티미터 너비의 패딩 벨트. 고무 밑창이 달린 나일론 신발.

"어떻게 생각해요?"

시나가 천을 살펴볼 수 있도록 들어 보이며 물었다. 시나는 얇은 천을 손가락 사이에 끼우고 문질러 보며 얼굴을 찡그린다.

"모르겠는걸. 추위나 물을 막는 데는 별 도움이 안 될 거야."

"태양은요?"

황량한 사막에 태양이 작열하는 모습을 떠올려 보며 묻는다.

"그럴 수도 있지. 처리가 되어 있다면 말이야. 아, 잊어버릴 뻔했다."

시나가 내 황금 모킹제이 핀을 주머니에서 꺼내 점프슈트에 달아 준다.

"어젯밤의 제 드레스는 환상적이었어요."

환상적이고도 무모했다. 하지만 시나도 알고 있겠지.

"네가 좋아할 것 같았어."

시나는 딱딱한 미소를 지으며 말한다.

작년처럼 투입 준비하라는 목소리가 들릴 때까지 우리는 함께 앉아 손을 잡고 있었다. 시나는 둥근 금속판까지 나를 데리고 가서 점프슈트의 지퍼를 단단히 채워 준다.

"잊지 마, 불타는 소녀. 나는 이번에도 너에게 걸 거야."

시나가 내 이마에 입을 맞췄다. 유리관이 내 주위를 감싸며 내려오자 그는 뒤로 물러선다.

"고마워요."

아마 듣지 못하겠지만, 그래도 나는 그렇게 말한다. 시나가 언제나 말하듯 턱을 들고 고개를 꼿꼿이 세운 채로 서서 판이 올라가기를 기다린다. 하지만 판은 움직이지 않는다. 그 자리에 멈춰 있다.

시나를 보며 설명해 달라는 뜻으로 눈썹을 치켜 올렸다. 시나 역시 나만큼이나 당황해서 고개를 살짝 흔들 뿐이다. 왜 늦추는 거지?

갑자기 시나 뒤의 문이 벌컥 열리더니 평화유지군 세 명이 뛰어든다. 둘은 뒤에서 시나의 팔을 잡고 때리고, 세 번째 군인은 엄청난 힘으로 시나의 관자놀이를 때려서 시나는 무릎을 꿇고 쓰러진다. 하지만 그들은 금속이 달린 장갑을 낀 손으로 계속 시나를 때린다. 얼굴과 몸이 찢어져 상처가 생겼다. 나는 유리관을 쾅쾅 두드리고 죽어라 소리를 지르며 시나에게 가려고 한다. 평화유지군들은 그런 나를 완전히 무시한 채 시나의 축 늘어진 몸을 끌고 방 밖으로 나간다. 남은 것은 바닥의 핏자국뿐이다.

나는 메스껍고 공포에 질린 상태로 판이 올라가는 것을 느낀다. 머리카락이 바람에 날리기 시작할 때까지도 유리관에 기대 있었다. 억지로 몸을 똑바로 세운다. 그 순간 유리관이 내려가고 경기장 안에 기댈 것 없는 상태로 서 있게 되었다. 아슬아슬하다. 내 눈이 뭔가 잘못된 것 같다. 땅이 너무 밝게 반짝거리며 출렁거린다. 발치를 내려다보니 내가 올라선 금속판은 신발 위로 찰싹 거리는 푸른 파도에 둘러싸여 있다. 천천히 눈을 들고 사방으로 펼쳐진 물을 바라본다.

이 순간 할 수 있는 생각은 딱 한 가지뿐이다.

여기는 불타는 소녀가 올 곳이 아니야.

PART 3

적

19

"신사 숙녀 여러분, 제 75회 헝거 게임을 시작하겠습니다!"

헝거 게임 공식 아나운서인 클라우디스 템플스미스의 목소리가 내 귀를 때린다. 주위를 살필 시간이 1분도 남지 않았다. 곧 징이 울릴 거고, 조공인들은 금속판에서 내려와 마음대로 움직일 수 있게 된다. 하지만 어디로 가야 하나?

제대로 생각을 할 수가 없다. 구타당해 피투성이가 된 시나의 모습이 머릿속을 가득 채우고 있다. 지금 어디 있지? 시나에게 무슨 짓을 하고 있을까? 고문하나? 죽이려나? 무성인으로 만들까? 내 숙소에 다리우스를 데려다 놓았던 것처럼, 시나를 공격한 것도 날 미치게 만들려고 연출한 게 분명하다. 아주 성공적인 연출이었다. 지금 나는 그저 이 금속판 위에 쓰러지고 싶을 뿐이다. 하지만 아까 그 장면을 목격한 이상 절대로 쓰러질 수는 없다. 나는 강해져야 하니까. 스노우 대통령의 명령을 무력화하고, 내 웨딩드레스를 모킹제이의 깃털로 변신시키기 위해 모든 위험을 감수한 시나에게 내가 진 빚이다. 그리고 시나가 보여준 예시에 힘을 얻어, 지금 이 순간도 캐피톨을 전복시키기 위해 싸우고 있을지 모를 반군들에게 진빛이다. 헝거 게임에 캐피톨의 방식대로 참여하기를 거부하는 게 내 마지막 반란이 될 것이다. 그래서 나는 이를 갈며 자신에게 정신을 집중한다. 선수가 되어야 해.

'지금 네가 있는 곳이 어디야?' 여전히 주변 환경을 똑바로 인식할 수 없다. '지금 있는 곳이 어디지?' 나는 스스로에게 대답을 강요한다. 서서히 초점이 돌아오고 세상이 눈에 들어왔다. 푸른 물, 핑크빛 하늘, 작열하는 하얀 태양빛. 약 40미터 떨어진 거리에 빛나는 금색 금속 뿔인 코뉴코피아가 있다. 처음에는 둥근 섬 위에 있는 것 같았다. 하지만 더 자세히 관찰해 보니, 그 원에서 가느다란 땅이 마치 바퀴의 살처럼 여러 줄기 뻗어 나와 있는 것이 보인다. 그 살은 열 개 내지 열두 개 정도로 보이고, 서로 간의 간격은 동일해 보인다. 살과 살 사이에는 물 뿐이다. 물과 조공인 두 명.

정리하자면 이렇게 생긴 셈이다. 살이 열두 개 있고, 그 살들의 사이마다 금속판 위에 올라선 조공인이 두 명씩 있는 거다. 내가 서 있는 쐐기 모양으로 생긴 물이 가득한 곳에 함께 선 조공인은 8번 구역에서 온 우프 할아버지다. 내 왼쪽에 있는 한 줄기 땅까지의 거리와 내 오른쪽에 있는 우프까지의 거리는 같아 보인다. 물 너머에는 좁은 해변과 빽빽한 수풀이 있다. 나는 피타를 찾기 위해 둘러 선 조공인들을 훑어보지만 코뉴코피아에 가렸는지 보이지 않는다.

파도가 칠 때 손으로 물을 떠서 냄새를 맡아 본다. 젖은 손가락 끝을 혀에 대 보았다. 의심했던 대로 소금물이다. 4번 구역의 해변에 피타와 함께 잠깐 들렀을 때 본 것과 같은 파도다. 적어도 깨끗한 것 같기는 하다.

배, 밧줄, 매달릴 만한 부목조차 없다. 코뉴코피아까지 가는 방법은 하나뿐이다. 징이 울리자 망설임 없이 왼쪽으로 뛰어들었다. 평소 헤엄치던 것보다 먼 거리인 데다 파도를 타야 해서 고향의 잔잔한 호수에서 헤엄치는 것에 비해 기술이 더 필요했다. 하지만 몸이 묘하게 가벼워 수월하게 물살을 헤치고 나간다. 소금물이라 그런지도 모르겠다. 물을 뚝뚝 흘리며 좁은 땅 위로 기어오르고 모래 위를 달려 코뉴코피아로 간다. 내 쪽에서는 아직 아무도 나타나지 않지만, 황금 뿔이 시야를 상당히 가리고 있다. 하지만 적이 있을 거라는 생각에 행동이 느려지지는 않는다. 나는 지금은 프로처럼 생각하고 있고, 내가 지금 무엇보다 원하는 건 무기를 손에 쥐는 것이다.

작년에는 코뉴코피아에서 꽤 떨어진 곳까지 보급품이 있었다. 뿔에 가까이 있는 것일수록 더 귀중한 것이었다. 하지만 올해는 6미터 높이의 뿔 주둥이에 쌓아둔 것 같다. 팔이 닿는 거리에 있는 황금으로 된 활이 눈에 들어와서, 나는 얼른 낚아챈다.

내 뒤에 누군가가 있다. 모래를 밟는 부드러운 소리나 공기 흐름의 변화로 알아챌 수 있다. 나는 보급품 더미에 박혀있는 화살 통에서 화살을 꺼내 몸을 획 돌리며 장전했다.

잘 생긴 피닉이 젖은 몸을 빛내며 삼지창을 든 채 몇 미터 앞에 서 있다. 다른 손에는 그물이 대롱거린다. 살짝 미소를 짓고 있지만, 상체 근육은 긴장되어 있다.

"너도 수영할 줄 아는구나. 12번 구역 어디서 그런 걸 배웠지?"

"큰 욕조가 있어요."

"그런가 보네. 경기장이 마음에 드니?"

"별로요. 당신 마음엔 들겠죠. 당신을 위해 맞춤 제작한 곳 같은데요."

씁쓸함을 담아 말한다. 우승자 중 수영할 줄 아는 사람은 많지 않을 것이다. 이 정도로 물이 많다면 더더욱 그럴 것 같다. 트레이닝센터에는 수영장이 없었으니 배울 기회도 없었다. 수영을 할 줄 아는 상태로 오지 않았다면 아주 빨리 수영을 익히는 수밖에 없다. 시작 직후에는 으레 피바다가 되곤 하지만, 그 싸움조차 20미터를 수영할 수 있어야 낄 수 있다. 4번 구역에 엄청나게 유리한 구성이다.

우리는 잠시 꼼짝도 않은 채 상대의 무기와 기술을 가늠한다. 다음 순간 피닉이 씩 웃는다.

"우리가 동맹이라 다행이야. 안 그래?"

함정인 것 같다. 삼지창이 내 몸에 꽂히기 전에 화살이 피닉의 심장에 박혔으면 하는 희망을 갖고 내가 화살을 날리려는데 피닉이 삼지창을 다른 손에 바꿔 쥔다. 손목의 무언가가 햇빛을 받아 빛난다. 불꽃 무늬가 새겨진 순금 팔찌다. 훈련 첫날 헤이미치가 손목에 차고 있던 것과 똑같은 물건이다. 피닉이 나를 속이려고 헤이미치에게서 훔쳤나 하는 생각을 잠깐 해 보지만, 그랬을 리는 없다. 헤이미치가 내게 신호를 보내기 위해 준 것이다. 피닉을 믿으라는 사실상의 명령이다.

다른 사람들이 다가오는 발소리가 들린다. 당장 결정해야 한다.

"그러네요!"

헤이미치는 내 멘터다. 그는 나를 살리기 위해 이 일을 계획했을 것이다. 그래도 역시 화가 나서 나는 그렇게 내뱉는다. 왜 미리 말해주지 않은 거야? 아마 피타와 내가 동맹은 필요 없다고 말해서겠지. 알고 보니 헤이미치는 자기 멋대로 동맹을 골랐다.

"숙여!"

평소의 유혹하는 듯한 듣기 좋은 목소리와는 너무나 다른 힘 있는 목소리로 피닉이 명령해서 나는 몸을 숙였다. 피닉의 삼지창이 내 머리 위로 휙 날아가더니, 곧 목표물에 명중하는 역겨운 소리가 들려왔다. 피닉이 가슴에 박힌 삼지창을 뽑아 내자 5번 구역에서 온 주정뱅이 남자가 무릎을 꿇고 쓰러진다. 지난번에 칼싸움하는 곳에서 바닥에 구토를 하고 있던 사람이다.

"1번, 2번은 믿지 마."

피닉이 말한다.

입씨름할 시간은 없다. 나는 화살 통을 빼냈다.

"한쪽씩 맡을까요?"

내가 그렇게 말하자 피닉은 고개를 끄덕인다. 나는 재빨리 반대편으로 돌아갔다. 살 네 개 정도의 간격을 두고 에노바리아와 글로스가 막 땅에 올라서고 있다. 수영하는 속도가 느리거나, 아니면 물속에 다른 위험이 있을지도 모른다고 생각한 모양이다. 때로는 너무 다양한 시나리오를 고려하는 게 도움이 안 될 때도 있다. 하지만 이젠 그들도 땅 위로 올라섰으니, 몇 초 안에 여기로 올 것이다.

"쓸모 있는 것 좀 있어?"

피닉이 외치는 소리가 들린다. 내 쪽에 있는 보급품 무더기를 살펴보니 못 박힌 곤봉, 장검, 활과 화살, 삼지창, 단검, 창, 도끼, 이름을 모르는 금속 물건들…… 밖에 없다.

"무기! 무기밖에 없어요!"

내가 마주 외친다.

"여기도 그래. 원하는 걸 집어 들고 여길 뜨자!"

이미 불편할 만큼 거리가 좁혀진 에노바리아에게 활을 쏘지만, 그녀는 이미 예상하고 있었던 듯 물속에 뛰어들어 화살을 피한다. 반면 글로스는 그렇게 재빠르지 못해서 물속으로 쓰러지는 그의 허벅지에 화살이 박혔다. 활과 화살 통을 하나씩 더 챙겨 둘러메고, 긴 칼 두 자루와 커다란 송곳을 벨트에 차고 난 뒤 보급품 무더기 앞에서 피닉과 만난다.

"저것 좀 어떻게 해 줄래?"

피닉이 말한다. 브루투스가 우리를 향해 돌진하는 게 보였다. 그는 벨트를 풀어서 방패처럼 양손으로 당겨 들고 있다. 나는 활을 쏘았고, 브루투스는 간에 화살을 맞기 전에 벨트로 용케 막아냈다. 화살을 맞아 찢어진 곳에서 보라색 액체가 뿜어 나와 브루투스의 얼굴을 덮는다. 다시 화살을 메기는데 브루투스가 땅에 엎드리더니 몸을 굴려 물속으로 사라졌다. 내 뒤에서 금속이 쨍그랑거리는 소리가 들린다.

"빠져나가죠."

나는 피닉에게 말한다.

내가 브루투스에게 활을 쏘는 틈을 타서 에노바리아와 글로스가 코뉴코피아에 도착했다. 브루투스는 화살이 닿을 거리에 있고, 캐시미어도 분명 근처에 있을 것이다. 이 네 명은 전형적인 프로 조공인이니 분명 사전에 동맹을 맺었을 것이다. 내 안전만 생각하면 되는 상황이었다면 한판 붙어 볼 생각도 들 것 같다. 마침 피닉도 옆에 있으니까. 하지만 내가 생각하고 있는 것은 피타다. 아직도 금속판 위에서 꼼짝 못하고 있는 피타가 보였다. 내가 달리기 시작하니 피닉은 미리 내 행동을 예측이라도 한 듯 묻지 않고 뒤따랐다. 물가에 도착한 나는 피타가 있는 곳까지 헤엄쳐 가서, 어떻게든 그를 데리고 오려고 벨트에 찬 칼을 빼기 시작했다.

피닉이 내 어깨에 손을 얹는다.

"내가 갈게."

의심이 피어오른다. 모두 다 계략인 건 아닐까? 피닉은 내 신뢰를 얻은 후에 피타를 물에 빠뜨려 죽이려 하고 있는 건가?

"나도 할 수 있어요."

내가 우긴다. 하지만 피닉은 이미 무기를 다 버린 상태였다.

"무리하지 않는 게 좋아. 네 몸 상태를 생각해야지."

피닉은 내 배를 살짝 두드린다.

'아 맞다, 난 지금 임신한 거지.' 임신하면 어떻게 되는지, 내가 어떻게 행동해야 하는지(예를 들어 토한다든가) 등등을 생각하고 있는데 피닉은 어느새 물가에서 자세를 취하고 있었다.

"엄호해 줘."

피닉은 나무랄 데 없는 자세로 물에 뛰어들더니 사라진다.

나는 활을 잡고서 코뉴코피아로부터 오는 공격을 막으려 했지만, 지금 우리를 뒤쫓는 사람은 없는 것 같다. 글로스, 캐시미어, 에노바리아, 브루투스는 사전에 약속한대로 모여서 이미 무기를 챙겼으니 그럴 만도 하다. 경기장을 휙 둘러보니 조공인들 대부분은 아직도 금속판 위에 있다. 잠깐……! 내 왼쪽, 피타 반대쪽의 살 위에 서 있는 사람이 있다. 맥스다. 하지만 그녀는 코뉴코피아로 가고 있지도, 또 도망가려 하지도 않는다. 맥스는 물에 뛰어들더니 백발 머리를 물 위로 내민 채 내 쪽으로 헤엄쳐 왔다. 늙긴 했지만, 4번 구역에서 80년 살면 수영을 할 수 있나 보다.

피닉은 이제 피타를 데리고 오는 중이었다. 한 쪽 팔로는 피타의 가슴팍을 안고, 다른 팔로는 여유 있게 물을 헤친다. 피타는 저항하지 않고 순순히 따라온다. 피닉이 어떤 말이나 행동을 보여주고 피타가 생명을 맡기게 했는지는 모르겠다. 아마 팔찌를 보여줬을 것이다. 아니면 내가 기다리고 있는 모습만으로 충분했을 수도 있다. 두 사람이 땅에 도착하자 나는 피타를 마른 땅으로 끌어올리는 것을 도와주었다.

"안녕, 또 만났군. 우리한테 동맹이 있네."

피타가 그렇게 말하며 내게 입을 맞춘다.

"응. 헤이미치가 바랐던 대로."

내가 답한다.

"우리한테 다른 동맹도 있었던가?"

"아마 맥스뿐이었던 것 같아."

나는 끈질기게 우리 쪽으로 다가오는 할머니를 향해 고개를 끄덕인다.

"난 맥스를 두고는 못 가. 나를 진심으로 좋아하는 몇 안 되는 사람 중 하나란 말이야."

피닉이 말한다.

"맥스라면 괜찮아요. 경기장을 보고 나니 더 그런 생각이 드네요. 맥스가 만드는 낚시 바늘이 음식을 구할 수 있는 최선의 방법일 것 같은데요."

내가 말한다.

"캣니스는 첫날부터 맥스와 동맹을 맺고 싶어 했어요."

피타가 말한다.

"캣니스는 판단력이 아주 뛰어나군."

피닉은 그렇게 말하고 나서, 물속으로 한쪽 팔을 넣어 맥스가 강아지 정도 무게 밖에 안 되는 것처럼 안아 올린다. 맥스가 뭐라고 말을 하는데 '뜬다' 는 말이 들리는 것 같다. 맥스가 벨트를 두드린다.

"이것 봐. 맥스 말이 맞아. 알아낸 사람이 있었어."

피닉이 비티를 가리킨다. 비티는 파도 속에서 버둥거리고 있지만 머리는 물 위로 내밀고 있다.

"뭐죠?"

내가 묻는다.

"벨트. 부력이 있어. 앞으로 가려면 팔다리를 움직여야 하지만, 벨트만 차고 있어도 물에 빠져 죽지는 않아."

피닉이 답했다.

비티와 와이레스를 기다렸다가 같이 가자고 피닉에게 부탁하고 싶다. 그 말이 거의 목까지 차오르지만, 비티는 살 세 개가 떨어진 곳에 있고 와이레스는 보이지도 않는다. 그리고 피닉이 5번 구역 조공인을 죽였듯 그 두 사람도 죽여 버릴지 몰라서 그냥 얼른 가자고 말한다. 피타에게 활과 화살 통, 칼 한 자루를 건네주고 나머지는 내가 가졌다. 하지만 맥스가 계속 내 소매를 잡아당기며 횡설수설해서 큰 송곳을 건네준다. 기분이 좋아진 맥스는 잇몸으로 송곳 손잡이를 물고 피닉에게 손을 뻗는다. 피닉은 어깨에 그물을 걸치고 그 위에 맥스를 앉힌 다음, 남는 손으로 삼지창을 쥔다. 우리는 코뉴코피아를 떠나 달렸다.

모래밭이 끝나는 곳에는 숲이 울창하게 솟아 있다. 아니, 숲은 아니다. 적어도 내가 아는 종류의 숲은 아니다. 이건 '정글'이다. 너무도 이질적인, 이젠 사어(死語)가 되어 버린 단어. 나는 예전에 그 말을 어느 헝거 게임에서 들었거나, 아니면 아빠에게서 배웠던 것 같다. 둥치가 미끈하고 가지가 적은 나무들은 대부분 낯설었다. 흙은 굉장히 검고 밟으니 스펀지 같다. 알록달록한 꽃이 핀 덩굴이 흙을 뒤덮은 곳이 많다. 태양은 뜨겁고 밝지만 공기는 따뜻하고 습기가 많다. 이곳에선 늘 축축한 느낌이 들 것 같다. 파란 빛깔의 얇은 소재로 만들어진 점프슈트는 바닷물을 금방 증발시키지만, 벌써 땀 때문에 몸에 달라붙기 시작했다.

피타가 긴 칼로 빽빽한 수풀을 헤치며 앞장선다. 힘이 제일 센 건 피닉이지만 맥스를 이고 가느라 손이 자유롭지 않기 때문에 두 번째로 가도록 했다. 게다가 그가 삼지창 다루는 솜씨가 뛰어나긴 해도, 삼지창은 내 화살에 비한다면 정글에서는 적합하지 않은 무기다. 오르막 경사가 가파르고 덥기도 해서 얼마 가지 않아 숨이 가빠온다. 하지만 피타와 나는 집중적으로 훈련을 했고, 피닉은 체력이 놀랍도록 뛰어나서 어깨에 맥스를 이고도 빠른 속도로 1.5킬로미터 이상을 기어오르고 나서야 쉬자고 한다. 그것도 자기가 힘들어서라기보다는 맥스 때문인 것 같다.

수풀 때문에 바퀴가 보이지 않아서 휘청거리는 가지가 달린 나무에 올라가 살펴보았다. 하지만 이내 보지 말걸, 하고 생각하게 된다.

코뉴코피아 주위의 땅은 피를 흘리는 것처럼 보이고, 물은 군데군데 보랏빛으로 물들어 있다. 땅에 쓰러진 시체들, 물에 떠 있는 시체들이 보이지만 다들 똑같은 옷을 입고 있으니 이 거리에서는 누가 누구인지 구별할 수 없다. 대신 작게 보이는 파란 옷을 입은 사람 몇이 아직 싸우고 있다는 것만은 알 수 있었다. 음, 내가 무슨 생각을 했던 거지? 어젯밤 우승자들이 모두 손을 잡았었다고 해서, 경기장에 들어온 후에 다 같이 휴전이라도 할 줄 알았던가? 아니, 그런 믿음 따위 가져본 적 없다. 하지만 사람들이 조금 더…… 조금 더 무엇을? 자제하는 것? 아니, 적어도 좀 망설이기는 할 줄 알았나 보다. 대학살을 시작하기 전에 말이다. '서로 다 아는 사이잖아요. 당신들, 서로 친구인 것처럼 굴었잖아요.'

이 안에 내 진짜 친구는 하나뿐이다. 그 친구는 4번 구역 출신은 아니다.

결정을 내리기 위해 고민하며 불어오는 텁텁한 바람에 뺨을 식혔다. 팔찌를 찼다 해도 피닉을 쏘아 죽이는 게 나을 것 같다. 그냥 보내 주기엔 너무 위험하니까. 잠정적으로 서로 신뢰하고 있는 지금이 피닉을 죽일 유일한 기회일지도 모른다. 걸을 때 뒤에서 활을 쏘면 쉽게 죽일 수 있다. 물론 야비한 짓이지만, 더 기다렸다가 죽인다고 덜 야비한 짓이 될까? 피닉을 더 잘 알게 되고 더 신세를 진 다음에 죽인다면? 아니, 지금이 기회야. 나는 결심을 굳히기 위해 싸우는 사람들과 피투성이 땅을 다시 한 번 바라보고는 미끄러져 내려온다.

하지만 땅에 내려와 보니 피닉은 내 생각을 다 읽은 듯하다. 마치 내가 보게 될 광경과 그 영향을 미리 알았던 것 같다. 삼지창 하나를 자연스럽게 방어 자세로 들고 있다.

"저 아래쪽 상황은 어때, 캣니스? 다들 힘을 합쳤어? 폭력을 쓰지 않기로 맹세했니? 캐피톨에 대한 반항의 표시로 무기를 바다에 버렸니?"

피닉이 묻는다.

"아뇨."

"그래, 아니라고."

피닉이 내 말을 한 번 되풀이하더니 이어 말한다.

"왜냐하면 지난 일은 지난 일이니까. 지금 경기장에 있는 사람 중에 운이 좋아서 우승한 사람은 없지. 피타는 예외일 수도 있겠다."

그는 잠시 피타를 바라본다.

그렇다면 피닉은 나와 헤이미치가 아는 사실을 알고 있는 것이다. 피타에 대한 진실을. 피타가 실은 정말로, 우리 중 다른 어느 누구보다 나은 사람이라는 것을. 피닉은 눈 하나 깜짝 않고 5번 구역 조공인을 죽였다. 내가 공격을 시작하는 데는 얼마나 걸렸지? 에노바리아와 글로스와 브루투스에게 활을 쐈을 때 나는 그들을 죽일 생각이었다. 피타라면 적어도 먼저 협상을 시도해 봤을 것이다. 동맹을 넓힐 수 있는 가능성이 있는지부터 알아보았겠지. 하지만 결국 끝에 가면 어떨까? 피닉이 옳을 거다. 그리고 내가 옳을 것이다. 이 경기장에서 동정심으로 왕관을 차지한 사람은 없으니까.

피닉의 시선을 받으면서 나는 그와 나의 속도를 비교해 본다. 내가 화살로 피닉의 뇌를 꿰뚫는 데 걸릴 시간과, 그의 삼지창이 내 몸에 닿을 시간을 서로 비교해 본다. 내 쪽에서 먼저 움직이기를 그가 기다리고 있다는 것을 알아볼 수 있다. 먼저 막아야 할지 아니면 곧바로 공격해야 할지 계산하는 중이다. 둘 다 계산이 끝났을 때쯤 피타가 일부러 우리 사이로 걸어 들어왔다.

"그래서, 몇 명이나 죽었어?"

피타가 묻는다.

'움직여, 이 바보야.' 하지만 피타는 꼼짝 않고 우리 사이에 서 있기만 한다.

"글쎄, 말하긴 힘들지만 적어도 여섯은 죽은 것 같아. 아직 싸우는 사람도 있고."

"계속 움직이자. 물이 필요해."

피타가 말한다.

아직까지는 담수가 흐르는 시내나 연못의 흔적이 보이지 않았고, 소금물은 마실 수 없다. 탈수로 죽을 뻔했던 지난 헝거 게임을 다시 한 번 떠올린다.

"빨리 찾아내는 게 좋을 거야. 오늘 밤 다른 사람들이 우리를 사냥하러 올 때 숨어 있어야 하니까."

피닉의 말이었다.

그는 '우리' 라고 말했다. 우리를. 사냥한다고. 그래, 어쩌면 피닉을 지금 죽이는 건 성급한 일일지도 모르겠다. 아직까지는 그가 도움이 되었으니까. 피닉은 헤이미치의 증표도 가지고 있다. 게다가 밤에 무슨 일이 있을지 어떻게 안담? 최악의 상황에는 잘 때 죽이면 되니까. 그래서 나는 이 순간은 그냥 넘기기로 한다. 피닉 역시 그런 눈치다.

물이 없으니 갈증이 더 심하게 느껴진다. 오르막길을 오르며 날카로운 눈으로 살피지만 행운은 찾아오지 않는다. 1.5킬로미터 정도 더 걷자 나무들이 사라지는 게 보였다. 언덕 꼭대기에 거의 다 온 것 같다.

"언덕 반대편에서는 운이 더 좋을지도 몰라. 샘 같은 걸 찾아보자."

하지만 반대편은 존재하지 않았다. 나는 정상에서 제일 멀리 있지만, 내가 그 사실을 제일 먼저 알아챘다. 공중에 뒤틀린 유리판 같은 이상한 네모꼴 공간이 있는 것을 발견한 것이다. 처음에는 태양빛이거나, 아니면 땅에서 솟아오르는 열기 때문이라고 생각했다. 하지만 내가 움직여도 같은 위치에 고정된 채 떠 있다. 그때 트레이닝센터에서 와이레스와 비티가 했던 말이 떠올라, 우리 앞에 있는 게 무엇인지 알게 된다. 조심하라고 외치려는 찰나 피타가 덩굴을 자르려고 칼을 휘두른다.

날카로운 지지직, 소리가 들린다. 순간 나무는 사라지고 황량한 땅이 보인다. 피타가 역장에서 뒤로 튕겨 나오며 피닉과 맥스를 함께 쓰러뜨렸다.

나는 그물 같은 덩굴 위에 꼼짝 않고 쓰러져 있는 피타에게 달려간다.

"피타?"

희미하게 머리카락이 탄 냄새가 났다. 피타를 살짝 흔들며 다시 한 번 이름을 부르지만 대답이 없다. 방금 전까지만 해도 헐떡거리고 있었는데, 입술 사이에 손가락을 대어 보아도 따스한 숨결이 느껴지지 않는다. 피타의 가슴에 귀를 대 본다. 내가 언제나 머리를 기대는 자리고, 그의 강하고 변치 않는 심장 소리가 들리는 곳이다.

그곳에선 정적만이 흐른다.

20

"피타!"

나는 소리친다. 더 강하게 흔들고, 심지어 뺨까지 때려 봤지만 소용이 없었다. 이미 심장이 멎었다. 나는 텅 비어 버린 사람을 때리고 있다.

"피타!"

피닉은 맥스를 나무에 기대 놓고 나를 밀어냈다.

"내가 할게."

피닉은 손가락으로 피타 목의 한 지점을 만졌다가, 갈비뼈와 척추를 만져 본다. 그러더니 피타의 코를 잡아 콧구멍을 막았다.

"안 돼!"

나는 고함을 치며 피닉에게 몸을 던진다. 생명이 돌아올 마지막 희망마저 없애 버림으로써 피타를 그야말로 확실하게 죽이려는 게 분명하다. 피닉이 손을 들고는 내 가슴팍을 엄청난 힘으로 후려쳐서 나는 근처의 나무 둥치까지 날아간다. 한순간 고통 때문에, 그리고 숨을 가다듬으려 노력하느라 꼼짝도 할 수 없다. 피닉이 피타의 코를 다시 잡는 게 보였다. 앉은 자리에서 화살을 꺼내 활에 메기고 쏘려는 순간, 피닉이 피타에게 키스하는 모습에 동작을 멈추고 만다. 아무리 피닉이라고 해도 너무나 이상한 모습이라 활을 쏘지 않고 지켜볼 수밖에 없었다. 아니, 키스를 하고 있는 게 아니다. 피닉은 피타의 코를 막은 채로, 대신 고개를 기울여 입을 벌리고서 피타의 폐 안으로 공기를 불어넣고 있다. 피타의 가슴팍이 오르락내리락하는 게 육안으로 보인다. 피닉은 피타의 점프슈트 지퍼를 내리고 심장이 있는 곳을 양손바닥으로 반복해서 누른다. 충격을 극복하고 나니 피닉이 뭘 하고 있는지 이해할 수 있었다.

어쩌다 한 번씩 우리 엄마도 비슷한 일을 하실 때가 있었다. 자주는 아니지만. 12번 구역에서 심장이 멎은 환자를 그 가족들이 제때 우리 엄마에게 데려 올 확률은 낮으니까. 그래서 보통 엄마를 찾아오는 환자들은 화상을 입었거나 다쳤거나 아픈 사람들이다. 물론 병의 원인이 굶주림인 때도 있다.

하지만 피닉의 세계는 다르다. 지금 그가 하는 일이 정확히 뭔지 나로서는 잘 모르지만, 많이 해본 솜씨다. 규칙적인 리듬이 있고 체계가 있어 보인다. 성공할 가능성이 있는지 보려고 내가 절박하게 몸을 기대자, 화살촉이 땅에 박히는 게 느껴졌다. 고통스러운 몇 분이 흘러가면서 희망도 점점 더 사그라졌다. 너무 늦었다. 피타는 이제 죽었다고, 영영 닿을 수 없는 곳으로 가버렸다고 내가 생각할 때쯤 피타가 약하게 기침을 했다. 피닉이 물러앉는다.

나는 무기를 흙 위에 아무렇게나 두고 피타에게 몸을 던졌다.

"피타?"

부드럽게 불러 본다. 나는 피타 이마 위의 젖어 있는 금발 머리카락을 뒤로 넘겨주고, 목에 손가락을 대 맥박이 뛰는 것을 확인했다.

피타가 속눈썹을 떨며 눈을 뜨더니 내 눈을 바라본다.

"조심해. 저기 역장이 있어."

가냘픈 소리로 그가 말한다. 나는 웃었지만 내 뺨에는 눈물이 흐른다.

"트레이닝센터 옥상에 있는 것보다 훨씬 강력한 건가 봐. 하지만 난 괜찮아. 조금 충격을 받은 것뿐이야."

"너 죽었었단 말이야! 심장이 멈췄어!"

나는 그만, 그래도 괜찮을지 생각도 하지 않고 외쳐버렸다. 곧 내가 흐느낄 때 나는 듣기 싫은 꺽꺽 소리가 들리기 시작해서 손으로 입을 막는다.

"지금은 뛰는 것 같은데. 괜찮아, 캣니스."

나는 고개를 끄덕였지만 그래도 꺽꺽 소리는 멈추지 않는다.

"캣니스?"

이제는 피타가 내 걱정을 하고 있다. 정말 모든 게 다 미쳐 돌아가는 것 같다.

"괜찮아, 그냥 호르몬 때문에 그러는 거야. 아기 때문에."

피닉이 말한다. 나는 고개를 들어, 무릎을 땅에 대고 앉은 피닉을 바라본다. 더운 날씨에 언덕을 오른 후인 데다 피타를 살려내느라 애를 써서 아직 숨을 헐떡이고 있다.

"그런 거 아니……."

다시 입을 열었다가 더욱 신경질적인 울음소리가 새어 나와서 결국 말을 멈춘다. 피닉 말마따나 정말 임신했을 때만 낼 수 있는 소리 같다. 피닉이 내 눈을 바라보고, 나는 눈물 어린 눈으로 피닉을 노려본다. 피닉이 한 일에 대해 화를 내는 건 정말 말도 안 되는 일이라는 걸 나 역시 알고 있다. 내가 원하는 건 피타를 살려두는 것뿐이니까. 그리고 나는 그렇게 못했지만 피닉은 할 수 있었으니, 나는 그에게 그저 감사해야 한다. 물론 감사하고 있다. 하지만 동시에 이건 피닉 오데어에게 또다시 빚을 진다는 의미이기도 해서, 조금은 화도 난다. 정말 그가 자고 있을 때 죽일 수 있을까? 이제 와서 내가 어떻게.

의기양양해 하거나 비아냥거리는 얼굴을 하고 있을 줄 알았는데, 피닉은 그저 묘하게 재미있어 하는 표정이었다. 그가 뭔가를 알아내려는 듯 피타와 나를 바라보더니, 곧 그 생각을 떨치려는 듯 고개를 살짝 흔든다.

"좀 어때? 계속 움직일 수 있겠어?"

그가 피타에게 묻는다.

"안 돼요. 쉬어야죠."

내가 대답한다. 콧물이 미친 듯 흐르는데 손수건 대신 쓸 천 조각이 하나도 없다. 맥스가 나무줄기에 붙은 이끼를 한줌 뜯어서 건네주었다. 사실 내 꼴은 너무 엉망이라서 왜 건네주는지 물을 필요도 없었다. 요란하게 코를 풀고 얼굴의 눈물을 닦는다. 이끼는 아주 훌륭했다. 수분을 흡수하는데다 놀라울 만큼 부드럽다.

피타 가슴팍에 금빛으로 빛나고 있는 것이 보인다. 목에 건 체인에 매달린 원반을 집어 들어 살펴본다. 나의 모킹제이가 새겨져 있었다.

"이게 네 표식이야?"

내가 묻는다.

"응. 네 모킹제이 써도 괜찮아? 너랑 맞추고 싶었어."

"당연히 괜찮지."

나는 억지로 미소를 짓는다. 피타가 모킹제이를 달고 경기장에 나타난 것은 축복인 동시에 저주다. 한편으로는 구역들의 반군에게 힘이 되는 반면, 피타를 살려두기는 더 어려워질 것이다. 스노우 대통령이 그냥 넘어갈 거라고는 도저히 생각하기 힘드니까.

"그럼 오늘 밤은 여기에서 보내고 싶어?"

피닉이 묻는다.

"그건 불가능할 것 같아요. 여긴 물도 없고, 몸을 가릴 수도 없잖아요. 나 정말 괜찮아요. 그냥 좀 천천히 가면 돼요."

피타가 말한다.

"아예 안 움직이는 것보다는 천천히라도 움직이는 게 낫지."

피닉은 피타가 일어나는 것을 도와주고 나도 채비를 한다. 오늘 아침에 눈을 뜬 후 나는 시나가 곤죽이 되도록 얻어맞는 걸 보았고, 다시 한 번 헝거 게임 경기장 안으로 들어섰고, 거기 더해 피타가 죽는 것까지 보았다. 하지만 어쨌든 피닉이 계속 내가 임신했다는 사실을 언급하는 게 기뻤다. 스폰서 관점에서 볼 때 지금 나는 그리 잘하고 있지 못할 테니까.

무기가 완벽한 상태라는 건 알고 있지만 그래도 점검해 본다. 이렇게 하면 왠지 자신감이 생기기 때문이다.

"내가 앞장설게요."

나는 그렇게 말한다. 피타가 반대하려 했지만 피닉이 막았다.

"아니, 캣니스가 먼저 가게 해."

피닉은 나를 보며 얼굴을 찡그린다.

"역장이 있다는 걸 알고 있었지? 마지막 순간에 알아챘잖아. 조심하라고 말하려고 했지?"

나는 고개를 끄덕인다.

"어떻게 알았니?"

나는 대답을 망설였다. 비티와 와이레스가 알려주어서 역장 감지하는 방법을 알고 있었다고 밝히면 위험해질 수도 있다. 두 사람이 내게 그 사실을 알려 준 것을 게임 운영자들이 눈치 챘는지 못 챘는지는 알 수 없다. 어쨌든 나는 귀중한 정보를 가지고 있는 셈이다. 만약 그 사실을 알고 있다는 걸 게임 운영자들이 알게 되면, 그들은 내가 알아볼 수 없도록 역장을 바꿀지도 모른다. 그래서 거짓말을 했다.

"잘 모르겠어요. 소리가 좀 들린다고 할까. 들어 봐요."

우리는 모두 조용히 귀를 기울인다. 곤충, 새, 숲 속의 바람소리가 들린다.

"아무 것도 안 들리는데."

피타가 말한다.

"들려. 12번 구역 울타리에 전기가 흐를 때랑 비슷하지만, 훨씬 더 조용한 소리야."

내가 우긴다. 다들 다시 한 번 열심히 귀를 기울인다. 소리 따위가 날 리 없지만 나 역시 귀를 기울인다.

"저 소리! 안 들려요? 피타가 아까 쇼크로 쓰러졌던 바로 그 위치에서 나는데."

"나한테도 안 들려. 하지만 너한테는 들린다면 부디 앞장서 줘."

피닉이 말한다.

이왕 시작한 김에 이 상황을 최대한 활용하기로 한다.

"이상해요. 왼쪽 귀에만 들리거든요."

나는 갸웃거리며 고개를 양 옆으로 돌려 본다.

"의사들이 고쳐준 귀?"

피타가 묻는다.

"응."

나는 대답하고는 어깨를 으쓱한다.

"의사들이 자기들 생각보다 더 솜씨가 좋았나 보지. 왼쪽 귀에서 가끔 이상한 소리가 들려. 보통은 소리가 안 나는 것들 있잖아. 곤충의 날개 소리라든가. 땅에 눈이 떨어지는 소리 같은 거."

자, 완벽하다. 이젠 작년 헝거 게임 후에 내 귀를 고쳐준 의사들에게 죄다 관심이 쏠리겠지. 의사들은 어쩌다 내가 박쥐같은 청력을 갖게 되었는지 설명해야 할 거야.

"너."

맥스가 나를 앞쪽으로 쿡쿡 밀어서 내가 앞장서게 되었다. 이젠 천천히 움직일 거니까 맥스도 자기 발로 걷기로 한다. 피닉이 나뭇가지를 꺾어 재빨리 만들어 준 지팡이를 짚고서. 그는 피타에게도 하나 만들어 주었다. 다행이라고 생각했다. 피타는 괜찮다고 우기고 있지만 내 생각은 다르다. 사실 그냥 뻗고 싶은 생각밖에 없는 것처럼 보인다. 멀쩡한 사람이 뒤를 봐줄 수 있도록 피닉이 맨 뒤에서 따라왔다.

내가 초인적 청력이 있다고 우겨댄 귀가 왼쪽이기 때문에, 역장을 왼쪽에 두고 걸었다. 하지만 실은 다 거짓말이니까, 근처에 있는 나무에서 견과류 열매가 마치 포도처럼 달린 가지를 하나 꺾어서 앞으로 던져가며 걷는다. 떨리는 부분을 발견할 때보다 못 보고 지나칠 때가 더 많은 것 같으니 현명한 행동이리라. 열매가 역장에 닿으면 연기가 피어오르고, 곧 까맣게 타고 껍질이 깨진 채 발치에 떨어진다.

몇 분 후 뒤에서 입맛을 다시는 소리가 나서 돌아보니 맥스가 견과 껍질을 까서 이미 열매가 가득 들어 있는 입 안으로 넣고 있다.

"맥스! 뱉어요. 독이 있을지도 몰라요."

내가 외친다.

맥스는 뭐라고 중얼거리며 내 말을 무시했다. 그저 맛있다는 듯 입술을 핥을 뿐이다. 나는 도움을 청하려고 피닉을 바라보지만 피닉은 웃기만 했다.

"독이 있는지 곧 알게 되겠지."

맥스 할머니를 구해 줬으면서, 처음 보는 열매를 먹는데도 그냥 내버려 두는 이유는 뭘까. 나는 그런 피닉을 의아하게 생각하면서 앞으로 나아갔다. 헤이미치가 증표를 준 피닉. 죽은 피타를 살려낸 피닉. 왜 그냥 죽게 내버려 두지 않았지? 아무도 피닉을 탓하지 않았을 텐데. 나 역시 피닉에게 피타를 살릴 힘이 있다는 걸 짐작조차 하지 못했다. 피닉이 피타를 구하고 싶어 할 이유라면 대체 뭐가 있을까? 그리고 왜 그렇게 나와 동맹을 맺고 싶어 했을까? 필요하다면 죽일 생각도 하고 있으면서. 하지만 그는 싸울지 말지를 내가 선택하게 했다.

나는 열매를 던지며 계속 걸어간다. 가끔씩 역장이 눈에 띈다. 왼쪽에 중력장이 트인 곳이 없는지 찾아보았다. 코뉴코피아에서 되도록 멀어지기 위해서고, 혹시 물을 찾을 수 있을까 해서다. 하지만 한 시간 정도 지나자 소용없는 일이었다는 걸 알 수 있다. 왼쪽으로는 조금도 나가지 못했다. 역장은 우리를 휘어진 길로 몰아가는 것 같다. 나는 걸음을 멈추고, 절룩거리는 맥스와 땀으로 번들거리는 피타의 얼굴을 돌아본다.

"쉬었다 가죠. 높은 곳에서 한 번 더 봐야겠어요."

나는 다른 나무들보다 높이 솟아 있는 것처럼 보이는 나무를 골랐다. 휘어지는 가지를 밟으며 최대한 둥치에 바짝 붙어서 올라간다. 이렇게 휘청거리는 가지라면 언제 부러질지 알 수 없으니까. 그래도 꼭 봐야만 할 게 있었으므로 나는 안전하다 싶은 곳보다 훨씬 높이 올라간다. 묘목보다 굵지 않은 나무 둥치 끝에 매달려, 습기 찬 바람에 흔들리며 관찰한 결과 내 의심이 맞았다. 왼쪽으로 가지 못하는 데는 이유가 있었던 것이다. 애초에 불가능한 일이었기 때문이다. 위험할 정도로 높은 곳에 올라 바라보니 처음으로 경기장 전체의 모양을 볼 수 있다. 경기장은 완벽한 원형을 이루고 있었다. 그리고 역시 완벽한 원 모양의 바퀴가 그 한 가운데에 있다. 정글 주변의 하늘은 어딜 보나 똑같은 핑크색이다. 와이레스와 비티가 갑옷의 틈이라고 부른 흔들리는 네모가 한두 개 보이는 것 같다. 숨겨 두어야 할 것을 드러내는 셈이므로, 약점이라는 뜻에서 그렇게 불렀었다. 나는 확신을 갖기 위해서 나무 위의 텅 빈 공간에 화살을 날려본다. 빛줄기가 솟고

파란 빛의 진짜 하늘이 잠시 보이더니, 화살은 정글로 되돌아왔다. 나는 이 나쁜 소식을 전하기 위해 나무에서 내려왔다.

"둥그런 역장이 우리를 가두고 있어요. 원형 돔이라고 해도 좋을 것 같은데요. 얼마나 높은지는 모르겠어요. 코뉴코피아와 바다가 있고 그 주위는 온통 정글이에요. 정확한 원형이고 대칭을 이루고 있어요. 별로 크지 않아요."

"물은 못 봤어?"

피닉이 묻는다.

"처음 시작할 때 있었던 소금물 밖에 안 보여요."

"거기 말고도 수원이 있을 텐데. 그렇지 않으면 며칠 안에 다 죽을 거야."

피타가 그렇게 말하며 얼굴을 찌푸린다.

"음, 수풀은 무성하니까, 어쩌면 어디 연못이나 샘이 있겠지."

그렇게 말하지만 사실 확신은 없다. 캐피톨이 인기 없는 이번 게임을 최대한 빨리 끝내려 하는 건 아닌가 하는 생각이 본능적으로 든다. 어쩌면 플루타르크 헤븐스비는 벌써 우리를 죽이라는 명령을 받았을지도 모른다.

"어쨌든, 이 언덕 너머에 뭐가 있는지 찾아보려고 해 봤자 소용없어. 아무 것도 없으니까."

"역장과 바퀴 사이에 마실 수 있는 물이 분명 있을 거야."

피타가 우긴다. 그 말이 무슨 뜻인지는 우리 모두 알고 있다. 다시 내려가야 한다는 것. 프로들과 벌이는 피비린내 나는 싸움 속으로 되돌아가는 것이다. 맥스는 걷는 것조차 힘들어 하고 피타는 도저히 싸울 수 없을 만큼 약해진 상태인데.

몇 백 미터 정도 내려가서 다시 원을 따라 돌기로 결정한다. 그 높이에는 물이 좀 있는지 살펴볼 것이다. 내가 계속 앞장을 섰다. 가끔씩 왼쪽을 향해 열매를 던져 보지만 이미 역장에서는 멀리 벗어난 뒤다. 내리쬐는 태양 탓에 공기는 찌는 듯하고 시야도 방해를 받았다. 오후도 중반을 넘자 피타와 맥스가 더는 걸을 수 없다는 게 분명해진다.

피닉은 만약 공격받을 경우 적들을 역장 쪽으로 유도해서 무기로 쓸 수 있다면서, 역장에서 10미터 정도 아래에 묵기로 했다. 피닉과 맥스는 1.5미터 높이로 자라난 날카로운 풀잎 다발을 뽑더니 그걸 짜서 매트를 만든다. 열매를 먹은 맥스가 멀쩡해 보여서, 피타는 열매를 잔뜩 모아 역장에 던져 튀겼다. 꼼꼼하게 껍질을 벗기고는 속살을 나뭇잎 위에 쌓는다. 나는 초조해 하며 망을 본다. 덥고, 감정의 기복도 많았던 터라 신경이 날카로워졌다.

목이 마르다. 너무나 목이 마르다. 마침내 더 이상은 참을 수 없어졌다.

"피닉, 망 좀 볼래요? 난 물 좀 더 찾아보려고요."

내가 혼자 가겠다는 말을 누구도 반기지 않지만, 탈수의 가능성이 우리를 위협하고 있다.

"걱정 마. 멀리 안 갈게."

나는 피타에게 그렇게 약속한다.

"나도 갈래."

피타가 말한다.

"아냐, 가능하면 사냥도 좀 하려고. 금방 올게."

굳이 덧붙여 말하지 않아도 이 말 안에는 '너는 너무 시끄러우니 같이 못 가' 라는 뜻이 담겨 있다. 피타는 요란한 발소리로 사냥감을 쫓아버릴 거고, 날 위험하게 할 테니까.

땅이 발소리가 나지 않는 흙으로 덮여 있다는 것을 발견하고 기쁜 마음으로 숲 속을 몰래 돌아다녔다. 대각선 방향으로 내려가보아도 있는 거라곤 무성한 녹색 식물들뿐이다.

그러다 대포 소리에 걸음을 멈춘다. 경기 시작 직후 코뉴코피아에서 벌어지는 피바다가 끝난 모양이다. 이제 몇 명이 죽었는지 셀 수 있다. 죽은 우승자 한 명마다 대포 한 발씩을 쏜다. 나는 대포 소리를 세어본다. 여덟. 작년만큼 많지는 않았다. 하지만 내가 이름을 다 아는 사람들이라 더 많게 느껴진다.

갑자기 약해진 나는 쉬기 위해 나무에 기댄다. 열기가 내 몸 속의 수분을 스펀지처럼 빨아들이는 게 느껴진다. 벌써 침을 삼키기가 힘들고 피로가 찾아온다. 혹시 동정심을 느낀 어떤 임신부가 스폰서가 되어주어서, 헤이미치가 물을 보내 줄 수 있게 되지는 않을까 하고 나는 배를 문질러 보았다. 소용없다. 그냥 다시 땅으로 무너졌다.

가만히 앉아 있자니 동물들이 눈에 띄었다. 밝은 색 깃털을 가진 처음 보는 새들, 파란 혀를 날름거리는 나무 도마뱀들, 둥치에 가까운 나뭇가지 위에 앉은 들쥐와 주머니쥐의 중간 정도 되어 보이는 동물. 좀 더 자세히 살펴보려고 마지막 것을 활로 잡는다.

못생긴 동물이다. 얼룩덜룩한 회색 솜털이 난 큰 설치류인데 사악해 보이는 앞니 두 개가 아랫입술 위까지 툭 튀어나와 있다. 내장을 빼고 가죽을 벗기다가 다른 사실을 눈치 챈다. 주둥이가 젖어 있었다. 마치 개울에서 물을 마시고 난 것처럼. 흥분한 나는 그 놈이 앉아 있던 나무부터 시작해서 천천히 나선을 그리며 물을 찾는다. 이 동물이 물을 마시던 곳은 여기서 멀지 않을 것이다.

없다. 아무 것도 찾지 못했다. 이슬 한 방울만큼도 없다. 피타가 나를 걱정할 테니 결국 캠프로 돌아가기로 한다. 아까보다 더 덥고 그 어느 때보다 많이 좌절한 상태다.

돌아오자, 내 일행들이 이곳을 변신시켜 놓았다는 걸 알 수 있었다. 맥스와 피닉은 풀로 짠 매트로 오두막집 비슷한 것을 만들어 놓았다. 한쪽은 트여 있지만 벽이 세 개 있고, 바닥과 지붕도 있다. 맥스는 그릇도 몇 개

엮어 두었는데, 그 안에 피타가 요리한 열매를 가득 채워 두었다. 세 사람은 기대하는 표정으로 나를 돌아보지만, 나는 머리를 흔든다.

"없어요. 물이 없어요. 어딘가 분명 있긴 할 텐데. 이놈은 물이 어디 있는지 알고 있었거든요."

나는 가죽을 벗긴 쥐를 들어 보이며 말을 잇는다.

"나무에 앉아 있는 이놈을 잡아보니 물을 마신 지 얼마 안 되었더라고요. 하지만 어디서 마셨는지는 못 찾았어요. 맹세하는데, 인근 30미터 안은 다 뒤졌어요."

"그거 먹을 수 있나?"

피타가 묻는다.

"확실하게는 모르겠어. 하지만 고기는 다람쥐 고기와 별로 달라 보이지 않는걸. 일단 익혀야 할 텐데……."

불을 피울 생각을 하면서 나는 망설였다. 성공한다고 하더라도 연기를 고려해야 한다. 이 경기장에서는 모두 굉장히 가까운 곳에 있기 때문에 숨길 방법이 없다.

피타가 다른 생각을 해냈다. 피타는 쥐 고기를 네모지게 자른 후, 뾰족한 막대기 끝에 꼬치처럼 끼워 역장에 던졌다. 지글지글하는 날카로운 소리가 들리고 막대기가 도로 튕겨 날아왔다. 고기의 겉은 검게 탔지만 안은 잘 익었다. 모두 피타에게 박수를 보내다가 여기가 어디인지 깨닫고 황급히 멈춘다.

오두막집에 모여 앉으니 장밋빛 하늘에 떠 있던 흰 태양이 가라앉았다. 나는 열매를 먹어도 괜찮을지 여전히 미심쩍지만, 피닉은 맥스가 다른 헝거 게임에서 봤던 열매라고 한다. 이번에는 훈련할 때 먹을 수 있는 식물에 대해 배우지 않았다. 작년에 너무 쉬웠기 때문이다. 좀 배워 둘걸 싶었다. 지금 내 주위에 있는 낯선 식물 중 먹을 수 있는 것도 분명 있을 텐데.

물의 위치에 대한 단서도 되었을 것이다. 하지만 몇 시간째 열매를 먹고 있는 맥스는 멀쩡해 보인다. 그래서 하나 집어 들고 조금 베어 문다. 부드럽고 약간 달콤한, 밤과 비슷한 맛이 난다. 괜찮은 것 같다고 결론을 내렸다. 쥐 고기는 질기고 약간 냄새가 나지만 놀라울 정도로 즙이 많았다. 경기장에 들어온 첫 날 밤의 식사로는 나쁘지 않다. 마실 것만 있었으면 좋았을 텐데.

그 쥐를 우리는 나무 쥐라고 부르기로 한다. 피닉은 쥐에 대해 여러 가지를 물어 보았다. 얼마나 높은 곳에 있었는지, 활을 쏘기 전에 얼마나 관찰했는지, 어떤 행동을 하고 있었는지 등이다. 이렇다 할 행동을 한 것 같지는 않다. 벌레 냄새를 맡고 있었거나 뭐 그랬던 것 같다.

밤이 올 것을 생각하니 두려워졌다. 풀로 단단하게 짠 매트가 어두워진 후에 정글을 돌아다니는 것들로부터 조금은 우리를 지켜줄 것이다. 하지만 해가 지평선 아래로 사라지기 조금 전, 창백한 흰 달이 떠올라서 형체를 분간할 수 있을 정도의 빛을 제공한다. 다음에 일어날 일이 무엇인지 알고 있으므로 우리의 대화는 잦아든다. 오두막 입구에 나란히 앉았다. 피타가 내 손을 잡는다.

공중에 뜬 것처럼 캐피톨의 문장이 나타나면서 하늘이 밝아졌다. 국가를 들으며 나는 속으로 생각한다. '피닉과 맥스에겐 더 힘든 일이겠지.' 하지만 막상 하늘에 뜬 여덟 명의 죽은 조공인 사진을 보니 나로서도 상당히 견디기 힘들다.

피닉이 삼지창으로 죽인 5번 구역의 남자 조공인이 제일 먼저 뜬다. 1번부터 4번 구역까지의 조공인은 모두 살아 있다는 뜻이다. 프로 조공인 넷, 비티와 와이레스, 그리고 물론 맥스와 피닉은 살아 있다. 하늘에는 5번 구역 남자에 이어 6번 구역의 남자 모플링, 8번 구역의 세실리아와 우프, 9번 구역에서 온 둘 다, 10번 구역 여자, 그리고 11번 구역의 시더가 차례로 비친다. 음악이 끝날 때쯤 캐피톨의 문장이 다시 나타나더니, 다시 하늘이 어두워지고 달빛만 남는다.

아무도 입을 열지 않는다. 나는 죽은 사람 중 누구도 잘 알고 있었다고 할 수 없다. 하지만 세실리아를 데려갈 때 그녀에게 매달리던 아이 셋이 생각난다. 시더가 나를 만났을 때 친절하게 대해 줬던 것, 심지어 모플링이 멍한 눈으로 내 뺨에 노란 꽃을 그리던 것만 생각해도 슬픔이 솟구쳤다. 모두 죽었다. 모두 사라졌다.

숲을 뚫고 내려와 우리 앞에 떨어진 은색 낙하산이 아니었다면 얼마나 오랫동안 그렇게 앉아 있었을지 모르겠다. 아무도 집지 않는다.

"저게 누구 걸까요?"

마침내 내가 물었다.

"알 수 없지. 피타가 오늘 죽었었으니, 피타 거라고 하는 게 어때?"

피닉이 말한다. 피타는 끈을 풀고 원형의 비단을 폈다. 낙하산에는 금속으로 된 정체를 알 수 없는 작은 물건이 들어 있다.

"이게 뭐죠?"

내가 그렇게 물었지만, 아무도 그 답을 모른다. 우리는 그 정체 모를 물건을 주고받으며 번갈아 가며 관찰한다. 속이 빈 금속관인데, 한쪽은 끝이 약간 날카롭다. 다른 쪽은 아래로 휜 주둥이가 달려있다. 본 적이 있는 것 같기도 하다. 자전거 부품, 커튼 걸이의 일부, 뭐라고 해도 믿을 것 같다.

피타는 소리가 나는지 시험하려는 듯 한쪽에 입을 대고 불어 보았지만 소리는 나지 않았다. 피닉은 새끼손가락에 끼우고 무기로 쓸 수 있나 시험해 본다. 역시 쓸모가 없었다.

"이걸로 물고기 잡을 수 있어요, 맥스?"

내가 묻자 거의 모든 것을 이용해 물고기를 잡을 수 있는 맥스는 끙, 소리를 내며 고개를 가로젓는다.

그것을 집어 들고 손바닥 위에서 이리저리 굴려 본다. 우리가 동맹이니까, 헤이미치도 4번 구역 멘터들과 함께 일하고 있을 것이다. 헤이미치가 이 선물을 고르는 데 관여했다는 건, 이 물건에 가치가 있다는 뜻이다. 심지어 생명을 구할 수 있는 것인지도 모른다. 작년에 나는 물을 간절히 원했지만, 노력하면 찾을 수 있다는 걸 알고 있었던 헤이미치는 보내주지 않았다. 헤이미치가 주는 선물이나, 혹은 선물을 주지 않는 행동에는 중대한 의미가 있다. 내게 으르렁거리는 헤이미치의 목소리가 들리는 것만 같다. '머리가 있으면 쓰란 말이다. 이게 뭐겠냐?'

나는 눈에서 흐르는 땀을 닦아내고서 선물을 달빛에 비춰본다. 이리 저리 움직이고, 여러 각도에서 살펴보고, 물건의 일부를 가려보기도 한다. 물건 스스로 자신의 쓸모가 무엇인지 내게 알려줄 수 있도록. 하지만 결국 좌절해서 한쪽 끝을 땅에 처박아 버렸다.

"난 포기할래. 비티나 와이레스랑 한 편이 되면 알아낼 수 있을지도 모르지."

나는 몸을 쭉 펴고 뜨겁게 달아오른 볼을 풀 매트에 댄 채, 화가 나서 그 물건을 노려본다. 피타가 어깨 사이의 굳은 부분을 문질러 주어서 조금 느긋하게 생각하기로 한다. 해가 졌는데도 왜 시원해지지 않는지 궁금하다. 고향에서 무슨 일이 일어나고 있는지도 궁금했다.

프림, 엄마, 게일, 매지. 그들이 집에서 내 모습을 시청하는 장면을 떠올려 본다. 적어도 그들 모두 집에 있기를 바란다. 스레드가 잡아들이지 않았다면 좋겠다. 시나처럼 벌을 받지 않았으면 좋겠다. 다리우스처럼. 모두가 처벌을 받았다. 다 나 때문에.

그들과 내 구역, 나의 숲을 생각하니 마음이 아파온다. 튼튼한 나무가 자라는 제대로 된 숲. 먹을 것이 풍부하고, 징그럽지 않은 사냥감이 있는 곳. 시내가 흐르는 곳. 그리고 거기서 부는 시원한 바람. 아니, 이 숨 막히는 열기를 날려 보낼 찬바람. 나는 마음속으로 그런 바람을 떠올려서, 그 것이 내 뺨을 얼리고 손가락을 마비시키게 했다. 그 순간 검은 흙에 반쯤 파묻힌 쇳조각은 마침내 이름을 갖는다.

"삽관(揷管)!"

나는 벌떡 일어나 앉으며 외쳤다.

"뭐라고?"

피닉이 묻는다. 나는 땅에서 그것을 뽑아내어 깨끗이 닦았다. 날카로운 쪽을 손으로 가리고 주둥이를 살펴본다. 맞아, 전에 본 적이 있어. 오래 전, 어느 춥고 바람이 불던 날에 아빠와 숲에 나갔을 때였다. 단풍나무 옆구리에 뚫린 구멍에 꼭 맞게 꽂혀 있던 저것을 나는 보았다. 흐르는 수액이 삽관을 타고 우리 양동이에 담겼다. 우리의 맛대가리 없는 빵조차 메이플 시럽을 곁들이면 별미가 되었다. 아빠는 삽관을 몇 개 가지고 계셨는데 돌아가신 후에는 어디 갔는지 모르겠다. 아마 숲 속 어딘가 숨겨 두셨을 것이다. 다시는 찾을 수 없을 것이다.

"삽관이라는 거예요. 수도꼭지랑 비슷하죠. 나무에 꽂으면 수액이 흘러나와요. 나무를 잘 골라야 되는데."

나는 그렇게 말하며 단단해 보이는 녹색 나무 둥치들을 둘러본다.

"수액?"

피닉이 되묻는다. 4번 구역은 바다 근처라 적당한 나무가 없는 모양이다.

"시럽을 만들 때 써요. 하지만 이런 나무들 속에는 다른 것도 있을 거예요."

피타가 말한다. 우리 모두 당장 일어섰다. 어디에도 샘이 보이지 않아서 우리는 심한 갈증을 겪고 있다. 하지만 나무 쥐의 날카로운 앞니와 주둥이는 축축했었다. 그러니 이런 나무들 속에 있는 쓸모 있는 것이라면 단 하나뿐이리라. 피닉은 거대한 나무의 녹색 껍질에 삽관을 돌로 박아 넣으려

하지만 내가 말린다.

"잠깐. 그러다 상할 수도 있어요. 먼저 구멍을 뚫어야 해요."

구멍 뚫는 도구가 따로 없어서, 맥스가 내미는 송곳을 피타가 받아 들고 껍질에 냅다 꽂는다. 송곳은 5센티미터 정도 꽂혔다. 피타와 피닉은 송곳과 칼을 이용해 돌아가면서 삽관이 들어갈 크기가 될 때까지 구멍을 뚫는다. 나는 조심스레 삽관을 박아 넣고, 우리 모두 기대감에 찬 채 물러선다. 처음에는 아무 일도 일어나지 않았다. 그러다 물 한 방울이 주둥이에서 맥스의 손바닥으로 떨어진다. 맥스는 그것을 핥더니 다시 손을 내민다.

삽관을 이리저리 조정하니 가느다란 한 줄기의 물이 끊이지 않고 흘러나왔다. 우리는 돌아가며 그 밑에 입을 대고 바싹 마른 혀를 적신다. 맥스는 물도 담을 수 있을 만큼 촘촘히 짠 바구니를 가져온다. 바구니를 돌려가며 크게 한 모금씩 마시고, 좀 지나자 얼굴을 씻는 사치도 누린다. 다른 것들과 마찬가지로 물은 미지근한 편이지만, 까다롭게 굴 때가 아니다.

머릿속을 가득 메우고 있던 갈증이 사라지자, 우리가 얼마나 지쳐 있는지 실감하고 잘 준비를 한다. 작년에는 밤에 갑자기 도망쳐야 할 경우를 대비해 언제나 가진 물건들을 정리해 두고 잤었다. 하지만 올해는 챙겨둘 배낭이 없다. 가진 건 무기뿐인데, 어차피 무기는 손에서 놓지 않을 것이다. 그러다 삽관이 떠올라 나무에서 그것을 빼낸다. 그런 다음 질긴 덩굴을 잘라 잎사귀를 떼어내고, 삽관에 끼운 뒤 벨트에 단단히 묶는다.

피닉이 먼저 망을 보겠다고 해서 그러라고 한다. 피타가 회복될 때까지는 우리 둘 중 하나가 할 일이다. 나는 피닉에게 피곤해지면 깨우라고 말하며 피타 옆 오두막 바닥에 눕는다. 하지만 몇 시간 뒤 종소리를 닮은 소리 때문에 잠에서 깼다. 뎅! 뎅! 새해에 법원에서 울리는 종과 똑같지는 않지만 꽤 비슷해서 종소리라는 것을 알 수 있다. 피타와 맥스는 깨지 않지만, 피닉은 나와 똑같이 관심 있게 듣고 있다. 종소리가 멎었다.

"열두 번 울렸어."

피닉이 말한다.

나는 고개를 끄덕였다. 열두 번. 무슨 의미일까? 구역의 수만큼 울리는 걸까? 그럴 수도 있다. 하지만 왜?

"무슨 의미가 있는 것 같아요?"

내가 묻는다.

"모르겠어."

다른 지시라든가 혹은 잔치에 오라는 초대 같은 클라우디스 템플스미스의 공지사항이 없나 기다려 본다. 주목할 만한 일이 하나 일어나긴 했지만 먼 곳에서였다. 번쩍거리는 전류가 우뚝 선 나무를 내리치더니 곧 번개가 치고 폭풍이 시작된다. 비가 아닐까 생각해 본다. 헤이미치같이 영리한 멘터가 없는 사람들을 위한 식수 공급이다.

"좀 자요, 피닉. 어차피 내가 망 볼 차례잖아요."

내가 말한다.

피닉은 머뭇거리지만, 어차피 영원히 깨어 있을 수 있는 사람은 없다. 피닉은 오두막 입구에 자리를 잡고 한 손에 삼지창을 쥔 채 불편한 잠 속으로 빠져 든다.

화살을 메긴 활을 손에 들고서 나는 달빛을 받아 유령처럼 창백한 녹색을 띤 정글을 바라본다. 한 시간 정도 지나자 번개가 멈췄다. 몇 백 미터 떨어진 곳에서 나뭇잎 위에 비가 떨어지는 소리만 들려온다. 우리가 있는 곳에도 비가 오기를 기다리지만 비는 오지 않는다.

대포 소리가 들렸다. 나는 놀랐지만 잠든 내 동료들은 거의 인식하지 못했다. 깨워서 알려 줄 필요는 없다. 우승자 한 명이 또 죽었다. 나는 누구인지 궁금해 하지도 않으려 한다.

어디에 내리는지 알기 힘든 비가 갑자기 멈춘다. 작년에 경기장에서 폭풍이 갑자기 멈춘 것과 비슷하다.

비가 그치고 얼마 지나지 않아 방금 비가 쏟아졌던 곳에서 안개가 부드럽게 미끄러져 온다. '당연한 반응이지, 뜨거운 땅에 차가운 비가 떨어졌으니까.' 안개는 일정한 속도로 다가왔다. 덩굴 같은 모양의 안개가 전진하며 손가락처럼 구부러지는 모습이 마치 뒤의 안개를 계속 앞으로 끌어당기는 것 같다. 보고 있노라니 목 뒤의 머리칼이 쭈뼛 서는 것이 느껴진다. 이 안개는 어딘가 이상하다. 보통의 안개라고 보기에는 너무 일정한 모습으로 전진하고 있기 때문이다. 자연스러운 것이 아니라면…….

곧 달큰하고 역겨운 냄새가 코 속으로 침투하기 시작하고, 나는 다른 사람들을 흔들어 깨우며 소리를 지른다.

사람들을 깨우는 짧은 몇 초 동안 내 몸에는 수포가 잡혔다.

21

안개의 미세한 물방울이 닿는 곳마다 작은 물집이 생기며 타는 듯한, 찌르는 것 같은 아픔이 느껴진다.

"뛰어!"

나는 계속해서 다른 사람들을 향해 외친다.

"뛰어!"

피닉은 곧바로 일어나 적과 맞서 싸울 자세를 잡았다. 하지만 안개의 벽을 보고, 아직 자고 있는 맥스를 들쳐 업은 뒤 달리기 시작했다. 피타는 일어서긴 했어도 아직 사태를 파악하지 못하고 있다. 나는 피타의 팔을 움켜잡고서 피닉의 뒤를 쫓아 정글 속으로 그를 끌고 갔다.

"무슨 일이야? 무슨 일이야?"

피타가 어리둥절해서 묻는다.

"안개야. 독가스. 서둘러, 피타!"

내가 재촉한다. 피타는 아닌 척하지만, 역장에 부딪힌 충격의 후유증은 꽤 심했나 보다. 그의 움직임이 평소보다 훨씬 느리다. 빽빽한 덩굴과 덤불 때문에 나는 가끔 균형을 잃는 반면 피타는 번번이 발이 걸린다.

아무리 사방을 둘러보아도 안개의 벽은 내 시선이 닿는 곳이면 어디든 뻗어 있었다. 피타를 버리고 달아나 내 목숨을 구하고 싶은 끔찍한 충동이 생긴다. 전속력으로 달리면 쉽게 도망칠 수 있을 것이다. 12미터 높이로 뻗은 나무 위로 기어오른다든가. 지난번 게임에서 머테이션들이 나타났을 때 내가 그렇게 했던 것이 떠오른다. 도망쳤다가 코뉴코피아에 다 가서야 피타 생각이 났었다. 하지만 이번에는 내 공포를 붙잡아 억누르고 피타 옆을 지킨다. 이번에는 내가 살아남는 것이 목표가 아니니까. 피타를 살려야 하니까. 텔레비전 화면을 뚫어져라 지켜보고 있을 모든 구역의 수많은 눈들을 생각한다. 내가 캐피톨이 바라는 대로 도망칠지, 아니면 이 자리를 지킬지 바라보는 눈들.

나는 피타의 손에 손가락을 끼어 단단히 잡고서 말한다.

"내 발을 봐. 그리고 내가 딛는 곳만 디뎌."

좀 나아진 것 같다. 하지만 우리가 움직이는 게 좀 빨라지긴 했어도 여전히 쉬었다 갈 정도는 아니었다. 안개는 끊임없이 우리 발뒤꿈치를 핥는다. 안개 덩어리에서 미세한 물방울이 튄다. 타는 것 같은 느낌이 들지만, 불과는 달랐다. 화학 물질이 우리 살에 닿아 피부 층을 파고들 때의 뜨거운 느낌은 불보다는 덜하다. 하지만 고통은 더 강렬했다. 점프슈트는 전혀 도움이 되지 않는다. 보호 효과로 보면 휴지 조각을 입은 거나 마찬가지다.

바로 도망쳤던 피닉은 우리가 곤경에 처한 것을 깨닫고 멈춘다. 하지만 이 안개는 싸울 수 있는 적이 아니라 피해야만 하는 대상일 뿐이다. 피닉은 우리가 더 빨리 움직이게 해 주려고 격려의 말을 외치고, 그 목소리를 들으며 나는 나아갈 방향을 잡는다. 하지만 그것 외에 큰 도움은 되지 않는다.

얽혀있는 덩굴에 피타의 의족이 걸렸다. 내가 잡을 새도 없이 그는 넘어지고 말았다. 일어나는 걸 도와주다가 수포보다 무섭고 화상보다 치명적인 것을 발견했다. 피타 얼굴 왼쪽이 근육이 모두 죽어버린 것처럼 처져 있다. 눈꺼풀이 처져서 거의 눈을 가릴 정도다. 입이 아래쪽으로 기묘하게 뒤틀려 있다.

"피타……!"

입을 열자마자 내 팔이 경련하는 게 느껴진다.

안개에 섞인 화학 물질이 무엇인지는 모르겠지만, 화상보다 더 인체에 강력한 손상을 일으키는 물질인 게 분명하다. 신경계를 공격하는 물질이다. 완전히 새로운 공포가 나를 뚫고 지나갔다. 내가 피타를 앞으로 확 당기자 피타는 다시 넘어져 버렸다. 그를 일으켜 세웠을 무렵에는 내 양팔이 통제 불능으로 씰룩거리고 있다. 안개가 우리에게 다가왔고, 짙은 안개 덩어리와 우리 사이 거리는 이제 채 1미터도 남지 않았다. 피타의 다리가 잘 움직이지 않는다. 피타는 걸으려고 애쓰지만 다리가 뇌성마비 환자나 꼭두각시의 그것처럼 움직인다.

피타가 앞으로 휘청하는 것을 느낀 피닉이 우리를 데리러 돌아왔다. 그가 피타를 끌고 가고 있다는 걸 깨닫는다. 그래도 어깨는 아직 내 말을 듣는 것 같아서 한쪽 어깨를 피타 팔 밑에 밀어 넣고, 피닉의 빠른 발걸음에 최대한 보조를 맞춘다. 안개에서 10미터 정도 멀어지자 피닉이 걸음을 멈춘다.

"안 되겠다. 내가 업어야겠어. 맥스는 들 수 있겠니?"

피닉이 묻는다.

"네."

마음이 약해졌지만 그래도 나는 용감하게 대답한다. 맥스의 몸무게는 30킬로그램 이상 나가지 않겠지만, 나 역시 몸집이 별로 크지 않다. 하지만 나는 이보다 더 무거운 짐도 날라본 적이 있을 것이다. 팔이 제멋대로 움직이지만 않았으면 좋았을 텐데. 맥스는 쭈그려 앉더니, 피닉에게 업히듯 내 어깨 위에 자리를 잡는다. 천천히 다리를 펴고 일어나 보니 무릎에 쥐가 나는 것 같다. 그래도 견딜 만은 하다. 피타를 등에 업은 피닉이 앞장섰다. 그리고 나도 덤불을 뚫고 지나가는 그의 뒤를 따랐다.

덩굴 모양으로 손을 뻗쳐오는 부분을 제외하면 고른 안개는 일정한 속도로 조용히 다가온다. 내 본능에 따르자면 곧장 안개로부터 달아났겠지만, 그러는 대신 피닉은 대각선 방향으로 언덕 아래로 향하고 있다. 그는 지금 안개에서 멀어지는 동시에 코뉴코피아 주변의 물로 우리를 인도하고 있다. '그래, 물.' 화학 물질이 내 피부를 더 깊게 파고드는 것을 느끼며 생각한다. 지금은 피닉을 죽이지 않은 것에 큰 고마움을 느끼고 있다. 피닉이 없었다면 어떻게 피타를 여기서 구해냈을까? 잠시 동안만이라도 내 편에 누군가 있다는 사실이 너무 감사하기만 했다.

나는 자꾸 넘어지기 시작한다. 맥스의 잘못은 아니다. 맥스는 내게 짐이 되지 않기 위해 최대한 노력하고 있지만, 내가 감당할 수 있는 무게엔 한계가 있다. 게다가 오른쪽 다리가 점점 뻣뻣해지고 있다. 처음 두 번 넘어졌을 때는 다시 일어났지만, 세 번째에는 다리가 말을 듣지 않는다. 일어나려고 애를 쓰는데 결국 다리에 힘이 쭉 빠졌고, 맥스는 내 앞의 땅에 굴러 떨어진다. 나는 덩굴과 나무 둥치를 잡고 일어나 보려고 발버둥을 친다.

피타를 들쳐 업은 피닉이 다시 내 옆으로 온다.

"안 되겠어요. 두 사람 다 데리고 갈 수 있어요? 먼저 가요. 따라갈게요."

과연 가능할지 의심스러운 제안이긴 하지만, 나는 최대한 믿음직스럽게 들리도록 말한다.

달빛을 받은 피닉의 초록색 눈을 볼 수 있다. 낮에 보던 것만큼이나 선명하다. 묘하게 빛나는 것이 거의 고양이 눈 같다. 눈물로 빛나고 있어서일지도 모른다.

"아니, 두 사람 다 들 수는 없어. 팔이 말을 안 듣거든."

사실이다. 피닉의 두 팔은 마구 씰룩거리고 있었다. 그는 지금 빈손이다. 삼지창 두 개 중 한 개만 남았고, 그것 역시 피타가 들고 있었다.

"미안해요, 맥스. 어쩔 수 없어요."

뒤이어 일어난 일은 너무나 순식간이었던 데다 처음엔 그 의미도 알 수 없어서, 막으려는 시도조차 하지 못했다. 맥스가 일어나더니 피닉의 입술에 입을 맞추고 절뚝거리며 안개 속으로 걸어 들어갔다. 곧바로 맥스의 몸이 뒤틀리기 시작하고, 곧 그녀는 소름 끼치는 춤을 추는 것 같은 모습으로 땅에 쓰러진다.

비명을 지르고 싶지만 목이 타는 것만 같다. 맥스가 있는 방향으로 헛되이 한 걸음 내딛는 순간 대포 소리가 울려 맥스의 심장이 멎었다는 것을, 죽었다는 걸 깨닫는다.

"피닉?"

거친 목소리로 부르지만 피닉은 이미 등을 돌린 채 안개를 피해 도망치고 있다. 그 밖에 어떤 행동을 해야 할지 알 수 없는 나는 쓸모없는 오른쪽 다리를 질질 끌며 피닉을 따라 비틀비틀 걷는다.

안개가 내 뇌를 공격해서 이성을 혼란시키고, 모든 것을 비현실적으로 보이게 만들어 시간과 공간이 의미를 잃는다. 어쩜 나는 벌써 죽은 건지도 몰라. 그래도 깊이 뿌리내린 살아야겠다는 동물적 욕구 때문에, 피닉과 피타를 쫓아 비틀거리며 걷고 계속 움직인다. 내 일부는 이미 죽었거나 혹은 죽어가고 있음이 분명하다. 맥스는 죽었다. 그 사실만은 알고 있다. 아니면 그냥 안다고 생각하는 건지도 모른다. 전혀 말이 안 되니까.

피닉의 구릿빛 머리칼에서 반짝이는 달빛, 온몸 여기저기에서 느껴지는 불타는 것 같은 고통, 나무토막같이 되어버린 다리. 피닉이 피타를 업은 채 쓰러질 때까지 계속 따라간다. 거의 기계적으로 앞으로 내딛는 걸음을 멈출 능력을 잃었는지, 나는 계속 걷다가 쓰러진 두 사람의 몸에 걸려 그 위로 쓰러진다. '지금 여기서 이렇게 우리 모두 죽는구나.' 이렇게 생각하지만, 그 생각은 추상적이고 지금 당장 몸에 느껴지는 고통에 비하면 훨씬 덜 위협적으로 느껴진다. 피닉의 신음 소리가 들려 간신히 두 사람 위에서 내려온다. 진주 같은 흰색으로 변한 안개의 벽이 보인다. 내 눈이 잘못되었는지 아니면 달빛 때문인지는 몰라도 안개의 모습이 변하는 것 같다. 마치 유리벽에 부딪혀 자욱해지듯 더 짙어지는 것 같다. 눈을 가늘게 뜨고 더 자세히 살펴보자 더 이상은 안개의 손가락이 뻗어 나오지 않고 있다는 걸 알 수 있었다. 멈췄다. 내가 경기장에서 마주쳤던 다른 공포스러운 것들과 마찬가지로, 자기 구역의 경계에 다다른 모양이다. 그렇지 않으면 게임 운영자들이 우리를 지금 당장 죽이지 않기로 결정했거나.

"멈췄어."

그렇게 말하고 싶었지만, 퉁퉁 부은 입에서 흘러나온 건 듣기 싫은 꺽꺽거리는 소리뿐이었다. 내가 다시 말한다.

"멈췄어."

피타와 피닉이 동시에 안개 쪽을 돌아보는 것을 보니 이번에는 알아들을 수 있었나 보다. 안개는 마치 하늘로 빨아올려지듯 위로 올라가기 시작한다. 안개가 조금도 남지 않고 전부 빨려 들어갈 때까지 그 모습을 바라본다.

피타가 몸을 굴려 피닉 위에서 내려오자 피닉은 몸을 돌려 등을 땅에 대고 눕는다. 몸도 마음도 독극물 때문에 만신창이가 된 우리는 그 곳에 누운 채 헐떡이고 또 몸을 씰룩거린다. 몇 분 뒤 피타가 위쪽 애매한 곳을 가리키며 말한다.

"원-홍이."

올려다보자 원숭이 같아 보이는 동물이 한 쌍 보인다. 살아 있는 원숭이를 본 적은 없다. 고향의 숲에는 원숭이나 그 비슷한 동물 같은 건 없었으니까. 하지만 본 순간 그 단어가 떠오르는 것을 보니 사진을 본 적이 있거나, 아니면 예전 헝거 게임에 나온 모습을 봤던 모양이다. 확실하지는 않지만 털빛은 오렌지색이고, 크기는 인간 성인의 절반 정도인 것 같다. 나는 원숭이를 좋은 신호로 받아들인다. 공기에 독성이 있다면 근처를 돌아다니지 않을 테니까. 한동안 우리 인간들과 원숭이들은 조용히 서로를 관찰한다. 피타가 힘겹게 무릎을 땅에 대고 일어나서 기어서 언덕을 내려간다. 이 상황에선 걷는 게 나는 것만큼이나 놀라운 일로 느껴진다. 우리는 모두 기어갔다. 덩굴이 사라지고 좁은 모래 해변이 나올 때까지 기어서 코뉴코피아를 둘러싼 미지근한 물에 얼굴을 담근다. 나는 불꽃을 만진 것처럼 뒤로 물러섰다.

'상처에 소금을 문지르는 격'이라고 했던가. 상처에 소금물이 닿자 정신을 잃을 만큼 아파서 처음으로 그 표현의 진짜 뜻을 이해한다. 하지만 동시에 독이 빠져나가는 느낌도 든다. 시험 삼아 조심조심 한쪽 손만 물속에 넣어 본다. 고문을 받는 것 같지만, 좀 지나니 고통이 덜해졌다. 내 피부의 상처에서 젖빛 물질이 푸른 물속으로 녹아 나오는 것이 보인다. 흰빛과 함께 고통도 줄어든다. 나는 벨트를 풀고 구멍 난 걸레나 다름없는 점프슈트를 벗는다. 이유는 알 수 없지만 신발과 속옷에는 독극물이 묻지 않았다. 조금씩, 조금씩 한 번에 팔다리 일부분만을 집어넣으며 상처에서 독을 뺀다. 피타도 나와 같은 일을 하고 있는 것 같다. 하지만 피닉은 물을 한 번 만져 보고는 물러나서 모래 위에 엎드려 있다. 몸을 적실 생각이 없거나, 하고 싶어도 못하는 상태인 것 같다.

물속에서 눈을 뜨거나, 콧속으로 물을 빨아들였다가 다시 뱉어내고, 목구멍을 씻기 위해 입 속을 여러 번 헹궈내기도 하면서 최악의 상황을 넘기고 나자 마침내 피닉을 도와줄 수 있을 정도로 활동력을 되찾는다. 다리에는 감각이 어느 정도 돌아왔지만 팔은 아직 경련을 일으킨다. 피닉을 끌어다 물속에 넣을 수는 없을 것 같고, 어차피 그랬다간 피닉은 자칫하면 고통으로 죽어 버릴 것이다. 그래서 떨리는 손으로 물을 떠다가 피닉의 주먹에 뿌린다. 피닉은 물속에 있는 게 아니라서, 독극물은 들어왔던 모습 그대로 안개의 형태로 빠져 나온다. 그 안개에 절대 닿지 않도록 조심한다. 피타도 나를 도와줄 수 있을 만큼 회복되었다. 피타는 피닉의 점프슈트를 자르고, 어디선가 우리 손보다 훨씬 효과가 좋은 조개껍질 두 개를 찾아온다. 우리는 우선 가장 피해가 심한 피닉의 양팔을 적시는 데 집중한다. 흰 독극물이 많이 배출되었는데도 피닉은 그것을 의식하지 못한다. 그저 눈을 감고 누운 채 가끔씩 신음소리를 낼 뿐이다.

주위를 둘러볼 때마다 우리가 얼마나 위험한 곳에 있는지 점점 깨닫게 된다. 분명 밤이기는 하지만 달빛이 너무 강해 모습을 숨길 수 없다. 아직 공격한 사람이 없다는 게 행운이었다. 코뉴코피아 쪽에서 다가온다면 우리도 발견할 수 있겠지만, 프로 조공인 네 명이 동시에 공격하면 우리가 질 것이다. 상대가 우리를 먼저 발견하지 못하더라도 피닉의 신음 소리 때문에 곧 우리 위치는 탄로 날 것이다.

"물에 더 많이 적셔야겠어."

내가 속삭인다. 하지만 이런 상태의 피닉을 머리부터 물에 넣을 수는 없다. 피타는 피닉의 발쪽으로 고개를 까딱해 보인다. 우리는 피닉의 발을 한쪽씩 잡고 180도 돌린 다음, 소금물 속으로 끌고 들어갔다. 한 번에 한 뼘 정도씩이다. 발목을 물에 담그고 몇 분 정도 기다린다. 다음은 종아리 중간까지, 그 다음에는 무릎까지 담그고 기다렸다. 피닉의 피부에서 흰 물질이 구름처럼 소용돌이쳐 나오고 피닉은 신음한다. 우리는 조금씩, 조금씩 피닉을 해독시켜 준다. 물속에 오래 앉아 있을수록 내 몸이 더 좋아진다는 것을 알게 된다. 피부뿐 아니라 뇌와 근육에 대한 통제력도 점점 나아진다. 피타의 얼굴이 정상으로 돌아오는 것을 볼 수 있다. 이제 그는 눈을 똑바로 뜨고 있고, 찡그린 것 같은 입매도 원래대로 돌아왔다.

피닉이 천천히 회복되기 시작한다. 그가 눈을 뜨고 우리에게 시선을 맞췄다. 그 눈은 자기가 도움을 받고 있다는 사실을 깨달았다는 빛을 띠고 있다. 나는 피닉의 목 아래 전신을 물에 담근 채 머리는 내 무릎에 얹고 10분 정도 있게 한다. 피닉이 양팔을 물 위로 쳐들었을 때 나와 피타는 미소를 주고받았다.

"이제 머리만 남았어요, 피닉. 머리가 제일 괴롭지만, 참고 견디고 나면 훨씬 나아질 거예요."

피타가 말한다. 우리는 피닉이 일어나 앉는 것을 도와주고, 눈과 코와 입을 담그는 동안 손도 잡아 주었다. 아직 목이 너무 쓰라려 말은 하지 못한다.

"나무에서 물 좀 얻어 볼게."

손가락으로 벨트를 더듬어 삽관이 아직 매달려 있는 것을 확인한다.

"일단 내가 구멍부터 뚫을 테니 넌 피닉과 함께 있어. 네가 치유자잖아."

피타가 말한다.

'웃기는 소리.' 나는 그렇게 생각하지만 피닉이 아직 괴로워하고 있으므로 입 밖에 내어 말하지는 않는다. 피닉이 안개에 가장 호되게 당했는데, 그 이유는 잘 모르겠다. 몸이 제일 커서이거나 힘을 제일 많이 썼기 때문일 것이다. 그리고 물론 맥스도 있다. 지금도 아까 일어난 일이 잘 이해

되지 않는다. 피닉이 피타를 업기 위해 맥스를 버린 이유가 뭘까. 맥스는 왜 그 이유를 묻지 않고, 잠깐의 망설임도 없이 죽음을 향해 달려갔을까. 나이가 워낙 많으니 어차피 살날이 많이 남지 않아서일까? 피타와 내가 동맹으로 있으면 피닉이 살아남을 확률이 더 높아질 거라고 생각했나? 피닉의 초췌한 얼굴을 보니 지금은 물어볼 때가 아니라는 걸 알 수 있었다.

피닉에게 질문을 던지는 대신 내 몸을 추스른다. 망가진 점프슈트에서 모킹제이 핀을 떼어내 속셔츠에 달았다. 물에 뜨는 벨트는 새것처럼 말짱한 것을 보니 독극물에 내성이 있는 것 같다. 수영을 할 수 있는 나에게는 사실 필요 없는 물건이지만, 브루투스가 이 벨트로 내 화살을 막아 낸 것을 기억하고 호신용으로 다시 찼다. 머리를 풀어 손가락으로 빗으니 독 안개 때문에 숱이 꽤 줄어들었다. 남은 머리를 다시 땋는다.

피타는 해변에서 10미터 정도 떨어진 곳에서 적당한 나무를 발견한다. 잘 보이지는 않지만, 나무 둥치를 칼로 파는 소리는 선명하게 들린다. 송곳은 어디 갔는지 모르겠다. 맥스가 떨어뜨렸거나 송곳을 지닌 채 안개 속으로 들어간 모양이다. 어쨌거나 이제 송곳은 없다.

나는 얕은 곳으로 좀 더 들어가 물에 뜬 채 엎드렸다가 누웠다가 한다. 바닷물이 피타와 나를 치유했다면, 피닉에게는 사람을 변신시키는 효과를 발휘한 모양이다. 피닉은 팔다리를 시험해 보며 천천히 움직이더니 곧 수영을 하기 시작한다. 하지만 규칙적으로 팔다리를 휘두르는 내 수영과는 다르다. 마치 처음 보는 바다 동물이 힘을 되찾는 모습을 바라보는 것 같다. 피닉은 잠수했다가 다시 떠오르고, 입에 물을 머금었다 내뿜고, 희한한 나선형의 동작으로 몸을 마구 뒤집기도 한다. 보고만 있어도 어지러웠다. 그리고는 물속에 들어간 채 한참이나 나오지 않아서 빠져 죽었나 싶을 때쯤, 내 바로 옆에서 고개를 내밀어 깜짝 놀란다.

"하지 마요."

내가 말한다.

"뭘 하지 마? 나오지 말라고, 아니면 잠수하지 말라고?"

"뭐든지. 둘 다. 아무 것도 하지 마요. 그냥 몸이나 적시고 얌전히 있어요. 그렇게 몸이 좋아졌으면 가서 피타를 도와주든가."

정글이 시작되는 곳으로 가는 아주 짧은 순간에 뭔가 달라졌음을 느낀다. 수년간의 사냥 덕분인지, 내 왼쪽 귀 치료가 정말로 의사들의 생각보다 더 잘된 때문인지는 모르겠다. 하지만 우리 위에 있는 생명체들의 온기가 느껴진다. 떠들어대거나 소리를 지르지 않아도, 그 수많은 숨소리만으로도 알 수 있다.

피닉의 팔에 손을 대자 피닉도 나를 따라 위를 쳐다본다. 어떻게 그렇게 조용히 다가왔나 모르겠다. 어쩌면 소리는 났는데 우리가 해독에 열중한 탓에 몰랐을 수도 있다. 그동안 저들이 모여든 것이다. 다섯 마리, 열 마리 정도가 아니라 수없이 많은 원숭이가 정글 나무의 가지에 올라타 있다. 안개에서 탈출한 다음 봤던 한 쌍은 우리를 환영해 주는 것 같은 느낌이었는데, 이 떼거리는 불길하게 느껴진다.

나는 활에 화살을 두 개 메기고 피닉은 삼지창을 고쳐 잡았다.

"피타. 네가 도와줄 일이 있어."

나는 최대한 차분하게 말한다.

"응, 잠깐만. 이제 다 된 것 같아……. 됐다. 삽관 가져왔어?"

피타가 나무에 정신이 팔린 채 대답하더니 조금 뒤 내게 묻는다.

"응. 하지만 우리가 발견한 걸 네가 지금 봐야 될 것 같아. 놀라지 않게 우리 쪽으로 조용히 와."

나는 신중한 목소리로 말한다. 피타가 원숭이를 알아채거나, 그쪽을 보는 일도 없었으면 좋겠다. 단순한 눈 맞춤을 적대적 의미로 해석하는 동물들도 있으니까.

나무에 구멍을 뚫느라 힘들었던 피타는 헐떡거리며 우리 쪽을 돌아본다. 내가 피타에게 부탁하는 말투가 너무 낯설어서, 피타 역시 뭔가 이상한 일이 일어났을 거란 경계심이 생긴 모양이다.

"알았어."

피타는 평소와 같은 말투로 대답한다. 그러곤 정글 속을 걷기 시작한다. 조용히 걸으려고 노력하는 건 알 수 있지만, 두 다리가 멀쩡할 때조차 피타는 조용히 걷는 편이 아니었다. 하지만 괜찮아. 피타는 움직이고 있고, 원숭이들은 그대로 앉아 있어. 해변에서 5미터 떨어진 곳까지 와서야 피타는 원숭이들의 존재를 알아챈다. 그냥 피타는 1초 정도 올려다본 것뿐이었지만 폭탄이라도 떨어뜨린 것 같다. 원숭이들은 폭발해서 꺅꺅 소리 지르는 거대한 오렌지색 모피 덩어리가 되어 피타를 덮쳤다.

그렇게 빨리 움직이는 동물은 본 적이 없다. 덩굴에 기름이라도 바른 것처럼 원숭이 떼가 미끄러져 내려온다. 나무에서 나무로 뛰면서 말도 안 되는 거리를 움직인다. 송곳니를 드러내고, 목털을 곧추세우고, 칼날처럼 튀어나온 발톱을 휘두른다. 원숭이를 본 적은 없지만, 야생 동물들은 이런 식으로 행동하지 않는다.

"머테이션이야!"

피닉과 함께 정글로 뛰어들며 나는 내뱉는다.

화살 하나도 낭비할 수 없다는 걸 알기에 매번 명중시켰다. 으스스한 달빛 아래 원숭이를 한 마리씩 쓰러뜨린다. 한 방에 죽일 수 있도록 눈과 심장과 목을 겨냥했다. 하지만 짐승들을 물고기처럼 꿰뚫고 내던지는 피닉, 칼을 휘두르는 피타가 없었다면 나 혼자 힘으로는 부족했을 것이다. 원숭이가 누군가의 손에 쓰러지기 전에 내 다리와 등을 발톱으로 베는 것이 느껴진다. 짓밟힌 수풀의 풋내, 피 냄새, 원숭이의 퀴퀴한 냄새가 점점 짙어진다. 피타와 피닉, 그리고 나는 몇 미터 간격으로 삼각형 대형을 이루어

등을 맞대고 선다. 마지막 화살을 쏘고 나자 마음이 약해졌다. 다음 순간 피타에게도 화살 통이 있다는 사실이 떠오른다. 피타는 화살은 쓰지 않고 대신 칼로 난도질하고 있다. 나도 칼을 뽑아 들지만, 뛰어들었다가 다시 물러서는 원숭이들이 나보다 더 재빨라서 거의 반응하기 힘들 정도다. 나는 외쳤다.

"피타! 네 화살!"

내가 곤경에 처한 것을 보고 피타가 화살 통을 벗는 순간, 그 일이 일어났다. 나무에서 원숭이 한 마리가 피타의 가슴을 향해 뛰어든다. 하지만 내겐 화살이 없다. 피닉의 삼지창이 다른 원숭이를 내리찍는 소리가 들려서 그가 지금 도울 수 없다는 걸 알 수 있었다. 피타는 화살 통을 벗으려던 참이라 칼을 쥔 손을 쓸 수가 없다. 나는 덤벼드는 머테이션에게 내 칼을 던지지만, 놈은 공중제비를 돌아 내 칼을 피하고는 목표물을 향해 계속 날아간다.

무기도, 방패도 없는 나는 생각할 수 있는 유일한 행동을 한다. 피타를 바닥에 쓰러뜨리고 내 몸으로 피타를 보호하기 위해 나는 달렸다. 이미 늦었다는 걸 알면서도.

하지만 그녀가 제때 도착했다. 그 모플링 여자는 마치 난데없이 허공에서 나타난 것처럼 보였다. 방금 전까지도 없었는데, 바로 다음 순간 피타 앞에서 휘청거리며 서 있었기 때문이다. 그녀가 벌써 피투성이가 된 입을 벌리고 높은 소리로 비명을 질렀다. 동공이 너무 커져서 마치 블랙홀처럼 보인다.

6번 구역의 미쳐 버린 모플링이 마치 원숭이를 끌어안으려는 듯이 뼈만 남은 두 팔을 뻗고, 원숭이는 그녀의 가슴에 송곳니를 꽂는다.

22

피타는 화살 통을 떨어뜨리고 원숭이가 턱의 힘을 뺄 때까지 놈의 등에 칼을 찌르고 또 찌른다. 머테이션을 발로 차 던지고 다른 놈들을 상대할 자세를 취했다. 이제 나는 피타의 화살 통을 메고, 화살을 메긴 활을 쥔 채 피닉과 등을 맞대고 있다. 전투 중이 아닌데도 호흡은 거칠었다.

"덤벼! 다 덤벼!"

피타가 분노로 헐떡거리며 외친다. 하지만 원숭이들에게 무슨 일인가가 일어났다. 놈들은 나무에 기어오르더니, 이내 정글 속으로 사라지며 후퇴했다. 마치 우리가 듣지 못하는 목소리가 부르는 것을 들은 것 같다. 이만하면 됐다는 게임 운영자의 목소리 같은 것.

"살펴 봐. 우리가 엄호할게."

내가 피타에게 말한다.

피닉과 내가 무기를 들고 있는 동안 피타는 모플링을 살며시 일으켜 몇 미터 앞의 해변으로 나간다. 하지만 땅 위의 오렌지색 시체들을 제외하고 원숭이들은 모두 사라졌다. 피타는 모플링을 모래 위에 눕힌다. 내가 그녀가 입은 옷의 가슴 부분을 잘라내자 깊게 찔린 상처 네 개가 드러난다. 피가 천천히 흘러나와 실제보다 얕은 상처로 보였다. 중요한 상처는 몸 안에 있다. 상처의 위치를 보니 그 짐승은 생명 유지에 필수적인 기관을 파열시킨 것이 분명하다. 폐, 어쩌면 심장.

그녀는 모래 위에 누워서 물 밖에 나온 물고기처럼 헐떡거린다. 허약해 보이는 처진 녹색 피부에, 갈비뼈는 굶어 죽은 아이처럼 툭 튀어나왔다. 음식 살 돈이 없었을 리는 없지만 헤이미치가 술에 빠진 것처럼 모플링에 중독됐겠지. 그녀의 몸, 그녀의 인생, 눈 속에 드러난 공허한 빛. 무엇으로 보나 철저하게 망가진 모습이다. 씰룩거리는 손을 잡는다. 손이 경련하는 게 신경계를 공격했던 독극물 때문인지, 공격 받은 충격 때문인지, 마약 중독의 금단 증상 때문인지는 모르겠다. 우리가 할 수 있는 일은 아무 것도 없다. 죽어가는 동안 옆에 있어 줄 수 있을 뿐이다.

"숲은 내가 살펴볼게."

피닉이 말하고는 걸어간다. 나도 가고 싶지만, 그녀가 내 손을 너무 꽉 잡고 있기 때문에 손가락을 억지로 펴지 않고는 못 갈 것이다. 그렇게 잔인하게 굴 힘이 내겐 없다. 루를 떠올리면서, 노래를 불러 준다든지 뭔가 해 줄 수 있는 일이 없을까 생각해 보았다. 하지만 나는 그녀가 노래를 좋아하는지는 고사하고 이름조차 모른다. 내가 아는 것은 그녀가 죽어가고 있다는 것뿐이다.

피타는 내 맞은편에 쭈그리고 앉아 그녀의 머리를 쓰다듬는다. 피타가 부드러운 목소리로 들려주는 이야기를 듣고 처음엔 말도 안 된다고 생각했지만, 그는 내게 말하고 있는 게 아니었다.

"집에 있는 물감을 쓰면 나는 상상할 수 있는 색깔은 다 만들 수 있어요. 핑크색……, 아기 피부 같은 섬세한 핑크색을 만들 수 있어요. 대황처럼 깊은 색도 만들 수 있죠. 봄의 풀 같은 녹색, 물속의 얼음처럼 어른거리는 푸른색도."

모플링은 피타의 이야기에 매달려 피타의 눈을 들여다본다.

"한번은, 흰색 모피에 비친 햇빛 색깔을 찾으려고 사흘 동안 물감을 섞은 적이 있어요. 계속 노란색일 거라고 생각했지만, 그보다 훨씬 더 다양한 색깔이었어요. 온갖 색깔을 하나하나 겹쳐서 내는 색이었죠."

모플링의 호흡은 점점 느려지고 얕아졌다. 그녀는 내 손을 잡지 않은 다른 손으로 자기 가슴팍의 피를 철벅이며 작디작은 소용돌이를 그린다. 소용돌이 그리기를 정말 좋아했었지.

"아직 무지개 그리는 법은 못 익혔어요. 갑자기 나타났다가 금방 사라지잖아요. 무지개를 그림으로 옮길 시간이 늘 부족했어요. 여기에 파란색 조금, 저기에 보라색 조금 하는 식이죠. 그러고 나면 사라져 버려요. 공기 속으로."

모플링은 피타의 말에 최면이라도 걸린 것 같다. 도취된 것 같다. 떨리는 손을 들어 피타의 뺨에 뭔가를 그린다. 아마 꽃인 것 같다.

"고마워요. 아름다워요."

피타가 속삭인다.

한순간 모플링이 환하게 웃었다가 조그맣게 끽하는 소리를 낸다. 피로 얼룩진 그녀의 손이 다시 가슴팍으로 떨어지고, 마지막으로 훅하고 숨을 한 번 내쉰다. 대포 소리가 들려왔다. 내 손을 쥔 그녀의 손에서 힘이 빠져나간다.

피타는 그녀를 들고 물속으로 들어갔다가 돌아와 내 옆에 앉았다. 모플링은 잠시 코뉴코피아 쪽으로 둥둥 떠갔다. 그러나 곧 호버크래프트가 나타나 네 갈래 집게발을 뻗어 그녀를 감싸고 밤하늘로 들어올리더니 가버린다.

피닉은 원숭이 피가 묻은 내 화살을 잔뜩 들고 돌아와 내 옆의 모래밭에 떨어뜨린다.

"너한테 필요할 것 같아서."

"고마워요."

나는 물속으로 들어가 몸의 상처와 무기에 묻은 피를 씻는다. 닦아 낼 이끼를 찾으러 다시 정글로 들어가자, 원숭이 시체는 모두 사라지고 없다.

"어디 간 거죠?"

내가 묻는다.

"잘 모르겠어. 덩굴이 움직이더니 사라지더라."

피닉이 대답한다.

우리는 지치고 멍해진 상태로 정글을 노려본다. 조용한 가운데, 안개 물방울이 닿았던 자리에 딱지가 앉았다는 걸 깨닫는다. 이제 아프지는 않은데 가렵다. 엄청나게 가렵다. 낫고 있다는 좋은 뜻으로 해석하려고 애써 본다. 피타와 피닉을 보니 둘 다 다친 얼굴을 긁고 있다. 피닉의 미모마저 오늘 밤에는 망가졌다.

"긁지 마요. 긁다가 감염될 수도 있어요. 다시 물을 채취해 봐도 안전할까요?"

나도 무척이나 긁고 싶지만 그렇게 말한다. 하지만 이건 우리 엄마가 하셨을 법한 말씀이다.

피타가 구멍을 냈던 나무로 돌아간다. 피타가 삽관을 끼우는 동안 피닉과 나는 무기를 들고 망을 보지만, 위험한 기미는 보이지 않는다. 피타가 수액 통로를 잘 찾아둔 덕에 삽관에서 물이 솟는다. 바싹 말랐던 목을 축이고, 가려운 몸 위에 미지근한 물을 붓는다. 조개껍질 여러 개에 식수를 채워 해변으로 돌아간다.

아직 밤이지만 몇 시간만 지나면 새벽이 될 것이다. 물론 게임 운영자들 마음에 달려 있는 문제이긴 하다.

"두 사람 다 좀 쉬지그래요? 내가 망볼게요."

나는 말했다.

"아니, 캣니스. 내가 할게."

피닉이 대답한다. 나는 피닉의 눈과 얼굴을 보고 그가 간신히 눈물을 참고 있다는 걸 깨닫는다. 맥스. 맥스의 죽음을 혼자서 슬퍼할 수 있게 해 주는 게 내가 해 줄 수 있는 최소한의 일일 것 같다.

"알았어요, 피닉. 고마워요."

나는 그렇게 대답하고 피타와 함께 모래밭에 눕는다. 피타는 바로 잠들고, 나는 낮이 되면 뭐가 어떻게 달라질까 생각하며 밤하늘을 노려본다.

어제 아침에 피닉은 내가 죽이려는 사람이었다. 하지만 지금은 피닉이 망을 보는 가운데 잠을 청하고 있다. 피닉은 피타를 구하고 맥스를 죽게 했는데, 그 이유는 알 수 없다. 내가 절대 갚을 수 없는 빚을 졌다는 것만 알 뿐이다. 그리고 지금 해 줄 수 있는 것은 피닉이 조용히 슬퍼할 수 있도록 잠드는 것뿐이다. 나는 잠이 든다.

아침이 지나서야 눈을 뜬다. 피타는 여전히 내 옆에 누운 채였다. 우리 머리 위에는 풀로 짠 매트가 나뭇가지 위에 얹혀 있어서 햇빛이 얼굴에 비치지 않게 막고 있다. 일어나 보니 피닉이 게으름을 피우지 않았다는 걸 알게 된다. 풀로 짠 그릇 두 개에 식수가 담겨 있고 세 번째 그릇에는 조개가 들어 있다.

피닉은 모래 위에 앉아 돌로 조개를 깬다.

"신선할 때 먹는 게 좋지."

조개에서 살을 뜯어내 입에 넣으며 그가 말한다. 피닉의 눈은 아직 부어 있었지만 나는 못 본 척한다.

음식 냄새를 맡자 배에서 요란한 소리가 났다. 나는 조개를 집으려 손을 뻗는다. 그러다 손톱에 피가 잔뜩 묻은 것을 보고 멈칫한다. 자면서 몸을 긁었나 보다.

"너도 알겠지만, 긁으면 감염될 수 있어."

피닉이 말한다.

"그렇다고 들었어요."

나는 소금물 속으로 들어가 피를 씻으며 아픈 것과 가려운 것 중 뭐가 더 싫은지 생각해 본다. 그러다 짜증이 나서 다시 해변으로 돌아와 고개를 들고 내뱉는다.

"이봐요, 헤이미치, 술 많이 안 취했으면 피부약이나 좀 보내 주지그래요."

순식간에 내 머리 위로 낙하산이 나타나서 그만 웃을 뻔했다. 손을 뻗자 내 손바닥에 작은 튜브가 내려앉는다.

"줄 때가 됐다 싶었죠."

나는 그렇게 말하지만 노려보는 표정을 오래 유지하지는 못한다. 헤이미치. 헤이미치와 단 5분 동안만 이야기를 나눌 수 있다면 어떤 대가라도 치를 텐데.

피닉 옆의 모래밭에 털썩 주저앉아 튜브 뚜껑을 돌려 연다. 안에는 빽빽한 짙은 색 연고가 들어있다. 타르와 솔잎이 섞인 것 같은 강렬한 냄새가 난다. 손바닥에 연고를 조금 짠 후 다리를 문지르며 코에 주름을 잡는다. 가려움이 사라지자 기쁨이 밴 신음이 입에서 흘러나온다. 연고는 딱지투성이 피부를 회색과 녹색이 섞인 징그러운 색으로 물들인다. 다른 다리에 약을 바르기 시작하면서 피닉에게 튜브를 던져 준다. 피닉은 의심스러운 눈으로 나를 바라보았다.

"살이 썩고 있는 것처럼 보이는데."

피닉이 말한다. 그래도 가려움 쪽이 더 괴로웠던지, 1분 후에는 피닉도 몸에 연고를 바른다. 딱지 앉은 피부에 연고를 바르니 정말 보기에는 흉물스럽다. 피닉이 괴로워하는 모습을 즐기지 않을 수 없다.

"가엾은 피닉. 예쁜 모습이 아닌 게 이번이 평생 처음인가요?"

내가 묻는다.

"그런 것 같아. 완전히 새로운 경험인걸. 너는 그 동안 어떻게 참고 살았니?"

"거울만 안 보면 잊을 수 있어요."

"널 보고 있으면 잊을 수가 없는걸."

우리는 몸 전체에 연고를 바르고, 속셔츠의 보호를 받지 못한 등 부분에 서로 연고를 발라 주기까지 한다.

"피타 깨울게요."

"아니, 잠깐만. 같이 깨우자. 피타 앞에 같이 얼굴을 들이미는 거야."

피닉이 말한다. 나도 동의했다. 남은 인생 동안 재미있게 놀 기회는 거의 남지 않았으니까. 우리는 피타 양쪽에 자리를 잡은 후, 피타의 코앞에 얼굴을 들이밀고 흔들어 깨운다.

"피타, 피타, 일어나."

나는 노래하는 듯한 목소리로 부드럽게 말했다.

잠시 눈을 껌벅이더니 피타는 칼에 찔린 것처럼 펄쩍 뛰어오른다.

"으앗!"

피닉과 나는 모래에 쓰러져 미친 듯이 웃어 댔다. 웃음을 멈추려고 할 때마다, 억지로 우리를 경멸하는 듯한 표정을 짓고 있는 피타를 보고 다시 웃음을 터뜨린다. 겨우 자제할 때쯤 되니 피닉 오데어가 괜찮은 사람 같다는 생각이 든다. 적어도 내가 생각했던 것처럼 허영심이 많거나 잘난 척하는 사람은 아니었다. 정말이지 조금도 나쁘지 않은 사람이다. 이런 결론을 내리자마자 갓 구운 빵이 달린 낙하산이 내려앉는다. 작년에 헤이미치는 내게 메시지를 전달하기 위해 절묘한 순간에 선물을 보냈다는 것을 기억하며 스스로에게 말해둔다. '피닉과 친구가 되면 음식을 받는다.'

피닉은 빵을 이리저리 돌리며 껍질을 관찰했다. 자기 거라고 주장하고 싶은 듯한데, 실은 그럴 필요도 없는 일이었다. 해초를 넣어 만드는 4번 구역 빵 특유의 녹색 빛을 띠고 있기 때문이다. 그게 피닉의 빵이라는 건 우리 모두 알고 있다. 어쩌면 그냥 빵의 귀중함을 방금 깨달았고, 다시는 보지 못할 거라고 생각했기 때문에 그러는 건지도 모른다. 혹은 저 빵 껍질과 관련된 맥스와의 추억이 있기 때문일지도. 하지만 피닉은 그저 이렇게 말할 뿐이다.

"조개와 잘 어울리겠군."

피타가 연고 바르는 것을 도와주는 동안 피닉은 능숙하게 조갯살을 발라 낸다. 우리는 모여 앉아 달콤한 조갯살과 4번 구역의 짭짤한 빵을 먹는다.

연고 때문에 딱지가 좀 벗겨지는 것 같다. 우리 모두 괴물 같은 모습이 되긴 했지만 약이 있어 기쁘다. 가려움을 없애 줄 뿐 아니라 핑크색 하늘에서 이글거리는 흰 태양을 막아 주는 역할도 하기 때문이다. 태양의 위치를 보니 열 시 정도 된 것 같다. 경기장에 들어온 지 딱 하루가 된 셈이다. 열한 명이 죽고 열세 명이 살아 있다. 저 정글 어딘가에 열 명이 숨어 있을 것이다. 그중 서넛은 프로다. 다른 사람들이 누구인지 떠올려 보고 싶은 생각은 정말이지 들지 않는다.

이제 나에게 정글은 몸을 숨길 수 있는 곳에서 불길한 덫으로 돌변했다. 언젠가는 사냥하기 위해, 혹은 사냥당하기 위해 정글 깊숙이 들어가야 한다는 건 알지만 지금 당장은 이 작은 해변에 머무를 생각이다. 피타와 피닉도 다른 의견을 내놓지는 않는다. 잠시 정글은 작은 움직임 하나 없이 그저 웅웅거리며 희미한 빛을 내는 것 같다. 위험을 과시하고 있는 것 같지는 않았다. 그러나 다음 순간 먼 곳에서 비명 소리가 들렸다. 물 건너편에서 정글의 일부가 진동하기 시작했다. 어마어마한 파도가 언덕 위로 치솟아, 나무 위를 덮어버리며 언덕 아래로 몰려온다. 그것이 원래 있던 바닷물에 합쳐져서 멀리 있는 우리의 무릎 위까지 부글부글 치솟았다. 우리가 가진 얼마 안 되는 물건들도 물에 잠긴다. 셋이서 힘을 합쳐 독극물이 묻은 점프슈트만 빼고는 다 건져 냈다. 점프슈트는 어차피 완전히 엉망이 되었으니 잃어버려도 상관없다.

대포 소리가 울렸다. 파도가 시작되었던 곳에 호버크래프트가 나타나 숲 속에서 시체를 수거하는 모습을 바라본다. '열둘' 이라고 생각한다.

거대한 파도를 흡수한 물의 원은 천천히 잔잔해진다. 젖은 모래 위에 우리 물건들을 다시 정렬해 놓고 자리를 잡으려다가 나는 그들을 보았다. 살두 개쯤 떨어진 곳에서 해변 위를 비틀거리며 걷는 사람 셋이 보인다.

"저기 봐."

내가 새로 등장한 사람들 쪽으로 고개를 까닥해 보이며 조용히 말한다. 피타와 피닉은 내 시선을 좇는다. 마치 미리 약속이라도 한 것처럼 우리는 정글의 그늘 속으로 몸을 숨긴다.

3인조의 몰골은 한눈에 봐도 처참하다. 한 명은 두 번째 사람에게 질질 끌려오고 있고, 세 번째 사람은 정신이 나간 것처럼 이상한 원을 그리며 걷고 있다. 페인트에 담갔다가 말리려고 내놓은 것처럼 머리부터 발끝까지 벽돌을 닮은 붉은 색이다.

"누구야? 뭐지? 머테이션인가?"

피타가 묻는다.

나는 화살을 하나 꺼내 공격할 준비를 한다. 그런데 끌려가던 사람이 그냥 해변에 쓰러졌다. 끌고 오던 사람은 화가 나 발을 쿵쿵거리더니, 홧김에 빙글빙글 돌던 정신 나간 사람을 밀어서 넘어뜨린다.

피닉의 얼굴이 밝아진다.

"조한나!"

피닉은 외쳐 부르며 붉은 사람들에게 달려간다.

"피닉!"

조한나가 대답하는 소리가 들린다. 나는 피타와 시선을 교환했다.

"이젠 어쩌지?"

내가 묻는다.

"피닉을 떠날 수는 없어."

피타가 대답한다.

"그럴 것 같네. 그럼 가자."

나는 투덜거리며 말했다. 설령 내가 다른 사람들과 동맹을 맺고 싶은 생각이 있었다고 해도, 조한나 메이슨만은 절대 아니었을 것이기 때문이다. 우리는 피닉과 조한나가 가까이 다가서고 있는 해변으로 터벅터벅 걸어간다. 다가가자 조한나와 함께 있던 사람들이 누구인지 볼 수 있었다. 나는 당혹스러워진다. 땅에 누운 사람은 비티고, 다시 일어나 빙글빙글 도는 사람은 와이레스였다.

"와이레스와 비티를 데리고 있네."

"넛츠와 볼츠? 어떻게 된 일인지 들어 봐야겠는데."

그렇게 말하는 피타도 나만큼이나 당황한 것 같다.

우리가 다가갔을 때 조한나는 정글 쪽으로 손짓하며 피닉에게 굉장히 빠르게 떠들고 있었다.

"번개 때문에 우린 비가 내리는 줄 알았어. 너무 목이 말랐거든. 근데 내리기 시작하고 나서 보니까 물이 아니라 피더라고. 짙고 뜨거운 피였어. 앞도 안 보이고, 말하려고 입만 열어도 피가 입에 가득 차는 거야. 그 비에서 벗어나려고 그냥 돌아다녔어. 그때 블라이트가 역장에 부딪혔지."

"안됐다, 조한나."

피닉이 말한다. 블라이트가 누구인지 바로 떠오르지 않는다. 아마 조한나와 같이 7번 구역에서 온 남자였던 것 같은데, 본 기억이 거의 없다. 생각해 보니 훈련을 받으러 나오지도 않았던 것 같다.

"응, 뭐 대단한 사람은 아니었지만, 고향 사람이었으니까. 저 둘을 나 혼자 챙기라고 남겨두고 가 버렸지."

조한나는 거의 의식이 없는 비티를 발끝으로 쿡 찌르며 덧붙인다.

"코뉴코피아에서 등에 칼을 맞았어. 그리고 저 여자는……."

우리는 말라붙은 피를 덮어쓴 채 빙글빙글 돌며 "째깍, 째깍."하고 중얼거리는 와이레스를 바라본다.

"그래. 우리도 알아. 째깍, 째깍. 넛츠는 충격을 받은 상태야."

조한나가 말한다. 와이레스는 이 말을 듣고 조한나 쪽으로 비틀거리며 달려오고, 조한나는 와이레스를 거칠게 해변 쪽으로 밀친다.

"그냥 누워 있으라니까?"

"손대지 마요."

내가 내뱉는다.

조한나는 갈색 눈을 가늘게 뜨고 증오를 담아 나를 노려본다.

"손대지 말라고?"

그녀는 이를 갈며 그렇게 말하고, 내가 반응하기도 전에 한 걸음 다가와 별이 보일 정도로 세게 때렸다.

"널 위해 피투성이 정글에서 저 사람들을 구해서 데려온 사람이 누군데? 너……!"

피닉이 버둥거리는 조한나를 어깨에 들쳐 메고 물속에 들어가 여러 번 빠트리고, 조한나는 나를 향해 온갖 심한 욕설을 마구 외쳐 댄다. 하지만 나는 활을 쏘지 않는다. 조한나가 피닉과 함께 있는 데다, 나를 위해 두 사람을 데려왔다고 말했기 때문이다.

"무슨 뜻이지? 날 위해 데려왔다는 게."

내가 피타에게 묻는다.

"모르겠어. 너 원래 저 사람들과 동맹을 맺고 싶어 하긴 했잖아."

피타가 상기시켜 준다. 하지만 그것만으론 아무 것도 설명할 수 없다.

"응, 그랬지. 원래는 말이야. 하지만 어떻게 손을 쓰지 않으면 오래 데리고 있지는 못하겠는걸."

나는 축 늘어진 비티를 내려다본다.

피타는 비티를 안아 일으키고, 나는 와이레스의 손을 잡아 우리의 작은 해변 캠프로 데려온다. 몸을 좀 씻을 수 있도록 와이레스를 얕은 물속에 앉혔지만, 와이레스는 두 손을 움켜쥐고 가끔씩 "째깍, 째깍." 하고 웅얼거릴 뿐이다. 비티의 벨트를 풀다가 무거운 금속 실린더를 벨트에 덩굴로 묶어 놓은 것을 발견한다. 무엇인지는 모르겠지만, 비티가 몸에 지닐 가치가 있다고 생각한 물건이라면 내가 잃어버릴 수는 없다. 실린더를 모래밭에 던져둔다. 비티의 옷은 피에 젖어 몸에 찰싹 붙어 있어서, 피타가 물속에서 비티를 잡고 있는 동안 내가 벗겼다. 시간을 들여 점프슈트를 벗겨내자 속옷도 피에 흠뻑 젖어 있다. 몸을 닦아 주려면 홀딱 벗기는 수밖에 없었다. 하지만 나는 이제 알몸을 봐도 아무렇지도 않다. 올해는 우리 집 식탁에 알몸이 된 남자가 누워있는 일이 너무 흔했기 때문이다. 조금 지나고 나면 익숙해지는 일이다.

피닉의 매트를 깐 후 비티를 엎어 놓고 등의 상처를 살펴본다. 어깨뼈에서 갈비뼈 아래까지 십오 센티미터 길이의 상처가 있다. 다행히 그다지 깊지는 않다. 하지만 혈액 손실이 많았고(창백한 피부를 보면 알 수 있다.) 아직도 출혈이 멎지 않았다.

나는 생각을 좀 해 보려고 쪼그리고 앉았다. 내가 쓸 수 있는 게 뭐가 있지? 바닷물? 모든 증상을 눈으로 치료하던 때의 엄마가 된 기분이다. 정글 쪽을 바라본다. 쓰는 방법만 알고 있다면 저 안에는 온갖 약이 가득할 것이다. 하지만 내가 잘 아는 식물들이 아니다. 그때 맥스가 코를 풀라고 주었던 이끼가 떠오른다.

"금방 돌아올게."

나는 피타에게 말한다. 다행히 그 이끼는 정글에서 꽤 흔한 것 같다. 가까운 나무에서 한 아름 뜯어 들고 해변으로 돌아온다. 이끼로 두꺼운 천 같은 것을 만들어서 비티의 상처 위에 놓고 덩굴로 몸에 묶는다. 또 그에게 물을 조금 먹이고 정글 앞의 그늘진 곳으로 끌고 갔다.

"우리가 할 수 있는 일은 이게 다인 것 같아."

내가 말한다.

"훌륭했어. 넌 치유력이 뛰어나. 물려받은 거야."

피타가 말한다.

"아니야. 난 아빠 닮았는걸."

고개를 가로저으며 말한다. 나는 전염병이 돌 때가 아니라 사냥할 때 재빠르게 반응하는 피를 물려받았다.

"와이레스 살펴볼게."

나는 그렇게 말하고서 수건 대용으로 쓸 이끼를 한 움큼 들고 얕은 물속에 앉은 와이레스에게 간다. 옷을 벗기고 피부에 묻은 피를 닦아주니 그녀는 저항하지 않는다. 하지만 공포 때문에 눈을 둥그렇게 뜨고 있고, 내가 하는 말에는 대답하지 않고 점점 더 다급하게 "째깍, 째깍."하고 말할 뿐이다. 나에게 뭔가를 말하려는 것 같기는 하지만 옆에서 무슨 뜻인지 설명해 주던 비티가 없으니 알아들을 수가 없다.

"네. 째깍, 째깍. 째깍, 째깍."

이렇게 대꾸하자 와이레스는 조금 진정하는 것 같다. 피가 거의 남지 않을 때까지 점프슈트를 빨아서 다시 입혀 준다. 우리 옷처럼 상하지는 않았다. 벨트가 멀쩡해서 그것도 다시 채워 준다. 나는 와이레스와 비티의 속옷을 물에 담그고 돌로 눌러서 물이 배도록 했다.

비티의 점프슈트를 다 빨았을 때쯤 반짝반짝 깨끗해진 조한나와 살 껍질이 벗겨지고 있는 피닉이 우리에게 온다. 잠시 동안 조한나는 물을 들이켠 후 조개를 마구 먹고, 나는 와이레스에게 음식을 조금이라도 먹이려고 애쓴다. 피닉은 남의 일을 이야기하듯 냉담한 목소리로 안개와 원숭이 이야기를 들려준다. 가장 중요한 내용은 언급하지 않는다.

다들 자기가 망을 볼 테니 쉬라고 하지만, 결국 나와 조한나가 망을 보게 되었다. 나는 푹 쉬었기 때문이고, 조한나는 눕기를 거부했기 때문이다. 우리는 다른 사람이 자는 동안 말없이 해변에 앉아 있었다.

조한나는 피닉이 잠들었는지 뒤돌아본 다음, 나를 돌아본다.

"맥스는 어떻게 죽었어?"

"안개 속에서였어요. 피닉은 피타를 업었고, 나는 맥스를 잠시 업고 갔어요. 그러다 내가 맥스를 들 수 없게 됐어요. 피닉은 자기가 둘 다 데려갈 수는 없다고 했죠. 그랬더니 맥스는 피닉에게 키스하고 독극물 속으로 걸어 들어갔어요."

"맥스가 피닉의 멘터였던 것 알지."

조한나가 비난하는 투로 말한다.

"아뇨, 몰랐어요."

"절반 정도는 가족이나 다름없었어."

잠시 후에 조한나가 말하지만, 앙심은 덜해진 목소리였다.

우리는 속옷 위로 찰랑거리는 물을 바라본다.

"어쩌다 넛츠랑 볼츠와 어울렸어요?"

내가 묻는다.

"말했잖아, 너를 위해서 데려왔다고. 헤이미치는 우리가 동맹이 되려면 내가 그 사람들을 너한테 데리고 가야 한다고 했어. 네가 부탁한 거 맞지?"

조한나가 말한다.

'아니' 하고 생각한다. 하지만 나는 맞다고 고개를 끄덕인다.

"고마워요. 감사하게 생각해요."

"그러길 바라."

조한나는 내가 자기 인생 최악의 걸림돌이라도 되는 듯 분노로 가득 찬 눈길을 한 번 쏘아 보낸다. 나를 정말 싫어하는 언니가 있다면 이런 기분일까 생각해 본다.

"째깍, 째깍."

뒤에서 목소리가 들린다. 돌아보니 와이레스가 기어서 다가왔다. 눈은 정글에 고정한 채다.

"아, 잘됐군. 돌아왔네. 난 자야겠다. 너랑 넛츠가 같이 망을 봐."

조한나가 말하더니 피닉 옆으로 가서 눕는다.

"째깍, 째깍."

와이레스가 속삭인다. 그녀를 내 앞으로 데려다 눕히고 진정시키려 팔을 쓰다듬어 준다. 와이레스는 잠이 들고 나서도 계속 뒤척이며 간간이 한숨 쉬듯 중얼거렸다.

"째깍, 째깍."

"째깍, 째깍. 잘 시간이에요. 째깍, 째깍. 푹 자요."

나 역시 부드럽게 따라해 준다.

태양은 우리 머리 바로 위까지 솟아올랐다. '정오일 거야.' 무심코 생각한다. 별 상관은 없는 일이다. 물 건너편 오른쪽으로 번개가 나무를 때리고 요란하게 불이 번쩍인다. 전기 폭풍이 다시 시작된다. 어젯밤에 번개가 쳤던 바로 그곳이다. 누가 그 구역에 들어가서 공격이 시작된 모양이다. 나는 한동안 앉아서 번개를 바라보며 와이레스를 안정시킨다. 찰랑거리는 물 때문에 나름대로 평화로운 마음이 된다. 어젯밤에 종소리가 열두 번 울리고는 번개가 치기 시작했던 것을 생각해 본다.

"째깍, 째깍."

잠시 잠에서 깬 와이레스가 말하더니 다시 잠든다.

어젯밤에는 종소리가 열두 번 났다. 마치 자정이라는 듯. 그리고 번개가 쳤다. 지금은 태양이 머리 꼭대기에 있다. 꼭 정오인 것처럼. 그리고 번개가 쳤다.

천천히 일어나 경기장을 둘러본다. 번개는 저기였지. 그 옆의 조한나, 와이레스, 비티가 있던 파이 조각 모양으로 생긴 부분에는 피의 비가 내렸었다. 안개가 시작됐을 때 우리는 그 바로 옆의 세 번째 구역에 있었을 것이다. 그리고 안개가 사라지고 난 다음에는 또 그 옆의 네 번째 파이 조각에서 원숭이들이 나타났다. 째깍, 째깍. 그 옆으로 고개를 돌린다. 두어 시간 전, 그러니까 열 시쯤에는 지금 번개가 친 위치로부터 왼쪽 두 번째 구역에서 파도가 몰려왔다. 번개는 정오에 쳤다. 자정에 쳤다. 정오에 쳤다.

"째깍, 째깍."

와이레스가 잠꼬대를 한다. 번개가 멎고, 그 오른쪽에 있는 곳에서 피의 비가 쏟아지자, 와이레스의 말이 갑자기 이해된다. 나는 숨을 죽이며 말한다.

"째깍, 째깍. 그래."

곧이어 원형의 경기장을 한 바퀴 둘러보고서 나는 와이레스의 말이 옳다는 것을 알게 되었다.

"째깍, 째깍. 이건 시계야."

23

시계. 열두 개의 구역으로 나누어진 경기장 위를 도는 시곗바늘이 보이는 것만 같다. 매 시간마다 새로운 공포가 시작된다. 게임 운영자들이 한 가지 무기를 내려놓고 다른 무기를 들기 때문이다. 번개, 피의 비, 안개, 원숭이……. 첫 네 시간 동안 일어나는 일은 이런 것들이다. 그리고 열 시에는 파도가 친다. 다른 일곱 구역에서 어떤 일이 일어나는지는 모르겠지만, 와이레스가 옳다는 것만은 알겠다.

지금은 피의 비가 내리고 있고 우리는 원숭이 구역 밑의 해변에 있다.

또 안개 구역에 지나치게 가까운 것도 마음에 들지 않는다. 이런 갖가지 공격이 정글 안에서만 일어날까? 꼭 그렇지는 않을 것이다. 파도는 그렇지 않았으니까. 안개가 정글 밖으로 새어 나오거나, 원숭이들이 돌아온다면…….

"일어나."

나는 피타와 피닉과 조한나를 흔들어 깨운다.

"일어나. 움직여야 돼요."

그래도 시계 이론을 설명해 줄 시간은 충분했다. 와이레스가 계속 째깍째깍 소리를 냈던 이유와 보이지 않는 시계 바늘의 움직임이 각 구역에서 치명적인 힘을 촉발시킨다는 정보를 모두에게 알린다.

내가 제안하는 것이라면 일단 반대하고 보는 조한나를 제외하면 의식이 있는 사람 전부를 설득한 것 같다. 하지만 조한나마저도 나중에 후회하는 것보다는 안전한 쪽을 택하는 것이 낫다고 동의한다.

다른 사람들이 얼마 안 되는 물건들을 챙기고 비티에게 점프슈트를 입히는 동안, 나는 와이레스를 깨운다. 와이레스는 겁에 질린 듯 "째깍, 째깍!" 하며 일어난다.

"네. 째깍, 째깍. 이 경기장은 시계예요, 와이레스. 당신 말이 맞았어요. 당신 말이 맞았다고요."

와이레스의 얼굴이 안도감으로 가득 찬다. 처음에 종이 울렸을 때부터 깨달았던 것을 이해해 주는 사람이 마침내 나타나서 그러는 모양이다.

"자정."

"자정에 시작하죠."

내가 확인해 준다.

기억 하나가 내 머릿속을 비집고 나왔다. 시계가 보인다. 플루타르크 헤븐스비의 손바닥에 놓인 시계다. 그는 "자정에 시작해."라고 말했었다. 그리고는 나의 모킹제이가 잠깐 나타났다가 사라졌다. 이제 와서 생각하니 마치 내게 경기장에 대한 힌트를 줬던 것 같다. 하지만 대체 그럴 이유가 뭐였지? 그때는 내가 조공인이 될 확률은 플루타르크 헤븐스비가 조공인이 될 확률과 비슷했다. 내가 멘터 역할을 하는 데 도움이 될 거라고 생각했을지도 모르겠다. 아니면 이 모든 것을 미리 알고 있었던 건지도.

와이레스는 피의 비를 보며 고개를 끄덕인다.

"한 시 반."

"바로 그거예요. 한 시 반. 두 시에는 저기서 무시무시한 독안개가 시작돼요. 그러니까 좀 더 안전한 곳으로 옮겨야겠죠."

나는 근처의 정글을 가리키며 말한다. 와이레스는 미소 짓더니 고분고분 일어선다.

"목말라요?"

내가 나뭇가지를 엮어 만든 그릇을 건네주자 와이레스는 1리터 가까이 들이켰다. 피닉이 마지막으로 남은 빵을 주니 그것도 허겁지겁 먹는다. 의사소통이 가능해지자 다시 몸이 정상적으로 기능하고 있다.

나는 무기를 살펴본다. 삽관과 연고를 낙하산으로 싸서 묶고는 덩굴로 내 벨트에 단단히 묶었다.

비티는 아직 정신을 차리지 못했다. 그런데도 피타가 들어 올리려 하자 저항한다.

"와이어."

비티가 말한다.

"저기 있어요. 와이레스는 괜찮아요. 같이 갈 거예요."

피타가 말한다. 그래도 비티는 완강하다.

"와이어."

계속 우긴다.

"아, 뭘 찾는 건지 내가 알아."

조한나가 못 참겠다는 듯 말한다. 조한나는 해변을 가로질러 우리가 비티 몸을 씻겨줄 때 벨트에서 떼어냈던 실린더를 집어 든다. 응고된 피가 두껍게 말라붙어 있다.

"이 쓸모없는 것. 와이어(전선: 옮긴이)인가 뭔가 하는 거야. 이것 때문에 칼에 맞았어. 이걸 가지러 코뉴코피아로 달려갔다니까. 이딴 물건이 어떻게 무기가 되는지 모르겠어. 뒤에서 목을 조르는 용으로는 쓸 수 있을지 모르지. 하지만 솔직히, 비티가 누구 목을 조르는 게 상상이 돼?"

"비티는 와이어를 써서 우승했어요. 전기가 흐르는 덫을 놓았다고요. 비티로서는 최고의 무기죠."

피타가 말한다. 조한나가 이걸 이해하지 못한다는 게 좀 이상하다. 뭔가 진실이 아닌 것 같은 느낌이다. 의심스럽다.

"당신이라면 그 정도는 알고 있었을 텐데요. 비티에게 볼츠라는 별명을 붙인 장본인이기도 하고."

나를 보는 조한나의 눈이 가늘어진다. 위험하다.

"그래, 내가 정말 바보 같았지? 네 하찮은 친구들을 살려 두느라 내가 정신이 없었나 보네. 그 동안 너는…… 뭐하고 있었다고 했지? 맥스를 죽이고 있었던가?"

벨트에 찬 칼자루를 쥔 내 손에 힘이 들어간다.

"어디 한번 덤벼 봐. 네가 임신했든 말든 나와는 상관없어. 목을 갈라 주지."

조한나가 도발한다. 조한나를 지금 죽일 수는 없다는 건 알고 있다. 하지만 나와 조한나 중 한 명이 다른 한 명을 죽이게 되는 건 이미 시간문제다.

"우리 모두 더 조심해야 했지."

피닉이 말하며 나를 한 번 쏘아본다. 이어 그가 와이어를 둘둘 만 것을 비티의 가슴에 얹었다.

"여기 와이어 있어요, 볼츠. 연결할 때 조심해요."

이제 저항하지 않는 비티를 피타가 일으켰다.

"어디로 가지?"

"난 코뉴코피아에 가서 좀 살펴보고 싶어. 시계 얘기가 맞는지 확실히 해 두기 위해서."

피닉이 말한다. 어느 계획 못지않게 좋은 계획인 것 같다. 게다가 무기를 한 번 더 살펴 볼 기회가 생기는 것도 나쁘지 않다. 우리는 이제 여섯 명이다. 비티와 와이레스는 빼더라도, 막강한 전사 네 명이 있다. 모든 것을 나 혼자 해야 했던 작년 이 무렵과는 너무 다르다. 나중에 죽여야 한다는 사실만 무시할 수 있다면 동맹이 있다는 건 정말 좋다.

비티와 와이레스는 아마 그냥 둬도 죽을 것이다. 뭔가를 피해 달아나야 한다면 저 두 사람이 가 봤자 얼마나 가겠는가? 조한나는 피타를 보호하기 위해서라면, 솔직히 말해 쉽게 죽일 수 있다. 입을 닥치게 하기 위해서라도 그렇게 할 수 있을 것 같다. 내게 정말 필요한 것은 피닉을 죽여 줄 사람이다. 내가 직접 할 수는 없을 것 같다. 그가 피타를 위해 해 준 일을 생각한다면 그렇게는 못한다. 프로들과 마주치도록 유인하는 것은 어떨까 생각해 본다. 냉혹한 일이라는 건 나도 안다. 하지만 그거 말고 내가 할 수 있는 일이 뭐가 있겠어? 시계의 작동원리를 아니까 피닉은 정글에서 죽지는 않을 것이다. 그러니 누군가와 싸우다 죽어야 한다.

너무나 역겨운 발상이다. 그래서 나는 생각해 볼 만한 다른 주제를 미친 듯이 찾아본다. 하지만 지금 이 상황에 대한 생각을 하지 않을 수 있는 유일한 방법은 스노우 대통령을 죽이는 상상을 하는 것뿐이다. 열일곱 살짜리 여자애의 백일몽치고는 별로 아름답지 않은 것 같지만, 상상하고 있노라니 아주 만족스럽다.

가장 가까운 쐐기 모양의 땅으로 걸어갔다. 그러고는 프로들이 숨어 있을 경우에 대비해 조심스레 코뉴코피아로 다가간다. 하지만 벌써 몇 시간이나 해변에 있었는데 아무 기척이 없었으니 누가 숨어 있을 것 같지는 않다. 내 예상대로 그곳은 텅 비어 있다. 금으로 된 커다란 뿔과 들쑤셔진 무기 더미만 남아 있었다.

피타가 코뉴코피아의 그늘에 비티를 눕히자 비티는 와이레스를 부른다. 와이레스가 옆에 쪼그리고 앉자 비티가 손에 와이어 만 것을 쥐여 준다.

"씻어다 줄래?"

비티가 부탁한다. 와이레스는 고개를 끄덕이고 재빨리 물가로 가서 와이어를 물에 담근다. 그러면서 조용히 우스운 노래를 부르기 시작한다. 시계 위를 달리는 생쥐에 대한 노래다. 어린애들 노래겠지만, 와이레스는 기분이 좋아 보인다.

"아, 또 저 노래야. 째깍째깍 소릴 내기 전에는 저 노래를 몇 시간 내내 불렀어."

조한나가 못마땅한 듯 위를 쳐다보며 말한다. 와이레스가 갑자기 일어나 몸을 곧게 펴더니 정글을 가리킨다.

"둘."

손가락으로 가리키는 쪽을 보니 안개의 벽이 해변으로 새어 나오기 시작했다.

"네, 봐요. 와이레스 말이 맞아요. 두 시가 되니 안개가 시작됐어요."

"시계처럼 말이지. 그걸 알아내다니 머리 좋은데요, 와이레스."

피타가 말한다. 와이레스는 미소를 짓고는 다시 노래를 부르며 와이어를 씻는다.

"아, 똑똑한 것 이상이야. 직관적이지."

비티가 말한다. 우리는 모두 고개를 돌려 이제 살아나고 있는 듯한 비티를 바라본다.

"누구보다도 먼저 알아차리는 사람이야. 탄광의 카나리아처럼."

"그게 뭐야?"

피닉이 내게 묻는다.

"공기가 나빠지는 걸 알 수 있도록 갱 안에 데리고 들어가는 새예요."

내가 말한다.

"새가 뭘 하는데? 죽어?"

조한나가 묻는다.

"일단 노래를 멈춰요. 그때 빠져 나와야 돼요. 하지만 공기가 너무 나빠지면 결국 죽죠. 그러면 사람도 죽어요."

새가 죽는 이야기는 하고 싶지 않다. 아빠와 루와 메이실리 도너의 죽음을, 그리고 엄마가 메이실리 도너의 새를 물려받았던 기억을 떠올리게 된다. 아, 젠장. 게일 생각도 나 버렸다. 스노우 대통령의 협박에 시달리며 그 끔찍한 탄광 속에서 일하는 게일. 탄광 속에서는 살인을 사고로 위장하기가 너무도 쉽다. 카나리아의 침묵, 불꽃 하나. 그거면 끝이다.

나는 다시 대통령을 죽이는 상상을 한다.

와이레스에게 화가 나 있는 상태인데도 조한나는 경기장에서 본 중 가장 기분이 좋아 보였다. 내가 화살을 보충하는 동안, 조한나는 여기저기 뒤지다 무시무시하게 생긴 도끼 두 개를 집어 든다. 왜 도끼인가 싶어 의아해 하고 있는데, 조한나가 그중 하나를 집어던졌다. 힘이 엄청나서 태양열로 물러진 코뉴코피아에 꽂힐 정도다. 아, 그렇지. 조한나 메이슨은 7번 구역 출신이었다. 거긴 임업 구역이다. 걸음마를 할 무렵부터 도끼를 휘둘렀으리라. 피닉이 삼지창을 쓰는 것과 마찬가지로. 비티가 와이어를 다루거나, 혹은 루가 식물을 잘 아는 것과도 같다.

이런 것들도 12번 구역 조공인이 그동안 직면해 왔던 불리한 점 중 하나라는 것을 깨닫는다. 우리는 열여덟 살이 되기 전까지는 탄광에 들어가지 않는다. 다른 구역 조공인들은 거의 다 어렸을 때부터 자기가 속해 있는 구역의 산업을 익히는 모양이다. 탄광에서 하는 일 중에도 헝거 게임에 써먹을 만한 것은 있다. 곡괭이 휘두르기, 폭파하기 등등. 내가 사냥 기술을 써먹었듯 강점으로 작용할 수 있는 능력이리라. 하지만 우리는 그것을 너무 늦게 배운다.

내가 무기를 살펴보는 동안 피타는 땅바닥에 앉아서, 정글에서 가져온 크고 부드러운 잎에다 칼끝으로 뭔가를 그리는 중이었다. 어깨 너머로 보니 경기장 지도를 그리고 있다. 가운데에는 코뉴코피아가 있는 둥그런 모래섬이 있고, 거기서 바퀴의 살 같은 땅이 열두 갈래로 뻗어 나간다. 12등분한 파이 같은 모양이다. 물이 끝나는 곳을 의미하는 원이 하나 더 있고, 그보다 조금 더 큰 원은 정글의 안쪽 경계를 가리킨다.

"코뉴코피아 위치를 봐."

피타가 내게 말한다. 코뉴코피아를 살펴보고서 나는 피타가 한 말의 뜻을 이해한다.

"꼬리가 열두 시를 가리키고 있네."

"맞아. 그러니까 여기가 시계 제일 위야."

피타는 시계에 1부터 12까지 숫자를 재빨리 표시한다.

"열두 시랑 한 시 사이가 번개 구역이야."

그렇게 말한 피타는 그 자리에 작은 글씨로 '번개'라고 쓰고, '피', '안개', '원숭이'를 차례로 적어 넣는다.

"열 시랑 열한 시 사이는 파도야."

내가 그렇게 말하자 피타는 파도도 적어 넣는다. 그때 삼지창, 도끼, 칼로 완전무장한 피닉과 조한나가 합세한다.

"다른 곳에서 이상한 것 못 봤어요? 뭐든 있을 수 있을 것 같은데요."

나는 조한나와 비티에게 묻는다. 두 사람이 우리가 보지 못한 것을 봤을 수도 있기 때문이다. 하지만 두 사람이 본 것은 엄청난 양의 피뿐이다.

"게임 운영자들의 무기가 정글 밖까지 우리를 쫓아온다는 게 이미 밝혀진 곳은 표시해 둘게요. 피할 수 있도록. 오늘 아침보다는 훨씬 많은 사실을 알게 됐네요."

피타는 안개와 파도 쪽에 대각선을 긋고는 뒤로 기대앉는다.

우리는 모두 동의의 뜻으로 고개를 끄덕인다. 그 순간 눈치 챘다. 침묵을. 우리의 카나리아는 노래를 멈추었다.

기다리지 않고 화살을 메기며 몸을 틀자 흠뻑 젖은 글로스가 눈에 들어왔다. 글로스가 손을 놓자 목의 베인 부분이 커다랗게 미소 짓는 붉은 입처럼 벌어진 와이레스가 땅으로 쓰러진다. 내 화살촉이 글로스의 오른뺨 속으로 파고들었다. 화살을 다시 장전하는 짧은 순간 동안 조한나는 캐시미어의 가슴에 도끼를 박는다. 피닉은 브루투스가 피타에게 던진 창을 쳐내고, 허벅지에 에노바리아의 칼을 맞는다. 몸을 숨길 코뉴코피아가 없었다면 2번 구역 조공인은 둘 다 죽었을 것이다. 나는 그들을 쫓아 앞으로 뛰어나간다. 쾅! 쾅! 쾅! 대포 소리가 들려 이젠 와이레스를 살릴 길이 없다는 것을, 글로스나 캐시미어의 숨통을 끊을 필요가 없다는 걸 알려 준다. 내 동맹들과 나는 뿔 주위를 둘러싸고 서서, 정글을 향해 살 위를 달려가는 브루투스와 에노바리아를 추격할 태세를 갖춘다.

갑자기 발밑의 땅이 움직여서 나는 모래밭에 옆으로 쓰러진다. 코뉴코피아가 있는 둥근 땅이 아주 빠르게 회전하기 시작한다. 스쳐 지나가는 정글의 모습이 흐릿해 보일 정도다. 원심력이 내 몸을 물 쪽으로 끌어당겨 손발을 모래 속에 파묻고 불안정한 땅 위에 붙어 있으려 애쓴다. 모래가 날리고 어지러워서 눈을 꼭 감아야 했다. 감속 없이 갑자기 쾅, 하고 멈출 때까지 그저 매달려 있는 수밖에 없다.

기침이 나고 메스껍다. 천천히 일어나 앉아 보니 내 동료들도 비슷한 상태였다. 피닉, 조한나, 피타는 붙어 있었다. 시체 세 구는 바닷물에 빠졌다.

와이레스의 노래가 멈췄을 때부터 지금까지 흐른 시간은 고작 1, 2분에 불과하다. 우리는 헐떡이며 앉아 입 안의 모래를 긁어낸다.

"볼츠는 어디 있지?"

조한나가 말한다. 우리 모두 일어섰다. 비틀거리며 코뉴코피아를 한 바퀴 돌아보니 비티는 사라진 게 확실했다. 피닉이 20미터 정도 떨어진 물속에 간신히 떠 있는 비티를 발견하고 데리러 간다.

그때 와이어가 떠오르고, 비티가 와이어를 얼마나 중요하게 여겼는지도 생각난다. 나는 미친 듯이 주위를 둘러본다. 어디 있지? 어디 있어? 먼 곳 물속에 뜬 와이레스의 손에 들려 있는 것을 발견한다. 이제 내가 해야 할 일을 생각하니 위장이 졸아든다.

"엄호해 줘요."

다른 사람들에게 말한 다음 무기를 던져 놓고 와이레스의 시체에서 가장 가까운 살 위를 달린다. 속도를 줄이지 않고 바로 물속에 뛰어들어 와이레스에게 간다. 호버크래프트가 우리 위에 나타나 와이레스를 데려가려고 집게발을 내미는 것이 언뜻 보인다. 하지만 나는 멈추지 않는다. 온 힘을 다해 헤엄치다 와이레스의 시체에 부딪힌다. 헐떡이며 와이레스 목의 상처에서 흘러나온 피가 섞인 물을 마시지 않으려고 애썼다. 와이레스는 죽은 데다 벨트를 차고 있어서, 등을 아래로 하고 무자비한 태양을 바라보듯 물에 떠 있다. 발을 물속에서 버둥거리며 꽉 쥐어 있는 그녀의 손에서 와이어를 힘겹게 낚아챈다. 눈을 감겨주고 잘 가라고 속삭인 다음 헤엄쳐서 돌아오는 것 말고는 할 수 있는 일이 없다. 모래 위로 와이어를 던져 올리고 물 밖으로 나올 무렵엔 이미 와이레스는 사라진 뒤다. 하지만 소금물에 섞인 와이레스의 피 맛이 아직 느껴진다.

나는 코뉴코피아로 다시 걸어간다. 비티는 물을 좀 먹기는 했지만 피닉 덕분에 살아서 돌아왔다. 그는 앉아서 코에 들어간 물을 빼고 있다. 용케 안경을 놓치지 않아서 앞은 볼 수 있는 것 같다. 비티 무릎 위에 둘둘 만 와이어를 얹어 준다. 피가 모두 씻겨서 반짝거릴 정도로 깨끗하다. 비티는 와이어를 조금 풀어서 손가락으로 쓸어 본다. 비티의 와이어를 나는 처음으로 보았는데, 내가 이제까지 봤던 그 어떤 와이어와도 다르다. 옅은 금빛이고 머리카락처럼 가늘다. 얼마나 긴지 궁금하다. 타래가 저렇게 크니 몇 킬로미터 길이는 될 것이다. 하지만 비티가 와이레스 생각을 하고 있다는 것을 알기 때문에 물어보지는 않는다.

다른 사람들의 진지한 얼굴을 바라본다. 피닉, 조한나, 비티는 모두 자기 구역의 동료를 잃었다. 나는 다가가 피타를 껴안았다. 잠시 모두 침묵을 지킨다.

"이 빌어먹을 섬에서 나가자."

마침내 조한나가 입을 연다. 이제 남은 문제는 무기뿐인데, 대부분 잃지 않고 지켰다. 다행히 이곳의 덩굴이 질긴 덕에 낙하산에 싸서 벨트에 묶어 둔 삽관과 연고는 아직 단단히 달려 있다. 피닉은 속셔츠를 벗어 에노바리아의 칼에 찔린 허벅지에 묶는다. 상처는 깊지 않다. 우리는 열두 시 쪽의 해변으로 가기로 한다. 거기라면 몇 시간 정도는 평화로울 수 있고 남아 있는 독극물도 없을 것이다. 그러자 피타, 조한나, 피닉은 서로 다른 방향으로 걷기 시작한다.

"열두 시 아니에요? 코뉴코피아 꼬리가 열두 시 방향을 가리키잖아요."

피타가 말한다.

"땅이 돌기 전이었지. 나는 태양을 보고 판단한 거야."

피닉의 말이었다.

"태양을 보고 알 수 있는 건 지금 시간이 네 시쯤이라는 것뿐이에요, 피닉."

내가 말한다.

"캣니스의 말은, 지금 시간을 알 수 있다 해도 이 시계에서 네 시가 어디인지 알 수는 없다는 뜻 같은데. 아마 방향은 대충 알 수 있을 거야. 하지만 어디까지나 게임 운영자들이 정글도 다시 배치했을지 모른다는 사실을 감안하지 않았을 때 얘기지."

비티가 말한다.

아니, '캣니스의 말'은 그보다 훨씬 단순했다. 비티는 태양에 대해 내가 언급한 것으로 훨씬 복잡한 이론을 만들어냈다. 하지만 나는 나 역시 그렇게 생각했다는 듯 고개를 끄덕인다.

"그렇죠. 그러니까 이 중 어떤 길도 열두 시로 가는 길일 수 있어요."

내가 말한다.

우리는 코뉴코피아 주위를 돌며 정글을 꼼꼼히 관찰한다. 정글은 당황스러울 정도로 다 똑같아 보였다. 열두 시에 첫 번개를 맞은 큰 나무를 기억하지만, 어느 구역에나 비슷한 나무가 있다. 조한나는 에노바리아와 브루투스가 남긴 흔적을 따라가자는 생각을 해냈다. 하지만 흔적은 모두 사라진 뒤다. 위치를 판단할 방법이 전혀 없다.

"시계 얘기하지 말걸. 게임 운영자들이 그것마저 빼앗아 버렸어요."

내가 씁쓸하게 말한다.

"일시적인 것뿐이야. 열 시가 되면 파도가 칠 테니 위치를 알 수 있지."

비티가 말한다.

"그래. 경기장 전체를 다시 만들 수는 없잖아."

피타도 거들었다.

"상관없어. 네가 말 안 했으면 우리는 애초에 그 자리에서 움직이지도 않았을 거라고, 이 바보야."

조한나가 조바심 내며 그렇게 대꾸했다. 우습게도, 나를 비하하는 말이기는 하지만 조한나의 논리적인 대답만이 내 마음을 편하게 해 준다. 그래, 움직이게 하려면 말하는 수밖에 없었어.

"이제 가요. 나 목 말라요. 누구 좀 괜찮은 예감 드는 사람 없어요?"

아무 방향이나 골라서 몇 시 쪽인지도 모르는 채 걸어간다. 정글에 닿자 안에서 무엇이 우리를 기다리고 있는지 알아보려고 들여다 본다.

"지금은 원숭이가 등장할 시간일 텐데, 원숭이는 한 마리도 안 보여요. 나무에 구멍 뚫을게요."

피타가 말한다.

"아니, 내가 할 차례야."

피닉이 말한다.

"그럼 망이라도 봐 줄게요."

피타가 말한다.

"그건 캣니스가 하면 돼. 너는 지도를 새로 만들어야 해. 아까 것은 날아가 버렸어."

조한나는 그렇게 말하고, 나무에서 큰 잎을 떼어내 피타에게 건넨다.

혹시 우리를 죽이려고 서로 떼어 놓는 것은 아닐까 잠깐 의심한다. 하지만 말이 안 된다. 피닉이 나무를 뚫고 있다면 내가 더 유리하고, 피타는 조한나보다 훨씬 크다. 그래서 나는 피닉을 따라 정글 속으로 15미터 정도 들어간다. 피닉은 괜찮은 나무를 찾아내 칼로 찔러 구멍을 뚫기 시작한다.

공격 태세를 갖추고 서 있노라니 무슨 일인가가 일어나고 있고, 피타와 관련된 일이라는 불편한 기분이 사라지지 않는다. 나는 징이 울린 순간부터 우리의 행적을 되짚어 보며 내가 느끼는 불편함의 원인을 찾아본다. 피닉이 금속판 위에 선 피타를 데리고 온 일. 피타가 역장에 부딪혀 심장이 멎었을 때 피닉이 되살린 일. 피닉이 피타를 업을 수 있도록 맥스가 안개 속으로 달려간 일. 모플링이 피타를 공격하는 원숭이를 몸으로 막은 일. 프로들과의 싸움은 순식간이었지만, 피닉은 다리에 에노바리아의 칼을 맞는 것을 감수하고 피타를 향하던 브루투스의 창을 쳐내지 않았던가? 그리고 바로 지금도, 조한나는 피타가 위험한 정글에 들어가지 않도록 지도를 그리게 했다…….

의문의 여지가 없다. 나로서는 도저히 이유를 알 수 없지만, 다른 우승자들 중 스스로를 희생하면서까지 피타를 살려놓으려는 사람들이 있다.

나는 놀라서 말을 잃는다. 첫째, 그건 내가 할 일이다. 둘째, 앞뒤가 맞지 않는다. 우리 중 단 한 명만이 살아서 이곳을 빠져나갈 수 있다. 그런데 왜 그들이 보호할 사람으로 피타를 골랐을까? 헤이미치가 대체 무슨 말을 했기에, 어떤 대가를 제시했기에 자기 목숨보다 피타 목숨을 더 중요하게 생각하는 거지?

내가 피타를 살려 두려 하는 이유는 분명하다. 피타는 내 친구고, 피타를 살리는 것이 캐피톨에 항거하고 그들의 끔찍한 헝거 게임을 전복시키는 내 나름대로의 방법이니까. 하지만 내가 피타와 아무 상관없는 사람이라면, 내가 피타를 구하고 또 나 자신보다 피타를 더 중요하게 생각할 이유가 뭐가 있을까? 피타는 물론 용감하지만, 여기 있는 사람들 모두 헝거 게임에서 살아남았을 정도로 용감한 사람들이다. 피타의 선함을 간과하기는 어렵지만, 그래도……. 한편으로 잘 생각해 보니, 피타가 우리 중 다른 사람들보다 훨씬 더 잘 할 수 있는 일이 무엇인지 떠오른다. 피타는 언어를 사용하는 법을 알고 있다. 두 번의 인터뷰에서 피타는 다른 모든 사람들을 압도했다. 어쩌면 그의 내면에 깃든 선함 때문에 피타는 간단한 문장 하나만으로도 사람들을 자기편으로 돌릴 수 있는 건지도 모른다. 군중들을, 아니…… 한 나라를.

혁명의 지도자가 지녀야 할 재능은 바로 그런 거라고 생각했던 것을 떠올려 본다. 헤이미치가 다른 사람들을 그렇게 설득했을까? 피타의 혀는 캐피톨을 상대하는 데 있어 우리 중 그 누구의 물리적인 힘보다도 막강한 힘을 지녔다고? 모르겠다. 그렇게 생각해 봐도 어떤 조공인들에게는 적용하기가 힘든 것 같다. 조한나 메이슨 같은 사람에게 그런 말이 먹혔을까. 하지만 그것 외에 피타의 목숨을 구하려는 그들의 확고한 노력을 설명할 수 있는 다른 방법이 있나?

"캣니스, 삽관 있니?"

피닉이 묻는 말에 현실로 돌아온다. 나는 벨트에 묶은 덩굴을 자르고 금속관을 피닉에게 건네준다.

그때 비명 소리가 들린다. 참기 힘든 공포와 고통으로 피가 얼어붙는다. 너무나 친숙한 소리였다. 나는 삽관을 떨어뜨리고 내가 어디 있는지 앞에 무엇이 있는지 잊은 채, 오직 가서 지켜줘야 한다는 생각에만 사로잡힌다. 나는 위험 따위 안중에도 없이 덩굴과 가지를 헤치고, 나와 그 목소리 사이에 있는 모든 것을 뚫고서 그 목소리가 들리는 쪽으로 마구 내달린다.

내 동생이 있는 곳으로.

24

'어디 있지? 프림에게 무슨 짓을 하는 거야?'

"프림!"

나는 외쳐 부른다.

"프림!"

또 한 번의 고통스러운 비명만이 대답해 왔다. '프림이 왜 여기 있지? 프림이 왜 헝거 게임에 들어온 거야?'

"프림!"

나뭇가지가 얼굴과 팔을 베고, 발이 덩굴에 걸린다. 그래도 어쨌든 나는 프림에게 다가가고 있다. 점점 더 가까워진다. 이제 아주 가까워졌다. 얼굴에 땀이 마구 흐르고, 낫고 있던 독안개 때문에 생긴 상처가 따갑다. 나는 산소가 없는 듯한 미지근하고 축축한 공기를 들이마시며 헐떡인다. 프림이 돌이킬 수 없는 죽음을 맞는 것 같은 소리를 낸다. 대체 그들이 무슨 짓을 하기에 프림이 저런 소리를 내는지 상상조차 할 수 없었다.

"프림!"

녹색 식물의 벽을 뚫고 작은 풀밭으로 뛰어드니 머리 바로 위에서 다시 그 소리가 난다. 위에서 나는 건가? 나는 고개를 뒤로 젖힌다. 나무에 매달았나? 나는 간절하게 가지를 둘러보지만 아무 것도 보이지 않는다.

"프림?"

애원조로 말한다. 목소리는 들리는데 보이지 않는다. 또다시 종소리처럼 선명한 비명이 들렸다. 이번에는 어디에서 나는 소리인지 분명하다. 내 머리에서 3미터 정도 위에 있는 가지에 앉은 볏 달린 작은 검은 새가 내는 소리다.

재잘어치다.

이제는 없어진 줄만 알고 있었다. 나로선 한 번도 본 적이 없는 새다. 잠시 나무 둥치에 기대어 쑤시는 옆구리를 붙잡은 채 그것을 살펴본다. 머테이션. 조상이자 아버지다. 나는 흉내지빠귀의 모습을 떠올려 보고 다시 재잘어치와 섞어본다. 그 두 종이 교미해서 내 모킹제이가 탄생했다는 게 보이는 것 같다. 겉으로 봐서는 전혀 머테이션 같지 않다. 주둥이에서 소름 끼치도록 진짜 같은 프림의 목소리가 나온다는 점만 빼면 그렇다. 나는 새의 목에 화살을 박아 잠재워 버린다. 새는 땅에 떨어졌다. 화살을 뽑고는 목을 홱 비틀어 버린다. 그러곤 그 혐오스러운 녀석을 정글 속으로 던져 버린다. 아무리 배가 고파도 저걸 먹진 않을 거다.

'진짜가 아니었어.' 스스로에게 말한다. '작년의 머테이션 늑대들이 사실은 죽은 조공인이 아니었던 것처럼. 그냥 게임 운영자들이 꾸며 낸 가학적인 속임수일 뿐인 거야.'

피닉이 풀밭에 뛰어들어 이끼로 화살을 닦고 있는 나를 발견한다.

"캣니스?"

"별일 아니었어요. 전 괜찮아요."

전혀 괜찮은 기분이 아니지만 이렇게 말한다.

"내 동생 목소리가 들리는 줄 알았지만……."

그 순간 나는 귀를 찢는 듯한 비명 소리에 말을 멈춘다. 프림이 아닌 다른 사람의 목소리다. 젊은 여자 같았다. 내가 아는 목소리는 아니다. 하지만 피닉은 즉시 반응한다. 얼굴이 하얗게 질리더니 공포 때문에 눈동자가 커지는 것이 보인다.

"피닉, 기다려요!"

피닉을 안심시켜 주려고 손을 뻗지만 피닉은 이미 달리기 시작했다. 내가 프림을 찾아 나섰던 것처럼 그도 넋을 잃은 채 고통받고 있는 사람을 찾으러 간 것이다.

"피닉!"

불러보지만, 돌아와서 이성적인 설명을 듣지 않으리라는 사실은 나도 알고 있다. 그러니 그냥 따라가는 수밖에 없다.

피닉은 엄청난 속도로 움직이지만, 정글을 짓밟으며 선명한 흔적을 남기기 때문에 따라가기 어렵지 않다. 하지만 새는 최소 400미터는 떨어진 곳에 있는 데다 가는 길이 대부분 오르막이라 피닉을 따라잡을 때쯤에는 숨이 턱까지 차올랐다. 피닉은 거대한 나무 주위를 돌고 있다. 둥치의 지름은 1미터도 넘고, 가장 낮은 가지도 6미터 정도 높이다. 여자의 비명은 나뭇잎 사이 어디에선가 들려오지만, 재잘어치의 모습은 가려서 보이지 않는다. 피닉도 계속해서 외치고 있다.

"애니! 애니!"

피닉은 공황에 빠져 내 말도 듣지 못해서, 나는 어차피 했을 일을 먼저 해 버렸다. 근처의 나무에 기어올라 재잘어치의 위치를 파악하고 활로 쏘아 죽인다. 새는 곧장 피닉의 발치에 떨어진다. 피닉은 새를 집어 들고 서서히 상황을 이해했지만, 내가 나무에서 내려와 옆으로 가자 그 어느 때보다도 절망적인 표정을 짓는다.

"괜찮아요, 피닉. 그냥 재잘어치였어요. 우릴 속인 거예요. 진짜가 아니었어요. 당신의…… 애니가 아니었어요."

"애니는 아니었어. 하지만 애니 목소리였어. 재잘어치는 자기가 들은 소리를 흉내 내지. 그러면 그 비명은 어디서 들었을까, 캣니스?"

피닉이 말한다. 피닉의 말뜻을 이해하자 내 뺨에서 핏기가 가시는 것이 느껴진다.

"아, 피닉, 설마 그들이……."

"응. 내가 생각하는 게 바로 그거야."

하얀 방에 갇혀 테이블에 묶인 프림의 모습이 떠오른다. 마스크를 쓰고 가운을 입은 사람들이 프림에게서 아까 들은 것 같은 비명을 뽑아낸다. 그들은 그 소리를 얻어내려고 어디선가 프림을 고문하고 있다. 아니면 이미 고문을 마쳤거나. 무릎이 후들거려 땅에 주저앉는다. 피닉이 뭔가 말하려 하지만 들리지 않는다. 마침내 내 귀에 들어오는 것은 내 왼쪽 어디선가 들려오는 다른 새의 소리였다. 이번에는 게일 목소리다.

내가 달려가기 전에 피닉이 내 팔을 잡는다.

"아냐, 그 사람이 아니야! 여기서 벗어나자."

피닉은 나를 끌고 언덕 아래쪽 해변으로 향한다. 하지만 게일의 목소리에는 고통이 가득해서 그쪽으로 가려고 발버둥치지 않을 수가 없다.

"그 사람 아니야, 캣니스! 저건 머테이션이야! 따라와!"

피닉이 다시 나를 향해 소리친다. 내가 피닉의 말을 이해할 때까지, 피닉은 나를 반은 끌고 반은 들다시피 하며 움직인다. 피닉의 말이 맞다. 저건 그냥 재잘어치다. 저놈을 죽인다고 해서 게일을 도울 수는 없다. 하지만 저게 게일의 목소리라는 사실은…… 어디선가, 언젠가, 누군가가 게일이 저런 소리를 내게 했다는 사실은 변함이 없다.

하지만 나는 피닉에게 저항하는 것을 그만두고, 안개가 덮쳤던 밤처럼 맞서 싸울 수 없는 상대를 피해 도망간다. 내게 오직 상처만 줄 수 있는 것을 피해. 다른 점은 이번에는 내 몸이 아니라 마음이 산산조각 나고 있다는 것이다. 이것 역시 시계 위의 무기 중 하나일 것이다. 이제 네 시인 것 같다. 시계 바늘이 째깍거리며 네 시를 가리키면, 원숭이들은 집으로 돌아가고 재잘어치들이 나타난다. 피닉의 말이 맞다. 여기서 벗어나는 수밖에 없다. 아무리 헤이미치가 낙하산으로 뭔가 보내 준다 하더라도, 피닉이나 내가 저 새들 때문에 받은 상처에서 회복될 수는 없겠지만.

피타와 조한나가 해변과 정글의 경계에 서 있는 것을 보자 안도와 분노가 동시에 느껴진다. 피타는 왜 나를 도우러 오지 않았지? 왜 아무도 우리를 따라오지 않은 거야? 심지어 지금도, 피타는 물러선 채 우리를 향해 손바닥을 펼쳐 들고만 있다. 입술은 움직이지만 목소리는 들리지 않는다. 왜 일까?

벽이 너무나 투명했다. 그래서 피닉과 나는 벽에 부딪혀 정글 땅바닥에 쓰러진다. 나는 운이 좋아서 대부분의 충격을 어깨로 받아냈지만, 피닉은 얼굴을 부딪쳐 코피를 흘린다. 이것 때문에 피타와 조한나, 그리고 비티는 우리를 도와주러 오지 못했던 것이다. 비티가 두 사람 뒤에서 슬픈 듯 고개를 가로젓는 모습이 보인다. 보이지 않는 장벽이 우리 앞에 서 있다. 역장은 아니다. 단단하고 매끄러운 표면을 얼마든지 만질 수 있으니까. 하지만 피타의 칼과 조한나의 도끼로는 벽에 흠집조차 낼 수 없다. 조금만 더 들어 보아도 벽이 네 시에서 다섯 시 사이의 부채꼴을 통째로 덮고 있음을 알 수 있다. 우리는 이 시간이 지날 때까지 독에 든 쥐 꼴이다.

피타가 유리벽에 손을 대서, 나도 마치 벽을 뚫고 느낄 수 있는 것처럼 그 맞은편에 손을 댄다. 입술이 움직이는 것이 보이지만 목소리는 들리지 않았다. 이 부채꼴 밖의 소리는 전혀 들리지 않는다. 무슨 말인지 입술을 읽어보려 하지만 집중할 수가 없어서, 그저 피타의 얼굴만 바라보며 미쳐 버리지 않으려고 최선을 다한다.

그리고 새들이 하나하나 도착하기 시작한다. 우리 주위의 가지에 내려앉았다. 주의 깊게 편곡한 공포의 합창이 새들의 입에서 흘러나온다. 피닉은 곧바로 포기하고 땅 위에 웅크린 채 양손을 귀에다 대고, 자기 머리를 부숴 버리려는 듯이 세게 누른다. 나는 조금 싸워 본다. 화살 통이 빌 때까지 가증스러운 새들에게 화살을 날렸다. 하지만 한 마리가 죽어 떨어지면 곧 다른 새가 그 자리를 대신한다. 마침내 나도 포기하고 피닉 옆에 웅크리고서 내게 친숙한 사람들의 참을 수 없을 정도로 고통스러운 비명을 막아 보려 한다. 프림, 게일, 우리 엄마, 매지, 로리, 빅, 심지어 포시, 연약한 어린 포시까지…….

피타의 손이 내게 와 닿아서 끝났다는 걸 깨닫는다. 피타가 나를 안아 올려 정글 밖으로 들고 나가는 것이 느껴진다. 하지만 나는 눈을 꼭 감고 귀를 손으로 가리고 있다. 근육이 너무 긴장해서 자세를 바꿀 수가 없다. 피타는 나를 무릎에 앉히고 위로해 주며 내 몸을 부드럽게 흔들어준다. 한참 지나서야 굳은 몸의 긴장을 풀 수 있게 된다. 긴장을 풀자 전신이 덜덜

떨린다.

"괜찮아, 캣니스."

피타가 속삭인다.

"넌 못 들었잖아."

내가 대꾸한다.

"처음에 넌 프림 목소리를 들었어. 하지만 프림이 아니었잖아. 재잘어치야."

"프림이었어. 어디선가 프림이 그런 소릴 질렀던 거야. 재잘어치는 그걸 듣고 외운 거고."

"아냐. 그들은 네가 그렇게 생각하기를 바라는 거야. 내가 작년에 글리머의 눈을 머테이션에 박았나 하고 생각했던 것처럼 말이야. 하지만 글리머 눈이 아니었잖아. 네가 들은 건 프림 목소리가 아니었어. 만약 프림 목소리였다면 인터뷰 같은 데서 샘플을 따다 변형시킨 걸 거야. 자기들 마음대로 변조한 거지."

"아니야, 프림을 고문한 거야. 지금은 죽었을지도 몰라."

"캣니스, 프림은 죽지 않았어. 어떻게 프림을 죽이겠어? 이제 산 사람은 여덟 명 정도 밖에 남지 않았잖아. 그러면 뭘 하게 되지?"

피타가 묻는다.

"일곱 명이 더 죽어."

내가 절망적으로 대답한다.

"아니, 고향에서 말이야. 헝거 게임 생존자가 여덟 명 남게 되면 뭘 하냐고."

피타는 내가 자기를 보도록 내 턱을 들고 억지로 눈을 맞추게 한다.

"뭘 하지? 여덟 명 남으면?"

피타가 나를 도우려 하는 걸 알고 있으므로 나는 억지로 생각해 본다.

"여덟 명 남으면?"

나는 피타의 말을 되뇌어 보고서 대답한다.

"고향에 있는 가족과 친구들을 인터뷰하지."

"맞아. 가족과 친구들을 인터뷰하지. 가족과 친구를 죽이면 인터뷰를 할 수 있겠어?"

"못하나?"

그렇게 말하면서도 아직 확신이 들지 않는다.

"못하지. 그러니까 프림이 살아 있다는 걸 알 수 있어. 프림을 제일 먼저 인터뷰하지 않겠니?"

피타가 다시 묻는다. 나도 그 말을 믿고 싶다. 정말 절실하게. 하지만…… 그 목소리들은 너무…….

"먼저 프림을 인터뷰하고, 그 다음엔 너희 어머니를 인터뷰할 거야. 네 사촌 게일, 그리고 매지도. 그냥 속임수였던 거야, 캣니스. 끔찍한 속임수지. 하지만 그로 인해 고통 받는 사람은 우리뿐이야. 헝거 게임에 참가한 사람은 우리지 그들이 아니야."

"너 진심이야?"

"물론이지."

피타가 대답한다. 나는 피타가 누구에게든, 그 무엇이든 믿게 만들 수 있는 사람이라는 것을 생각하며 약해진다. 확인하기 위해 피닉 쪽을 보자 피닉 역시 피타를 보며 못 박힌 듯 피타가 하는 말을 듣고 있다.

"피닉, 그 말 믿어요?"

내가 묻는다.

"사실일 수도 있지. 모르겠어. 그게 가능해요, 비티? 평상시 목소리를 녹음하고는 그걸 변형해서……."

피닉이 묻는다.

"아, 물론이지. 어려운 일도 아냐, 피닉. 우리 구역 애들은 학교에서 비슷한 기술을 배워."

비티가 말한다.

"당연히 피타 말이 맞지. 캣니스 여동생은 온 국민이 귀여워하잖아. 정말로 프림을 그렇게 죽였다간 반란이라도 일어날걸. 그런 걸 원하지는 않을 거 아냐?"

조한나가 단호히 말하더니 고개를 뒤로 젖히고 크게 외친다.

"전국이 반란에 휩싸이는 것? 그런 걸 원하지는 않겠지!"

나는 충격을 받아 입을 딱 벌린다. 그 누구도 헝거 게임에서 그런 말을 하지는 않았다. 보나 마나 그들은 서둘러 카메라를 돌렸을 것이고, 조한나의 말은 편집해서 들어낼 것이다. 하지만 그 말을 들은 후 조한나에 대한 내 생각은 완전히 바뀌었다. 결코 친절하다고 할 수는 없지만, 배짱 하나는 정말 두둑하다. 아니면 미쳤거나. 조한나는 조개껍데기를 몇 개 주워 들고 정글로 들어간다.

"난 물 마실래."

내 옆을 지나는 조한나의 손을 나도 모르게 잡는다.

"들어가지 마. 새들이……!"

새들은 사라진 뒤겠지만 아무도 그 안에 들어가지 않았으면 좋겠다. 조한나조차도.

"새들은 날 상처 주지 못해. 난 너희들이랑 달라. 내가 사랑하는 사람은 이미 한 명도 안 남았으니까."

조한나는 짜증스럽다는 듯 내 손을 뿌리친다. 물을 담은 조개껍데기를 가져다 주자 나는 말없이 고맙다고 고개만 끄덕인다. 내 목소리에 담긴 연민을 얼마나 경멸할지 알기 때문이다.

조한나가 물을 받고 내 화살을 모으는 동안 비티는 전선을 만지작거리고, 피닉은 수영을 한다. 나도 씻어야 하지만 아직도 충격이 남아 움직일 수가 없어서 피타에게 안겨 있는다.

"피닉에게는 누구 목소리를 이용했어?"

피타가 묻는다.

"애니라는 사람."

"애니 크레스타일 거야."

'누구?"

"애니 크레스타. 그 여자 대신에 맥스가 자원했어. 5년쯤 전에 우승한 사람이야."

피타가 말한다.

아빠가 돌아가신 직후의 여름이었을 것이다. 내가 우리 가족을 먹여 살리기 시작한 무렵, 내 존재 전체를 걸고 굶주림과 싸우던 때.

"그때 헝거 게임은 기억이 잘 안 나. 그 해에 지진이 있었나?"

"응. 애니는 자기 구역 동료가 목이 잘렸을 때 완전히 미쳐 버렸어. 혼자 도망가서 숨었지. 하지만 지진 때문에 댐이 무너져서 경기장 대부분이 물에 잠겼어. 수영을 제일 잘해서 우승할 수 있었지."

피타가 말한다.

"경기 후에는 나았어? 내 말은, 제 정신이 됐어?"

내가 묻는다.

"나도 몰라. 그 뒤로 애니가 출전했던 헝거 게임을 다시 본 기억조차 없어. 하지만 올해 추첨할 때 보니까 그다지 안정된 것 같지 않던데."

'피닉이 사랑하는 사람이 그 사람이구나. 캐피톨에 있는 화려한 애인들이 아니라. 고향에 있는 불쌍한, 미쳐 버린 여자를 사랑하는 거야.' 나는 속으로 생각한다.

대포 소리가 울려 모두 해변에 모인다. 여섯 시와 일곱 시 사이로 추정

되는 곳에 호버크래프트가 나타났다. 우리는 조각난 시체 한 구를 집게발이 다섯 번에 걸쳐 끌어올리는 것을 지켜본다. 누구였는지 알아보기는 불가능하다. 여섯 시에 무슨 일이 일어나는지 절대 알고 싶지 않다.

피타는 잎에다 새 지도를 그린다. 네 시와 다섯 시 사이에는 재잘어치(Jabberjay)를 의미하는 'JJ'를 써넣고, 조공인이 찢겨 죽은 구역에는 그냥 '야수'라고 적는다. 이제 총 일곱 개 지역에서 어떤 일이 일어나는지 제법 잘 파악하게 되었다. 재잘어치의 공격에 긍정적인 면이 하나라도 있다면, 우리가 시계 위 어디에 있는지를 다시 알게 되었다는 것이다.

피닉은 물을 담을 그릇을 하나 더 짜고 물고기를 잡을 그물도 만들었다. 나는 잠깐 수영을 하고 피부에 연고를 더 바른다. 그러고는 물가에 앉아 피닉이 잡은 물고기를 씻고, 해가 지평선 아래로 가라앉는 것을 바라본다. 밝은 달이 벌써 떠오르고 있어 경기장 안에 기묘한 어스름이 깔린다. 날생선을 먹으려고 앉는데 국가가 흐른다. 그리고 얼굴들…….

캐시미어. 글로스. 와이레스. 맥스. 5번 구역 여자. 피타를 위해 목숨을 던진 모플링. 블라이트. 그리고 10번 구역 남자.

여덟 명이 죽었다. 첫날밤에 죽은 사람도 여덟 명이다. 하루하고 반나절 만에 우리 중의 3분의 2가 죽었다. 아마 신기록일 것이다.

"정말 심하게 구는데."

조한나가 말한다.

"누구 남았지? 우리 다섯 명이랑 2번 구역 말고?"

피닉이 묻는다.

"채프."

피타가 생각해 보지도 않고 말한다. 헤이미치 때문에 그에게 신경 쓰고 있었는지도 모른다.

그때 한입 크기의 네모난 빵이 한 무더기 담긴 낙하산이 내려온다.

"당신 구역의 빵이죠, 비티?"

피타가 묻는다.

"응, 3번 구역 빵이군. 몇 개나 돼?"

비티가 말한다. 피닉은 하나하나 집어 들어 가지런하게 놓으며 개수를 센다. 이유는 모르겠지만 피닉은 빵을 보면 굉장히 집착하는 것 같다.

"스물넷."

"그러면 딱 두 다스네?"

비티가 말한다.

"스물네 개. 어떻게 나누죠?"

피닉이 묻는다.

"일단 모두 세 개씩 먹고, 나머지는 아침까지 살아남는 사람들끼리 알아서 나누자."

조한나가 말한다. 왠지는 몰라도 그 말을 들으니 조금 웃게 된다. 사실이어서 그런 것 같다. 내가 웃자 조한나는 웃어도 된다고 허락하는 것 같은 눈으로 나를 본다. 아니, 허락하는 것은 아니지만 조금 기분 좋아하는 것 같다.

우리는 열 시와 열한 시 사이의 구역에서 거대한 파도가 치고 나서 다시 물이 빠질 때까지 기다린 뒤, 그 구역 해변으로 가서 숙소를 만들었다. 열한 시에서 열두 시 사이 부채꼴에서 탁탁거리는 기분 나쁜 소리가 난다. 아마 고약한 해충일 것 같다. 하지만 소리를 내는 것들은 정글 안에만 머물러 있었다. 놈들이 우리가 실수로 발을 들여놓기만 하면 몰려나오려고 기다리고 있을 경우에 대비해, 그쪽 해변에는 다가가지 않았다.

조한나가 어떻게 아직도 서 있는지 모르겠다. 게임이 시작된 이후 그녀는 한 시간 정도밖에 자지 않았다. 피타와 나는 먼저 망을 보겠다고 자원한다. 우리가 더 많이 쉬었고, 또 둘만의 시간을 보내고 싶기도 해서다. 피닉이 뒤척이긴 하지만 모두 곧바로 잠들었다. 자면서도 간간이 애니를 부르는 소리가 들린다.

우리는 축축한 모래에 앉아 서로 반대쪽을 바라본다. 내 오른쪽 어깨와 엉덩이가 피타의 몸에 닿아 있었다. 나는 물 쪽을, 피타는 정글 쪽을 감시한다. 아직 재잘어치들의 소리가 사라지지 않았기 때문에 이러는 편이 내게는 낫다. 안타깝게도, 곤충들이 내는 소리도 재잘어치의 소리를 지우지 못한다. 잠시 후 피타의 어깨에 머리를 기댄다. 피타의 손이 내 머리칼을 어루만지는 것이 느껴진다.

"캣니스. 서로 뭘 하려고 하는지 모르는 척해도 소용없어."

피타가 부드럽게 말한다.

그래, 소용없을 것 같다. 하지만 그런 얘기를 하는 것이 재미있느냐 하면 그것도 아니다. 적어도 우리에게는 재미가 없다. 캐피톨의 시청자들은 우리 입에서 나오는 고통스러운 단어를 하나라도 놓치지 않으려 텔레비전에 붙어 있을 것이다.

"네가 헤이미치와 어떤 약속을 했다고 믿고 있는지는 모르겠지만, 헤이미치는 나한테도 약속을 했다는 걸 넌 알아야 돼."

물론 그것도 알고 있다. 헤이미치는 피타에게 나를 살릴 수 있다고 말했다. 피타가 의심하지 않도록.

"그러니 헤이미치가 우리 둘 중 한 명에게는 거짓말을 했다고 봐도 좋겠지."

이 말이 나의 주의를 끈다. 이중 계약, 이중 약속이다. 어느 쪽이 정말인지는 헤이미치만이 알고 있다. 나는 고개를 들어 피타의 눈을 바라본다.

"왜 지금 이 얘기를 하는 거야?"

"왜냐하면 우리의 상황이 서로 얼마나 다른지 네가 잊지 않았으면 하기 때문이야. 만약 네가 죽고 내가 살면, 12번 구역에 돌아간다 해도 내 인생은 없는 거야. 너는 내 삶 그 자체야. 나는 다시는 행복해지지 못할 거야."

그렇지 않다고 말하려 하지만 피타가 내 입술에 손가락을 댄다.

"너는 달라. 힘들지 않을 거라는 말은 아니야. 하지만 너에겐 인생을 살 만한 것으로 만들어 줄 다른 사람들이 있잖아."

피타는 목에 걸고 있던 황금 원반을 벗는다. 내가 모킹제이를 똑똑히 볼 수 있도록 달빛 속에 치켜들었다. 피타의 엄지손가락이 스위치를 누른다. 스위치가 있는 줄은 몰랐었다. 원반이 열린다. 나는 한 덩어리로 된 원반이라고 생각했는데 로켓(locket, 사진을 넣는 갑: 옮긴이)이었다. 안에는 사진이 들어 있다. 오른쪽에는 웃고 있는 우리 엄마와 프림이 있다. 왼쪽에는 미소 짓는 게일의 사진이 있다.

지금 이 순간 저 세 사람의 얼굴보다 나를 쉽게 무너뜨릴 수 있는 것은 없다. 아까 오후에 들었던 소리를 생각하면…… 완벽한 무기다.

"너희 가족에겐 네가 필요해, 캣니스."

내 가족. 우리 엄마. 내 동생. 그리고 내 가짜 사촌 게일. 하지만 피타의 의도는 명백하다. 게일이 내 진짜 가족이라는, 혹은 내가 살아남는다면 언젠가 가족이 될 거라는 뜻이다. 다시 말해 나와 게일이 결혼할 거라는 얘기다. 그러니 피타는 자기 목숨과 게일을 동시에 내게 주고 있는 것이다. 내가 그 사실을 의심해서는 안 된다고 알려 주는 것이다. 피타는 내가 자신에게서 모든 것을 가져가기를 바라고 있다.

카메라를 의식해서 아기 이야기를 하기를 기다렸지만 피타는 아기 이야기는 하지 않는다. 그 사실이 지금 이 대화가 헝거 게임과 상관없는 대화라는 것을 깨닫게 한다. 피타는 자기 마음 속의 진심을 이야기하고 있는 것이다.

"정말로 내가 필요한 사람은 없어."

피타가 말한다. 그 목소리에 자기 연민은 담겨 있지 않다. 피타의 가족에게 피타가 필요 없다는 말은 사실이다. 가족과 친구 몇 명은 애통해 하리라. 하지만 견뎌 낼 것이다. 심지어 헤이미치도 투명한 독주를 많이 마시며 견뎌 낼 것이다. 피타가 죽으면 회복 불능으로 상처받을 사람은 한 명 밖에 없다는 것을 깨닫는다. 바로 나.

"나. 나한테는 네가 필요해."

내가 말한다. 피타는 기분이 상한 듯한 표정을 짓고, 길게 이야기를 늘어놓을 것처럼 숨을 깊이 들이쉰다. 좋지 않다. 조금도 좋지 않다. 피타는 프림과 우리 엄마 등을 언급하며 나를 혼란스럽게만 만들 것이다. 나는 피타가 말을 시작하기 전에 키스로 입을 막는다.

그 느낌이 다시 찾아온다. 전에 딱 한 번 느꼈던 기분이다. 작년에 동굴 속에서, 헤이미치가 우리에게 음식을 보내 주게 하려 했던 그때. 나는 작년 헝거 게임 중에, 그리고 그 이후에 피타와 천 번 정도는 키스를 했다. 하지만 내 안의 깊은 곳까지 휘젓는 느낌이 드는 키스는 단 한 번뿐이었다. 좀 더 하고 싶어졌던 딱 한 번의 입맞춤이 있었다. 하지만 그때는 내 머리에서 피가 나서 피타가 나를 눕혀 주었다.

이번에는 우리 자신 말고 우리를 막을 것은 없다. 피타는 몇 번 말을 하려고 노력하다 포기한다. 내 안에서 그 느낌이 점점 따뜻해지며 가슴으로 번지고, 온몸으로 퍼져간다. 내 팔과 다리로, 내 존재의 끝까지 전해진다. 키스는 나를 만족시키는 대신 욕구를 더욱 키웠다. 배고픔에 대해서는 잘 알고 있다고 생각했지만, 이 느낌은 전혀 다른 종류의 배고픔이다.

자정에 우리는 나무를 때리는 천둥소리 때문에 정신을 차렸다. 피닉도 일어난다. 피닉은 날카로운 비명을 지르며 깨어났다. 나는 피닉이 자기가 꾸던 악몽이 사실이 아니라는 것을 떠올리며 모래에 손가락을 파묻는 모습을 바라본다.

"더 못 자겠어. 둘 중 한 명은 좀 쉬지그래?"

피닉은 말하고 나서야 우리의 표정과 우리가 껴안은 모습을 보고 깨닫는다.

"아니면 둘 다 자든가. 나 혼자 망볼 수 있어."

하지만 피타는 피닉 혼자 망을 보게 두지 않는다.

"위험해요. 난 안 피곤해. 누워, 캣니스."

피타를 계속 살려 두려면 잠을 좀 자야겠기에 반대하지 않았다. 나는 피타를 따라 다른 사람들이 있는 곳으로 간다. 피타는 로켓이 달린 목걸이를 내 목에 걸어 주고, 우리 아기가 있을 곳에 손을 얹는다.

"넌 훌륭한 엄마가 될 거야."

피타는 마지막으로 내게 키스하고는 피닉에게 돌아간다.

아기 이야기를 한 것은 헝거 게임과 무관한 대화가 끝났음을 암시한다. 가장 설득력이 강할 말을 왜 하지 않고 있는지 관중들이 의아해 하고 있을 것임을 피타도 안다는 뜻이다. 피타는 스폰서들을 조종해야 한다는 것을 알고 있다.

하지만 모래 위에 몸을 뻗으며 다른 의미가 더 있을지 생각해 본다. 내가 언젠가 게일과 결혼해 아기를 낳을 수 있다는 걸 상기시키는 걸까? 만약 그런 뜻이었다면 피타는 실수하고 있는 거다. 나는 그런 계획을 해 본 일이 단 한 번도 없으니까. 그리고 우리 둘 중 한 명만이 아이를 가질 수 있다면, 누가 보나 피타가 가지는 것이 옳다.

나는 잠 속으로 빠져 들며 헝거 게임과 캐피톨이 없는 미래의 세상을 상상해 본다. 루가 죽을 때 내가 불러 주었던 노래에 나오는 초원 같은 곳. 피타의 아이가 안전할 수 있는 곳.

25

눈을 뜨자 짧지만 감미로운, 행복한 기분이 든다. 피타와 관련된 행복이다. 물론 이 시점에서 행복이라니 정말 말도 안 되는 얘기다. 조공인들이 죽어가는 속도를 봤을 때 나 역시 하루 안에 죽을 테니까. 내가 나 자신을 포함한 참가자들을 다 죽이고 피타를 25주년 특집의 우승자로 만들 수 있다면 아마 그게 최상의 시나리오다. 그런데도 예상치 못했던 이 기분이 너무나 달콤해서 나는 짧은 순간만이라도 그 느낌을 만끽한다. 그러다 곧 거친 모래, 뜨거운 태양, 가려운 피부 때문에 현실로 돌아온다.

모두 벌써 일어나 해변으로 내려오는 낙하산을 바라보고 있다. 나도 그 틈에 끼어 새로 도착한 빵을 구경한다. 어젯밤에 왔던 것과 똑같이 3번 구역 빵 스물네 개다. 빵은 총 서른세 개가 되었다. 우리는 다섯 개씩 나누어 먹고, 여덟 개는 예비로 남겨둔다. 아무도 말은 하지 않지만, 또 한 명 죽고 나면 여덟 개는 나눠 먹기 딱 좋은 숫자가 될 것이다. 하지만 대낮의 빛 속에서는 누가 남아서 빵을 먹을 것인가 하는 농담이 우습게 느껴지지 않는다.

이 동맹을 언제까지 유지할 수 있을까? 조공인의 숫자가 이렇게 빨리 줄어들 줄은 아무도 몰랐을 것 같다. 다른 사람들이 피타를 지켜주고 있다는 내 생각이 틀렸다면 어쩌지? 모든 것이 그저 우연이었거나, 우리 둘을 쉬운 상대로 만들기 위해 우리의 믿음을 사기 위한 것이었거나, 실제로 일어나고 있는 일을 내가 제대로 이해하지 못했다면? 잠깐, 그건 가정이 아니라 사실이다. 나는 무슨 일이 일어나고 있는지 이해하지 못하고 있다. 그렇다면 피타와 나는 여기서 빠져나가야 한다.

나는 피타 옆에 앉아 빵을 먹는다. 왠지 피타를 보기가 힘들다. 어젯밤의 키스 때문일지도 모른다. 우린 예전에도 수없이 키스를 했다. 피타에게는 다른 키스와 느낌이 다르지도 않았을 것이다. 어쩌면 우리에게 남은 시간이 많지 않다는 것을 알고 있기 때문일지도 모른다. 그리고 이번 헝거 게임에서 누가 살아남아야 하느냐 하는 문제에서 서로 생각이 다르다는 것도 알게 되었다.

먹고 나서 나는 피타의 손을 잡고 물 쪽으로 간다.

"이리 와, 수영하는 법 알려 줄게."

무리에서 떨어져 나가는 계획을 단 둘이서 이야기할 필요가 있다. 우리가 동맹에서 탈퇴한다는 것을 다른 사람들이 알게 되는 즉시 목표물이 될 테니 까다로운 문제다.

내가 정말 수영을 가르쳐 주는 것이었다면 몸을 물에 뜨게 하는 벨트를 벗게 했겠지만, 지금 그게 무슨 상관이 있을까? 그래서 피타에게 기본적인 손동작을 알려 주고 허리 깊이의 물에서 왔다 갔다 하도록 한다. 처음에는 조한나가 우리를 조심스레 지켜보지만, 결국 흥미를 잃고 자러 간다. 피닉은 덩굴로 새 그물을 짜고 있고 비티는 와이어를 만지작거리고 있다. 때가 왔음을 알 수 있었다.

피타가 수영하는 동안 새로 발견한 사실이 있다. 남아 있던 딱지들이 벗겨지고 있었다. 모래를 한 줌 집어 팔에다 대고 부드럽게 문질러서 남은 딱지를 벗기니 밑에서 돋은 새 살이 드러난다. 나는 가려운 딱지를 벗기는 법을 알려 준다는 핑계로 피타의 연습을 중지시키고, 모래를 문지르며 탈출하자는 이야기를 꺼낸다.

"봐, 남은 사람은 여덟이야. 이 동맹을 깰 때가 된 것 같아."

다른 사람들이 내 말을 듣지는 못하겠지만 그래도 숨을 죽여 말한다.

피타는 고개를 끄덕인다. 그가 내 제안을 고려해 보고 있음을 알 수 있다. 확률의 신이 우리 편일지 생각해 보는 것이다.

"내 생각엔, 브루투스와 에노바리아가 죽을 때까지는 뭉쳐 있는 게 어떨까. 비티가 지금쯤 그들을 잡을 덫을 생각해 냈을 것 같은데. 그러면 떠나겠다고 약속할게."

피타가 말한다.

그 말에 전적으로 동의할 수는 없다. 하지만 지금 떠난다면 동시에 두 무리를 우리 적으로 돌리게 된다. 채프가 어떻게 나올지 알 수 없으니 어쩌면 세 무리일지도 모른다. 게다가 시계에도 맞서야 하고 비티 문제도 생각해야 한다. 조한나는 나 때문에 데려온 것이니, 우리가 떠나면 조한나는 분명 비티를 죽일 것이다. 그 다음 순간 비티까지 보호할 수는 없다는 걸 깨닫는다. 우승자는 한 명뿐이고 피타가 우승해야만 하니까. 이제 그 사실을 받아들여야 한다. 피타의 생존만 고려해서 결정을 내려야 할 때다.

"알았어. 프로들이 죽을 때까지 같이 있자. 하지만 그러고 나면 끝이야."

나는 몸을 돌려 피닉에게 손을 흔든다.

"피닉, 이쪽으로 와요! 다시 예쁘게 만들어 줄 방법을 찾았어요!"

우리 셋은 몸의 딱지를 모두 떼어 내고, 서로 등의 딱지를 떼어 주었다. 그러고 나자 모두 하늘색 같은 핑크빛이 되었다. 새로 돋은 살은 강렬한 태양빛을 쪼이기에 너무 연약한 것 같아서 연고를 한 번씩 더 바른다. 하지만 깨끗한 살에 바르니 그다지 흉측하지 않고, 오히려 정글 속에서는 좋은 보호색이 될 것 같다.

비티가 우리를 불렀다. 와이어를 가지고 씨름하는 동안 그가 정말로 뭔가 계획을 세웠다는 게 곧 드러난다.

"이제 우리가 해야 할 일은 브루투스와 에노바리아를 죽이는 거라는 데 모두 동의하리라 생각해. 이제는 머릿수가 많이 차이나니까, 전처럼 드러내 놓고 공격할 것 같지는 않아. 추적할 수도 있겠지만 그건 위험하고도 힘든 일이지."

비티는 부드럽게 말한다.

"그들도 시계의 원리를 알아챘을까요?"

내가 묻는다.

"만약 아직 깨닫지 못했다 해도 금방 알아차릴 거야. 우리처럼 자세하게 알지는 못할 수도 있지. 하지만 적어도 일부 지역에 공격하는 장치가 숨어 있다는 것, 그게 원을 따라 반복된다는 것은 알고 있을 거야. 그리고 지난번의 싸움이 게임 운영자의 간섭으로 중단되었다는 사실을 모르고 넘어가지는 않았을 거야. 우리가 길을 잃게 하려고 했던 거라는 걸 우린 알지만, 그들도 왜 그런 일이 있었는지 생각해 봤을 거야. 그것도 이 경기장이 시계라는 깨달음으로 연결될 수 있지. 그러니 우리가 할 수 있는 최선의 방법은 덫을 놓는 거야."

비티가 말한다.

"잠깐, 조한나를 깨울게요. 이렇게 중요한 걸 놓쳤다고 생각하면 미쳐 날뛸 테니까요."

피닉이 말한다.

"과연."

내가 중얼거린다. 조한나는 언제나 미쳐 날뛴다. 하지만 이 시점에서 계획을 세우는 데 따돌림 당했다면 나라도 화가 날 테니 피닉을 말리지는 않는다.

조한나가 합세하자 비티는 우리 모두를 조금 물러서게 해서 모래 위에 공간을 확보한다. 그는 모래 위에 재빨리 원을 하나 그리고, 열두 개의 부채꼴로 나눈다. 피타가 정확하게 그려 낸 것 같은 경기장이 아니고 훨씬 더 복잡한 일에 정신을 빼앗긴 사람이 대충 그린 경기장이다.

"네가 브루투스와 에노바리아였다면, 정글을 파악하고 난 지금은 어디 있는 게 가장 안전하다고 느낄 것 같니?"

비티가 묻는다. 가르치려 드는 기색은 전혀 없지만, 아이들 앞에서 수업을 하는 학교 선생 같다는 느낌을 지울 수가 없다. 나이 차이 때문이거나, 비티가 우리들보다 백만 배쯤 더 똑똑하기 때문일 것이다.

"지금 우리가 있는 곳. 해변이요. 여기가 제일 안전해요."

피타가 말한다.

"그러면 왜 해변에 없는 걸까?"

비티가 말한다.

"우리가 여기 있으니까."

조한나가 성급하게 답한다.

"바로 그거야. 우리가 여기서 해변을 장악하고 있지. 그럴 때 너라면 어디로 가겠니?"

비티가 묻는다.

나는 치명적인 정글, 이미 적이 차지한 해변을 생각해 본다.

"나라면 정글 가장자리에 있겠어요. 공격이 찾아오면 도망칠 수 있고, 우리를 엿볼 수도 있으니까요."

"먹을 것도 구할 수 있지. 정글 속에는 낯선 동물과 식물이 가득해. 하지만 우리를 보고 해산물은 안전하다는 걸 알았겠지."

피닉이 말한다.

비티는 우리를 바라보며 기대 이상이라는 듯 미소를 짓는다.

"그래, 훌륭해. 보는 눈이 있구나. 이제 내가 제안을 하나 할게. 열두 시에 번개가 치지. 정오와 자정에는 무슨 일이 일어나지?"

"번개가 나무를 때려요."

내가 말한다.

"그래. 그러니까 내가 하려는 말은 정오가 번개가 치고 나서, 자정에 다시 치기 전에 내 와이어를 그 나무에 연결해서 소금물에 담가 놓자는 거야. 소금물은 물론 전기가 잘 통하지. 번개가 치면 전기가 와이어를 타고 소금물 뿐 아니라 주위의 해변에까지 흐를 거야. 열 시에 친 파도 때문에 해변이 젖어 있을 테니까. 그 순간 그 표면에 몸을 대고 있는 사람은 다 감전되겠지."

비티가 말한다.

비티의 계획을 곱씹어 보는 동안 긴 침묵이 흐른다. 내게는 조금 공상적인 얘기로 들렸다. 심지어 불가능할 것 같기도 하다. 하지만 굳이 거부할 이유가 있을까. 이미 나는 덫을 수천 번이나 놓아 보았다. 이것도 그저 과학적 요소가 좀 더 들어간, 좀 더 큰 덫인 게 아닐까? 성공할 수 있을까? 하지만 물고기를 잡거나 나무를 베고, 혹은 석탄 캐는 훈련만 받은 우리 조공인들이 의심이나 할 수 있는 걸까? 하늘에서 내려오는 힘에 대해서 우리가 아는 것이 뭐가 있다고.

피타가 도전한다.

"그 와이어가 그렇게 강력한 힘을 전달할 수 있나요, 비티? 홀랑 타 버릴 것처럼 약해 보이는데요."

"아, 타기는 할 거야. 하지만 전류를 전달한 뒤에 타게 될걸. 사실 이 와이어는 퓨즈 같은 역할을 하거든. 전기는 전달될 거란다."

비티가 말한다.

"그걸 어떻게 알죠?"

설득당하지 않은 게 분명한 조한나가 묻는다.

"내가 발명한 거니까."

비티는 살짝 놀란 듯이 대답한다.

"이건 보통 와이어가 아니야. 번개도 자연적으로 생기는 번개가 아니고, 저 나무도 진짜 나무가 아니야. 조한나, 우리 중에서 나무에 대해 제일 잘 알겠지. 지금쯤이면 저 나무는 박살이 났어야 되는 게 아닐까?"

"그렇죠."

조한나는 시무룩하게 말한다.
"와이어는 걱정 마. 내 말대로 될 거야."
비티가 우리를 안심시킨다.
"그러면 그때 우리는 어디에 있어야 하나요?"
피닉이 묻는다.
"안전하려면 정글 깊숙이 들어가야지."
비티가 대답한다.
"그럼 프로들도 물 가까이에 있지 않다면 안전하겠네요."
내가 지적한다.
"그렇지."
비티가 말한다.
"그래도 해산물은 다 익힐 수 있겠는데요."
피타가 말한다.
"익는 것 이상일 거야. 아마 물에서 다시는 식량을 얻지 못하겠지. 하지만 정글에서도 먹을 수 있는 걸 찾았지, 캣니스?"
비티가 말한다.
"네. 견과류하고 쥐요. 스폰서도 있죠."
내가 말한다.
"그럼 됐군. 그건 문제가 아닌 것 같다. 하지만 우리는 동맹이고 우리 모두 힘을 합쳐야 할 수 있는 일이니, 이걸 할지 말지 결정하는 건 여러분 네 명에게 맡길게요."
비티가 말한다.
우리는 정말 학생들 같다. 가장 기초적인 걱정 말고는 비티의 이론을 반박할 말을 전혀 떠올리지 못하고 있다. 나는 다른 사람들의 당황한 얼굴을 바라본다.

"안 될 것 없잖아요? 실패해도 우리가 입는 피해는 없어요. 성공하면 그들을 죽일 가능성이 꽤 높죠. 그냥 해산물만 없어진다 하더라도, 브루투스와 에노바리아 역시 못 먹게 되고요."

내가 말한다.

"한번 해 보죠. 캣니스 말이 맞아요."

피타가 말한다. 피닉은 조한나를 보며 눈썹을 치켜올린다. 조한나의 동의가 없다면 찬성하지 않을 눈치다.

"좋아. 정글에서 사냥하는 것보다 낫지 뭐. 우리 스스로도 이해 못하고 있으니까, 그들이 우리 계획을 눈치 챌 것 같지도 않고."

마침내 조한나가 말한다.

비티는 전선을 연결하기 전에 번개가 치는 나무를 살펴보고 싶어 한다. 태양을 보니 아침 아홉 시 경인 것 같았다. 어차피 이 해변에서는 곧 떠나야 한다. 그래서 우리는 숙소를 철거하고 번개가 치는 옆 구역의 해변으로 걸어가 정글 속으로 들어간다. 비티는 혼자서 오르막을 걷기에는 아직 몸이 쇠약했으므로 피닉과 피타가 번갈아 가며 업는다. 나무까지는 곧바로 갈 수 있기 때문에 길을 잃지는 않을 것 같아서, 조한나가 앞장서게 한다. 게다가 화살 통을 멘 내가 도끼 두 개를 든 조한나보다 훨씬 더 막강하기 때문에, 뒤를 살피기에 가장 적합한 사람은 나다.

짙고 후덥지근한 공기가 나를 짓누른다. 게임 시작 이후 내내 이런 날씨다. 헤이미치가 3번 구역 빵이 아니라 4번 구역 빵을 보내 줬으면 좋겠다. 최근 이틀간 땀을 엄청나게 흘렸고, 조개를 먹었지만 소금 생각이 간절하다. 얼음이 한 조각 있어도 좋을 것 같다. 아니면 시원한 물 한 잔. 나무 수액은 감사하게 생각하지만, 수액은 소금물이나 공기, 다른 조공인, 그리고 나와 똑같은 온도다. 우리 모두는 거대한 냄비에 든 뜨끈한 스튜나 다름없다.

나무에 가까워지자 피닉이 나더러 앞장서라고 한다.

"캣니스는 역장 소리를 들을 수 있거든."

피닉이 비티와 조한나에게 설명한다.

"듣는다고?"

비티가 묻는다.

"캐피톨에서 고쳐 준 귀에만 들려요."

내가 말한다. 이 말에 속지 않는 사람이 누굴까? 비티다. 내게 역장을 알아보는 방법을 가르쳐 준 사람이니까. 비티 역시 그걸 기억하고 있을 테고, 아마 역장 소리를 듣는 건 원래 불가능한 일일 것이다. 하지만 이유가 무엇인지는 몰라도 비티는 내 말에 반박하지 않는다.

"그렇다면 부디 캣니스가 앞장서라고 해."

비티는 안경에 서린 김을 닦느라 잠시 멈춘다.

"역장을 우습게 봐서는 안 돼."

번개 나무는 다른 나무들보다 워낙 높아서 헷갈릴 여지가 없다. 견과류를 한 줌 발견해서, 다들 기다리라고 한 뒤 언덕을 내려가며 견과류를 던진다. 그 직후, 열매가 채 닿기도 전에 15미터 앞에 있는 역장을 본다. 앞의 수풀을 훑어보다가 오른쪽 위에 사각형 모양의 공간이 떨리고 있는 것이 눈에 들어온다. 내 정면으로 열매를 던지자 역장이 있음을 확인해주는 지글거리는 소리가 난다.

"번개 나무 밑에 있어요."

나는 다른 사람들에게 전했다.

우리는 역할을 분담한다. 피닉은 나무를 살펴보는 비티를 경호하고, 조한나는 나무에 구멍을 뚫어 물을 얻고, 피타는 열매를 모으고, 나는 근처에서 사냥을 한다. 나무 쥐는 사람을 두려워하지 않는 것 같다. 세 마리를 쉽게 잡는다. 열 시의 파도 소리를 듣고 돌아가야 한다는 것을 깨닫고, 다른 사람들이 있는 곳으로 돌아와 나무 쥐를 손질한다. 역장 몇 미터 앞의 흙에 선을 그어 사람들이 다가가지 않도록 표시하고, 피타와 함께 열매와 주사위 모양으로 썬 쥐고기를 익힌다.

비티는 아직 나무를 살펴보고 있는데, 무얼 하는지는 봐도 모르겠다. 길이를 재는 등의 뭔가를 하고 있다. 비티가 나무껍질을 한 조각 부러뜨리더니 다시 우리 쪽으로 와서 역장에다 던진다. 나무껍질은 빛을 내며 튕겨 나와 땅에 떨어진다. 잠시 후 원래 색깔로 되돌아왔다.

"음, 많은 것이 설명되는군."

비티가 말한다. 나는 피타를 보며 웃지 않으려고 입술을 깨문다. 비티를 제외한 다른 사람에게는 아무 것도 설명되지 않기 때문이다.

이 무렵 옆 부채꼴에서 탁탁거리는 소리가 난다. 열한 시라는 뜻이다. 어젯밤 해변에서 들을 때보다 정글에서 들으니 훨씬 시끄럽다. 우리는 모두 귀를 기울인다.

"기계 소리는 아닌데."

비티가 단정적으로 말한다.

"난 곤충인 것 같아요. 딱정벌레라든가."

내가 말한다.

"집게발이 달린 걸 거야."

피닉이 말했다.

우리가 조용히 말하는 소리를 듣고 살아 있는 육체가 있다는 걸 알았는지 소리가 더 커진다. 저 소리를 내는 존재는 아마 몇 초 안에 우리를 뼈만 남게 만들 수 있을 것이다.

"어차피 여기서는 벗어나야 해. 번개가 한 시간도 안 남았다고."

조한나가 말한다.

하지만 별로 멀리 가지는 않았다. 피의 비가 내리는 곳에 있는 번개 나무와 똑같이 생긴 나무로 간다. 우리는 소풍 온 것처럼 땅에 앉아 정글에서 모아 온 음식을 먹으며 정오를 알리는 번개를 기다린다. 탁탁거리는 소리가 잦아들 때쯤 비티의 부탁으로 나무 위로 높이 올라갔다. 번개가 치자 밝은 햇빛 속에서도 눈이 부시다. 번개는 멀리 있는 나무를 완전히 감싸고, 푸른색과 흰색으로 뜨겁게 달아오르게 만든다. 주위의 공기에도 전기가 흘러 빠지직거린다. 내려와서 내가 본 것을 말해 주자, 별로 과학적인 설명은 아닌데도 비티는 만족하는 것 같다.

우리는 빙 돌아서 열 시 해변으로 돌아간다. 모래는 부드럽고 축축하고, 최근에 쳤던 파도에 쓸려 깨끗하다. 비티는 오후 동안 와이어를 가지고 작업하며 우리에게는 자유 시간을 주었다. 비티가 고안한 무기이고 우리는 그의 지식에 전적으로 기대고 있다 보니, 학교가 일찍 끝난 것 같은 묘한 기분이 든다. 먼저 우리는 정글 앞의 그늘에서 돌아가며 낮잠을 자지만, 늦은 오후가 되자 다들 가만히 앉아 있을 수가 없다. 해물을 먹는 것이 아마 마지막이 될 테니 해물 잔치를 벌이기로 한다. 피닉의 지도에 따라 창으로 물고기를 잡고 조개를 모으고, 굴을 따러 잠수도 한다. 그 마지막 부분이 제일 마음에 든다. 굴을 좋아하기 때문은 아니다. 굴은 캐피톨에서 딱 한 번 먹어 봤을 뿐인데, 미끄덩거리는 것이 마음에 들지 않았다. 하지만 물속 깊이 들어가니 다른 세상에 온 듯 아름답다. 물은 굉장히 맑고, 밝은 색의 물고기가 헤엄쳐 다닌다. 묘하게 생긴 말미잘이 모래로 된 바닥을 장식하고 있다.

피닉, 피타와 내가 해산물을 차려놓는 동안 조한나는 망을 본다. 피타는 굴 하나를 비틀어 열더니 웃음을 터뜨린다.

"이것 좀 봐!"

피타는 완벽한 모양으로 빛나는 콩알만 한 진주를 들어 보인다.

"당신도 알겠지만, 석탄에 압력을 가하면 진주가 돼요."

피타는 진지하게 피닉에게 말한다.

"아니야."

피닉은 무시하는 투로 말한다. 하지만 나는 작년에 아무도 우리를 모를 때 에피 트링켓이 캐피톨 사람들에게 우리를 소개하며 했던 바보 같은 말을 떠올리고 웃음을 터뜨린다. 에피는 우리가 압력을 받아 진주로 변한 석탄이라고 했다. 고통에서 솟아난 아름다움이라고도 했었다.

피타는 진주를 물에 씻어 내게 준다.

"선물이야."

나는 진주를 손바닥에 올려놓고, 햇빛을 받아 색이 변하는 표면을 관찰한다. 나는 이걸 간직할 것이다. 몇 시간 남지 않은 내 여생 동안 지니고 있을 것이다. 피타가 내게 주는 마지막 선물. 내가 받아들일 수 있는 유일한 선물. 마지막 순간에 이 진주가 내게 힘을 줄지도 모른다.

"고마워."

나는 그것을 손으로 감싸며 대답했다. 이제 나의 가장 큰 적이 된 사람의 푸른 눈을 차분히 들여다본다. 자기 목숨을 바쳐 나를 살리려 할 사람이다. 피타의 계획을 반드시 망쳐놓겠다고 나는 스스로에게 약속한다.

피타의 눈에서 웃음기가 사라졌다. 그가 너무도 진지하게 내 눈을 직시한다. 마치 내 생각을 읽고 있는 것 같다.

"로켓은 소용없었지?"

피닉이 바로 옆에 있는데 피타가 묻는다. 모두가 자기 말을 들을 수 있는데도.

"캣니스?"

"소용 있었어."

내가 말한다.

"내가 원했던 대로는 아니었겠지."

피타는 눈길을 돌리며 말한다. 그 이후로 피타는 오직 굴만 바라본다.

막 먹으려는데 식사에 곁들일 만한 것을 두 개 매단 낙하산이 나타난다. 매콤한 빨간 소스가 든 단지와 3번 구역 빵이다. 이번에도 피닉은 즉시 세어본다.

"또 스물네 개야."

그러면 빵은 서른두 개가 된다. 그래서 우리는 다섯 개씩 먹고 일곱 개를 남겨 두었다. 일곱 개는 절대 똑같이 나눌 수 없는 숫자다. 그러니 이건 한 사람만을 위한 빵이다.

짭짤한 생선살과 즙이 많은 조개. 소스를 바르니 훨씬 나아져 굴조차 맛있게 느껴진다. 우리가 도저히 더 먹을 수 없을 때까지 포식했는데도 음식이 남는다. 하지만 오래 두면 상할 것이다. 우리가 움직이고 나서 프로들이 음식을 차지하지 못하도록 물속에 던져 넣는다. 조개껍데기는 신경 쓰지 않는다. 파도가 치면 다 씻겨 갈 테니까.

이젠 기다리는 것 외에 할 일이 없다. 피타와 나는 손을 잡고 물가에 말없이 앉아 있었다. 피타는 어젯밤에 하고 싶은 말을 했지만 내 마음은 바뀌지 않았다. 내가 무슨 말을 해도 피타는 마음을 바꾸지 않을 것이다. 설득하기 위한 선물을 주고받는 시간은 끝났다.

하지만 내게는 삽관, 그리고 약과 함께 낙하산으로 싸서 허리에 묶어둔 진주가 있다. 이 진주가 12번 구역으로 갔으면 좋겠다.

엄마와 프림은 내 시체를 묻기 전에 분명 이 진주를 피타에게 돌려줄 것이다.

26

국가가 흘러나온다. 오늘 밤 하늘에는 아무 얼굴도 나타나지 않았다. 피에 목마른 관객들은 안절부절 못하고 있을 것이다. 하지만 비티의 덫에 희생되는 사람이 생길 거라는 기대로 게임 운영자들은 다른 공격을 해 오지 않았다. 어쩌면 덫이 정말 작동할지 궁금해서 그러는지도 모른다.

피닉과 내가 아홉 시쯤 되었다고 판단한 시각에 우리는 조개껍데기가 가득한 우리 숙소를 떠났다. 모두 열두 시 해변으로 가서, 달빛 속에 재빨리 언덕을 오른다. 번개 나무가 있는 곳으로. 배가 불러서 아침에 걸을 때보다 더 불편하고 숨이 가쁘다. 마지막으로 먹은 굴 열두 개는 괜히 먹었다 싶다.

비티가 피닉에게 도와 달라고 해서, 다른 사람들은 망을 보았다. 아직 나무에 연결하지도 않았는데 비티는 몇 미터씩이나 와이어를 풀어낸다. 비티가 피닉에게 부러진 나뭇가지에 와이어를 단단히 묶어서 땅 위에 두라고 말했다. 두 사람은 나무 양쪽에 서서 와이어 타래를 주고받으며 둥치에 와이어를 여러 겹으로 감는다. 처음에는 되는 대로 마구 감는 것 같아 보였지만, 달빛이 비치는 비티 쪽을 보니 복잡한 미로 같은 무늬를 만들고 있다. 와이어를 어떻게 감느냐에 따라 효과가 달라지는지, 아니면 시청자들을 위한 것인지 궁금하다. 시청자들 대부분은 전기에 대한 지식이 나와 비슷할 것이다.

파도 소리가 들려올 때 둥치에 와이어를 감는 작업이 끝난다. 열 시에서 열한 시 사이 중 정확히 언제 파도가 치는지는 알 수 없다. 물이 모였다가 파도가 치고, 또 물이 불어나기까지 걸리는 시간이 있을 것이다. 하늘을 보니 지금 시각은 열 시 반인 것 같다.

비티가 나머지 계획을 설명해 준다. 비티는 숲 속에서 가장 빨리 움직일 수 있는 조한나와 내가 와이어 뭉치를 들고 정글을 돌며 와이어를 풀어 놓아 달라고 한다. 우리는 열두 시 해변에 와이어를 늘어뜨리고, 남은 와이어를 물속 깊이 가라앉게 해야 한다. 그리고 정글을 향해 달려야 한다. 지금 당장 출발한다면 안전할 것이다.

"나도 경호하러 따라가고 싶어요."

피타가 곧바로 말한다. 진주를 준 이후, 피타는 자기가 볼 수 없는 곳으로 나를 보낼 마음이 더 줄어들었다.

"넌 너무 느려. 게다가 이쪽에서 네가 필요해. 캣니스가 지킬 수 있어. 입씨름할 시간이 없다. 미안해. 여자애들이 살아서 빠져나가려면 지금 움직여야 해."

비티는 조한나에게 와이어 타래를 건네준다.

나도 피타만큼이나 이 계획이 마음에 들지 않는다. 먼 곳에서 어떻게 피타를 지킨담? 하지만 비티의 말이 옳다. 피타는 시간 내에 언덕을 내려가기에는 너무 느리다. 조한나와 내가 제일 빠르고, 정글 속에서 가장 잘 움직인다. 다른 대안은 떠오르지 않는다. 그리고 피타 옆에 있어도 믿음이 가는 사람을 하나 꼽으라면 비티다.

"괜찮아. 와이어를 늘어뜨리고 나면 바로 올라올게."

피타에게 말한다.

"번개 치는 데로는 가면 안 돼. 한 시에서 두 시 사이 나무로 가. 시간이 부족할 것 같으면 한 칸 더 가. 내가 피해 상황을 살펴보기 전에 해변으로 돌아갈 생각은 절대 하지 말고."

비티가 다시 일깨워 준다.

나는 피타의 얼굴을 양손으로 감싼다.

"걱정하지 마. 자정에 만나."

나는 피타에게 입을 맞추고, 더 이상 반대하기 전에 놔주고서 조한나를 돌아본다.

"준비됐어요?"

"물론."

조한나는 어깨를 으쓱해 보인다. 나와 한 팀이 되었다는 것을 나만큼이나 못마땅해 하고 있다. 하지만 우리는 모두 비티의 덫에 갇힌 셈이다.

"네가 경호해. 내가 와이어를 풀게. 나중에 바꾸든가."

조한나가 말한다. 더 이상 상의하지 않고 우리는 언덕을 내려간다. 사실 우리 사이에 할 말은 거의 없다. 한 명은 와이어를 풀고 한 명은 망을 보며 우리는 꽤 빠르게 움직인다. 반쯤 내려갔을 때 열한 시임을 알리는 탁탁거리는 소리가 들린다.

"서둘러야겠어. 번개가 치기 전에 물에서 멀리 떨어지고 싶거든. 볼츠가 뭔가 잘못 계산했을 수도 있으니까 말이야."

조한나가 말한다.

"이제 내가 와이어를 풀게요."

내가 말한다. 와이어를 푸는 일이 망보는 일보다 힘든데, 조한나가 오랫동안 맡고 있었다.

"여기."

조한나가 와이어를 건네주며 말한다.

우리 둘 다 금속 실린더에 손을 대고 있는데 실린더가 살짝 떨리는 것이 느껴진다. 갑자기 가는 금색 와이어가 위에서 떨어져, 이리저리 꼬이며 우리 손목 주위에 떨어진다. 잘린 부분이 우리 발을 스치고 올라간다.

무슨 일이 일어났는지 파악하는 데는 1초밖에 걸리지 않는다. 조한나와 나는 서로 마주 보지만, 말하지 않아도 서로 알고 있다. 우리 위, 멀지 않은 곳에 있는 누군가가 와이어를 잘랐다. 언제 덮쳐 올지 모른다.

내가 손에 든 와이어를 떨쳐 내고 화살의 깃털로 손을 가져가는데 내 머리 옆 부분에 금속 실린더가 날아든다. 다음 순간 정신을 차려 보니 나는 덩굴 속에 똑바로 누워 있었다. 왼쪽 관자놀이가 너무나 아프다. 눈이 이상했다. 하늘에 뜬 두 개의 달을 하나로 만들려고 눈에 힘을 줘 보지만 시야가 흐릿하고 초점이 맞았다 안 맞았다 한다. 숨쉬기가 어려워서, 조한나가 내 가슴팍을 깔고 내 어깨를 무릎으로 누른 채 앉아 있음을 깨닫는다.

왼쪽 팔뚝에 날카로운 것에 찔리는 통증이 느껴진다. 몸을 빼려고 하지만 아직 제정신이 아니다. 조한나는 무언가를 내 살 속에 찔러 넣고 돌린다. 칼끝인 것 같다. 뜯겨 나가는 느낌과 함께 엄청난 고통이 느껴지고, 뜨거운 것이 손목으로 흘러내려 흘러 손바닥에 고인다. 조한나는 내 팔을 문지르더니 내 얼굴 절반을 피로 칠한다.

"누워 있어!"

조한나가 으르렁대며 말한다. 조한나의 체중이 내 몸 위를 떠나고 나는 혼자 남는다.

'누워 있으라고? 뭐지? 무슨 일이 일어나고 있는 거야?' 속으로 생각한다. 눈을 감아 앞뒤가 맞지 않는 이 세상을 시야에서 차단하고, 내가 처한 상황을 이해하려 애쓴다.

내 머릿속에 떠오르는 장면은 조한나가 와이레스를 해변 쪽으로 밀던 것뿐이다.

"그냥 누워 있으라니까?"

하지만 조한나는 와이레스를 공격하지 않았다. 이런 식은 아니었다. 어차피 나는 와이레스가 아니다. 나는 넛츠가 아니다. "그냥 누워 있으라니까?" 하는 소리가 머릿속에서 메아리친다.

발자국 소리가 다가온다. 두 명이다. 자기 위치를 숨길 생각 같은 건 없는 묵직한 발소리다.

브루투스의 목소리.

"죽은 거나 마찬가지야! 에노바리아, 여기로 와!"

밤 속으로 걸어 들어오는 발소리.

내가 정말 그런가? 그 답을 찾으며 의식을 잃었다가 되찾았다가 한다. 내가 죽은 거나 마찬가지인가? 그렇지 않다고 우길 만한 상황은 아니다. 사실 이성적으로 생각하는 것 자체가 힘들다. 하지만 그것만은 알겠다. 조한나는 나를 공격했다. 실린더로 내 머리를 쳤다. 내 팔을 벴고, 아마 정맥과 동맥에 회복 불가능한 상처를 남겼을 것이다. 그때 브루투스와 에노바리아가 나타났지만 나를 해치우지 못하고 도망쳤다.

동맹은 깨졌다. 피닉과 조한나는 오늘 밤 우리를 덮치기로 미리 약속해 두었을 것이다. 우리는 오늘 아침에 떠났어야 했다. 피타가 어디 있는지 모르겠다. 하지만 내가 공격 대상이듯, 피타도 공격 대상이다.

피타! 공포에 질려 눈을 뜬다. 피타는 의심 없이, 경계도 하지 않은 채 나무 옆에서 기다리고 있다. 어쩌면 피닉이 벌써 죽였을지도 모른다.

"안 돼."

나는 속삭인다. 그 전선은 멀지 않은 곳에서 프로들이 잘랐다. 피닉과 비티와 피타, 그 세 사람은 여기서 무슨 일이 일어나고 있는지 알 수 없을 것이다. 어떻게 된 걸까, 왜 전선이 느슨해졌을까 의아해 하고 있을 것이다. 어쩌면 전선이 나무까지 되튀었을 수도 있다. 그것만으로 죽이라는 신호가 되는 건 아니겠지? 분명 조한나가 우리와 헤어질 때가 되었다고 생각했던 것뿐일 거야. 나를 죽이고 프로들에게서 도망가려 했겠지. 그리고 최대한 빨리 피닉을 싸움에 가담하게 했을 거야.

모르겠다. 정말 모르겠다. 피타에게 돌아가 피타를 살려 두어야 한다는 것 외에는 나는 아무 것도 모른다. 내가 가진 모든 의지를 쥐어짜서 일어나 앉은 다음, 옆에 있는 나무를 잡고 일어선다. 정글이 앞뒤로 흔들리는 듯하다. 잡을 것이 있어 다행이다. 갑자기 앞으로 기대고 잔뜩 먹은 해산물을 모두 토해 낸다. 굴 한 개조차 내 몸 안에 남지 않을 때까지 계속 토했다. 땀에 젖은 채 벌벌 떨며 내 몸 상태를 가늠해 본다.

다친 팔을 들어 올리자 내 얼굴에 피가 튀고, 세상이 다시 한 번 무섭게 흔들린다. 눈을 꾹 감고 조금 안정될 때까지 나무를 붙들고 있었다. 근처의 나무로 조심스레 몇 발짝 걸어가서 이끼를 조금 모은 뒤, 상처를 더 이상 살피지 않고 팔에 단단히 묶는다. 좀 낫다. 보지 않는 편이 훨씬 낫다. 손으로 머리에 난 상처를 조심스레 만져본다. 혹이 크게 났지만 피는 별로 나지 않았다. 분명 내부에 손상을 입었겠지만 출혈로 죽을 것 같지는 않다. 적어도 머리 상처에서 출혈이 과다하게 있을 것 같지는 않다.

이끼로 손을 닦고, 떨려오는 다친 왼쪽 팔로 활을 잡는다. 화살을 단단히 메기고, 발을 움직여 오르막을 오른다.

피타. 내 마지막 소원. 피타를 살리겠다는 내 약속. 대포 소리가 들리지 않았으니 살아 있을 거라고 생각했다. 기분이 조금 나아진다. 어쩌면 조한나는 자기 의도가 명확해지면 피닉이 자기편에 붙으리란 걸 알고 혼자서 행동하는 것인지도 모른다. 두 사람이 어떤 사이인지는 짐작하기 어렵지만. 비티가 덫을 놓는 것을 도와주겠다고 하기 전에 조한나의 허락을 기다렸던 것을 생각해 본다. 여러 해 동안 우정을 쌓아온 터라 그들의 유대는 훨씬 더 깊고, 그 밖에 또 무엇이 있을 지는 아무도 모른다. 그러니 만약 조한나가 나를 배신했다면 피닉도 더 이상 믿어서는 안 된다.

이런 결론을 내린 지 몇 초 만에 누군가가 나를 향해 언덕을 달려 내려오는 소리가 들린다. 피타나 비티는 저런 속도로 움직일 수 없다. 내가 덩굴 뒤로 몸을 숨기자마자 피닉이 내 앞을 스쳐 지나간다. 약을 발라 피부색이 어두워 보였다. 피닉은 사슴처럼 덤불을 뚫고 달린다. 곧 내가 공격받은 곳에 도착했고, 피를 본 모양이다.

"조한나! 캣니스!"

피닉이 부른다. 나는 피닉이 조한나와 프로들이 갔던 쪽으로 사라질 때까지 조용히 기다린다.

세상이 빙글빙글 돌지 않을 정도의 속도로, 최대한 빨리 움직인다. 빠르게 뛰는 심장 박동에 맞춰 머리가 쑤셔 온다. 곤충들이 피 냄새에 흥분했는지 탁탁거리는 소리가 점점 커져서, 귀 속에서 멈추지 않고 으르렁거렸다. 아니, 잠깐. 아까 맞은 것 때문에 내 귀가 웅웅거리는 건지도 모른다. 곤충들이 조용해질 때까지는 알 수 없으리라. 하지만 곤충들이 조용해지면 번개가 칠 것이다. 나는 더 빨리 움직여야 한다. 어서 피타에게 가야 한다.

대포 소리에 걸음을 멈췄다. 누군가 죽었다. 모두가 무장한 채 겁에 질려 뛰어다니고 있으니 누가 죽어도 이상할 것이 없다. 하지만 누가 죽었든 간에, 그 죽음이 방아쇠가 되어 오늘 밤은 서로 닥치는 대로 죽고 죽이게 될 것 같다. 일단 죽이고 나서야 왜 죽였을까 생각할 것이다. 나는 억지로 달리기 시작한다.

무언가에 발이 걸려 땅에 큰 대자로 뻗어 버렸다. 그것이 나를 감싸고, 날카로운 섬유질이 내게 감긴다. 그물! 나를 잡으려고 피닉이 만든 정교한 그물이리라. 삼지창을 든 피닉이 멀지 않은 곳에 있을 것이다. 나는 잠시 발버둥을 쳐 보지만 그물에 더 단단히 엉킬 뿐이다. 달빛 속에서 그물의 모습이 언뜻 보인다. 이해할 수 없어서 팔을 들어 보니 피닉이 짠 그물이 아니라, 비티의 빛나는 금빛 와이어로 짠 그물이다. 조심스레 일어나 보니 내가 번개 나무까지 이어지다 중간에 나무에 걸린 전선에 걸렸다는 걸 알게 된다. 천천히 와이어를 풀고 일어나 계속 언덕 위로 올라간다.

지금 상황에서 좋은 점은 내가 옳은 길로 가고 있고, 머리를 맞았지만 방향 감각은 잃지 않았다는 것이다. 나쁜 점은 와이어를 보니 곧 다가올 번개가 다시 생각났다는 것이다. 아직 곤충들 소리가 들리기는 하지만, 이제 잦아들고 있는 건가?

길 안내 삼아 와이어를 왼쪽으로 몇 미터 떨어진 곳에 두고 걷지만, 만지지 않도록 아주 조심한다. 만약 곤충들이 사라지고 있고 번개가 곧 나무를 때릴 거라면, 번개의 힘은 죄다 저 와이어를 타고 흐를 거고 저기에 닿는 사람은 누구든 죽을 것이다.

둥치에 금빛 와이어가 감긴 나무가 서서히 시야에 들어온다. 조용히 움직이려고 속도를 줄이지만, 지금 나는 똑바로 서 있는 것 자체가 기적인 상태였다. 다른 사람들의 흔적을 찾지만 아무도 없다.

"피타?"

나는 부드럽게 불러본다. 그리고 다시 한 번.

"피타?"

부드러운 신음 소리가 대답처럼 들려와 둘러보니 위쪽에 누워있는 사람이 있다.

"비티!"

나는 외치며 달려가 옆에 무릎을 꿇었다. 신음 소리는 자기도 모르게 냈을 것이다. 팔꿈치 안쪽을 베인 것을 제외하면 상처는 보이지 않지만 의식이 없다. 나는 근처에 있는 이끼를 한 줌 집어 서투르게 상처를 감싸며 그를 흔들어 깨운다.

"비티! 비티, 어떻게 된 거예요! 누가 벴어요? 비티!"

다친 사람을 그렇게 흔들어서는 절대로 안 되지만 나는 비티를 마구 흔들었다. 어찌할 바를 모르겠다. 그가 다시 신음하더니 비키라는 듯 한쪽 손을 잠깐 들어 보인다.

그때 비티가 칼을 들고 있다는 걸 알게 된다. 피타가 들고 다니던 칼 같은데, 그걸 와이어로 감아 두었다. 나는 당황해서 일어나 와이어를 들어본다. 나무에 연결되어 있었다. 비티가 나무에 와이어를 감기 전에 나뭇가지에 묶어 땅에 놓아 두었던 훨씬 짧은 와이어가 있었다는 게 잠시 후에 기억난다. 그것도 전기 장치의 일부분이고, 나중에 쓰려고 놔둔 것이라고 생각했다. 하지만 여기에 20미터 내지 25미터는 될 듯한 와이어가 있으니 그걸 쓸 일은 없을 것이다.

언덕 위를 잘 살펴보니 우리는 역장에서 몇 걸음 떨어지지 않은 곳에 있었다. 내 오른쪽 위 방향으로 오늘 아침에 보았던 사각형 모양의 공간이 있다. 비티가 뭘 했던 거지? 피타가 실수로 그랬던 것처럼, 칼을 역장에 꽂았던 걸까? 와이어는 왜 묶은 거야? 일이 잘 안 될 경우에 이렇게 하려고 했었나? 물에 전기를 흐르게 할 수 없으면, 번개의 에너지를 역장으로 보내려 했나? 그렇게 하면 어떻게 되지? 아무 일도 없으려나? 아니면 엄청난 일이 벌어질까? 우리 모두 감전되는 건 아닐까? 역장도 아마 주로 에너지로 이루어져 있을 거다. 트레이닝센터에 있던 것은 투명했다. 여기 있는 역장은 정글을 거울처럼 비추는 것 같다. 하지만 피타의 칼과 내 화살에 맞았을 때 갈라지는 것을 본 적이 있다. 이 역장 바로 뒤에는 진짜 세상이 있다.

귀는 이제 울리지 않았다. 결국 곤충들이 내는 소리였다. 곤충들의 소리가 빠르게 잦아들어 지금은 정글의 소리밖에 들리지 않기 때문에 알 수 있다. 비티는 쓸모가 없다. 깨울 수도 구할 수도 없다. 칼과 와이어를 가지고 무엇을 하려 했는지 알 수가 없고, 그는 설명해 줄 수 있는 상태가 아니다. 내 팔에 감은 이끼 붕대는 푹 젖었고, 스스로에게 거짓말을 해 봤자 소용없었다. 머리가 너무나 어지러우니 몇 분 안에 정신을 잃을 것이다. 나는 이 나무에서 멀어져서…….

"캣니스!"

먼 곳에 있다. 하지만 목소리가 들린다. 지금 뭐하는 거지? 다들 우리를 사냥하고 있다는 걸 피타도 지금쯤은 알아챘을 텐데.

"캣니스!"

나는 피타를 지켜 줄 수 없다. 빨리 움직이지도 멀리 가지도 못하고, 활솜씨를 발휘할 수 있을지도 의심스럽다. 그래서 나는 공격하는 사람들을 피타가 아닌 내 쪽으로 유인할 수 있을 만한 일을 한다.

"피타!"

나는 마구 외친다.

"피타! 나 여기 있어! 피타!"

그래, 적들을 이쪽으로 끌어들일 거야. 피타에게 가지 않고 내 근처로 오게 만드는 거야. 나와 저 번개 나무가 있는, 곧 무기로 변할 저 나무쪽으로.

"나 여기 있어! 나 여기 있어!"

피타는 제때 도착하지 못할 거야. 저 다리로 밤에 걸어서는 제때 도착하지 못해.

"피타!"

효과가 있다. 그들이 오는 소리가 들린다. 두 명이다. 그들이 정글을 뚫고 달려온다. 무릎이 떨려서 비티 옆에 주저앉아, 발목에 실었던 체중을 분산시킨다. 활과 화살을 들고 쏠 자세를 갖춘다. 내가 저 둘을 죽이면, 피타는 끝까지 살 수 있을까?

에노바리아와 피닉이 번개 나무 옆에 나타난다. 두 사람은 언덕 위에 자리잡고서 카무플라주 대신으로 연고를 바르고 있는 나를 볼 수 없다. 나는 에노바리아의 목을 노린다. 운이 좋다면 이렇게 될 거다. 내가 에노바리아를 죽이면 피닉이 나무 뒤로 숨을 것이고, 그때 번개가 칠 것이다. 곧 언제 번개가 칠지 모른다. 희미한 곤충 소리만이 여기저기서 들려온다. 이제 저들을 죽일 수 있다. 둘 다 죽일 수 있다.

대포 소리가 한 번 더 울린다.

"캣니스!"

나를 부르는 피타의 목소리가 울려 퍼진다. 이번에는 대답하지 않는다. 비티는 아직 내 뒤에서 희미하게 숨을 쉬고 있다. 비티와 나는 곧 죽을 것이다. 피닉과 에노바리아도 죽겠지. 피타는 살아 있다. 대포 소리가 두 번 울렸다. 브루투스, 조한나, 채프. 그중 둘은 이미 죽었다. 그렇다면 피타는 한 명만 죽이면 된다. 이게 내가 할 수 있는 최선이다. 단 한 명의 적.

'적. 적.' 그 단어를 곱씹자 최근 있었던 사건이 기억나려 한다. 그 일이 떠오른다. 헤이미치의 표정.

"캣니스, 경기장에 들어가면……."

그 시선, 그 불안함.

"뭐요?"

무언의 비난에 발끈해서 내 목소리에 날이 섰던 게 다시 들리는 것 같다.

"그냥, 적이 누군지 기억해라. 그게 다야."

헤이미치가 말한다. 그가 내게 마지막으로 해 준 충고다. 다시 일깨워 주지 않아도 알고 있다. 적이 누구인지는 언제나 알고 있었다. 우리를 경기장에서 굶주리게 하고, 고문하고, 죽이는 사람. 곧 내가 사랑하는 사람들을 모두 죽일 사람.

이제 헤이미치의 말뜻을 이해한다. 나는 활을 떨어뜨렸다. 그래, 적이 누구인지 나는 알고 있다. 내 적은 에노바리아가 아니다.

마침내 나는 비티의 칼을 또렷한 눈으로 바라보았다. 떨리는 손으로 칼자루에 묶은 와이어를 벗겨 내고, 화살에 달려있는 깃털 바로 위에 감은 후, 훈련 중 배운 매듭으로 단단히 묶는다.

그러고는 일어나서 역장을 보고 섰다. 내 모습이 훤히 드러났지만 더 이상 신경 쓰이지도 않는다. 내가 생각하는 일은 화살을 어디에 쏠까 하는 것뿐이다. 비티가 선택할 수 있었다면 어디에 칼을 꽂았을까. 내 활은 떨리는 사각형으로 향한다. 역장의 약점이다. 그날 비티가 뭐라고 불렀더라? 갑옷의…… 틈이다. 나는 화살을 날리고, 목표에 명중한 화살이 금색 와이어를 매단 채 사라지는 것을 바라본다.

머리가 쭈뼛 서더니 번개가 나무를 때렸다.

와이어를 따라 하얀 빛이 번쩍 흐르고, 순간 돔 전체가 푸른빛으로 밝게 빛난다. 나는 무력하게 뒤로 나자빠지며 눈을 크게 뜬 채 쏟아지는 깃털 같은 물질의 조각들을 온몸으로 맞는다. 피타에게 손이 닿지 않는다. 내 진주에도 손이 닿지 않는다. 나는 이 삶에서 마지막으로 가져갈 아름다운 모습을 찾으려 안간힘을 쓴다.

폭발 직전, 별 하나가 눈에 들어온다.

27

모든 것이 동시에 폭발하고 있는 것 같다. 땅이 폭발해 흙이며 조각난 식물들이 비처럼 쏟아진다. 나무는 화염에 휩싸인다. 하늘에서도 밝은 빛이 꽃처럼 피어난다. 처음엔 하늘이 왜 폭발하는지 이해하지 못했다. 그러다 곧 진짜 파괴가 일어나고 있는 곳은 지상이지만, 게임 운영자들이 하늘에다 불꽃을 터뜨리고 있다는 것을 알게 된다. 경기장과 남은 조공인들이 소멸하는 것만으로는 재미가 없을까 봐서일까? 혹은 우리의 피투성이 죽음에 조명을 비추기 위해서일지도 모른다.

그들이 과연 한 명이라도 살려 줄까? 75회 헝거 게임에는 우승자가 있을까? 없을지도 모른다. 애초에 이번 25주년 특집은……, 스노우 대통령이 카드를 보면서 읽은 말이 뭐였더라?

"……반군 중 가장 강했던 자들도 캐피톨의 힘을 뛰어넘지 못했다는 것을 상기시키기 위해……."

그러니 강한 자 중 가장 강한 자도 승리할 수 없을 것이다. 어쩌면 헝거 게임에서 우승자란 원래 없는 건지도 모른다. 아니면 내가 마지막으로 저지른 반란 행위 때문에 이러는 것일 수도 있으리라.

'미안해, 피타. 구해 주지 못해 미안해.' 구한다고? 역장을 파괴한 행동은 그런 것보다 피타가 살아날 수 있는 마지막 기회를 빼앗고, 죽게 만든 것에 더 가까울 것이다. 어쩌면…… 우리 모두 규칙에 따르기만 했다면 피타만은 살려 주었을지도 모르는데.

내 머리 위로 호버크래프트가 예고 없이 나타난다. 주위가 조용하고 근처에 모킹제이가 있었다면, 정글이 잠잠해지는 것과 모킹제이가 캐피톨의 비행선이 나타나기 전 부르는 노래를 듣고 예상할 수 있었을 것이다. 하지만 이렇게 폭탄이 터지는 중에 그렇게 섬세한 소리를 들을 수는 없다.

호버크래프트 밑에서 집게발이 내려와 내 머리 바로 위까지 온다. 금속 발톱이 내 밑으로 미끄러져 들어왔다. 소리 지르며 부숴 버리고 도망가고 싶지만, 나는 얼어붙은 듯 아무 것도 하지 못한다. 오직 위에서 나를 기다리고 있는 흐릿한 형체의 사람들이 있는 곳에 가기 전에 죽기만을 바랄 뿐이다. 우승자로 만들어 주려고 나를 살려 둔 것이 아니다. 모두가 보는 가운데 내가 천천히 죽게 하려고 살려 둔 것이다.

호버크래프트에서 나를 맞는 얼굴이 최고 게임 운영자 플루타르크 헤븐스비인 것을 보자, 내가 상상한 최악의 공포가 현실이었다는 게 드러난다. 우승자들이 모인, 째깍거리는 시계를 닮은 간교한 경기장. 그의 아름다운 헝거 게임을 내가 이렇게 망쳐 놓았다. 그는 자신의 잘못에 대한 벌을 받을 거고, 아마 죽게 되겠지. 하지만 내가 처벌 받는 것을 보고 나서 죽을 것이다. 그가 나를 향해 손을 뻗는다. 때릴 거라고 생각했지만, 그는 더 나쁜 일을 한다. 엄지와 집게로 내 눈꺼풀을 쓸어 눈을 감게 한 것이다. 내게 어둠이라는 약점을 더했다. 이제 저들은 내게 무슨 짓이든 할 수 있고, 난 그게 무엇인지조차 모를 것이다.

심장이 거칠게 뛰었다. 피에 젖은 이끼 붕대 밑으로 피가 흐른다. 정신이 몽롱해진다. 어쩌면 저들이 나를 살리기 전에 과다 출혈로 죽을 수 있을지도 몰라. 꽤 훌륭한 상처를 만들어 준 조한나 메이슨에게 머릿속으로 고맙다고 속삭이고 정신을 잃는다.

반쯤 의식이 돌아오자, 패드를 댄 테이블에 누워 있다는 게 느껴진다. 왼팔에는 관이 몇 개 꽂혀 있어서 꼬집히는 것 같은 느낌이다. 내가 조용히 혼자 죽음을 맞으면 내가 승리한 셈이 될 테니 나를 살려 두려는 것이다. 아직 거의 움직일 수가 없다. 눈을 뜨고 고개를 든다. 하지만 오른팔은 거의 움직이지 않는다. 내 몸 위에 지느러미처럼 툭 떨어진다. 아니, 지느러미보다도 더 뻣뻣한 것 같다. 마치 방망이 같다. 팔은 내 마음대로 움직이지 않고, 손가락이 달려 있는지조차 잘 모르겠다. 하지만 어찌어찌 계속 휘둘러 왼팔에 꽂힌 관을 다 뽑아낸다. 삑삑거리는 소리가 울리고 다시 잠이 들어서, 그 소리를 듣고 찾아오는 사람이 누구인지는 보지 못한다.

다시 정신을 차려 보니 손이 테이블에 묶여 있고 팔에는 다시 관이 꽂혀 있었다. 하지만 눈을 뜨고 고개를 살짝 들 수는 있다. 지금 나는 천장이 낮고 은색 조명이 켜진 큰 방에 누워 있다. 침대들은 서로 마주 보며 두 줄로 놓여 있다. 내 동료 우승자들로 추정되는 사람들의 숨소리가 들린다. 내 바로 맞은편에는 비티가 열 개 정도의 기계에 연결된 채 누워있다. '그냥 죽게 해 줘!' 머릿속으로 외친다. 그러다 테이블에 뒤통수를 세게 내리 찧고 다시 정신을 잃는다.

마침내 진짜 정신을 차려 보니 나는 묶여 있지 않았다. 손을 들어 본다. 손가락이 다시 내 마음대로 움직인다. 손으로 받치고 일어나 앉은 다음 방 안의 모습에 초점이 맞을 때까지 패드를 댄 테이블을 잡고 있었다. 왼팔에는 붕대가 감겨 있지만 관들은 침대 옆 스탠드에서 대롱거리고 있다.

내 앞에 누워 기계에 의존하여 생명을 부지하고 있는 비티를 제외하고는 나 혼자뿐이다. 그러면 다른 사람들은 어디 있지? 피타, 피닉, 에노바리아, 그리고…… 그리고…… 하나 더 있는 거 맞지? 폭탄이 터지기 시작했을 때 조한나, 채프, 브루투스 중 한 명은 살아 있었다. 그들은 분명히 우리 모두를 본보기로 삼을 것이다. 하지만 어디로 데려간 거지? 병원에서 감옥으로 옮겼나?

"피타……."

나는 속삭인다. 피타를 정말 지켜 주고 싶었다. 지금도 그 결심은 여전하다. 피타를 무사히 살려 두지 못했으니, 반드시 찾아내서 캐피톨이 고통스럽게 죽이기 전에 내가 죽여 주어야 한다. 나는 테이블 아래로 다리를 내리고 무기가 있나 둘러본다. 비티의 침대 근처 테이블에, 살균된 비닐봉지에 든 주사기가 몇 개 있다. 완벽해. 피타 핏줄에 공기만 주사해 넣으면 될 것 같다.

잠시 멈춰 서서 비티를 죽일까 생각해 본다. 하지만 그렇게 하면 모니터에서 삑삑 소리가 날 거고, 피타에게 가기 전에 붙잡힐 것이다. 나는 가능하면 돌아와서 죽여 주겠다고 말없이 약속한다.

걸치고 있는 얇은 가운을 제외하면 알몸이라서, 팔의 상처에 감은 붕대 밑에 주사기를 숨겼다. 문에 경비원은 없다. 지금 내가 있는 곳은 트레이닝센터의 깊은 지하 아니면 캐피톨의 요새일 테니, 탈출할 수 있는 가능성은 조금도 없다. 상관없다. 나는 탈출하는 게 아니고 내 할 일을 하는 것뿐이니까.

좁은 복도를 살금살금 걸어가 살짝 열려 있는 금속제 문에 다가간다. 누군가 그 뒤에 있다. 나는 주사기를 꺼내 움켜쥔다. 벽에 몸을 착 붙이고,

방 안의 대화에 귀를 기울인다.

“7번, 10번, 12번 구역과 소통이 안 돼요. 하지만 11번 구역에서는 이제 운송 수단을 컨트롤하고 있으니, 적어도 거기서 식량을 좀 보내 줄 희망은 있는 셈이죠.”

플루타르크 헤븐스비인 것 같다. 그와 이야기해 본 것은 딱 한 번뿐이지만. 뒤이어 쉰 목소리가 질문을 던진다.

“아뇨, 미안해요. 당신을 4번 구역에 데려다 줄 방법은 없습니다. 하지만 가능하다면 그녀를 되찾아오라는 명령을 특별히 내려 뒀어요. 그게 내가 할 수 있는 최선입니다, 피닉.”

피닉. 이 대화를 이해해 보려 애썼다. 플루타르크 헤븐스비와 피닉이 주고받는 대화라는 사실을 생각해 본다. 피닉은 캐피톨과 너무 절친해서 죄를 용서받을 수 있었던 걸까? 아니면 비티가 뭘 하려고 했는지 정말로 몰랐던 걸까? 피닉은 쉰 목소리로 다른 말을 내뱉는다. 절망에 빠진 듯 무거운 목소리다.

“바보짓 하지 마. 그건 네가 할 수 있는 최악의 선택이다. 그러면 분명 그 여자를 죽일걸. 네가 살아있는 한, 그 여자는 미끼로 살려둘 거야.”

헤이미치가 말한다.

헤이미치! 나는 문을 박차고 방 안으로 비틀거리며 들어간다. 헤이미치, 플루타르크, 그리고 무척이나 초췌해진 피닉이 음식이 놓인 테이블에 앉아 먹지는 않고 이야기만 나누고 있다. 휘어진 창문에서 햇빛이 들어온다. 먼 곳에서 숲이 내려다 보였다. 우리는 날고 있다.

“자해는 다 했냐, 예쁜아?”

헤이미치가 묻는다. 목소리에는 분명 분노가 깃들어 있다. 하지만 내가 비틀거리며 앞으로 달려가자 헤이미치는 일어나서 내 손목을 잡고 나를 똑바로 서게 했다. 헤이미치는 내 손을 바라본다.

"주사기 하나 들고 캐피톨에 맞서겠단 거냐? 그러니까 아무도 너한테 계획 세우는 일을 안 맡기는 거다."

알아들을 수가 없어서 나는 그냥 헤이미치를 멀거니 바라본다.

"놔."

내 손목을 잡은 힘이 더 세졌다. 손을 열고 주사기를 놓았다. 헤이미치는 나를 피닉 옆의 의자에 앉힌다.

플루타르크는 국물이 담긴 그릇과 롤빵 하나를 내 앞에 놓는다. 그가 내 손에 숟가락을 쥐여 주었다.

"먹으렴."

그는 헤이미치보다 훨씬 상냥한 목소리로 말한다.

헤이미치는 내 정면에 앉는다.

"캣니스, 이제까지 있었던 일을 설명해 주마. 내 말이 끝날 때까지 질문은 하지 마라. 알겠니?"

나는 멍하니 고개를 끄덕인다. 헤이미치의 이야기는 이런 것이었다.

특집 소식이 발표된 직후부터 우릴 경기장에서 구해 내려는 계획이 있었다. 3, 4, 6, 7, 8, 11번 구역의 조공인들은 그에 대해 알고 있었다. 얼마나 잘 알았는지는 사람마다 조금씩 다르다. 플루타르크 헤븐스비는 수년간 캐피톨 전복을 노리는 비밀 집단의 일원이었다. 그는 무기 중에 와이어가 들어가도록 했다. 비티가 맡은 역할은 역장에 구멍을 뚫는 것이었다. 경기장에서 받은 빵은 구출 시간을 알리는 암호였다. 어느 구역 빵인지는 구출 날짜를 나타냈다. 즉 3일째 되는 날이다. 빵의 개수는 시간이었다. 스물 넷, 자정이다. 호버크래프트는 13번 구역 것이었다. 내가 숲에서 만났던 8번 구역의 보니와 트윌이 13번 구역의 존재와 그들의 방어 능력에 대해 했던 말들은 옳았던 것이다. 그동안 판엠의 구역 대부분에서 대규모 반란이 일어났다.

헤이미치는 내가 이해했는지 보기 위해 말을 멈춘다. 어쩌면 이제 할 말을 다한 것인지도 모른다.

받아들이기에 너무 엄청난 이야기다. 내가 헝거 게임의 한 부분에 불과했던 것처럼, 나는 이 정교한 계획에서도 그저 한 부분이었다. 내 허락도 받지 않고, 알려 주지도 않고 나를 이용했다. 적어도 헝거 게임을 할 때는 내가 그들 손에 놀아나고 있다는 사실을 알고 있기라도 했었는데.

내 친구라는 사람들은 알고 보니 비밀이 많은 사람들이었다.

"저한테 말 안 하셨잖아요."

내 목소리는 피닉처럼 쉬어 있다.

"너한테도, 피타한테도 말 안 했다. 그런 위험을 감수할 수는 없었어. 내가 너에게 시계를 보여 줬던 무분별한 행동을 네가 게임 중에 발설할까 봐 걱정하기까지 했는걸."

플루타르크가 말하며 시계를 꺼내더니 손가락으로 문질러 모킹제이를 보여 준다.

"물론 내가 이걸 보여 줬을 때는 경기장 모양에 대해 힌트를 준 거였어. 그땐 네가 멘터가 될 줄만 알았단다. 네 믿음을 얻을 수 있는 첫 발자국이라고 생각했어. 한데 다시 조공인이 될 줄은 꿈에도 몰랐다."

"왜 피타와 저한테는 알려 주지 않았는지 아직 이해가 안 되는데요."

내가 말한다.

"역장이 폭발하면 그들은 너희를 제일 먼저 잡으려 할 테니까. 그리고 네가 적게 알수록 더 좋았다."

헤이미치가 말한다.

"제일 먼저? 왜요?"

꼬리를 물고 이어지는 생각을 놓치지 않으려 애쓰며 묻는다.

"우리들이 목숨을 걸고 너희를 살려 두기로 약속한 것과 같은 이유지."

피닉이 대답했다.

"아니에요. 조한나는 나를 죽이려 했어요."

"조한나는 네 팔 속의 추적기를 빼내고, 브루투스와 에노바리아가 너한테 다가오지 못하게 하려고 때렸던 거야."

헤이미치가 말한다.

"뭐라고요? 무슨 말인지 나는……!"

머리가 너무 아프다. 돌아가며 다들 한 마디씩 하는 것이 마음에 들지 않는다.

"네가 모킹제이이기 때문에 너를 구해야 했어, 캣니스. 네가 살아남으면 혁명도 살아남는다."

플루타르크가 말한다.

새, 핀, 노래, 딸기, 시계, 크래커, 불타는 드레스. 나는 모킹제이다. 캐피톨의 의도에도 불구하고 살아남은 사람이다. 반란의 상징.

탈출한 보니와 트윌을 숲에서 만났을 때도 그런 생각을 했었다. 이 정도인 줄은 생각하지 못했지만. 하지만 그때의 나는 이해할 수 없어야 하는 상태였다. 헤이미치가 12번 구역에서 도망가자거나 반란을 일으키겠다는 나의 계획, 13번 구역이 존재할지도 모른다는 생각 자체를 비웃던 것이 생각난다. 속임수, 기만. 늘 빈정대거나 술에 취해 있는 가면 뒤에 숨어서 그런 연기를 그렇게 오랫동안 그럴싸하게 해 왔다면, 또 어떤 거짓말을 했을까? 나는 알고 있다.

"피타."

내가 절망적으로 속삭인다.

"피타가 죽으면 너를 동맹으로 붙잡아 둘 수 없을 테니 다른 사람들 모두 피타를 지켰다. 너를 보호하지 않고 내버려 둘 수는 없었어."

헤이미치가 말한다. 그는 무표정하게 사무적으로 말하고 있지만, 잿빛이 된 얼굴을 숨기지는 못했다.

"피타는 어디 있어요?"

내가 따진다.

"조한나, 에노바리아와 함께 캐피톨에 잡혀 갔다."

헤이미치가 말한다. 그제야 그도 눈을 내리까는 정도의 예의를 갖춘다.

엄밀히 말해 내게 무기는 없다. 하지만 손톱의 힘을 과소평가해서는 안 된다. 상대가 무방비 상태일 때는 더욱 강력하다. 나는 테이블 위로 몸을 날려 헤이미치의 얼굴을 손톱으로 할퀸다. 피가 흐르고, 헤이미치의 한쪽 눈이 상처를 입었다. 우리는 끔찍한, 정말 끔찍한 말들을 서로에게 외치고 피닉은 나를 끌어내려고 안간힘을 쓴다. 헤이미치가 나를 찢어발기고 싶은 심정이라는 건 알지만, 나는 모킹제이다. 나는 모킹제이고, 나를 이 모습대로 살려 두는 건 절대로 쉽지 않을 것이다.

다른 사람들이 피닉을 도와 나를 다시 테이블에 눕힌다. 내 몸을 고정시키고 손목을 묶었다. 나는 격노한 채 머리를 계속해서 테이블에 찧는다. 주삿바늘이 내 팔에 꽂혔다. 머리가 너무 아파 저항을 멈추고 더 이상 목소리가 나오지 않을 때까지 나는 죽어가는 동물처럼 울부짖는다.

약은 수면제가 아니라 진정제였고, 나는 둔한 아픔이 느껴지는 몽롱한 상태에 빠져 든다. 비참한 기분이 영원히 지속되는 것 같다. 그들은 내 팔에 다시 관을 꽂고 달래주는 듯한 목소리로 말하지만 내 귀에는 들리지 않는다. 나는 어딘가 비슷한 테이블에 누워 있는 피타밖에 떠오르지 않는다. 피타는 알지도 못하는 정보를 빼내려 심문하겠지.

"캣니스, 캣니스, 미안해."

피닉의 목소리가 옆 침대에서 들려와 내 의식 속으로 들어온다. 어쩌면 우리가 비슷한 고통을 느끼고 있기 때문일지도 모른다.

"피타와 조한나를 데리러 가고 싶었지만, 움직일 수가 없었어."

나는 그의 말에 대답하지 않는다. 피닉 오데어의 선의 따위는 아무 의미도 없으니까.

"조한나보다는 피타가 더 유리할 거야. 피타가 아무 것도 모른다는 걸 금방 알게 될 테니까. 그리고 너를 상대하는 데 쓸모가 있다고 생각하면 죽이지 않을 거고."

피닉이 말한다.

"미끼 같은 거 말이야? 그들이 애니를 미끼로 사용할 것처럼, 피닉?"

나는 천장을 보며 말한다.

피닉이 흐느끼는 소리가 들리지만 상관하지 않는다. 애니는 완전히 미쳤으니 심문조차 하지 않을 것이다. 이미 처음 헝거 게임에 참가했을 때 완전히 정신이 나가 버렸다. 나도 그렇게 될 가능성이 크다. 어쩌면 벌써 미쳐가고 있는데 주위 사람들이 차마 말해 주지 못하는 건지도 모른다. 이미 충분히 미쳐 버린 기분이다.

"애니가 죽었으면 좋겠어. 그들 모두 죽었으면 좋겠고 우리도 죽었으면 좋겠어. 그게 최선일 거야."

피닉이 말한다.

그 말에는 뭐라 대꾸할 말이 없다. 내가 세 사람을 발견했을 때 나는 피타를 죽이려고 주사기를 들고 돌아다니고 있었으니, 반박도 할 수 없다. 나는 정말로 피타가 죽기를 바라고 있나? 내가 원하는 건…… 내가 원하는 건 피타를 되찾는 것이다. 하지만 이제는 절대로 되찾을 수 없다. 반란군이 캐피톨을 전복시킨다 하더라도, 스노우 대통령이 마지막으로 할 행동은 피타의 목을 베는 것이다. 안 돼. 절대로 되찾을 수 없다. 그러면 죽는 것이 제일 낫다.

하지만 피타가 그걸 알까, 아니면 계속 맞서 싸울까? 피타는 너무도 강인하고 거짓말도 정말 잘한다. 살아남을 기회가 있다고 생각할까? 아니, 자기가 살아남든 말든 신경이나 쓸까? 어차피 살아서 돌아갈 생각은 하지 않고 있었는데. 피타는 삶을 이미 포기했다. 어쩌면, 내가 구출되었다는 것을 알면 심지어 행복해 할 것이다. 나를 살리겠다는 임무를 무사히 마쳤다고 느끼겠지.

헤이미치보다도 피타가 더 미운 것 같다.

나는 그냥 포기해 버렸다. 말도 하지 않고 대답도 하지 않는다. 음식과 물도 거부한다. 내 팔에 무엇이든 주사해 넣을 순 있겠지만, 삶에 대한 의지를 잃어버리고 나면 그것만으로는 살 수 없다. 정말 내가 죽으면 피타는 목숨을 건질지도 모른다는 어처구니없는 생각마저 든다. 자유롭게 살 수는 없을 테지만 무성인 같은 것으로, 미래의 12번 구역 조공인들 시중을 들면서 사는 것이다. 그러면 탈출할 방법을 찾을 수 있을지도 모른다. 사실 내 죽음은 여전히 피타의 구원이 될 수 있을 것이다.

그럴 수 없다면, 상관없다. 앙심만으로도 죽을 수 있다. 이 썩어빠진 세상의 모든 사람들 중, 피타와 나를 자기 게임의 한 부분으로 사용한 헤이미치에게 벌을 주기 위해서라도. 난 그를 믿었다. 나는 귀중한 것을 헤이미치의 손에 맡겼다. 그런데 그가 나를 배신했다.

"그러니까 아무도 너한테 계획 세우는 일을 안 맡기는 거다."

그가 그렇게 말했었지.

그건 사실이다. 제정신이라면 그 누구도 내가 계획을 세우게 하지 않을 것이다. 나는 친구와 적도 구분하지 못하니까.

내게 와서 말을 거는 사람이 많지만, 나는 그들이 하는 모든 말을 정글 속에서 탁탁거리던 곤충 소리처럼 만들어 버린다. 아무 의미도 없고 내게서 동떨어져 있는 그저 소리들일 뿐이다. 위험하겠지만 거리만 유지하면 괜찮다. 말이 선명하게 들리기 시작하면 나는 진통제를 줄 때까지 신음 소리를 내고, 진통제를 맞으면 사람들의 말을 다시 분간할 수 없게 된다.

어느 순간 눈을 떠보니 내가 차단해 버릴 수 없는 사람이 나를 내려다보고 있다. 내게 애원하지도 설명하지도 않고, 간청하면 내 결심을 바꿀 수 있을 거라고 생각하지도 않을 사람이다. 내가 어떻게 행동하는지 아는 유일한 사람이기 때문이다.

"게일."

내가 속삭인다.

"안녕, 캣닙."

게일은 손을 뻗어 내 눈을 가리고 있는 머리카락을 넘겨 준다. 얼굴 한쪽은 얼마 전에 화상을 입은 듯한 모습이다. 팔걸이 붕대를 하고 있고, 광부 셔츠 아래로 붕대가 보인다. 무슨 일이 있었지? 어떻게 여기에 있는 거지? 고향에서 뭔가 아주 나쁜 일이 일어난 모양이다.

다른 사람들이 떠오르자 피타는 쉽게 잊힌다. 게일을 한 번 보는 것만으로 그들이 모두 현재로 몰려와, 자기를 알아봐 달라고 요구한다.

"프림은?"

나는 숨을 몰아쉬었다.

"살아 있어. 그리고 너희 어머니도. 내가 제때 빼냈어."

"12번 구역에 있는 게 아니야?"

"게임이 시작된 후에 그들이 비행기를 보냈어. 폭격당했지."

게일은 잠시 머뭇거리다 덧붙인다.

"음, 호브가 어떻게 되었는지 알잖아."

알고 있다. 타오르는 것을 보았다. 석탄 가루가 잔뜩 낀 그 낡은 창고. 우리 구역 전체가 석탄 가루로 덮여 있다. 경계에 폭탄이 떨어지는 것을 상상하니 새로운 공포가 피어오른다.

"12번 구역에 있는 게 아니야?"

다시 묻는다. 마치, 그 말을 하면 진실을 듣지 않을 수 있는 것처럼.

"캣니스."

게일이 부드럽게 말한다.

그 목소리를 나는 기억하고 있다. 게일은 상처 입은 동물의 숨을 끊으려고 다가갈 때 저런 목소리를 낸다. 나는 그의 입에서 나오는 말을 막으려고 본능적으로 손을 쳐들지만 게일이 내 손을 꼭 잡는다.

"하지 마."

내가 속삭인다. 하지만 게일은 내게 비밀을 숨길 사람이 아니다.

"캣니스, 12번 구역은 이제 없어."

2권 끝. 『모킹제이』에서 계속